polar
VERLAG

Nicolas Zeimet

Rückkehr nach Duncan's Creek

Aus dem Französischen von Ronald Voullié
Herausgegeben von Wolfgang Franßen

Polar Verlag

Originaltitel: Retour à Duncan's Creek

Published by: Éditions Jigal

Published by arrangement with Agence littéraire Astier-Pécher

Deutsche Erstausgabe, 1. Auflage 2020
Aus dem Französischen von Ronald Voullié
Mit einem Nachwort von Thekla Dannenberg

www.polar-verlag.de

Redaktion: Jutta Nickel/Nadine Helms
Umschlaggestaltung: Robert Neth/Britta Kuhlmann
Coverfoto: © Carsten Klindt
Autorenfoto: © Nicolas Zeimet
Satz/Layout: Martina Stolzmann
Gesetzt aus Adobe Garamond PostScript, InDesign
Druck und Bindung: CPI books GmbH, Leck, Deutschland

ISBN: 978-3-948392-00-0

Für Simon

»Ich weiß, wenn du dich nicht um deine Vergangenheit kümmerst, kümmert sie sich eines Tages um dich.«

Joyce Carol Oates

Kalifornien

Heute

Auf dem Cienega Boulevard in Richtung Norden herrschte starker Verkehr. Gleichgültig für die Landschaft, die an beiden Seiten der dreispurigen Straße vorbeizog, schloss ich die getönte Scheibe meines Mietwagens, um mich vor dem reflektierenden Metall und Glas, dem Dieselgestank und dem blendenden Funkeln der Zierleisten und Radkappen zu schützen. Die schleppende Stimme von Rufus Wainwright drang leise aus den Lautsprechern, konnte aber die Spannung nicht beseitigen, die mir den Nacken und die Schultern steif werden ließ.

Ich ließ die Zunge über einen meiner Vorderzähne gleiten und stellte mir in einem vergeblichen Versuch, mich zu beruhigen, vor, wie unser Wiedersehen aussehen würde. Wahrscheinlich eher peinlich als euphorisch. Ein Gefühl des Déjà-vu. Zurückhaltung, vielleicht auch schon Unbehagen. Eine Erinnerung an unsere letzte Begegnung. Dann würden Umarmungen kommen. Und natürlich das Schuldgefühl.

Ich fuhr Schritttempo und ließ den Blick in die Ferne schweifen. Das dunstige Licht, das Los Angeles einhüllte, sand- und sonnenfarben, hatte diese besondere Beschaffenheit, die Lust machte, es mit vollen Händen zu ergreifen. Der GPS-Screen kündigte mir eine Fahrt von siebzehn Minuten bis zu meinem Ziel an. Siebzehn Minuten, nach über acht Jahren, in denen wir uns nicht gesehen hatten.

Als sie am Vortag angerufen hatte, stellte ich keine Fragen. Sie hatte sich darauf beschränkt, mir eine Adresse zu geben, mit dieser heiseren und schleppenden Stimme, die ich seit einem letzten Auf Wiedersehen auf dem staubigen Parkplatz einer Bar mitten in der Wüste nicht mehr gehört hatte. Flucht war zu ihrem Markenzeichen geworden, das Aus-den-Augen-verlieren zu unserem Alltag. Mein Flugticket war innerhalb einer Viertelstunde reserviert worden.

Ich habe oft an unsere Jugend gedacht, an ihr Kommen und Gehen in meinem Leben. Sie ging fort, kam wieder, ohne Erklärungen und ohne Vorwarnung. Ließ mich mit meinen Fragen allein. Wo war sie? Wen traf sie? Führte sie schließlich ein Leben, das sie sich erträumt hatte? All diese Fragen, ich weiß nicht, ob ich sie in ihrer Anwesenheit hätte stellen können.

Ein Hupen ließ mich hochschrecken. Die Ampel an der Kreuzung war auf Grün gesprungen. Langsam ließ ich die Bremse los.

Die Verkehrslage entspannte sich allmählich. Auf karge, mit Bohrtürmen übersäte Flächen folgten abwechselnd Wohn- und Gewerbegebiete. Einige funkelnde Punkte begannen, die Dämmerung zu durchdringen. Weiter vorn zeigten die Hollywood Hills ihre zerklüfteten Konturen vor einem mit violetten Wolken gesprenkelten Horizont. Hoch aufragende Palmen, glänzender Asphalt, Neonlicht und Smog: Das war nicht meine Welt.

Meine Gedanken kehrten zu ihr zurück. Wie würde sie mich empfangen? Wie würden ihre ersten Worte lauten? Und meine? Früher gefiel ich mir darin zu glauben, dass ich das kleinste Detail des Szenarios im Voraus kannte. Das galt heute nicht mehr. Heute machte es mich nervös, eine Entscheidung zu treffen, denn schon die Vorstellung, mich falsch zu entscheiden, erfüllte mich mit Entsetzen. An das Restliche – meine Überempfindlichkeit, die Angst vor dem anderen, meine ewige Einsamkeit – hatte ich mich gewöhnt.

Ich schluckte den Kloß hinunter, der mir im Hals steckte. Meine Eingeweide schienen aus Blei zu sein. Dreißig Jahre der Freundschaft, und sie wiederzusehen, entsetzte mich noch immer.

Die Zeit ist ein schleichender Verfall. Sie nimmt einem alles, die Jugend, die Unschuld, die Unbesorgtheit. Die Hoffnung. Alles, was sie einem lässt, sind Erinnerungen. Wenn es auf dieser Welt eine unbestreitbarere Realität gibt, bin ich ein Mönch. Oder Autor von Jugendromanen.

Wir waren damals fünfzehn Jahre alt, und die Zeit verging wie ein endloser Weg unter unseren Füßen. Doch irgendetwas hatte uns auf diesem Weg anhalten lassen. Das war nicht in Etappen gekommen wie diese Wogen, die nach und nach den Strand abtragen, sondern eher in Form einer Grundströmung, die uns erfasste, ohne dass irgendetwas sie aufhalten konnte. Und uns schockiert zurückließ.

»*Sie erreichen Ihr Ziel in zweihundert Metern auf der linken Seite*«, informierte mich die monotone Stimme des Navigationssystems.

Reflexartig trat ich auf die Bremse. Ich war schneller angekommen als gedacht. Ich fuhr auf die linke Spur und überquerte den Santa Monica Boulevard. Die Einfahrt des Motels lag direkt neben dem Kabinett eines Wahrsagers. *Handlesen, Tarot, Karten* verkündete das Schaufenster. Mit zugeschnürtem Magen wartete ich, bis die Gegenspur frei war, und überquerte vorsichtig den doppelten gelben Mittelstreifen, um auf den Parkplatz zu gelangen.

»*Sie haben Ihr Ziel erreicht.*«

Nachdem ich das Pfeifen des GPS ausgestellt hatte, parkte ich den Wagen vor der Tür von Zimmer 16. Der Hof war eng und dunkel, die Wände hätten einen frischen Farbanstrich verdient. Ich erkannte den Chevrolet Nova von 1969, der etwas weiter hinten stand. Eingebrannt in seine Windschutzscheibe, verwandelte sich die Farbe des Himmels von Orange in Schwarz, wie ein Echo auf die Gedanken, die mich heimsuchten. Meine Vergangenheit verdunkelte meine Zukunft, verschloss sie hermetisch für jegliches

Licht, und in meinem tiefsten Inneren fühlte ich, dass sie sich erneut bereit machte, mir ins Gesicht zu springen.

Ich musterte die grünen Türen in der ersten Etage, suchte nach der 32. Während ich den Motor abstellte, biss ich mir in die Innenseite der Wange. Mein Spiegelbild im heruntergeklappten Rückspiegel sah fürchterlich aus. Mit den Handflächen rieb ich mir über die Wangenknochen, um ihnen einen Hauch von Glanz zu verleihen, und überlegte, was ich sagen sollte. Nach all dieser Zeit befürchtete ich noch immer, keine Worte zu finden.

Meine Überlegungen hingen weiterhin fest, als ich die Treppe zur ersten Etage hochstieg. Vor der Tür von Zimmer 32 atmete ich tief durch und klopfte – drei kleine, diskrete, fast zögerliche Schläge.

»Sam?«

Meine Stimme hatte geklungen wie ein dumpfer Atemzug, der den Mund verließ. Ich räusperte mich.

»Ich bin's, Sam. Mach auf.«

Keine Antwort. Ich klopfte erneut.

»Ich bin's, Sam. Jake.«

Gestern

»Komm rein, Dickinson.«

Jake spürte ein nervöses Zucken im Arm. Er zog die Fliegennetztür auf und trat in die Küche, auf der Hut. Er rechnete immer noch damit, dass Sam hinter dem Geschirrschrank auf der Lauer lag, um ihn zu überraschen. Doch er fand sie am Tisch sitzend vor, die Zunge zwischen den Lippen eingeklemmt. Das junge Mädchen hatte die konzentrierte Miene eines Goldschmieds und sah nicht von ihrer Zeichnung auf, als er näher kam.

»Setz dich, es dauert nicht lange.«

Ihr rotes Haar, das sie seit ihrem vierzehnten Geburtstag über den Ohren abgeschnitten trug, war wieder nachgewachsen – allerdings nicht genug, um den Funken der Erregung zu verbergen, der in ihren Augen glänzte.

»Hast du gefunden, was wir brauchen?«

Jake hob eine braune Papiertüte hoch, die Sam begierig anstarrte.

»Es ist fast fertig, wir können anfangen.«

»Geil.«

Er legte auf den Tisch, was er mitgebracht hatte, und setzte sich ihr mit abwesendem Blick gegenüber. Wegen dieses Blickes dachten die Leute oft, dass er nichts im Kopf hatte, aber ganz das Gegenteil war der Fall: Mit dreizehn Jahren war Jake ständig damit beschäftigt, über irgendwas nachzudenken. Schon von Kindesbeinen an hatte er diese außergewöhnliche Fähigkeit, sich von der Welt zu lösen und die Gefühle zu zügeln, die in ihm steckten, was die anderen nicht unbedingt verstanden.

Eine Minute verging. Im Radio brachte KPLD den Titelsong

des Films *La Bamba*, der am Anfang des Sommers erschienen war. In Gedanken versunken, sah Jake nicht, wie Sam sich über den Tisch beugte. So war er überrascht, als sie ihm ihre Zeichnung unter die Nase hielt.

»Du musst dich nicht immer wegen nichts erschrecken, Dickinson!«, neckte sie ihn. »Wir sind nicht bei Disney, falls du das vergessen haben solltest.«

»Ja«, sagte Jake lächelnd. »Tut mir leid.«

»Und hör auf, dich zu entschuldigen, du Blödmann.«

»Tut mir leid ... äh, hm, okay.«

Er betrachtete Sams Werk, das nach den Dämpfen des Lösungsmittels stank. Seine verträumten Augen weiteten sich vor Überraschung und Begeisterung.

»Nicht schlecht, oder?«, sagte Sam.

»Echt geil!«

Jake nahm ihr das Blatt aus den Händen und studierte es eingehend. Sie hatte mit Korrekturflüssigkeit weiße Buchstaben auf einen schwarzen Hintergrund gemalt. Drumherum waren mit hellrotem Nagellack vorgetäuschte Blutflecke und -spritzer verteilt. Das Ergebnis war beeindruckend, und Jakes begeisterte Reaktion brachte ein breites Lächeln auf Sams verkniffene Lippen.

»Und der Titel?«, fragte er nach einem Augenblick.

»Dafür habe ich eine andere Idee. Echt der Hammer! Boulard wird sich in die Hosen scheißen!«

Sie brach in schallendes, hämisches Gelächter aus. Vor einem Jahr hatte man ihr die Zahnspange entfernt, und ihre großen, schön aufgereihten Zähne verschlangen das mit Sommersprossen übersäte Gesicht.

»*Nicht so laut!*«, brüllte ein Mann im Nebenzimmer.

Man hörte ein dumpfes Geräusch, das Hämmern einer Faust oder eines Fußes auf einer hohlen Oberfläche. Eine tiefe Stimme rollte durch den Flur wie Donner in einem engen Tal:

»*Verflucht, ich warne dich, Sammy …*«

»Schon gut!«, versetzte Sam eine Spur lauter.

Ihr Blick verdunkelte sich. Die beiden Jugendlichen verhielten sich still, warteten ab, ob der Herr des Hauses seinen Hintern bewegte oder auf dem Stuhl hocken blieb, aus dem er sich seit zwei Jahren nur selten erhob.

»Der geht mir auf den Geist«, seufzte Sam nach einer Minute.

Ihre grünen Augen unter der gewölbten Stirn waren nur noch zwei dunkle Abgründe. Jake hörte sich schlucken, konnte aber nicht den kleinsten Laut hervorbringen. Er gab ihr die Zeichnung zurück, als es an der Tür klopfte.

»Hallo, Leute!«

Sam löste sich aus ihrer Erstarrung und ging mit kämpferischer Miene durch die Küche. Wieder einmal war Jake verblüfft über ihre Fähigkeit, die Dinge in die Hand zu nehmen.

»Für Schwergewichte Eintritt verboten!«, rief sie und blockierte die Tür mit der Fußspitze.

»Scheiße, fängst du schon wieder an, Sauf-Sam?«

Der dicke Junior McCombs, vierzehn Jahre, wurde von der Türöffnung eingerahmt. Seit seiner letzten Schlankheitskur hatte er an Gewicht verloren, im Gesicht und an der Taille aber immer noch ein paar Kilo zu viel.

»Hast du dich heute Morgen auf die Waage gestellt, mein dicker Boulard?«

»Ja …«

»Hör auf, mich zu verarschen! Du hast nicht auf der Waage gestanden, du kommst nicht rein. Wir hatten einen Deal, ich erinnere dich daran.«

»Sam, verdammt!«, flehte die vorwurfsvolle Stimme hinter dem Fliegengitter. »Lass mich rein!«

Junior stieß gegen die Tür, doch seine Freundin war stärker als er.

»Wir waren uns einig, du musst bis zum Ende der Ferien noch zwei Kilo abnehmen, Fettwanst!«, erwiderte sie kategorisch.

»Wenn du jetzt wirklich wieder zur Schule willst, kannst du dir immer noch einen Arm abschneiden oder dich zum Kotzen bringen ...«

»Lass ihn doch zufrieden«, mischte Jake sich ein und verzog das Gesicht. »Er hat sich die ganze Woche Mühe gegeben ...«

»Mühe gegeben? So 'n Quatsch! Wer hat sich denn an Jamies Geburtstag das letzte Stück Kuchen reingestopft? Die Königin von England?«

»Aber ... das wollte doch keiner haben«, verteidigte sich der dicke Junge. »Und ...«

»Also hast du dich geopfert, mein kleiner Boulard! Ist er nicht süß?«

»Nein, ich war ...«

»... unterzuckert, ja, klar, sonst hättest du das ja nie gemacht!«

Junior machte einen Stoß mit der Schulter, der Sams Mähne kaum in Unordnung brachte. Jake baute sich hinter der Tür auf, mit einem kühnen Lächeln auf den Lippen.

»Willkommen«, rief er seinem Kumpel zu.

»He, Spielleiter Jack! Willst du ihr nicht sagen ...«

»Er hat hier nichts zu entscheiden!«, fuhr Sam dazwischen.

Jake zuckte mit den Schultern. Er wollte niemanden verletzen und scheute davor zurück, in dem Duell, das seine beiden Freunde immer wieder ausfechten mussten, Stellung zu beziehen.

»Mach auf, Sam!« beharrte Junior hinter dem Fliegengitter.

»Erst machst du Liegestütze.«

»Nein, verdammt.«

»Los jetzt!«

»Ich schwöre dir, dass ich aufpassen werde. Ich werde nur noch Limonade ohne Zucker trinken, und bevor die Woche zu Ende ist, habe ich meine zwei Kilo verloren ...«

»Ganz bestimmt, und wenn man sich mit Vitamin C vollstopft, kriegt man kein Aids!«

»Ha, ha, sehr witzig, Scheiß-Sam!«

Ein stärkerer Schlag ließ Sam einen Schritt zurückweichen. Junior trommelte jetzt noch kräftiger gegen die Tür.

»*Oh!*«, brüllte Phil Baldwin aus dem Wohnzimmer. »*Haltet die Klappe!*«

Das Schweigen senkte sich bleiern auf das kleine Haus. Junior erstarrte.

»Bravo, du hast es geschafft, ihn wieder auf die Palme zu bringen«, zischte Sam mit spitzen Lippen.

Sie zog den Fuß zurück. Junior, der noch an der Tür lehnte, fiel nach vorn. Sam lachte so heftig, dass er vor Schreck erbleichte. Der dicke Junge richtete sich wieder auf und signalisierte ihr zu schweigen, ein Finger auf den Lippen, ein anderer hin und her über die Kehle, seine aufgerissenen Augen auf die Tür gerichtet, die zum Flur führte.

»Schon gut, du Schisser, kneif den Hintern zusammen, bevor die Suppe rausläuft, mein Alter wird dich nicht umbringen«, reagierte Sam. »Also, zeigst du uns nun, was du mitgebracht hast, oder müssen wir warten, bis du ein neues Ei ausbrütest?«

Junior öffnete den Mund, klappte ihn wieder zu. Mit einer lässigen Schulterbewegung ließ er seinen Rucksack an den Armen hinuntergleiten und schüttete den Inhalt auf den Tisch. Ein großes, weißes Päckchen, das mit Blut getränkt war, rollte auf die Wachstuchtischdecke.

»Also, wer ist hier der Boss?«

»Schon gut, reg dich nicht auf«, sagte Sam beruhigend. »Wenn du dich noch weiter aufbläst, passt du nicht mehr ins Kamerabild ...«

Alle drei brachen in fröhliches Gelächter aus. Jake, den diese Momente der Gemeinsamkeit immer wieder mit Freude erfüllten, spürte, wie ihm ein Schauder der Erregung über den Nacken lief. Er zog einen Haufen Blätter aus seinem Rucksack und fragte:

»Also, proben wir?«

»Okay, aber das machen wir in meinem Zimmer«, warnte Sam mit einem Blick in Richtung Wohnzimmer. »Ich möchte keinen Atomkrieg mit dem blöden Sack auslösen.«

Sie legten ihr Material – Zeichnungen, Stifte, Papiertüte und das weiße, mit Blut getränkte Päckchen – in einen großen Karton und gingen durch die Küchentür hinaus, um durch den Vordereingang des Hauses zu Sams Zimmer zu gelangen. So vermieden sie das Refugium von Phil Baldwin.

Später an diesem Tag, als Sam einen Rest Käsemakkaroni in dem alten Gasherd ihrer Großmutter aufwärmte und Junior sich zum Dessert einen elften Löffel Eis mit Schokoperlen servierte, gönnte Jake sich schweigend eine Scheibe von dem Senfbraten, den seine Mutter zubereitet hatte. Rechts neben ihm saß sein Vater Dwight, dreiundvierzig Jahre alt und hundertdreiundsechzig Kilo schwer; er hatte den Teller geleert und überprüfte nun die Tagesbuchhaltung seiner Tankstelle. Ihm gegenüber sog seine Mutter Winnie, die seit Kurzem die Föhnfrisur von Donna Mills in der Serie *Unter der Sonne Kaliforniens* übernommen hatte, die Worte einer Teleshop-Moderatorin auf, die einen revolutionären Wischmopp vorstellte. Schoßhündchen Princess kaute auf Winnies Knien geräuschvoll an einem Bratenrest herum.

»Wir müssen daran denken, Scheibenwaschflüssigkeit zu bestellen«, murmelte Dwight vor sich hin. »Wir haben nur noch zwei Kanister.«

»Die Eiswürfel sind auch knapp«, fügte Winnie hinzu, ohne ihre Augen vom kleinen Küchenfernseher abzuwenden.

Jake schluckte seinen letzten Bissen Fleisch herunter und wischte sich den Mund ab, mit den Gedanken woanders. Er wartete auf die Erlaubnis, vom Tisch aufstehen zu dürfen, die erst erteilt wurde, wenn sein Vater mit den Rechnungen fertig war und der Abspann der Fernsehsendung seiner Mutter ertönte. Dieses Ritual war genauso wenig zu ändern wie die Manie von Princess, am Ende ihres Mahls Winnie die Finger abzulecken. Das Leben der Familie Dickinson war stets ohne Überraschungen verlaufen. Weil sein Vater größte Mühe hatte, mit diesem Sohn zu reden, war Jake erstaunt, als er ihn mit der gestelzten Ausdrucksweise, die Dwight ihm gegenüber manchmal an den Tag legte, fragen hörte:

»Also, mein Großer, wie hast du deinen Ferientag verbracht?«

Im Allgemeinen antwortete Jake ausweichend, denn er wusste ja, dass solche Fragen rein rhetorisch waren. Seit dem Tod seines älteren Bruders Tim, der zwei Jahre vor Jakes Geburt gestorben war, lebte sein Vater, vielleicht noch mehr als seine Mutter, in einer Art Nebel. Da Jake sich bewusst war, dass er nie das Niveau der Vortrefflichkeit erreichen würde, die man von ihm erwartete, verspürte er ein gewisses Unbehagen, sich gegenüber seinen Eltern zu öffnen.

Doch an diesem Abend hörte er sich antworten:

»Hm ... Wir haben mit Freunden einen Film gedreht. Mit Sam Baldwin und Ben McCombs. Und auch Jamie Carozzo. Wir ...«

»Hast du daran gedacht, ihrer Mutter für das Barbecue in der letzten Woche zu danken?«, unterbrach Winnie, die eine der besten Freundinnen von Gina Carozzo war. »Sie hat mir erzählt, dass sie köstliche Hamburger für euch gemacht hat.«

»Ja, Mama.«

»Dabei fällt mir ein ... haben wir noch die Teigtaschen mit gekochtem Rindfleisch?«, fragte Dwight und hob seinen Stift.

»Ich glaube, wir haben noch etwa ein Dutzend auf Lager«, antwortete Winnie ausweichend. »Ich werde Cody bitten, das zu überprüfen.«

Cody Hoffmann arbeitete als Tankwart an der Tankstelle der

Dickinsons, die am südlichen Ortseingang von Duncan's Creek lag. Er hatte Logan Momsen ersetzt, gleich nachdem dieser vor zwei Jahren nach Kalifornien gegangen war.

Jake wand sich auf seinem Stuhl und befeuchtete sich die Lippen, bevor er fortfuhr:

»Das ist ... ein Horrorfilm – unser Film mit den Freunden. Wir wollen ihn im Wald drehen. Es wird Gespenster geben und einen Polizisten, der das Verschwinden eines kleinen Mädchens untersucht ...«

»Ihr macht doch keine Dummheiten, oder?«, fragte Winnie besorgt, ohne den Fernseher aus den Augen zu lassen. »Ich möchte nicht, dass du dich verletzt oder dir noch einen Zahn abbrichst ... Das ist ja unglaublich! Dwight, hast du dieses neue Wischtuch gesehen? Das wäre doch gut für die Tankstelle, oder?«

»Hm, hm«, brummte ihr Mann, in seine Papiere vertieft.

»Ich werde den Standard nehmen«, verkündete Winnie, bevor sie die Augen zu ihrem Sohn hob. »Und Jakie, wenn ihr morgen den Tag mitten in der Sonne verbringt, denk daran, dass du dir eine Kappe aufsetzt, damit du kein Nasenbluten kriegst.«

Jake wollte antworten, aber seine Mutter war bereits zu etwas anderem übergegangen, suchte einen Stift und notierte sich die Telefonnummer der Anrufzentrale der Fernsehsendung. Das leichte Unbehagen, das er verspürt hatte, verwandelte sich plötzlich in eine stumme Revolte, die gleiche, die er an seinem zehnten Geburtstag empfunden hatte, als sein Vater ihm einen von Ed McCarter signierten Baseball-Handschuh schenkte und ihn dabei darauf hinwies, dass der im Leben von viel größerem Nutzen sei als diese Bücher, die er so sehr mochte.

»Ich habe die Story geschrieben«, sagte er, nachdem er seinen Speichel hinuntergeschluckt hatte. »Die Story von unserem Film, mit den Freunden. Ich hab auch schon andere geschrieben. Ich liebe das.«

»Das ist sehr gut, mein Lieber«, sagte seine Mutter und belohnte ihn mit einem mechanischen Lächeln. »Möchtest du noch etwas vom Braten?«

»Nein, danke.«

»Es ist trotzdem schade, dass du diesen Sommer nicht arbeiten wolltest, mein Sohnemann«, meinte Dwight.

»Aber mit dem Tod von Mister Jones, wie willst du da ...?« Winnie verschluckte den Rest ihres Satzes. »Das macht er dann nächstes Jahr, nicht wahr, Jake?«

Jake nickte, bemüht, seiner Mutter nicht zu widersprechen. Er dachte oft an die beiden letzten Sommer, die er auf der Farm von Lamar Jones damit verbracht hatte, Kartoffeln zu sortieren. Doch der Farmer, der es sich in den Kopf gesetzt hatte, mit Idaho, dem Nachbarstaat von Utah, zu konkurrieren und zum ersten Kartoffellieferanten der Vereinigten Staaten aufzusteigen, war vor einem Jahr an den Folgen einer langen Krankheit gestorben. Weder Jake noch Junior hatten seither ihre Arbeit auf den Feldern wieder aufnehmen können. Er hegte nur wenig Hoffnung, eines Tages dorthin zurückzukehren, und sein Vater schien der gleichen Ansicht zu sein:

»Nächstes Jahr ist er vierzehn. Da ist es vielleicht Zeit, daran zu denken, die Zügel des Familienunternehmens zu übernehmen.«

»Das ist richtig, Cody hält sich sehr gut, aber er wird Logan nie ersetzen«, sagte Winnie nachdenklich, indem sie auf ihren früheren Tankwart anspielte.

Weder Logan noch Tim, sagte Jake sich. Er hatte schon öfter darüber nachgedacht: Die beiden Jungen hatten fast das gleiche Alter. Könnte es sein, dass seine Eltern zu dem Zeitpunkt, als sie ihn einstellten, in Logan den Ersatz fanden, den Jake ihnen nicht bieten konnte, nämlich Tim zu ersetzen? Sie setzten immer eine traurige Miene auf, wenn sie sich an den jungen Mann erinnerten, und die Tatsache, dass seine Freundin Alice von dem Mann getötet worden war, der ihnen ihren ersten Sohn genommen hatte, spielte bei der Angelegenheit sicherlich auch eine Rolle.

Jake schüttelte kaum merklich den Kopf. Er konnte es sich nicht erlauben, so zu denken. Nicht mehr jetzt, nicht mehr bei diesen alten Phantomen, die ihm lange das Leben vergiftet hatten. Er hatte zu viel Zeit damit verloren, in ihrem Schatten zu leben.

»Hättest du Lust dazu, mein Großer?«

»Vielleicht ... ähm, ja.«

Der Abspann der Teleshop-Sendung machte ihrer Diskussion ein Ende. Dwight klappte den Aktenordner zu, legte sein Besteck auf den Teller und stand auf, um alles in den Geschirrspüler zu stellen. Jake tat es ihm nach und kümmerte sich auch um den Teller seiner Mutter. Dann räumte er alles ab, was noch auf dem Tisch stand, und ging hoch in sein Zimmer, wo er sich auf dem Bett ausstreckte und den Blick an die Decke richtete.

Er nahm seinem Vater nicht übel, dass der ihn nicht verstand, und genauso wenig seiner Mutter, dass sie ihm nicht zuhörte. Beide hatten große Hoffnung in ihn gesetzt, und er hatte sie immer enttäuscht. Dessen war er sich bewusst. Jake hatte lange gelitten, sich aber schließlich damit abgefunden. Die Wunden waren noch da, doch sie waren vernarbt, und er wusste, dass sie ihm im Laufe der Zeit immer weniger wehtun würden.

Denn jetzt war er nicht mehr allein. Er hatte Freunde.

»Buchstaben auf dem beschlagenen Spiegel? Das ist ja die Hölle!«

»Ja, da hat man den Eindruck, das ist der Geist von Shouina, der sie aus dem Jenseits geschrieben hat! Was hältst du davon, Spielleiter Jack?«

»Echt super.«

Ein boshaftes Glitzern trat in Sams Augen. Sie war stolz auf ihre Idee.

»Wir werden das nachher im Badezimmer drehen. Doch zuerst

machen wir eine Aufnahme vom Vorspann mit der Musik. Hast du die Kassette mitgebracht, Boulard?«

»Ja, klar«, antwortete Junior und zog eine VHS mit *Der Exorzist. Die Sau gehört mir!* hervor.

Seine perfekte Nachahmung der Grabesstimme des Filmdämons löste allgemeine Heiterkeit aus. Doch Jakes Begeisterung war gedämpft. Ausgestattet mit dieser seltsamen und feinen Wahrnehmung der Dinge, die ihn von anderen unterschied, spürte er die kleinste Nuancierungen in seiner Umgebung und geringste Stimmungsschwankungen bei den Menschen in seiner Nähe auf. Und irgendetwas an Juniors Verhalten ließ in seinem Inneren Zweifel aufkommen: Sein Freund war von der Aussicht auf die Dreharbeiten nicht so angetan wie Sam und er.

Er strich mit der Zunge über den Vorderzahn, der vor fünf Jahren bei einem Sturz in den Felsen abgebrochen war, und fragte:

»Alles gut, Ben?«

Junior nickte nur. Sam, mit Feinarbeiten an den Blutspritzern ihrer Zeichnung beschäftigt, reagierte mit einer leichten Verzögerung:

»Also nein, hat es dem Leichendarsteller die Sprache verschlagen? Gibt es da etwas, was ihn nervt? Weil er die Rolle des kleinen Mädchens haben wollte?«

»Er wollte nicht die Rolle der Leiche haben«, meinte Jake.

»Was soll das heißen: *Er wollte nicht die Rolle der Leiche haben?*«

»Er wollte die Rolle des Bullen, wenn dir das lieber ist ...«

»Stimmt diese Lüge, Boulard? Du wolltest den Bullen spielen?«

Junior murmelte etwas vor sich hin.

»Was redest du da?«, knurrte Sam. »Ich versteh nur Bahnhof.«

»Ich wollte die Rolle der Leiche nicht.«

Er hatte keine Feindseligkeit an den Tag gelegt, nur ganz kühl seinen Standpunkt klargestellt.

»Wieso wolltest du die Rolle der Leiche nicht, ich dachte, wir waren uns einig?«

»Bah, du, du warst dir mit dir einig, aber ...«

»Seit Wochen haben wir die Dreharbeiten vorbereitet, und jetzt ...«

»Lass ihn ausreden, Sam«, unterbrach Jake.

Es folgte Schweigen.

»Du hast eine Kamera, wir lassen dich drehen«, erklärte Junior schließlich. »Normal. Spielleiter Jack schreibt Geschichten, er wird zum Drehbuchautor. Okay. Jamie ist groß und mutig, prima, er wird den Bullen spielen. Aber wo bin ich bei all dem? Ich kann nichts Besonderes, ich rede nur Scheiße. Logisch, dass ich einen Toten spiele. Abgesehen davon läuft alles gut.«

Sam verschlug es die Sprache, was nicht gerade häufig vorkam. Neben ihr trat Jake von einem Bein aufs andere, auch schweigend.

»Und die Idee, einen Horrorfilm zu machen, wer hat die gehabt?«, entgegnete sie ihm schließlich. »Wer hat den Titel gefunden? Die Story ...«

»Die Story, ihr habt mir oft genug gesagt, dass sie überarbeitet werden muss!«

»*Zugespitzt werden muss!*«, riefen die beiden anderen wie aus einem Mund.

»Vielleicht, aber es war Spielleiter Jack, der sie geschrieben hat ... und das ist nicht besonders originell, ich habe nur von dem gesprochen, was vor zwei Jahren im Dorf passiert ist ...«

Junior bezog sich auf das Verschwinden der kleinen Shawna Twitchell, fünf Jahre, und auf die Entdeckung ihrer Leiche in den Bergen, bei der er im Sommer 1995 eine Hauptrolle gespielt hatte.

»Trotzdem, man musste ganz schön mutig sein, um all das zu erzählen«, bemerkte Jake.

»Das ist nicht mutig, das ist pervers.« Sam konnte sich die Richtigstellung nicht verkneifen. »Wie oft hat er uns gesagt, dass er wieder da hochgehen wollte? Wie oft hat er uns von den Insekten erzählt, von denen es in Shawnas Haar wimmelte? Stimmt das nicht, mein kleiner Gillespie?«

Sam machte ein komisches Geräusch mit dem Mund, es klang wie das Tapsen von kleinen Füßen, und fuhr dann mit einer Hand durch Juniors Bürstenhaar, um einen Larvenbefall vorzutäuschen.

»Nenne mich nicht so!«, rief er und schlug um sich.

»Nenne mich nicht so!«, äffte sie ihn mit ihrer spitzesten Falsettstimme nach.

Der dicke Junge wollte gerade etwas erwidern, als ihnen die mürrische Stimme von Sams Vater vom Ende des Flurs ans Ohr drang:

»*Was treibst du da in dieser Kleidung? Was ist das für eine Verkleidung?*«

Eine kleinlaute Stimme antwortete ihm:

»*Sammy ... Sammy hat mir gesagt ...*«

»*Was hat Sammy dir gesagt? Sammy, komm her!*«

»Verdammte Scheiße!«, stieß Sam aus.

Junior sah seine Freundin besorgt an, Jake drückte sich unbewusst die Fingernägel in die Handflächen seiner geballten Fäuste. Einige Minuten zuvor hatten sie Erin, Sams kleine Schwester, ein mit roter Tinte beflecktes Laken anprobieren lassen. Erin sollte in ihrem Film den Geist von Shouina spielen, und es hatte ihr so gut gefallen, dass sie es gar nicht wieder ausziehen wollte.

»*Sammy! Ich warne dich, bei drei stehe ich auf! Eins ...*«

Junior verkrampfte sich. Sam rührte sich keinen Zentimeter.

»*Zwei ...*«

Die Zeit blieb eine Sekunde stehen.

»Drei!«, sagte Sam, bevor sie sich umdrehte und zur Zimmertür ging. »Arghh, ich bringe ihn um!«

Schlurfend trat sie in den Flur und schloss sorgfältig die Tür hinter sich. Es folgte eine Stille, viel zu lang, um beruhigend zu sein. Jake und Junior näherten sich vorsichtig der Tür.

»*Was, zum Teufel, hat deine Schwester da an?*«, knurrte Phil Baldwin grimmig.

»*Das ist ihr Kostüm für Halloween*«, log Sam.

»*Willst du mich verarschen, Sammy? Halloween ist erst in zwei Monaten!*«

Sams Stimme bebte vor Furcht und Entrüstung:

»*Na und? Es muss sich doch jemand darum kümmern, oder?*«

»*Was soll das heißen?*«

»*Nichts …*«

»*Verflucht noch mal, was soll das heißen, Sammy? Dass ich mich nicht genug um meine Tochter kümmere? Ist es das? Soll es das heißen? Musst du die Mama spielen, weil ich nicht in der Lage bin, deine Schwester richtig zu erziehen? Ist es das? Hä?*«

Es gab ein Schweigen, dann ein kleines trockenes Geräusch, wie eine Detonation.

»*Hör auf zu schniefen, du Heulsuse!*«, war Sams Stimme zu vernehmen.

Dann ein Schluchzen. Das erstickte Wimmern eines verletzten Tieres, unterbrochen von den Worten:

»*A-aber … S-Sammy …*«

»*Verschwinde!*«, befahl Sam, »*Geh in dein Zimmer, Erin!*«

»*He, wer bestimmt denn, was hier gemacht wird?*«

Auf die lauten Stimmen folgte ein Schlag. Das Schluchzen hörte auf, ein kleiner Schrei unterbrach den Wortwechsel. Jake und Junior hinter der Tür waren nur noch zwei wie vor Entsetzen erstarrte Eisblöcke.

»*Beweg dich nicht, Erin. Und du, antworte: Warum hat deine Schwester das an? Und lüge diesmal nicht.*«

Sams Antwort war nicht zu hören, doch die Jungen verstanden, dass die Spannung nicht abgenommen hatte, als sie hörten, wie ihr Vater die Stimme hob:

»*… ich kann nichts dafür, dass eure Mutter gestorben ist, ich kann* *nichts dafür, dass ich meinen Job verloren habe. Aber ich habe beschlossen, euch beide bei mir zu behalten, weil ihr meine Töchter seid und weil ich euch liebe …«* Unverständliche Worte *»… aber man darf es nicht zu weit treiben. Also, wer ist hier der Chef? Wer ist das? Antworte! Wer ist der Chef?«*

»Du.«

»Ja, ich bin der Chef. Nicht du, und auch nicht deine Schwester. Ich. Behalte das in deinem Spatzenhirn, Sammy! Denn beim nächsten Mal werde ich meine Zeit nicht damit vergeuden, dir das zu wiederholen. Komm her, komm her …«

Beim Geräusch der leisen Schritte auf dem Flur traten Jake und Junior von der Tür zurück. Als Sam ins Zimmer kam, war sie so, wie sie sie kannten: stolz und ungebrochen. Jake spürte, wie der Druck in seiner Brust nachließ. Auch wenn er sich nicht wohl in seiner Haut fühlte, wagte er es, als Erster das Wort zu ergreifen:

»Geht's dir gut, Sam?«

»Warum sollte es mir schlecht gehen?«

Ihr Ton war trocken und von sonderbarer Kälte.

»Bist du sicher?«

»Klar. Lügen haben kurze Beine. Wenn ich lüge, komme ich in die Hölle.«

Sie war auf dem besten Weg.

Heute

Duarte, San Gabriel River Freeway.

Ich ließ die Straße für einen Moment aus den Augen und sah auf den Beifahrersitz des Chevrolets. Ich war mir nie sicher gewesen, ob Sam an diesem Tag gelogen hatte, doch ich erinnerte mich an einen Satz, den sie mir Jahre später sagte, nach den Ereignissen, die unser Leben ins Chaos stürzten: »Du siehst, Spielleiter Jack, ich habe gelogen, ich komme in die Hölle.« In jenem Moment wusste ich nicht, was ich davon halten sollte.

Ich hätte sie gern gefragt, aber ich wusste, dass sie nie geantwortet hätte. Sam und ich sprachen nicht miteinander, wir hatten seit über acht Jahren nicht gesprochen. Nicht mehr als fünf Worte hatten wir gewechselt, als ich sie im Motel aufsuchte, und die waren von ihr gekommen.

Ich schaltete in den vierten Gang ihres alten Chevy und knabberte an meiner inneren Wange. Unser letzter Wortwechsel vier Tage zuvor fiel mir wieder ein, als ich auf die Interstate 210 fuhr, die Los Angeles mit San Bernadino verbindet. Ich war gerade im Begriff gewesen, noch einmal handschriftliche Notizen zu lesen, die Sonne über der Stadt ging unter, und der Abend kroch sanft auf eine ruhige und warme Herbstanfangsnacht zu. Ich beendete die Korrekturen eines Kapitels, das mir schwer zu schaffen gemacht hatte, als das Telefon auf der Armlehne meines Sofas zweimal kurz vibrierte. Während ich hochschreckte, sah ich schnell auf das Display. Schon seit einer Woche wartete ich auf einen Anruf von meinem Verleger, und ich begann daran zu zweifeln, dass ich jemals etwas von ihm hören würde. Aber es war natürlich nicht mein Verleger. Mein Verleger rief nie an – das lag wahrscheinlich an meinem letzten Roman, der nicht den erwarteten Erfolg gebracht hatte.

Es war die Vorwahl von Los Angeles. Noch bevor ich ein Wort vom anderen Ende der Leitung hörte, war ich mir sicher, um wen es sich handelte.

»Ich bin's, Jake. Sam.«

Die Stimme klang angestaubt wie von einer Tonbandkassette, die zu oft abgespielt wurde. Die Zeit hatte ihr Werk getan, Gewohnheiten ausgelöscht und einst vertraute Bezugspunkte verwischt, doch da ich Sam oft genug erlebt hatte, ahnte ich sofort, dass etwas nicht in Ordnung war.

»Ich brauche dich, kannst du kommen? Alta Cienega Motel, in West Hollywood, morgen Abend, geht das?«

»Okay, ich werde da sein.«

»Danke, Spielleiter Jack.«

Der Anruf hatte keine zwanzig Sekunden gedauert. Ich hatte gewartet, bis sie auflegte, und mich wieder aufs Sofa gehockt, so leer, als ob ich gerade einen Marathonlauf hinter mich gebracht hätte. Fünf Minuten vergingen, ohne dass ich zur geringsten Reaktion in der Lage war. Dann sprang mir ohne Vorwarnung meine Vergangenheit ins Gesicht, mit dieser aufdringlichen Plötzlichkeit, die für sie bezeichnend war.

Es kam ab und zu vor, dass ich wieder an all dies denken musste. An Es-reicht-Sam, Boulard und Volltreffer-Jamie, an diese Momente, in denen wir etwas zusammen gemacht hatten, und an dieses immer gegenwärtige Gefühl, dass meine Brust zu eng war, um die ganze Furcht und Freude aufzunehmen, mit der sie mich damals erfüllten. Doch ich zog es zumeist vor, diese Erinnerungen in den Tiefen meines Gedächtnisses zu bewahren.

Immer noch leicht benommen, fand ich den Mut aufzustehen, mich an den Schreibtisch zu setzen und mein Flugticket für den nächsten Tag zu buchen. Unser Gespräch oder das, was ein Gespräch zu sein schien, ging mir in den folgenden Stunden immer wieder durch den Kopf und verdrängte die Arbeit, den Verleger und alles andere. Der erste Anruf seit Jahren, und ich hatte nur einen schlichten Satz ausstoßen können und das auch noch mit dieser kleinlauten Stimme, mit der ich mich zu verteidigen versuchte, wenn Sam mich auf dem Schulflur schroff anfuhr!

Ich spürte, wie eine krallenbewehrte Faust mein Herz umklammerte. Die Grausamkeit der Kinderwelt hat mich schon immer krank gemacht. Lange habe ich gedacht, der Albtraum würde am Ende der Jugend aufhören, doch die Wirklichkeit war ganz anders. Mit zunehmendem Alter wurde mir bewusst, dass es den Erwachsenen nicht besser ging als den Jüngeren. Was uns verletzt, wenn wir elf Jahre alt sind, sind nicht nur die Schläge, sondern auch die Tatsache, dass man nicht weiß, wie man sie einstecken soll. Oder vergelten. Und auch, wenn die Zeit uns härter macht, tun die Schläge noch mehr weh, wenn man das Erwachsenenalter erreicht. Zweifellos deshalb, weil sie heftiger sind.

Dreißig Jahre später hatte ich noch immer einen Satz von Lamar Jones im Kopf, dem Farmer, bei dem ich zwei Sommer hintereinander in Duncan's Creek gearbeitet hatte: *Das Schicksal ist nichts anderes als der Anteil von Glück oder Unglück, von Gunst oder Ungunst, der jedem bei der Geburt zukommt, und das Leben verteilt seine Karten nach dem Prinzip des Zufalls.* Das war eine der Weisheiten, die er mir vermittelte, um mir zu helfen, erwachsen zu werden. Mister Jones ist gestorben, als ich zwölf war, doch seine Lehren haben mich mein ganzes Leben begleitet.

Sam hatte von Anfang an schlechte Karten. Sie gehörte zu den Leuten, die nie zwei Karten von derselben Farbe haben. Schwierig, damit etwas zu bewerkstelligen, selbst wenn man gut bluffen kann. »*That's poker*!«, so heißt es ja. Manchmal sagte ich mir, dass das meine Schuld war. Eine direkte Folge dessen, was wir zusammen ausgelöst hatten, selbst wenn viele von Sams Problemen schon vorhanden waren, lange bevor ich in ihrem Leben auftauchte.

Die Luft wich mir plötzlich aus den Lungen, als ob ich einen Faustschlag auf den Solarplexus bekommen hätte. Seit Langem hatte ich nicht mehr in dieser Abteilung meiner Erinnerungen herumgewühlt, und mir nicht klar war, ob das eine gute Idee war. Mein Gedächtnis schien mir so unzugänglich zu sein wie Sam. Ein Geschöpf, das über den anderen schwebte und mich ab und zu verhöhnte, nur um genau in dem Moment über mich herzufallen, in dem ich es am wenigsten erwartete.

Mit verschwommenem Blick überließ ich mich meinen Erinnerungen und verweilte bei Sams langen Haaren, dieser teuflischen Mähne, die sie schließlich zähmen konnte und die anmutig ihr Gesicht umspielte. In unserer Jugend war sie immer eroberungslustig und sicher aufgetreten. Doch mittlerweile hatte sie ihren Kampfgeist verloren, und die Sam, die ich kannte, jene, die mich vor dreißig Jahren ebenso in Schrecken versetzt wie fasziniert hatte, wirkte jetzt nachdenklich und ernüchtert ... sogar jene, die sie gewesen war, als sie diese fünf Wörter aussprach, die mich ans Lenkrad ihres alten Chevy katapultiert hatten, auf diese von der Sonne überflutete kalifornische Autobahn.

»*Bring mich zurück nach Hause.*«

Sieben Jahre Funkstille, und das war alles, was sie zu mir sagen konnte! Nicht gerade das Wiedersehen, das ich mir vorgestellt hatte.

Ich schob meine Gedanken kurz beiseite und warf einen Blick in den Rückspiegel, in dem ich meine leichenblasse Visage sah – mit wirrem Haar, Dreitagebart und vor Erschöpfung geröteten Augen. Das schimmernde Licht der weitläufigen Stadt im Hintergrund blendete mich ein letztes Mal.

»*Hasta luego!*«, rief ich den Silhouetten der Wolkenkratzer zu, die in der Ferne verschwanden.

Ich erreichte die Interstate 15. Mein einziger Begleiter war das Geräusch des Windes, der in Böen durch die abgesenkte Scheibe wehte. Der Tag ging zu Ende, und der orangefarbene Horizont sah vor den Bergen so zerknittert aus wie zusammengeknülltes Papier. Je mehr Kilometer ich hinter mich brachte, desto bedrückender wurde die Stille. Ich bemerkte, dass eine Kassette im Autoradio steckte und drückte, ohne nachzudenken, auf PLAY, um die Stille zu durchbrechen.

Die Stimme von Boy George drang aus den Lautsprechern.

Blitzartig fühlte ich mich siebenundzwanzig Jahre zurückversetzt.

Gestern

Karma Karma Karma Karma Karma Chameleon,
You come and go,
You come and go!

Die Musik heulte im einzigen Lautsprecher des Plattenspielers, der die Stimme von Boy George schrill und quäkend machte. Jake saß mit gekreuzten Beinen auf dem Teppich seines Zimmers und drückte wie besessen auf den Auslöser der Polaroid, die er zu Weihnachten bekommen hatte. Der Apparat spuckte unaufhörlich Abzüge aus und verewigte höchst groteske Bilder von seinen Freunden, die im aquatischen Licht der blauen Glühbirne, die in seiner Schreibtischlampe steckte, auf dem Bett herumhopsten.

Sam intonierte noch einmal aus voller Kehle den Refrain und schüttelte den Kopf, bis ihre verrückten Locken tanzten. Seit einem Jahr hatte sie sich das Haar nicht geschnitten, und wenn sie es nicht mit bunten Bändern im Zaum gehalten hätte, wäre sie bei den Pointer Sisters groß rausgekommen.

Als er sah, wie sie mit den Hüften wackelte, begann Ben, der vor Kurzem beschlossen hatte, auf dem Plakat definitiv als »Junior« zu erscheinen, auf einer imaginären Mundharmonika zu blasen. Er war verschwitzt, sein knallrotes Gesicht schien fast zu explodieren, das lange Haar fiel ihm in nassen Strähnen auf die mit Akne übersäte Stirn. In den letzten sechs Monaten war er fünf Zentimeter gewachsen und hatte ebenso viele Kilos verloren, doch seine Kontur wies immer noch einige Rundungen auf.

Auch Jake war größer geworden, aber nicht so auffällig wie die beiden anderen. Um sich zu beruhigen, hatte er sich wiederholt eingeredet, dass er der Jüngste in der Bande war, »der kleine Finger an ihrer Hand«, wie Ben sagte. Ein schwacher Trost.

Als der Song zu Ende war, sangen die drei Jugendlichen weiter aus vollem Hals den Refrain, bevor sie sich außer Atem auf die mit Füßen getretene Bettdecke fallen ließen. Witze und Lachsalven ließen nicht auf sich warten, dann herrschte Schweigen, nur gestört durch das Kratzen der Nadel des Plattenspielers in der jungfräulichen Furche der Single. So verweilten sie, ohne etwas zu sagen. Jede Sekunde zog sich unendlich in die Länge: Jake auf dem Rücken ausgestreckt, die Augen an die Decke gerichtet und mit den Gedanken woanders; Ben an Sam gedrängt, sein Kopf auf ihrer Schulter, mit den Fingern drehte er die rebellischen Locken zusammen, die aus den Bändern gerutscht waren; Sam kaute abwesend an der Nagelhaut ihrer Finger, der Blick melancholisch.

»Na, Leute?«, sagte Ben nach einer Weile.

Beim tiefen Ton der Stimme dieses jungen Mannes, die er noch nicht voll im Griff hatte, vibrierte Jakes Coca-3-D-Brille auf dem Schreibtisch.

»Ja?«, antworteten Jake und Sam gleichzeitig.

»Was glaubt ihr, wo wir in einem Jahr sind?«

»Was soll diese dämliche Frage?«, entgegnete Sam. »Was meinst du denn, wo wir in einem Jahr sind, Mongolito?«

»Keine Ahnung. Deshalb frage ich ja.«

»Bah, hör auf zu fragen, wenn du keine Antworten hast!«

Ben drehte sich zu Jake.

»Was denkst du?«

»Wir werden hier sein«, meinte Jake mit einem schwachen Lächeln. »Hier an diesem Fleck, alle drei. Die drei Finger der Hand.«

»Daumen!«, rief Ben und streckte seinen wurstigen Daumen aus.

»Mittelfinger!«, fuhr Sam fort und zeigte einen Stinkefinger.

»Kleiner Finger!«, schloss Jake und bewegte den kleinen Finger.

Es wurde still. Alle gaben sich wieder ihren Träumereien hin.

»Nein, aber mal im Ernst, denkt ihr nie darüber nach, was ihr später machen werdet?«, beharrte Ben und drehte sich auf den Bauch.

»Nein«, sagte Sam mit schneidender Stimme.

»Ich schon«, gestand Jake zögerlich. »Also, manchmal …«

Ben stützte sich auf einen Ellenbogen. Die ungleichen Augen hinter den dicken Brillengläsern richteten sich auf seinen Freund.

»Ach, ja? Und wo siehst du dich?«

»Woanders. Ich weiß noch nicht, wo, aber nicht hier.«

»Aber wir, sind wir hier?«

Jake antwortete nicht sofort.

»Ich hoffe.«

Ben schien zufrieden zu sein und rollte seinen stattlichen Hintern an die Bettkante.

»Nun, du willst uns doch wohl nicht sitzenlassen wie dieser Bastard von Jamie!«, sagte Sam warnend. »Denn ich werde dich am Arsch kriegen, selbst am anderen Ende der Welt!«

»Mach dir keine Sorgen«, entgegnete Jake.

Ben legte den Kopf wieder aufs Kissen und griff auf dem Schreibtisch nach dem Videospiel *Simon*, bei dem er abwechselnd auf die vier großen, bunten Tasten drückte.

»Was meint ihr, warum hat er sich verdrückt?«, fragte er und schluckte eine Handvoll Marshmallows hinunter.

»Weil er ein Idiot ist«, antwortete Sam.

»Das hast du nicht gesagt, als er noch mit uns rumhing …«

»Bah, er ist danach zum Idioten geworden. Und red nicht mit vollem Mund, du widerlicher Fettwanst!«

»Du bist blöd«, murmelte Ben.

»Du bist der Blödmann! Dieser Kerl war so dämlich, dass er glaubte, schnurlose Telefone wären dazu da, Gehörlose anzurufen!«

Ben musste lachen, wurde aber schnell wieder ernst:

»Das ist wegen Veronica Burke, nicht wahr?«

»Veronica Burke?«, versetzte Sam. »Lass die da, wo sie ist.«

Nachdenklich hörte Ben auf, seine Bonbons zu kauen, und würgte sie runter.

»Erst haben wir Cody wegen Paige Spetalnick verloren, dann Jamie wegen Veronica Burke«, zählte er auf und knickte zwei Finger der rechten Hand herunter. »Wollt ihr mich etwa auch loswerden, Leute?«

Jake nahm die Hand in seine eigene und drückte die drei ausgestreckten Finger zusammen, ein schüchternes Lächeln auf den Lippen.

»Die drei Finger der Hand, Ben. Im Leben und im Tod, erinnerst du dich?«

»Sam?«, fragte Ben nickend.

»Ja«, stimmte sie mit schleppender Stimme zu, bevor sie ihre Hand auf die Hände der anderen legte. »Drei Finger eines mutierenden Tierchens, das wird uns sicher Glück bringen … Gut, wollt ihr nicht Musik auflegen? Das soll doch eine Party sein, oder?«

Als sie feststellte, dass keiner der Jungen sich rührte, stand sie auf und steckte eine Scheibe aus ihrer eigenen Sammlung in den Plattenspieler. Ben erkannte sofort das Intro von *U Got The Look* von Prince.

»Oh, nein, nicht schon wieder diese Schwuchtel!«

»Willst du lieber Glenn Medeiros?«, schlug Sam vor und hob eine von Jakes Scheiben hoch. »Wenn nicht, da ist auch der neueste George Michael!«

Sie steckte sich einen Finger tief in den Hals, drehte auf volle Lautstärke und übertönte damit Bens Protest. Jakes Schmollmund blieb unbemerkt.

»Wollen wir nicht was machen, mit dem alle einverstanden

sind?«, schlug Ben schließlich vor. Da Sam sich für ein Blatt in Jakes Schreibmaschine interessierte, nutzte er die Gelegenheit, um die Lautstärke des Plattenspielers herunterzudrehen.

»Du willst einen flotten Dreier?«, kicherte sie.

Ben, der spürte, dass seine Hormone sich bemerkbar machten, errötete bis zu den Ohren.

»Ich hab vielleicht eine Idee«, erklang Jakes Stimme hinter ihnen.

Er wühlte in seinen Sachen und zog eine Videokassette heraus, auf deren Rücken *Die Rückkehr von Shouina (1987)* stand.

Bens Gesicht hellte sich auf.

»Ich glaub, ich träume! Du hast ihn auf Kassette überspielt?«

»Ja.«

»Ist ja irre!«

Der dicke Junge stürzte vor und stieß dabei einen Bücherstapel um, der auf dem Teppich stand. Jake beachtete das nicht und reichte ihm die VHS-Kassette.

»Wie lange haben wir den nicht mehr in voller Länge gesehen?«

»Ich würde sagen, fünf oder sechs Monate?«

Ben untersuchte die Hülle aus jedem Blickwinkel. Seine Augen hinter den flaschenbodendicken Gläsern vergrößerten sich, als er feststellte, dass Jake den Titel des Films mit weißer Korrekturflüssigkeit auf die schwarze Hülle übertragen hatte.

»Gut, Mongolito, auf was wartest du? Warum steckst du das Ding nicht in den Schacht?«, drängte Sam, indem sie ihm einen kleinen Klaps hinters Ohr gab.

Ben errötete erneut und wandte sich schnell dem Videorekorder zu, damit die anderen dies nicht sahen. Kurz darauf setzte er sich aufs Bett neben Sam und Jake, der das Licht ausmachte und mit der Fernbedienung das Video startete.

Die düstere Musik des *Exorzisten* schepperte in den Lautsprechern des kleinen Fernsehers. Dann erschien der Titel des Films, der mit Hand auf einen beschlagenen Spiegel geschrieben wurde. Die drei Teenager pfiffen auf den Fingern, als ihre Namen auf dem Bildschirm auftauchten. Sam legte den Kopf an Jakes Schulter. Ben versuchte, sich an sie zu schmiegen, doch eine seiner dicken Hinterbacken rutschte unvermeidlich ins Leere. Er fluchte, aber niemand achtete darauf.

Sie schauten den Anfang des Films an, als ob sie ihn zum ersten Mal entdeckten. Als Ben sein leichenblasses, mit weißem Puder bedecktes Gesicht auf dem Bildschirm auftauchen sah, platzte seine Brust fast vor Stolz. Endlich hatte er verdaut, dass er lange Zeit als »*casting error*« bezeichnet worden war; seitdem hatte er ein starkes Selbstvertrauen entwickelt, was zweifellos das Folgende erklärte.

»He, was machst du da?«

Jake spürte, wie Sams Körper sich an ihn drängte. Er war immer noch vom Film gefesselt und brauchte einen Moment, um zu begreifen, was geschah.

»Bist du verrückt, du Blödmann? Lass das!«

Sam richtete sich auf und verpasste Ben eine schallende Ohrfeige, sodass er mit einem dumpfen Geräusch vom Bett fiel.

»Was ist los?«, rief Jake erschrocken, bereits auf die Füße gesprungen.

»Geht's noch?«, schrie Sam. »Bist du bescheuert, oder was?«

Jake knipste das Licht an.

»Sam? Was ist passiert?«

»Dieses fette Schwein wollte mich ... mich ...«

Sie brachte den Satz nicht zu Ende. Jake blickte auf die andere Seite des Bettes, wo er Bens runden Kopf auftauchen sah, der konfus zwischen den Schultern wackelte.

»Er hat versucht, mich anzugrapschen!«, fauchte Sam.

»Was?«

»Er hat seine dreckige Hand auf meinen Schenkel gelegt, dieser Fettsack, und er hat ... er hat ...«

»Das ist nicht wahr!«, verteidigte sich Ben. »Ich bin vom Bett gerutscht und hab versucht, mich festzuhalten ...«

»Na klar! Du hast versucht, dich festzuhalten! Und an dem Abend, als du seltsame Geräusche aus dem Nebenzimmer gehört hast, haben deine Eltern da etwa Verstecken gespielt?«

Flammen des Zorns tanzten ins Sams Augen. Ben streckte beschwichtigend eine Hand zu ihr aus und richtete sich schüchtern auf.

»Aber Sam, ich schwöre dir ...«

»Du kannst dir dein *Aber* sonstwo hinstecken! Versuch das nie wieder, du Idiot! Hast du mich verstanden? Nie wieder!«

»Aber Sam, ich hab doch nichts gemacht ...«

Bens tiefe Stimme stieg in die Höhe. Jake schaltete den Ton des Fernsehers aus.

»Ich schwöre dir, ich wollte dich nicht anfassen ... also nicht deshalb, nicht, um dich zu ...«

»Pass bloß auf, du Perversling!«, schimpfte Sam, rot vor Wut. »Du solltest deine dreckigen Pfoten von jetzt an lieber in deine Taschen stecken, wenn du nicht willst, dass dir was passiert! Kapiert? Hast du das kapiert? Antworte! Hast du das kapiert oder nicht?«

»Ich hab's kapiert.«

»Nun denn, behalt das gut in deinem Spatzenhirn!«

Jake, der auf Distanz geblieben war, trat zögerlich auf sie zu.

»Regt euch nicht auf«, wagte er zu sagen. »Ist doch nicht so schlimm ...«

»Schon klar, dir wollte er ja auch nicht an die Wäsche!«, entgegnete Sam.

»Ich hab nicht ...«

Jake verfolgte den Wortwechsel mit einem Blick, in dem sich Sorge mit Unverständnis mischte. Dieses Mal ging es nicht um einen Streit zwischen Jugendlichen.

»Am besten, wir vergessen das alles, einverstanden?«, schlug er vor. »Und lasst uns feiern. Schließlich ist ja Neujahr!«

Die Sekunden zogen sich in die Länge. Ben reagierte als Erster, mit einem Schulterzucken, das bedeutete, dass es vergessen war.

»Sam?«

Mit zornig zusammengezogenen Brauen und düsterem Blick unter ihrer vorspringenden Stirn starrte Sam die Jungen eine Weile an, bevor sie nickte. Jake schenkte seinen beiden Freunden ein blasses Lächeln und wandte sich ab, um den Song von Culture Club auf dem Plattenspieler neu zu starten. Es dauerte kaum eine Minute, bis er und Ben zu hotten begannen, erst verhalten und dann heftiger. Vor dem Ende des Stücks hatte Sam sich ihnen auf dem Bett angeschlossen.

Sie waren vierzehn Jahre alt, sie waren so glücklich, wie man es in diesem Alter sein konnte, und ohne es zu wissen, waren sie in das Jahr eingetreten, das ihrem Schicksal eine düstere Wendung geben sollte.

Heute

Das Ende des Winters 1988 in Utah war eisig. An manchen Tagen fiel die Temperatur weit unter minus zwanzig Grad. Duncan's Creek war eine einzige Eislandschaft, abgeschnitten von der Welt wegen der verschneiten Straßen und Schneewehen, die an einigen Stellen die Dächer der niedrigsten Häuser überragten.

Ich hatte einen unerwarteten Wachstumsschub, der in dieser Phase ungewöhnlich war: Vor Frühlingsbeginn war ich vier Zentimeter größer geworden um den Preis stechender Schmerzen in den Beinen. Gleichzeitig wuchs ich auch in meinem Kopf, und der Wunsch, das Erwachsenenalter zu erreichen, war noch nie so stark gewesen. Wenn ich gewusst hätte, was die Zukunft für mich bereithielt, hätte ich alles getan, um den Lauf der Zeit zu bremsen, doch ich war arglos genug, zu glauben, dass sich schon alles finden würde, wenn ich nur erst dem Schoß der Familie entronnen wäre.

Die Welt der Großen faszinierte mich weiterhin. Wenn Ben und Sam nicht gewesen wären, hätte ich den Rest meiner Jugend damit zubringen können, die Volljährigkeit zu erreichen, ohne irgendeinen Freund in meinem Alter zu haben. Sam war schon seit einer Weile größer geworden, und ich sollte bald den Grund dafür entdecken; was Ben anging, so wuchs er wie alle Jugendlichen friedlich vor sich hin, ohne es wirklich zu merken.

Muss man in diesen frühreifen Gegensätzen eine Erklärung für die so unterschiedlichen Wege sehen, die wir in der Folge einschlagen sollten? Zweifellos. Sam und ich, die ich als im Leben von Kindern gefangene Erwachsene sah, hatten früh die Berge, die uns hatten aufwachsen sehen, verlassen, um uns von ihrer erdrückenden Last zu befreien. Ben hingegen war am Ort geblieben und lebte immer noch dort.

Ich hatte ihn seit über zehn Jahren nicht mehr gesehen. Natürlich hatten wir drei- oder viermal im Jahr Neuigkeiten ausgetauscht, zu Geburtstagen oder an Feiertagen, manchmal unerwartet, weil wir ganz einfach Zeit totschlagen mussten oder weil der Wunsch übermächtig wurde, sich an die glücklichen Momente zu erinnern, die unserer Vergangenheit Farbe verliehen. Doch eigentlich sprachen wir immer nur über die Gegenwart: seine Kinder, seine Frau, seine Arbeit auf der Farm. Meine schriftstellerischen Pläne, die Verkaufszahlen meiner Bücher, meine gescheiterten Beziehungen. Wir hatten uns eine gewisse Vertrautheit bei den alltäglichen Dingen bewahrt, doch so tief wir auch schürften, die Vergangenheit tauchte nicht wirklich auf. Zu tiefsinnig, zu düster, zu kalt verschloss sie sich uns gegenüber so, wie wir uns ihr gegenüber verschlossen hatten.

»Ich will nicht mehr über das reden, was an diesem Abend geschehen ist. Niemals!«, hatte Sam bei unserer letzten Begegnung zu mir gesagt. Ben hatte das nicht so ausgedrückt, aber ich ahnte, dass er vom selben Wunsch getrieben wurde. Was im Oktober jenes Jahres geschehen war, war nicht nur für die anderen, sondern auch für uns zu einem Geheimnis geworden.

Ich hatte also mein Leben weit weg von Duncan's Creek verbracht, weit weg von meinen Eltern, weit weg von meinen Freunden. Ich war nach San Francisco gegangen, nachdem ich Kerouac gelesen hatte; ich hatte versucht, Schriftsteller zu werden, nachdem ich John Irving entdeckt hatte. Und das war mir sogar eine Zeit lang gelungen. Mein erster Roman erschien, als ich Anfang dreißig war, und hatte einen ganz guten Achtungserfolg. Ich brauchte vier Jahre, um den nächsten auszubrüten, der weder Käufer noch Kritiker fand. Glücklicherweise hatte ich meinen Job in der Buchhandlung. Ich hatte geschuftet, Rückschläge erlitten,

Hindernisse überwunden, doch heute war ich im Großen und Ganzen glücklicher als in meiner Jugend.

Während ich unter dem rosa Abendhimmel in Richtung Norden raste, konnte ich nicht umhin, nach einem Grund für das zu suchen, was mit uns geschehen war. Wir waren zur selben Zeit am selben Ort, hatte ich lange gedacht. So einfach war das. Ein Zusammenspiel von Faktoren hatte unabhängig von unserem Willen einen schrecklichen Fluch über uns gebracht, und danach war nichts mehr so wie vorher.

»Wenn wir uns an diesem Abend nicht bei dir, sondern bei mir oder Ben getroffen hätten«, flüsterte ich fast lautlos und liebkoste Sams Gesicht mit Blicken, »hätte unser Leben vielleicht eine andere Wendung genommen. Und wenn ich mir nicht in die Hand geschnitten hätte und fünf Minuten früher gekommen wäre, hätte ich vielleicht mit euch reden können. Und wenn ...«

Ich vetrieb diese Gedanken aus meinem Kopf und konzentrierte mich wieder auf die Straße.

Die Sonne im Rückspiegel ging über dem Pazifik unter, weit hinter der Bergkette. Kiefern hatten seit einigen Kilometern die Palmen ersetzt, und in dem Maße, in dem es dunkler wurde, verlängerten sich die Schatten auf dem Asphalt der Interstate 15 und spielten Versteck mit dem Sonnenuntergang hinter den Hügeln der San Bernardino Mountains.

Als ich wahrnahm, wie es dunkel wurde, schaltete ich die Scheinwerfer des Chevy ein. Wir brauchten noch eine Stunde, bis wir in Cajon Junction ankamen, wo ich zu übernachten geplant hatte. Sam auf dem Beifahrersitz hatte sich nicht bewegt.

Ich warf ihr einen vorsichtigen Blick zu, und ein Frösteln überkam mich.

Dieser Ausdruck auf ihrem Gesicht, diese nachdenkliche und ein wenig abwesende Miene, die so typisch für sie war, noch verstärkt durch die niedrig stehende Sonne ... Schlagartig wurde mir klar: Das war die Miene, die sie aufgesetzt hatte, als ich sie auf dem Holzsteg fand, den ihr Großvater am Duncan River gebaut hatte, an jenem Märzabend 1988, an dem sie mir das Unaussprechliche gestand.

Gestern

Tief hängende, grauviolette Wolken schwebten träge über dem Boulder Mountain. Der Regen hatte aufgehört, doch die Feuchtigkeit lag weiter im Tal wie ein wassergetränkter Wattebausch. Die Vögel zwitscherten fröhlich in den Bäumen, ein frischer Wind strich über die Ufer des Duncan River. Trotz des unmittelbar bevorstehenden Frühlings sollte die Temperatur nicht über zehn Grad ansteigen. Die Erde roch nach Unwetter, hatte einen mineralischen und berauschenden Duft, der Sam einen eisigen Schauder über den Rücken laufen ließ.

Sie schlug den Kragen ihrer Jeansjacke hoch und umklammerte ihre Beine mit den Armen. Das Kinn auf den Knien, fixierte sie einen fernen Punkt über der verschwommenen Bergkette. Die langen Haare, deren Rot immer mehr in Blond überging, fielen ihr, besetzt von funkelnden Tröpfchen, auf die Schultern. Mit der Zeit würden sie sich zusammenringeln, aber Sam kümmerte sich darum so wenig wie um ihren ersten Hautausschlag am Hintern.

Ein Feuer schwelte in ihren Augen, in denen sich die düsteren Wolkenspiralen spiegelten. In Gedanken verloren, bemerkte sie nicht, wie Jake sich näherte, und schreckte hoch, als er hinter ihr auftauchte.

»Was willst du?«, fragte sie mürrisch und wich seinem Blick aus.

Er ließ sich auf den Holzsteg fallen und schlug die Beine über dem Wasser übereinander. Die Strömung war stark, der Fluss angeschwollen von der ersten Schneeschmelze, die gerade stattgefunden hatte.

»Ich dachte, ich hätte dir gesagt, dass ich niemanden sehen will …«

Jake schwieg und beschränkte sich darauf, die milchige Landschaft über dem Fluss zu betrachten. Die Wolken verschlangen sich gegenseitig, und die Sonne strahlte ab und zu durch die Fetzen. Eine Minute später tauchten schließlich die unscharfen Konturen des Gebirges wieder auf, zunächst als einfache immaterielle Präsenz zwischen Himmel und Erde, doch dann wurden die Linien immer klarer, bis sich das steile und vertraute Profil des Massivs abzeichnete.

»Du kannst es dir wohl nicht verkneifen, oder?«

Jake hätte gern Ironie in Sams Worten entdeckt, fand aber nur Melancholie. Seit einiger Zeit stand diese für sie ungewöhnliche Note bei ihrem trockenen und spröden Ton im Vordergrund. Vielleicht war dies ihrem Alter zuzuschreiben – mit ihren fünfzehn Jahren war Sam die Älteste in ihrer Bande –, oder vielleicht war Jake in dieser Hinsicht empfindlicher als früher. Aber auf jeden Fall zeigte sich diese Facette ihrer Persönlichkeit im Laufe der Tage immer deutlicher.

»Was?«, fragte er.

»Dir um andere Sorgen zu machen.«

Er zuckte mit den Schultern. Er hatte sie eine Woche lang nicht mehr lächeln sehen, nun ja, tatsächlich, er machte sich Sorgen.

»Was läuft nicht, Sam?«

Er drehte den Kopf zu seiner Freundin, suchte ihren Blick, der jedoch auf das Gebirge gerichtet blieb.

»Weißt du, was ich mache, wenn es nicht läuft?«, wagte er schüchtern zu fragen. »Ich denke wieder an diesen Abend des 4. Juli, hier auf dem Steg. Du, ich und Junior, wie wir vor zwei Jahren das Feuerwerk angeschaut haben.«

»Warum sollte es bei dir nicht laufen? Du hast doch alles, um glücklich zu sein.«

Jake öffnete den Mund, klappte ihn wieder zu. Wie sollte er ihr sagen, was er auf dem Herzen hatte? Dass er sich in dieser Welt, in der er aufwuchs, nicht wohlfühlte, dass er jeden Tag etwas mehr darunter litt, mit dem Phantom seines Bruders leben zu müssen, dass er sich noch immer nicht mit Logan Momsens Abreise nach Kalifornien abgefunden hatte? Er behielt all dies für sich, bemüht, nicht nur an sich zu denken.

»Ja, das stimmt. Du hast sicher recht.«

»Natürlich hab ich recht! Aber du hast nicht geantwortet, du Versager. Was willst du?«

»Nichts, ich bin einfach nur so vorbeigekommen«, antwortete Jake und versuchte, etwas Sicherheit in seine Stimme zu legen. »Außerdem gehört dieser Steg auch mir, ich brauche keinen Grund, um herzukommen.«

»Ja, so ist es, und wenn du den Typen in der Schule erzählst, dass du Mary Chomsky scharf findest, dann deshalb, weil du es mit ihr treiben willst, und nicht, weil du die gleichen Klamotten wie sie tragen willst!«

Jake verschloss sich.

»Manchmal hab ich die Nase voll von deinem Sarkasmus«, stieß er nach einem Moment des Schweigens aus.

Die Sonne machte einen schwachen Versuch, die Wolkendecke zu durchdringen, und wärmte sein Gesicht. Dennoch war ihm kalt, und er steckte das Kinn in die Aushöhlung seiner um die Knie geschlungenen Arme.

»Tut mir leid«, flüsterte Sam und gab ihm einen Klaps auf die Schulter.

Ein kleines Lächeln umspielte seine Mundwinkel. Sie hatte noch immer nicht den Kopf zu ihm gedreht, und mehr als je zuvor war Jake überzeugt, dass sie hinter ihrer Maske der Ironie etwas verbarg. Ein Unbehagen, ein Leid.

»Etwas bedrückt dich«, sagte er. »Ich ...«

Seine Stimme wurde von einem Schlucken unterbrochen, wie ein Wasserhahn, den man aufdrehen wollte, obwohl das Wasser abgestellt war. Seine Augen, die einen Moment zuvor noch die anarchischen Bewegungen der Wolken verfolgt hatten, erforschten vorsichtig das Gesicht, das Sam ihm nun zuwandte.

Es war mit Blutergüssen überzogen. Blau, gelb, violett. Auf dem Jochbein, auf den Wangen, auf dem Kinn. Eine ganze Palette von Schmerzen.

Ein Schreck fuhr Jake in die Glieder, stärker noch als jener, den er an dem Tag empfunden hatte, an dem Sam zum ersten Mal in sein Zimmer gekommen war, zu einer Zeit, in der sie für ihn nur Sam-Baldwin-die-Schreckliche war, sein Albtraum.

»Was ... was ist ... was ist denn mit dir passiert?«, stieß er aus.

Er sah sich ihre Verletzungen genauer an, die in zwei Teile gespaltene Unterlippe, ihr halb geschlossenes rechtes Auge, das getrocknete Blut an ihren Nasenflügeln, und spürte, wie sich ihm der Magen umdrehte.

Da sie nicht antwortete, schluckte er den Kloß, der ihm im Hals steckte, hinunter und fragte:

»Das war er, nicht wahr? Er … er hat dir wieder … wehgetan?«

Seine Stimme schwankte beim letzten Wort. Er war traurig, er war wütend. Er spürte Sams Verzweiflung und sog sie mit allen Poren seiner Haut auf. Eindringlich, schmerzhaft.

»Ich … ich dachte, er hätte aufgehört … dich anzugreifen.«

»Bah, ich schätze, ich hab gelogen«, gestand Sam und senkte den Kopf.

»Dieses Schwein!«

Die Worte waren gefallen, ohne dass er sie zurückhalten konnte. Eine eisige und kalte Strömung war in ihn gedrungen, und er hob den Kopf seiner Freundin mit einem Finger an ihrem Kinn an.

»Warum hast du mir nichts gesagt? Warum … warum …«

»Ich wollte nicht, dass du mich so siehst.«

»Aber Sam …«
»Er … er … ich …«
»Wann … Seit wann bist du in diesem Zustand? Man kann nicht … Du kannst nicht … Wir müssen … Komm, wir gehen zu Dr. Pomeroy.«
»Nein, Jake, schon gut. Das wird schon wieder.«
Er blickte ihr tief in die Augen, und was er dort sah, zerriss ihm das Herz.
»Nein, das wird nicht wieder. Das … Weshalb war es dieses Mal? Noch so 'ne Geschichte mit zu lauter Musik? Angebrannte Makkaroni?«
»Nein«, seufzte Sam.
»Was dann? WAS DANN?«
Eine Welle von Wut wallte in Jakes Bauch auf und strahlte auf seinen ganzen Körper aus. Er untersuchte erneut das geschwollene Gesicht seiner Freundin, verweilte bei den getrockneten Blutflecken neben den Nasenflügeln und Mundwinkeln.
»Wer will schon wissen, warum«, stöhnte sie und wandte den Blick ab.
»Aber wir müssen doch etwas tun … das kann so nicht weitergehen, Sam. Eines Tages wird er dich noch …«
»Umbringen? Falls es dazu kommt, ist es keine Katastrophe, glaub ich.«
Ein betretener Ausdruck zeichnete sich auf Jakes Zügen ab. Plötzlich hatte er Lust, sich zu übergeben. Wie hatte er übersehen können, was geschah? Es war nicht das erste Mal, dass Mr. Baldwin Sam angegriffen hatte, sein gewalttätiger Charakter war nichts Neues, doch dieses Mal hatte er die Warnzeichen nicht erkannt. Seine Freundin hatte sich anders verhalten, und er hatte sich darüber keine Sorgen gemacht.
Seine Wut wurde durch Niedergeschlagenheit abgelöst, und Tränen stiegen in ihm hoch. Für Sam, für sich, für diese Welt der

Erwachsenen, die er immer als ein Gelobtes Land gesehen hatte und die sich als falsches Versprechen erwies.

»Das darfst du nicht sagen«, flüsterte er.

»Ich darf alles.«

Sie meinte es ernst, da war Jake sich sicher. Er wartete einen Moment, bevor er weitersprach, fragte sich, ob Sam hören konnte, wie ihm das Herz in der Brust klopfte.

»Du … Erinnerst du dich an den Tag, an dem du mir das erzählt hast … das mit deinem Vater? Als du mir gesagt hast … dass er … dass er dich schlägt? Du hast mir vertraut, an jenem Tag hast du mir vertraut. Und ich, ich habe dir versprochen, dass ich mit niemandem darüber sprechen werde, und ich schwöre dir, dass ich mein Versprechen gehalten habe, Sam … Aber als du mir dieses Geheimnis anvertraut hast, hast du … mich in das verwickelt, was dir passiert ist. Ich weiß nicht, wie ich dir das erklären soll, doch … doch das geht jetzt auch mich was an. Das betrifft auch mich. Jedes Mal, wenn er dich … wenn er dich … Jedes Mal, wenn er die Hand gegen dich erhebt, erhebt er auch eine Hand gegen mich.« Jake atmete tief durch und schluckte den Seufzer wieder hinunter, der bereits in seiner Kehle aufstieg. »Und weißt du, warum? Weil ich … weil ich nichts dafür getan habe, dass das aufhört. Weil jeder Schlag, den du bekommst, ein Schlag ist, den ich hätte verhindern können … und das tut mir weh, das tut mir weh, weil ich nicht weiß, was ich tun soll, um dir zu helfen, ich weiß nicht … ich weiß nicht, ob ich das laufen lassen soll oder ob … ob ich darüber sprechen muss, ob …«

»Nein! Du darfst mit niemandem darüber reden, ich flehe dich an!«

Sam brach die Stimme. Sie sah Jake in die Augen; er hielt ihrem Blick stand. Dann zögerte er, wollte ihr eine Hand auf die Schulter legen, doch es war ihm völlig unmöglich, auch nur den kleinen Finger zu rühren …

»Beruhige dich, ich werde nie mein Versprechen brechen«, versicherte er. »Aber ich habe Angst um dich. Ich habe Angst, nicht zu tun, was getan werden muss … Angst, dass … Angst, dass dir was passiert … dass dir eines Tages …«

»Hör auf, Dickinson. Mir passiert nichts. Ich weiß mich zu verteidigen, hast du das vergessen?«

Jake nickte, ohne recht überzeugt zu sein. Sams Vater war Gefängniswärter gewesen, bevor er in Depression versank, und er galt als einer der kräftigsten Männer von Duncan's Creek. Konnte Sam ihm die Stirn bieten?

Wieder setzte Stille ein, durchdrungen vom Geräusch des Windes. Er sah, wie Sams Nasenflügel bebten. Nach einer Weile stieß sie mit zusammengekniffenen Lippen hervor:

»Und dann musst du wissen, dass mein Vater mich lieb hat.«

»Wie kann man jemanden schlagen, den man lieb hat?«, fragte Jake konsterniert.

»Es gibt viele Möglichkeiten zu lieben, vermute ich.«

Jake dachte an seine Eltern. Er konnte ihr nicht widersprechen.

»Und ich, mein Vater, bah … Er liebt mich auf seine Weise.«

Der traurige und düstere Ausdruck in Sams Augen bildete einen Kontrast zur Blässe ihrer Haut. Ihr Blick verlor sich in der Ferne, in Gefilden, in die Jake ihr nicht folgen konnte, so sehr er seine Vorstellungskraft auch bemühte.

»Hattest du diesen Traum auch schon mal?«, fragte sie einen Augenblick später. »Den, dass du am ersten Schultag nackt vor der ganzen Klasse stehst, weil du Volltrottel vergessen hast, deine Klamotten anzuziehen, bevor du losgegangen bist.«

»Nein.« Jake schüttelte den Kopf.

»Das ist echt übel«, sagte Sam und strich sich mechanisch eine Haarsträhne aus der Stirn. »Ich glaube nicht, dass es in der ganzen Geschichte der Träume was Schlimmeres gibt.«

»Ich auch nicht.«

»Aber im wirklichen Leben gibt es bestimmte Albträume, die …«

Bestimmte Albträume, die sich hartnäckig festsetzen, dachte Jake. *Bestimmte Albträume, die mehr als einen schlichten Lidschlag brauchen, um vergessen zu werden.*

»Er sagt mir immer, dass er mich liebt, weißt du … aber ich … ich glaube vor allem, dass er mich zu sehr liebt.«

Sams Stimme hörte sich monoton an, als ob sie einen Text aufsagte, den sie vorher auswendig gelernt hatte. Jake wurde plötzlich schlecht, ohne zu wissen, warum. Er ahnte, dass sie ihm etwas sagen wollte, aber ein Teil von ihm hatte keine Lust, es zu hören und fühlte sich unfähig, es aufzunehmen.

»Verstehst du, Jake?«, fragte Sam und schüttelte den Kopf. »Natürlich nicht, du bist viel zu naiv dafür!«

»Hör mal …«

»Nein, nein. Entschuldige, Jake … entschuldige … Vergiss das, ich wollte nicht …«

Sie versuchte zu lächeln, vergeblich. Jake wandte den Blick ab. Ja, er verstand, aber er wollte den Tatsachen nicht ins Auge sehen. Auf den Armen hatte er Gänsehaut.

»Worauf willst du hinaus, Sam?«

Die Worte waren ganz von selbst herausgekommen, und er wusste, dass sein Leben, nachdem er diese Frage gestellt und den Mund wieder geschlossen hatte, nicht mehr das gleiche sein würde.

Zu Anfang war Sams Stimme so ruhig wie ihr Gesicht, ihr Ton perfekt ausgewogen. Es gab keine Tränen, nur eine langsame, leicht zitternde Redeweise, hier und da unterbrochen von kurzen Atemzügen.

Sie packte alles aus: Wie ihr Vater nach dem Tod ihrer Mutter immer mehr in Depressionen verfiel, wie er versucht hatte, seinen Platz in dieser Familie zu finden, die ohne ihn entstanden war, und wie er kläglich gescheitert war. Trotz seiner erkennbaren Bemühungen war Phil Baldwin hin- und hergerissen zwischen dem Gefängnis und dem Haus, was manchmal so weit ging, dass er beide verwechselte und mit ihr und ihrer Schwester umging wie mit den Häftlingen, die er bewachen musste. Er befand sich ständig im Zwiespalt zwischen Zärtlichkeit und Autorität, zwischen Erziehung und Kontrolle.

»Und dann ...«

Und dann hatte er eines Tages damit begonnen, die Schläge durch kleine Küsse zu heilen. Zuerst in den Nacken, dann auf die Schulter, dann auf ihren Schenkel ... Ein anderes Mal, als sie aus dem Bad kam, hatte er sie im Flur in die Ecke gedrängt und eine Hand unter das Handtuch geschoben und die Stelle gestreichelt, an der erst ein Jahr später ein Flaum wachsen sollte.

Sam erzählte Jake, wie ihr Vater – der Mann, der ihr zum Einschlafen *Little Arabella Miller* vorgesungen hatte, als sie noch klein war, der Mann, der auf dem Jahrmarkt von Escalante während der Fahrt hinter ihr auf das Pferd eines Karussells gestiegen war, als sie angefangen hatte zu weinen – eine selbstsichere und keineswegs unschuldige Hand in Zonen wandern ließ, in die sich niemand, und vor allem nicht er, vorzeitig vorwagen sollte. Ihr Vater, der ihr immer gesagt hatte, dass er sie trotz der Schreie, trotz der Ohrfeigen, trotz der Blutspritzer und Faustschläge lieb hatte, ihr Vater, der erste Mann, der sie je in den Arm genommen hatte ... Dieser Mann, dessen Geruch nach Leder und Aftershave sie einst geliebt hatte, der heute nur noch den Gestank von Schweiß und Bier, ein mineralisches und betäubendes Kupferaroma verströmte sowie einen anderen, undefinierbaren Geruch, der an Fisch und die Jungstoilette in der Schule erinnerte.

»Ein ätzender Geruch ...«

Sam erzählte ihm all dies mit ihren eigenen Worten, mit den schamhaften Worten einer Jugendlichen, die zu jung war, um zu verstehen, was mit ihr geschah, und Jake hörte ihr zu, ohne ein Wort zu sagen.

Sie kam ausführlich auf die Besuche des Vaters im Badezimmer zu sprechen, wenn sie duschte, auf seine Anspielungen auf ihren Körper, der sich veränderte, obwohl sie zu jener Zeit erst zehn Jahre alt gewesen war und noch nichts auf ihre späteren Brüste hindeutete. »Du beginnst, zu einer richtigen jungen Frau zu werden, mein Liebling!« oder »Du solltest daran denken, öfter dieses kleine grüne Kleid anzuziehen, das deine Tante Laurie dir geschenkt hat …«

Sie sprach von jenem Abend, als er besoffen aus dem Gefängnis zurückkam und sie sich vorknöpfte, weil sie nach dem Geschirrspülen das Waschbecken nicht gereinigt hatte, obwohl sie für Erin gekocht, ihr Zimmer aufgeräumt, die Hausaufgaben erledigt, Staub gesaugt und die Arbeitsfläche geschrubbt hatte. Nun ja, sie hatte einige Krümel in der Spüle vergessen, ja, ein wenig Schaum war aus der Öffnung des Überlaufs ausgetreten, und ja, sie hatte nicht daran gedacht, mit dem Schwamm darüberzugehen, aber sie hatte einen harten Tag in der Schule gehabt, mit einer überraschenden Klassenarbeit in Mathe und Miss Adams, die sie erwischt hatte, als sie von Gordon Murray abschrieb – das Schlimmste, was einem faulen Schüler passieren konnte – und mit Erin, die den ganzen Abend über Bauchschmerzen klagte.

Als er handgreiflich wurde, hatte er seine Kraft nicht richtig eingeschätzt und eine kleine Schramme auf ihrer rechten Wange hinterlassen, direkt unter dem Auge. Sam hatte sich nicht gerührt, aber das nützte nichts. Wenn sie sich wehrte, führte das jedes Mal zu einer Eskalation. So hatte sie ihre Wut heruntergeschluckt und gehorsam die Spüle geputzt. Mit verschlossenem Gesicht.

»Sammy …«, hatte ihr Vater in ihrem Rücken mit träger Stimme ausgestoßen, als sie den Schwamm auswusch. »Entschuldige, Sammy.«

»Das macht nichts.«

»Doch, das macht was. Ich hätte das nicht tun dürfen.«

Als sie nach dem Handtuch griff und sich die Hände abtrocknete, hatte sie ihn hinter sich sich gespürt. Und seinen Geruch – Bier, Tabak, Schweiß.

»Ich entschuldige mich, Sammy … mein kleiner Liebling.«

Er hatte sie auf den Hals geküsst, an der empfindsamsten Stelle, direkt unter dem Ohransatz. Zeichen von Zärtlichkeit waren zwischen ihnen immer seltener geworden, doch Sam hatte ihn gewähren lassen, trotz des leichten Abscheus, den die ekelhaften Ausdünstungen seiner Haut bei ihr auslösten. Dann hatte er ihr einen Arm – den, auf welchem diese scheußliche, gestreifte Schlange tätowiert war – um den Oberkörper geschlungen, um ihre Schultern an sich zu drücken, vielleicht ein wenig zu tief, da seine Handkante den Ansatz ihrer entstehenden Brust berührte. Auch hier hatte sie sich nicht gewehrt.

Seit dem Tod ihrer Mutter fehlte es Sam furchtbar an Zuneigung; der gelegentliche Austausch von Zärtlichkeiten mit ihrer kleinen Schwester konnte daran nichts ändern. Sie hatte ihn also gewähren lassen, da sie in diesem Moment noch eine Hoffnung hegte, nämlich die Hoffnung, dass dies nur der Liebesbeweis eines Vaters für seine Tochter war. Doch er hatte sich an sie gepresst, und zwar nicht mehr wie ein etwas zu unternehmungslustiger kleiner Freund. Da hatte sie zum ersten Mal diese Versteifung gespürt, die sich an ihren Hintern drückte. Sam war nicht hinter dem Mond aufgewachsen, sie wusste sehr wohl, um was es sich handelte, konnte sich aber dennoch nicht entschließen, die Realität dessen zu akzeptieren, was gerade geschah.

»Ich werde netter zu dir sein, mein Liebling. Das verspreche ich dir. Ich habe dich lieb, das weißt du.«

Sie hatte kein Wort herausgebracht, war dazu nicht in der Lage, und als ihr Vater seinen anderen Arm zu ihrem Unterleib gleiten ließ, dort leichten Druck ausübte und sie ganz dicht an sich heranzog, hatte sie sich nicht gerührt. Sie hatte das Gefühl, dass ihr Körper ihr nicht mehr gehorchte und, schlimmer noch, dass er ihr nicht mehr gehörte.

»Und du, willst du nett zu mir sein?«

Was dann geschah … Sam weigerte sich noch immer, daran zu denken. Sie bewahrte daran nur eine böse Erinnerung und das Gefühl eines zerreißenden Schmerzes, wie sie ihn noch nie gehabt hatte. Danach hatte er sie öfter in ihrem Zimmer aufgesucht. Spät am Abend, wenn Erin schon eingeschlafen war. Als sie zu dieser Episode kam, spürte Jake, wie Kälte in ihm hochkroch. »Wenn es etwas gibt, das ich hasse«, hatte Sam ihm in dem Sommer anvertraut, in dem ihre Freundschaft begann, »dann, dass meine Zimmertür vorsichtig geöffnet wird und ich darauf warten muss, ob er sich entscheidet zu gehen.« Er spürte, wie ihm eine Träne über die Wange lief, und stoppte ihren Lauf verstohlen mit dem Handrücken. Er war nur ein Kind, aber als er den Kopf hob, betrachtete er seine Freundin mit dem tiefen Mitgefühl eines Erwachsenen.

Als Sam zu Ende gesprochen hatte, herrschte einen Moment lang ein drückendes Schweigen, in dem sie sich fest in die Augen sahen, ohne das geringste Wort zu sprechen. Jake fragte sich, ob er ihr aufmerksam genug zugehört und ob sie schon einmal versucht hatte, mit ihm darüber zu reden und er nicht in der Lage gewesen war, sie zu verstehen. Hatte er vielleicht gar nicht zuhören wollen? Noch mehr Tränen traten ihm in die Augen, Tränen der Scham, des Schmerzes, aber auch der Wut auf Sams Vater und auf sich selbst, und in seinem Inneren zerbrach etwas, unwiderruflich.

Dann geschah etwas Seltsames, was er nie erwartet hätte: Ein Urinstinkt tief in seinem Innern befahl ihm, Sam in die Arme zu nehmen und sie zu trösten. Doch ein anderer Teil von ihm, voll von dieser übertriebenen Schamhaftigkeit, von der Kinder sich erst im Erwachsenenalter ganz befreien, widersetzte sich dieser Regung. Er verharrte einige Minuten in dieser unerträglichen Trance, unfähig zu reden und gelähmt wie ein Tier im Scheinwerferkegel eines Autos, das mit hundertfünfzig Sachen auf es zurast.

Als er merkte, dass er zu sprechen bereit war, öffnete er den Mund für nahezu unhörbare Worte:

»Warum hast du nicht … Warum hast du das nie einem Erwachsenen erzählt?«

Sam brauchte einen Moment, um zu antworten.

»Ich war zehn Jahre alt, und er ist mein Vater. Was hätte ich tun sollen? Er sagte, er würde das machen, weil er mich liebt, und dass man mit niemandem darüber reden darf, weil Liebe sich nicht teilen lässt.«

»Aber du … Ich weiß nicht … Du hättest ... Hättest du nicht zu Dr. Pomeroy oder zu Miss Adams gehen können?«

»Sie hätten mir niemals geglaubt, Jake!«

»Warum denkst du das?«

Sam sah ihm fest in die Augen.

»Bist du verrückt, oder was? Hast du noch nie gehört, was die Leute im Dorf von mir sagen? ›Die Baldwin-Tochter, eine Lügnerin, eine Pest, schlimmer als Krätze und zu nichts anderem gut, als den Leuten auf den Wecker zu gehen …‹«

Bei diesen Worten spürte Jake einen Anflug von Gewissensbissen. Genau so hatte er Sam den größten Teil seiner Kindheit gesehen.

»Aber … du kannst doch nicht weiter schweigen … So kann es doch nicht weitergehen …«

»Hör auf, Jake. Da ist nichts zu machen. Man kann nur abwarten, bis es vorbei ist.«

Entsetzt über die Kälte, mit der sie sich in das ergab, was nicht zu akzeptieren war, spürte er, wie schwarze, ungezügelte Wut ihm schier den Verstand raubte.

»Und außerdem, es ist vorbei, weißt du«, fügte Sam hinzu, so leise, dass er sie fast nicht verstanden hätte. »Es … Letztendlich macht es mir nichts mehr aus.«

Mit düsterem Blick erwog Jake ihre Worte.

»Aber, Sam … deine kleine Schwester, hast du mal an sie gedacht? Was, wenn er sich an ihr vergreift?«

Sie zog die Brauen hoch und riss die Augen auf, als ob sie sich stets geweigert hätte, sich diese Möglichkeit vorzustellen.

»Wenn er das macht«, murmelte sie leise, »wenn er das macht, dann schwöre ich dir …«

Es war, als würde eine grellrote Explosion in Jakes Kopf eindringen. Er schwieg und blieb einen Moment, einen sehr langen Moment sitzen und schaute, wie die Wolken am Himmel vorbeizogen. Und selbst als die ersten Regentropfen zu fallen begannen, verließ er den Steg nicht. Er hätte auf keinen Fall weit gehen können, denn seine Eingeweide waren schwer wie Blei und hätten ihn am Weitergehen gehindert.

Als Jake an diesem Abend ins Bett ging, hatte er alle Schwierigkeiten dieser Welt einzuschlafen. Unaufhörlich drehte und wendete er Sams Worte in seinem Kopf, um sie nicht zu vergessen. Ohne dass sie es hatten aussprechen müssen, war ihm klar, dass sie nie wieder darüber sprechen würden.

Dieser Gedanke entsetzte ihn, denn das Schweigen lief darauf hinaus, dass sie ihr Schicksal als gegeben hinnahm. Doch was Jake vielleicht mehr als alles andere mit Schrecken erfüllte, war, dass Sam bei ihrem Bericht keine Träne vergossen hatte.

Keine einzige.

Heute

Mit tränenfeuchten Wangen warf ich einen Blick auf das Display meines Telefons, das auf dem Armaturenbrett des Chevy lag. Wir näherten uns Cajon Junction, von wo aus es in die Mojave-Wüste ging. Es war 20 Uhr 40, die Nacht war hereingebrochen.

Ich wischte mir mit der Handfläche über die Augen, ließ die Scheibe herunter und blieb mit meinen Erinnerungen allein. Wie hatte ich diesen Moment nur vergessen können? Den, als Sam das finsterste Geheimnis, das sie jemals in ihrem Herzen verschlossen hatte, mit mir teilte? Den Moment, in dem ich zum allerersten Mal von einer abgrundtiefen Hoffnungslosigkeit heimgesucht wurde und beinahe den Boden unter den Füßen verloren hatte?

Mit heulendem Motor und quietschenden Reifen nahm ich die nächste Ausfahrt. Draußen war es noch heiß. Als ich aus dem Auto stieg und Sam allein auf dem Beifahrersitz zurückließ, löste sich mein Rücken mit einem saugenden Geräusch vom Sitz. Mein T-Shirt war pitschnass, ich wusste nicht, ob vom Schweiß oder von Tränen.

Ich betrat das Motel durch die gläserne Eingangstür, die in das blaue Licht der in einiger Entfernung hängenden Leuchtschilder getaucht war, auf denen stand: »ZIMMER FREI«, »KLIMATISIERT«, »POOL«. Grausame Rückkehr in die Realität.

»35 Dollar die Nacht, Rauchen verboten, Check-out bis 11 Uhr«, ließ sich der Rezeptionist vernehmen, ganz so wie in einem Film der Coen-Brüder. »Ihren Führerschein, bitte.«

Ich gab ihm das Gewünschte und warf einen Blick nach draußen.

»Wenn Sie essen möchten, empfehle ich Ihnen das Taco Bell gleich nebenan. Es gibt nicht viel in dieser Ecke. Bleiben Sie nur eine Nacht? Wie viele Personen?«

»Zwei.«

Der Bursche gab mir Führerschein und Kontokarte zurück, außerdem einen rostigen Schlüssel.

»Zimmer 17. Gehen Sie am Pool entlang, danach ist es hinter dem ...«

Ich ließ ihn und seine Phrasen, die er mit Automatenstimme abspulte, stehen und ging wieder zum Chevrolet. Eine tolle Karre, nicht ganz jung, aber noch gut erhalten, die Sam Mitte der 1980er-Jahre für 'nen Appel und 'n Ei gekauft hatte. Ich holte unsere Sachen aus dem Kofferraum, und wir gingen gemeinsam ins Zimmer.

Es roch nach Desinfektionsmitteln und Staub, machte aber einen sauberen Eindruck. Zwei große Betten, eine Kommode und ein kleiner Schreibtisch. Die Klimaanlage lief, und die Temperatur schien 15 Grad nicht zu übersteigen. Nachdem ich die Anlage ausgestellt hatte, sprang ich unter die Dusche, ohne ein Wort, und harrte zehn Minuten unter dem brühend heißen Wasserstrahl aus.

Während ich mich einseifte, erschien ein Bild nach dem nächsten vor meinen Augen, so wie meine alte Polaroid sie ausspucken würde: Sam und ihr in allen Farben des Regenbogens schimmerndes Gesicht am Ende des Steges, bedrohliche Wolken, die über dem Boulder Mountain hingen und sich in ihren Augen spiegelten, die massige Silhouette von Mister Baldwin in der Türöffnung, eingehüllt in das gelbe Licht des Flurs.

Na du, willst du lieb zu mir sein?

Ich stellte mir vor, wie seine Stimme, die ich niemals anders als brüllend gehört hatte, in den Ohren seiner Tochter honigsüß und sanft wurde. Ich stellte mir vor, wie Sam sich anspannte, und spürte fast die aufdringliche Versteifung an ihrem Hintern, als ihr Vater sich gegen sie drückte. Dann sah ich ihn mit stumpfem Blick und blutleerem Gesicht in seinem blutbefleckten Jedi-Ritter-Kostüm, und ein Schauder lief mir über den Rücken.

Ich stieg aus der Dusche mit dem unangenehmen Gefühl, meine Haut nicht von all ihrem Schmutz befreit zu haben. Im Zimmer war es totenstill. Auf dem Bett am Fenster schwebte Sam friedlich in anderen Gefilden. Ich legte mich hin, ohne an Essen zu denken, und gab mich weiterhin meinen Gedanken hin. Es gelang mir schließlich, sie abzuschütteln, aber als der Schlaf mich gerade übermannt hatte, weckte mich etwas auf.

Ein Geräusch, am anderen Ende des Zimmers.

Ich öffnete die Augen, ohne zu wissen, wo ich mich befand. Weiß gekalkte Wände, auf denen blaues Neonlicht von außen sehr klare Linien zog. Eine abgewetzte Tagesdecke mit Blumenmuster. Ein großer Röhrenfernseher, wie man ihn seit 15 Jahren nicht mehr hatte. Ein schauriges Diptychon an der Wand – zwei missgestaltete Pferde auf einer zu grünen Wiese. Mein schläfriger Blick strich über die verschiedenen Teile der Einrichtung, ohne auch nur das Geringste zu erkennen.

Den Kopf noch schwer vom Schlaf, sog ich die Luft durch die Nase und nahm einen vagen Geruch von Desinfektionsmitteln und Feuchtigkeit wahr. Und noch etwas anderes: ein Damenparfum. Meine Gedanken wurden klarer. Cajon Junction. Diese abgelegene Ecke von Kalifornien, in die der Zufall mich auf so befremdliche Weise geführt hatte.

Ich befreite meine Beine von dem schweißnassen Laken und drehte den Kopf nach rechts. Das Bett neben mir war leer.

»Sam?«

Die Nachttischlampe war an. Benommen vor Müdigkeit, stand ich auf und ging zum Badezimmer.

»Sam, bist du da?«, rief ich und klopfte an die Tür.

Vorsichtig drückte ich die Klinke herunter. Drinnen erwarteten mich Dampfwolken. Während ich nach dem Lichtschalter tastete, machte ich einen Schritt auf dem feuchten Boden, erfüllt von einem beklemmenden Gefühl bei der Vorstellung, ich könnte eine Blutlache auf den gelben Kacheln finden.

Ich blickte schnell von der Badewanne zur Toilette und zurück. Kein Blut, aber Sam hatte mir eine Botschaft auf dem beschlagenen Spiegel hinterlassen. Es gelang mir, in den Spuren von Dampf und Wassertropfen drei Buchstaben zu entziffern: ein P, ein O und ein L. Zurück im Zimmer, schlüpfte ich in meine Jeans und ging mit einem vagen Gefühl der Unruhe hinaus. Und wenn Sam ein weiteres Mal beschlossen hatte, abzuhauen?

Ich überquerte den Parkplatz in Richtung der Pforte, die zum Pool führte und im Dunkel der Nacht quietschte. Dort war sie, ausgestreckt auf einem Liegestuhl aus einem anderen Jahrhundert, die Glut ihrer Zigarette leuchtete rot in der Dunkelheit.

»Schläfst du nicht?«

»Ich kann nicht.«

Ihre Stimme klang rau, als ob sie einen Frosch im Hals hätte.

»Also hast du dich endlich dazu entschlossen, mit mir zu sprechen?«

Ihr Blick war melancholisch und kalt, als sie sich mir zuwandte.

»Was willst du, Jake?«

»Was soll das heißen, was ich will? Mir scheint eher, dass du mich angerufen hast, oder? Du hast mich gebeten, dich zu holen und zu uns nach Hause zu bringen. Du hast mir ein Wort auf dem Spiegel hinterlassen, um mir zu sagen, wo du bist.«

Sie musterte mich mit ihrem kühlen Blick, in dem sich das blaue Licht vom Schild des Hotels spiegelte. Das Gemetzel, das ihr Schönheitschirurg angerichtet hatte, sprang mir brutal in die Augen. Sein Skalpell hatte Spuren gezogen, seine Spritze hatte ihre Lippen aufquellen lassen, sein Schlägel ihre vorspringenden Stirnknochen weggemeißelt. Ich erkannte nicht die Sam, die ich gekannt hatte, und dieser Anblick zerriss mir das Herz ebenso wie die blauen Flecke, die ich drei Jahrzehnte zuvor auf ihrem Körper entdeckt hatte.

»Wie in guten alten Zeiten, nicht?«, sagte sie und zog an ihrer Zigarette.

»Was?«

»Die kleinen Botschaften auf den beschlagenen Spiegeln ...«

Ich versuchte ein Lächeln und schüttelte geistesabwesend den Kopf, unfähig, den Blick von den Linien zu lösen, die ihr Gesicht jetzt unkenntlich machten.

»Steh da nicht so dumm rum«, schnauzte sie nach einem Moment des Schweigens.

Ich drehte den Kopf und erblickte einen Stuhl, den ich zu mir heranzog. Setzte mich neben sie und hob die Augen zum Himmel. Die Milchstraße erschien so hell und schwer, dass man hätte sagen können, sie wolle sich auf der Erde abstützen, um sich etwas auszuruhen. So viele Sterne hatte ich nicht mehr gesehen, seit ich mein Dorf vor zweiundzwanzig Jahren verlassen hatte. In San Francisco gab es, wie in allen großen Städten, nie wirklich einen nächtlichen Himmel voller Sterne.

»Erinnerst du dich, als wir beim Campen in Arizona eine Nacht unter freiem Himmel verbracht haben?«, fragte Sam und ließ erneut ihre Stimmbänder schnurren.

»Ich erinnere mich.«

»Und das Gewitter kurz danach, Junior, der mit nassem Hintern aufwachte, und ...«

»Warum, Sam?«

Sie runzelte die Stirn, oder vielmehr, sie versuchte es, denn das Botox hatte ihre Mimik größtenteils erstarren lassen.

»Warum was?«

»Warum du dorthin zurückwillst.«

Sie zögerte mit der Antwort.

»Verdammt, Jake, möchtest du wirklich darüber reden?»

»Ich glaube, wir haben keine Wahl, oder?«

»Man hat immer eine Wahl.«

Ein müder Seufzer quälte sich über meine Lippen.

»Oh, bitte, hör auf mit deinen vorgefertigten Antworten. ›Man hat immer eine Wahl‹, ›Ich habe jedes Recht‹ ... Du kannst dich nicht ständig damit zufriedengeben.«

»Oha, man sollte sie kennen, die Kerle. Du und Ben, ihr habt euch damals beide ständig darüber beklagt, dass ich zu viel redete. Und jetzt ...«

»Ach, Scheiße, Sam, wir waren fünfzehn!«, gab ich zurück. »Seitdem ist viel Wasser den Fluss hinuntergeflossen ...«

»Wasser, ja. Und Blut.«

Der Satz kam mit schneidender Schärfe. Ich merkte, dass ich wieder dabei war, meine Wangen von innen aufzufressen.

»Das, was wir gemacht haben ...«, begann ich.

»Ich habe dir bereits gesagt, dass ich darüber nicht weiter sprechen möchte, Jake.«

»Aber das müssen wir. Das vergiftet unser Leben schon zu lange.«

»Und das ändert sich, wenn wir darüber sprechen?« Sam stieß eine lange Rauchwolke in die Nacht hinaus. »Du schämst dich jedenfalls nicht, dir alles ganz allein von der Seele zu reden.«

»Wie bitte?«

Sie ließ ein kleines Lachen vernehmen.

»Dein Buch, Dickinson. Das zweite, meine ich. Ich habe es gelesen. Und ich weiß nicht, warum, aber ich hatte fast den Eindruck, dass dir die Persönlichkeit der vom Leben gebeutelten Nutte nicht gänzlich unbekannt war.«

»Du hast es gelesen?«

Sam antwortete mit zustimmendem Gemurmel. Sie hatte die Augen abgewandt und blickte in die Ferne, in Richtung der Berge, hinter denen Wetterleuchten zu sehen war.

»Und frag mich nicht, was ich davon halte, das werde ich für mich behalten. Um dich nicht zu kränken.«

»Das warst nicht du, Sam«, verteidigte ich mich, während ich auf der Sitzfläche hin- und herrutschte. »Die Hure, das war ... eine fiktive Person.«

Raues Gelächter explodierte in ihrer Kehle.

»Unglaublich realistisch, diese fiktive Person! Mit der ganzen Vergangenheit, die sie mitbringt, und dann: die verstorbene Mutter, der gewalttätige Vater ... Hut ab, Herr Autor! Sie haben eine begnadete Vorstellungskraft.«

»Soweit ich weiß, sind wir nicht hier, um über meine Bücher zu reden.«

Ich hatte die Wut in meiner Stimme unterdrücken wollen, wie immer, wenn jemand sich in meine Arbeit einmischte, aber ich war dazu nicht in der Lage.

»Und wozu sind wir deiner Meinung nach hier? Um in Vergangenem herumzuwühlen? Um die alten Geschichten von Spuk, Schreckgespenstern und lebenden Toten aus der Schublade zu holen?«

»Du weißt sehr wohl, worüber ich sprechen möchte.«

Plötzlich erhellte sich der Himmel, und im kurzen Aufflackern des Blitzes fand ich die Sam Baldwin wieder, die ich einst gekannt hatte: die Augen mit einem etwas wirren Ausdruck, Sommersprossen auf den Wangen, die Haare ungebändigt mit kupferfarbenen Reflexen.

»Ach ja? Und womit möchtest du anfangen?«, krächzte sie. »Mit meinem Vater, der kam, um sich an mir zu vergreifen, sobald meine Schwester eingeschlafen war, oder mit dem Baseballschläger, mit dem wir ...«

»Hör auf, Sam«, sagte ich leise.

»Haha! Wovor hast du Angst, mein kleiner Spielleiter Jack?«, fuhr sie mich mit höhnischem Grinsen an. »Dass man uns hört? Das war vor über fünfundzwanzig Jahren und in einem anderen Staat, scheiß drauf, und glaubst du, dass sich irgendjemand dafür interessiert, was wir damals getan haben?«

Stille legte sich auf ihre Worte. In der Ferne hörte man ein Donnergrollen, aber das Gewitter konnte sich nicht entscheiden, auszubrechen.

»Sam ...«

»Nein, Jake. Nein.«

Sie warf ihre Kippe ins schwarze Wasser des Pools und stand auf. Ging ein paar Schritte in Richtung der Eingangspforte, stieß sie auf. Hielt inne. Als ich gerade dachte, wir wären zumindest für diese Nacht fertig, drehte Sam sich zu mir um und warf mir in einem Ton, der keine Widerrede duldete, zu:

»Wir haben Scheiße gebaut, Dickinson. Wir haben verdammte Scheiße gebaut. Aber das ist vorbei. Ich möchte nicht mehr daran denken, verstehst du?«

Daraufhin machte sie auf dem Absatz kehrt, überquerte den Parkplatz und ging ins Zimmer.

Am nächsten Morgen fuhren wir um halb neun weiter, nachdem wir zum Frühstück im Taco Bell angehalten hatten. Der Kaffee war widerlich, erfüllte aber seinen Zweck. Ich war mit dickem Kopf aufgewacht, hatte den Eindruck, als hätte ich die ganze Nacht geweint, und meine Augenlider waren so schwer wie meine Stimmung. Die Sonnenbrille auf der Nase, klappte ich die Sonnenblende vor mir herunter, um mich vor dem schonungslosen Licht des Morgens zu schützen. Die Sonne spiegelte sich auf der von Kakteen und Josuabäumen gesäumten Straße, diesen unbeweglichen Wächtern der Wüste. Rechts, in der Mitte der steinigen

Ebene, ließ eine endlose Kolonne aus Eisenbahnwaggons den Boden vibrieren.

Als ich den Schlüssel ins Zündschloss gesteckt hatte, war die Kassette im Autoradio wieder losgegangen, und The Cure, die Gruppe, die Sam mochte, begleitete uns auf unseren ersten Kilometern. Noch überraschender war, dass mir das darauffolgende Stück ein Lächeln entlockte: *Nothing's Gonna Change My Love For You* von Glenn Medeiros, ein sentimentales Stück, von dem sie lange Zeit behauptete, es so gern zu mögen wie Dünnschiss.

Amüsiert warf ich ihr einen verstohlenen Blick zu. Immer noch derselbe undurchdringliche Ausdruck, derselbe Schatten auf ihrem Gesicht. Die nächtlichen Vertraulichkeiten schienen bereits weit entfernt zu sein.

Die Umgebung wurde im Laufe der Kilometer städtischer, und ich trank meinen Kaffee aus, ohne zu merken, wie die letzte halbe Stunde verging. Am Rand von Victorville wurde der Verkehr dichter. Lastwagen, Wohnmobile und Motorräder fuhren auf dem staubigen Asphalt dicht hintereinander. Auf dem Mittelstreifen standen Reklameschilder groß wie Fußballfelder. Mein Blick fiel auf eine Tafel, die eine Temperatur von 28 Grad ankündigte, dabei war es noch nicht mal 9 Uhr. Hier und da hatte ein altes *Diner* dem starken Aufgebot an Neon-Werbetafeln Widerstand geleistet und erinnerte mit pastellfarbener Bemalung melancholisch an das goldene Zeitalter der alten Route 66. Mein Magen knurrte, als ein riesiges Schild mir die besten Pancakes der ganzen Region versprach, aber ich beschloss, nicht anzuhalten.

Erneut verlief die Straße in sanfter Steigung in Richtung Gebirge. Ich verließ diese verräucherte Hölle, die von Fast-Food-Restaurants übersät war, raste direkt auf den wolkenlosen Horizont zu und rechnete jeden Moment damit, auf ihn zu prallen, da er zum Greifen nahe schien. Die klare Luft ließ die Entfernungen kürzer erscheinen, und wenn ich mich ein wenig aufrichtete, war ich sicher, in der Ferne ein Stück von Utah ausmachen zu können. Allein bei diesem Gedanken meldete sich mein Magen wieder – und mit ihm die eklige Brühe und die Hälfte eines Speck-Burritos, den ich beim Fahren hinuntergeschlungen hatte. Ich würde vor Tagesende dort sein und hatte keine Ahnung, was mich dort erwartete.

Vor meinem Aufbruch aus Los Angeles hatte ich mir zwei Versprechen gegeben. Das erste: Was auch immer vor Ort passieren mochte, ich würde nicht heulen. In der Bande war ich immer derjenige gewesen, der heulte. Sam immer der Störenfried und Ben der Nörgler vom Dienst. Und selbst wenn die Rollen sich im Laufe der Zeit umgekehrt hatten, wusste ich, dass sich dieses dünnhäutige Gefühl bei mir erhalten hatte, immer bereit, wieder aufzuflackern. Das zweite Versprechen wäre zweifellos schwerer einzuhalten: Ich hatte entschieden, mich dort nur kurz aufzuhalten. Ich würde so lange wie nötig in Duncan's Creek bleiben, eine Nacht und allerhöchstens noch ein wenig vom folgenden Tag, aber sobald Ben, Sam und ich unsere kleinen Angelegenheiten geregelt hätten, würde ich mich, ohne einen Blick in den Rückspiegel zu werfen, vom Acker machen. So wie ich es vor zweiundzwanzig Jahren auch getan hatte.

Es war im Mai 1993 gewesen, kurz nach dem Ende des Waco-Aufstands in Texas, der ganz Amerika einundfünfzig Tage lang in Atem gehalten hatte. Bill Clinton war gerade ins Weiße Haus eingezogen, und die Dinosaurier von *Jurassic Park* machten sich auf, die Kinos zu stürmen. Sam, Ben und ich waren damals schon nicht mehr als die Phantomglieder eines Armstumpfes, dem man die drei verbliebenen Finger herausgerissen hatte. Sam war drei Jahre zuvor nach Kalifornien gegangen und mehr oder weniger von der Bildfläche verschwunden. Sie war an einem Morgen im Februar 1990 von zu Hause aufgebrochen, hatte, ohne sich etwas anmerken zu lassen, ihrer kleinen Schwester Auf Wiedersehen gesagt. Abends hatte Erin vergeblich auf sie gewartet. Sam kam nicht zurück, nicht am nächsten Morgen und auch an den darauffolgenden Tagen nicht. Alles, was wir wussten, war, dass sie am Leben war und am Rande von Los Angeles lebte. Und auf irgendeine Weise reichte uns das.

Auch ich hatte meine Entscheidung an einem Tag wie jedem anderen getroffen, auf dem Weg zur Arbeit. Das war ganz am Anfang des Jahres, in der Zeit also, in der es zum guten Ton gehört, einen oder zwei gute Vorsätze zu fassen, um sie möglichst schnell auf die lange Bank zu schieben. Die Idee trieb mich seit einiger Zeit um – seit ich zwölf war, wenn ich ehrlich bin –, aber ein ganzer Haufen fadenscheiniger Gründe hatte mich davon abgebracht, sie umzusetzen. Zunächst war da die Angst vor dem Unbekannten, dieser irrationale und lähmende Schrecken wie der, der meine Füße unter der Decke hielt, als ich Kind war und fürchtete, dass sich ein blutrünstiges Monster unter meinem Bett versteckte und darauf wartete, mich zu verschlingen. Ben litt so sehr unter dem Verlust von Sam, dass mir die Ankündigung meiner Abreise so brutal vorkam, wie Salz auf eine offene Wunde zu streuen. Und dann gab es meine Arbeit an der Tankstelle, für die ich mit siebzehn die Schule aufgesteckt und meine Träume, zu schreiben, aufgegeben hatte.

Und dann waren da noch meine Eltern.

Im Nachhinein sagte ich mir, dass sie mir genauso viele Gründe zu bleiben wie zu gehen gegeben hatten. Selbst wenn ich ihnen im praktischen Leben nichts Konkretes vorzuwerfen hatte, kam es mir so vor, als ob die endgültige Entscheidung direkt aus dem Verhältnis resultierte, das wir zueinander hatten – zumindest aus dem, das ich zu ihnen hatte. Es wäre übertrieben zu sagen, dass ich in meinem Elternhaus keine glückliche Kindheit gehabt hätte, genauso, wie es ungerecht wäre, ihnen vorzuwerfen, sie hätten mir keine gute Erziehung angedeihen lassen. Es fehlte mir nie an irgendetwas, nicht an Aufmerksamkeit, nicht an Zärtlichkeit, nicht an überflüssigem materiellem Komfort, mit dem alle Kinder meiner Generation verdorben wurden. Doch zu viele Schattenseiten umgaben ihr Leben vor mir, und sie legten nie Wert darauf, sie zu erhellen. Das Tabu zwischen uns hat unsere Beziehung schließlich vergiftet.

An jenem Tag machte ich mir auf dem Weg zur Tankstelle also klar, dass ich ihnen nichts mehr zu sagen hatte und dass ihnen das nichts auszumachen schien. Eines stand fest: Auch wenn wir uns einmal nahe waren, hatte sich der Abstand zwischen uns inzwischen so weit vergrößert, dass er so breit war wie der Grand Canyon. Vielleicht lag es an meiner Angst, sie zu enttäuschen, oder auch an ihrer Angewohnheit, mir nicht zuzuhören, aber der Gedanke, mich ihnen zu offenbaren, war mir so zuwider, dass ich letztendlich nicht mehr ich selbst war. Ich war zu Tim geworden, zumindest zu seiner Erwachsenenversion, und das war für mich unerträglich.

So hatte ich es schließlich vorgezogen, die Flucht zu ergreifen, statt weiter zu lügen.

Es dauerte einige Wochen, alles zu organisieren, aber als ich dann in San Francisco eine Bleibe gefunden hatte, ging alles ganz schnell. Ich buchte ein Busticket ab Panguitch, stimmte meinen Kalender heimlich auf den meiner Eltern ab, die für drei Tage zu einem Mormonenseminar in Salt Lake City gefahren waren, und am Abend vor meiner Abreise besuchte ich Ben auf der Farm, das Herz schwer und den Kopf voller Erinnerungen.

Im Gegensatz zu Sam konnte ich mich nicht dafür entscheiden, mich wie ein Dieb davonzuschleichen. Unsere Freundschaft war sicher nicht mehr so wie früher, aber Ben war in meinen Augen so etwas wie ein Bruder für mich, und das fast zehn Jahre lang. Ich hatte ihm einiges erklärt, anderes verschwiegen. Er war zwar ein Jahr älter als ich, aber ich glaubte, dass er noch nicht bereit war, sich alles anzuhören. Der Abschied dauerte nicht lange und verlief eher förmlich. Wir kamen kurz auf das zu sprechen, was an jenem Halloween-Abend 1988 geschehen war. Er wollte wissen, ob das der Grund für meine Flucht sei, und ich verneinte. Viel später, irgendwo zwischen Las Vegas und Fresno, als ich alle Ereignisse Revue passieren ließ, die mich in diesen Bus geführt hatten, verstand ich, wie alles zusammenhing und dass alles tatsächlich auf den Abend zurückging, an dem ...

Der Laster kam so dicht an den Chevy heran, dass ich schon dachte, seine Zierleisten würden mir den Ellenbogen abreißen. Mir brach der kalte Schweiß aus, und ich zog den Arm in den Fahrerraum zurück, während seine Hupe mir ins Ohr fuhr wie das Wetterhorn der Golden Gate Bridge an nebligen Tagen.

Unbewusst hatte ich den Fuß vom Gas genommen und reduzierte meine Geschwindigkeit auf 80 km/h, und das auf einem Stück, auf dem 110 erlaubt waren. Der Laster überholte mich donnernd, und der nachfolgende Luftstoß drückte mich vorübergehend nach rechts. Ich schob Sam zurück, die in meine Richtung geschleudert worden war, und übernahm wieder die Kontrolle über den Wagen.

Die dunkle Masse des Lasters scherte auf die rechte Spur ein, direkt vor mir, und ließ vor meinem Gesicht die geistreiche Aufschrift auftauchen, die seine hintere Stoßstange zierte: VORSICHT, DER KERL HINTER MIR IST EIN IRRER. Meine Augen verweilten einige Sekunden lang darauf, und in einem Moment purer Verwirrung wähnte ich mich in diesem Film von Spielberg, in dem ein durchgeknallter Trucker einen Autofahrer auf einer Straße mitten durch die Wüste jagte.

Mit zitternden Knien beschleunigte ich wieder und bedauerte, keinen Tempomat zu haben.

Mehr und mehr Schilder standen am Straßenrand, sie blühten wie verdorrte Pflanzen auf unfruchtbarem Boden. Wir näherten uns Barstow, der kalifornischen Hauptstadt der Factory Outlets und des Methamphetamins. Ich hielt mich zurück, unterdrückte Sam gegenüber einen passenden Scherz über einige ihrer Abhängigkeiten und führte die Wasserflasche zum Mund. Das Wasser war so lauwarm wie die Luft, die in den Wagen strömte.

Nachdem ich einen Blick in den Rückspiegel geworfen hatte, um mich zu vergewissern, dass kein weiterer Laster mich von der Spur drängte, richtete ich meine Aufmerksamkeit wieder auf die Straße. Das graue Band dehnte sich unendlich vor uns aus und zerschnitt die Landschaft in zwei Teile, in steinigen Boden und öde Hügel. Ich tastete mit der Hand hinter meinen Sitz und griff nach der Proviantasche, als ein vertrautes Gefühl mich in meinen Bemühungen bremste.

Ein unangenehmer Druck auf meinem Nasenrücken, genau unter dem rechten Auge.

Mit der Zunge fuhr ich mir über die Oberlippe und schmeckte den metallisch-warmen Geschmack von Blut. Ich warf den Kopf reflexartig in den Nacken. Nach einigen Sekunden verschwamm mein Blick, und ich musste vorsichtig auf den Straßenrand zusteuern.

Mit der Hand wühlte ich hinter mir im Wagen nach den Taschentüchern, die mir die Kassiererin an der Tankstelle mitgegeben hatte, und presste eine dicke Lage auf meinen rechten Nasenflügel. Das war keine kleine Blutung, sondern geradezu ein Aderlass. Ich brauchte über zehn Minuten und viele Taschentücher, um die Blutung zu stillen.

Als ich weiterfahren konnte, blickte ich abwechselnd auf Sam und das Päckchen blutgetränkter Tücher in meinen Händen. Das Leben birgt Neuigkeiten, Brüche, Überraschungen, und dies hier war eine sehr große. Nasenbluten hatte ich zum letzten Mal vor dreißig Jahren gehabt. Meine Mutter musste mich zu Dr. Pomeroy bringen, um mir die Nasennebenhöhlen kauterisieren zu lassen. Das ist die Hitze, meinte sie noch. *Ich hab dir doch gesagt, dass du eine Kappe aufsetzen sollst, Jakie.*

Mein Blick verlor sich in der Ferne, entlang der geraden Linie, die Sonne und Horizont trennte und uns erwartete. Meine Eingeweide zogen sich zusammen.

Es war nicht die Hitze, das wusste ich. Es war diese nicht zu unterdrückende, abgrundtiefe Angst, die mich jedes Mal erfasste, wenn ich an das dunkle Geheimnis dachte, das uns vereinte: Ben, Sam und mich.

Gestern

»Guten Tag, Samantha!«

Sam wollte gerade den City Market verlassen, als Shirley Hoffmann, Mitglied des Clubs der Familienmütter und Klatschbase vom Dienst in Duncan's Creek, ihr in die Quere kam. Die Jugendliche knautschte automatisch die Papiertasche zusammen, in der die Monatsbinden waren, die sie gerade gekauft hatte, und antwortete mit einem leichten Nicken.

»Na, na, hast du die Sprache verloren?«

»Mutter Gerüchte-Radio«, wie Sam sie nannte, stürzte sich, begleitet vom Läuten des Türglöckchens, in den kleinen Supermarkt. Sie trug ein cremefarbenes, etwas zu weites Kostüm, und über eine ihrer Schultern, die so breit waren wie die Flügel einer Boeing, hing eine Handtasche aus rotem Kunstleder.

Sam verbarg das Gesicht hinter ihren ungebändigten Haaren und deutete an, dass sie vorbeiwollte. Doch sie hatte noch keinen Schritt zur Seite getan, als Shirley mit honigsüßer Stimme erneut ihre Ohren nervte:

»Du siehst aber nicht gut aus, stimmt was nicht?«

Sam hob vorsichtig das Kinn. Seit Ende letzter Woche war es das erste Mal, dass sie sich im Dorf zeigte, und selbst wenn die Prellungen schon abklangen, hatte sie doch das Gefühl, dass jeder Zentimeter in ihrem Gesicht mit leuchtenden Buchstaben erklärte: »Ich bin von meinem Vater verprügelt worden.«

»Geht so«, ließ sie sich mit heiserer Stimme vernehmen.

»Darf man fragen, was du da versteckst?«

Sam stockte der Atem. Zunächst dachte sie, dass die Luchsaugen von Mutter Hoffmann die winzigen Blutverkrustungen am

Rand ihrer linken Augenbraue entdeckt hatten, aber als sie den Blick hob, erkannte sie, dass die unerträglich gute Frau die Tasche anstarrte, die Sam sich vor die Brust presste.

»Was geht das Sie an?«, murmelte sie.

Shirleys glänzendes rosa Zahnfleisch verschwand hinter ihren knallroten Lippen, zu knallig für einen Sonntag. Sam verschaffte sich Durchgang und widerstand der Versuchung, Shirley im Vorbeigehen die Klunker von den Ohren zu reißen.

»Was ...?«

Das Folgende hörte Sam nicht mehr, die Glastür hatte sich hinter ihr geschlossen. Sie rannte fast, als sie die R 12 überquerte, ein Gefühl zwischen Jubilieren und Panik im Herzen. Lamonte DeSoto, der ehemalige Bürgermeister des Dorfes und Inhaber des City Market, hatte nichts mitgekriegt und kaum aufgesehen, als sie an der Kasse vorbeigelaufen war. Aber Shirley Hoffmann gehörte nicht zu der Sorte Mensch, die Dinge auf sich beruhen ließen. Sam stellte sich bereits vor, wie die Klatschweiber des Ortes sich bei der nächsten Tupperparty über sie das Maul zerreißen würden. *Sie hat es so gewollt,* würden sie sagen. *Diese freche Göre hat ein echtes Ohrfeigengesicht.*

Während sie die Straße hinunterstürzte und sich beeilte, schnell nach Hause zu kommen, um sich von dem Papiertaschentuch zu befreien, das sie sich in die Unterhose gestopft hatte, fragte sie sich, ob es nicht ein herrliches Gefühl wäre, der größten Klatschtante die Augen auszukratzen und ihr mit den Fingern tief in die Augenhöhlen zu stechen. Dann wandte sie sich einem kniffligeren Problem zu: Dieser Sonntag war der letzte Tag der Frühjahrsferien, und wenn ihr Gesicht vor dem morgigen Tag nicht einigermaßen wiederhergestellt wäre, könnte sie sich gleich ihre Eintrittskarte für den Club der Versager der High School besorgen.

»He, Ripley! Wohin rennst du in diesem Affentempo? Warte!«

Sam unterdrückte einen verärgerten Ausruf und bremste mit quietschenden Schuhsohlen; diese Stimme hätte sie unter Tausenden erkannt. Sie war auf Höhe der Lower Duncan Road angekommen und konnte das Dach ihres Hauses auf der anderen Seite des Feldes sehen, das sich zur Linken ausdehnte.

»Wenn man schon von Versagern spricht«, zischte sie, während sie sich umdrehte.

»Häh?«

»Nichts.«

Mit einer Dose Hubba-Bubba-Limo in der Hand gesellte sich Ben im kleinen Trab zu ihr. Von dem Ärmel seines Fußballblousons tropfte Limo, die nach Kaugummi roch, und er leckte sich in einem Reflex das Handgelenk.

»Warum bist du so gerannt, Ripley? Ist dir ein Außerirdischer auf den Fersen, oder was?« Er schaute über die Schulter seiner Freundin, nahm ein unsichtbares Gewehr in die Hände und mimte einen Feuerstoß. »Fass sie nicht an, du Dreckschwein!«

»Nein, ich hatte Angst, den Anfang von *Unsere kleine Farm* zu verpassen. Was willst du, McFlan, Vanillesoße oder so was in der Art?«

Ben lachte. Seit sie an einem Samstagnachmittag damit begonnen hatten, zu Hause Filme anzusehen – zumeist bei ihm, weil er einen Videorekorder hatte, der mehr als einen Meter groß war – wurden die von ihnen bevorzugten Filme häufiger ausgeliehen, zuletzt *Zurück in die Zukunft* und *Alien*.

»Ich habe dich zehn Tage lang nicht gesehen«, merkte er an. »Wo hast du dich rumgetrieben?«

»Ich habe die ganze Woche ehrenamtlich in einem Feriencamp für Myopathen gearbeitet«, erklärte Sam feierlich. »Ich habe dich übrigens nicht unter den Teilnehmern gesehen, hast du dich entschieden, dieses Jahr nicht wieder hinzugehen?«

Der Witz verpuffte, war er doch weniger bissig ausgefallen,

als sie beabsichtigt hatte. Ihr Herz schlug wie verrückt, und es schien ihr plötzlich, dass ihr Blutdruck blitzschnell nach oben schoss.

»Ich mach mir gleich in die Hose, hör auf«, rief Ben ihr zu, ein schiefes Grinsen auf den Lippen. »Ich komme gerade aus der Sonntagsschule. Man sieht dich ja gar nicht mehr in der Kirche.«

»Pah, ich gehe seit 1977 nicht mehr hin, du Blödmann. Na gut, das ist nicht alles, aber ...«

Sam gab ihm einen Klaps auf die Schulter und wollte ihn mit ein paar Schritten überholen. Mittlerweile hatte sie den Eindruck, dass das Blut, das ihr durch die Adern floss, sich im Unterleib sammelte. Sie musste nach Hause, und zwar schnell.

Doch gerade, als sie glaubte, sie könne sich aus der Affäre ziehen, holte Bens Stimme sie zurück.

»Sam?«

»Was?«

»Glaubst du nicht mehr an Gott?«

Die Frage traf sie so überraschend, dass es ihr fast den Boden unter den Füßen wegriss. Sie zuckte die Schultern, bevor sie sich umdrehte.

»Meine Güte, du bist manchmal ganz schön dämlich. Ich schwöre dir, eine Schüssel Wackelpudding hat mehr Grips als du.«

Ben verzog keine Miene. Er wandte sich ihr zu, mit zusammengekniffenen Augen und gerunzelten Augenbrauen.

»Was ist mit dir passiert? Du bist seit einiger Zeit nicht mehr dieselbe. Du hast dich verändert.«

»Das müssen die Hormone sein«, antwortete Sam gespielt gleichgültig.

»Ich hoffe, es ist nicht wegen der Sache, die im Januar passiert ist?«

»Das, was ... Als du mich begrapscht hast, willst du sagen?«

Ben zog eine Grimasse.

»Ich hab dich nicht begrapscht.«

»Doch, du hast mich begrapscht. Auf jeden Fall hast du's versucht.«

»Nein, ich ...«

»Hör mal, dies ist wirklich nicht der richtige Moment.« Sam stampfte auf und begann zu fürchten, dass rote Flecken zwischen ihren Beinen auf der Jeans zu sehen wären. »Wird Zeit, dass ich nach Hause komme.«

Ben machte ein finsteres Gesicht. Die großen Augen hinter dicken Brillengläsern untersuchten das Gesicht seiner Freundin, die das Gefühl hatte, eine eisige Hand würde ihre Eingeweide umklammern, als sie sah, wie seine Augen an der Blutkruste an ihrer linken Augenbraue hängenblieben.

»Bei dir ist nie der richtige Moment«, grummelte er. »Du sprichst mit Jake, du bist vertraut mit ihm. Aber mit mir überhaupt nicht. Niemals. Warum, Sam? Warum sprichst du so viel mit ihm und nicht mit mir?«

Ben trat zurück. Wieder setzte er die Miene eines geprügelten Hundes auf, die er seit Beginn seines Stimmbruchs hinter einer Maske unbekümmerter Zutraulichkeit verborgen hatte; wieder war er zwölf Jahre alt und hatte schlagartig zur Tollpatschigkeit von Boulard zurückgefunden, dem König der Kugelbäuche am Flussufer, dem Angsthasen, der sich bei der kleinsten Gelegenheit in die Hosen macht, dem Vielfraß, der im Handumdrehen ganze Tafeln Schokolade verschlingt.

»Bist du verliebt in ihn, oder was?«

Sam erkannte plötzlich etwas anderes, ein neues Gesicht unter den beiden anderen, das sie ganz und gar nicht mochte: das Gesicht der Eifersucht.

»Ja, ich bin verliebt in ihn. Bist du nun zufrieden?«

Sie ließ ihn am Straßenrand stehen und rannte querfeldein zu ihrem Haus. Schlug die Tür hinter sich zu und schlüpfte schweißgebadet in den Flur.

»Die Tür!«, brüllte Phil Baldwin vom Sofa im Wohnzimmer aus.

Den Bruchteil einer Sekunde später hörte Sam, wie ein schwerer Gegenstand zu Boden fiel – der alte Baseballschläger ihres Vaters, voller Stolz aufgehängt an zwei wackligen Haken aus Hirschhufen an einer Wand des Eingangs. Sie flüchtete, ohne sich umzuschauen, ins Badezimmer und zog sich die Jeans aus.

Die Bescherung sah weniger schlimm aus als befürchtet, nur die Unterhose hatte etwas abbekommen. Sie zog sich aus und stieg in die Badewanne, um sich abzuduschen. Dort blieb sie einige Minuten und dachte an das, was sie Ben gesagt hatte. *Verliebt in Jake!* Und warum nicht schwanger, wenn man schon dabei war?

Sam stieß ein nervöses Lachen aus. Ihr Blick fiel auf das blutdurchtränkte Taschentuch, das sie auf den Rand der Badewanne gelegt hatte, und sie fühlte sich unmittelbar zwei Jahre zurückversetzt.

Es war am 30. April 1986, sie erinnerte sich an das Datum genauso gut wie an einen Geburtstag. Sie war dreizehn Jahre minus zwei Monate alt gewesen und fürchtete, dass dieser Moment eines Tages kommen würde – der Moment, von dem an sie kein Kind mehr war und zu einer Frau wurde. In den ersten Stunden hatte die Sorge vorgeherrscht. Seit dem Abend zuvor hatte sie Bauchschmerzen gehabt und unter Übelkeit gelitten, und sie hatte keine Mama mehr, die sie hätte beruhigen können. Sie war schrecklich krank oder noch schlimmer. Wer weiß, ob nicht das, was ihr Vater ihr angetan, sie schwanger gemacht hatte? Voller Angst im Bauch, hatte sie viele Stunden gewartet, bis sie die ersten Blutstropfen auf dem Stoff ihrer Unterhose entdeckte und zuerst mit Erleichterung begrüßte. Nein, sie war nicht schwanger. Der Horror würde nicht noch schlimmer werden.

Am Anfang, als ihr Vater begann, sie anzufassen, war sie überzeugt, dass sie etwas falsch gemacht hatte und dafür bestraft würde. Schon damals brüllte er viel, aber seine Arbeit im Gefängnis hielt ihn an fünf von sieben Tagen von zu Hause fern. Doch als er wegen Krankheit beurlaubt wurde, fing er an, ihr wirklich wehzutun. Sam war zehn Jahre alt und hatte das gemacht, was jedes andere kleine Mädchen in ihrem Alter an ihrer Stelle auch getan hätte: Sie hatte versucht, ihn zu trösten. Doch ihr Vater – der Mann, der nur allein auf dem Sofa weinte, wenn er glaubte, seine Töchter würden schlafen, der Mann, dem sie jedes Jahr handschriftlich eine Karte zum Geburtstag schrieb, der Mann, an den sie sich am Sonntagmorgen gern ankuschelte, weil der warme Duft seiner Haut sie beruhigte – hatte in ihren Zärtlichkeitsbekundungen etwas anderes gesehen.

Eines Tages hatte sie ihn gefragt:

»Warum machst du das, Papa?«

»Weil ich dich lieb hab, meine Kleine. Weil dein Papa dich lieb hat. Du hast mich doch auch lieb, nicht wahr?«

»Ja.«

»Das stimmt, du bist so lieb zu mir.«

Er hatte sie auf seine Knie gehoben, die Augen voll von dem, was Sam für einen Ausbruch von Liebe gehalten hatte, und hatte ihr mit der Hand durch die unfrisierten Haare gestrichen.

»Aber, Papa ... ich mag das nicht so, wenn du ... wenn du das machst.«

»Sammy, meine Sammy ... das machen die Leute, wenn sie sich lieb haben«, hatte er ganz nah an ihrem Gesicht gemurmelt und ihr seinen mit Bier geschwängerten Atem ins Gesicht gehaucht. »Das ist nichts Schlimmes, das weißt du.«

»Aber Mama, sie hat mich auch lieb gehabt und ...«

»Lass deine Mutter, wo sie ist, ja? All das ist ihre Schuld. Wenn deine Mutter nicht gestorben wäre ...«

Sam hatte gerade den Mund geöffnet und ihm antworten wollen, aber es war zu spät: Er drang bereits in sie ein. Eine Hand zwischen ihren leicht gespreizten Oberschenkeln, den Daumen unter dem Gummiband ihres Höschens und sein Atem, der ihr lauwarm über die Haut strich.

»Wenn du mich aber auch nicht ständig so verrückt machen würdest«, hörte sie ihn einen Augenblick später säuseln, ohne recht zu verstehen, was er damit eigentlich sagen wollte.

Dann hatte er weitergemacht, sie mehr als nur einfach väterlich zu berühren. Sein Atem war schneller geworden, und ohne Vorwarnung hatte er schließlich seine Hand an die Seite dessen geschoben, was sie noch immer ihr Schätzchen nannte.

»Ah, wenn du nicht so hübsch wärst mit deinen Kleidchen und deinem schönen Haar! Du machst das alles für mich, nicht wahr, meine Kleine? Du machst dich hübsch für deinen Papa? Du machst das alles, um ihm zu gefallen, stimmt's?«

Sam hatte genickt, unfähig zu einer anderen Reaktion. Sie war zehn Jahre alt, verdammt! Welche Hintergedanken konnte ein kleines Mädchen von zehn Jahren haben, das ihren Vater auf den Mund küsste, das sich vor dem Fernseher auf seine Knie setzte, sich manchmal an ihn schmiegte, um eine bessere Sitzposition zu finden? All das schoss ihr durch den Kopf, und sie kam zu einem Schluss, der sie erstarren ließ: Sie war zu nett zu ihm gewesen, sie hatte ihm widersprüchliche Zeichen gegeben. Wenn er sich so verhielt, konnte das nur ihr Fehler sein. Voller Scham hatte sie ihn gewähren lassen. Einmal, zweimal, dreimal.

Sam drehte den Wasserhahn der Badewanne zu. Vor zwei Jahren oder etwas eher hatte ihr Vater aufgehört, sie zu belästigen, zweifellos deshalb, weil sie immer mehr wie eine Frau aussah und Frauen ihm Angst machten. Trotz allem schämte sie sich immer noch und fühlte sich schmutzig, und die Duschen konnten dagegen nichts ausrichten. Manchmal wäre sie am liebsten gestorben.

Sie war einmal mehr dabei, über all das nachzugrübeln, als ihr zum ersten Mal die Idee kam, abzuhauen. Ja, genau, Flucht könnte eine Möglichkeit sein. Bald wäre sie sechzehn Jahre alt, der Moment war vielleicht gekommen, dieses Dorf des Unglücks hinter sich zu lassen. Während sie sich abtrocknete, sah sie sich in ein Auto steigen und wie eine Verrückte durch Wälder und Berge rasen, mitten durch die Wüste und große Städte, der Sonne entgegen und ...

Sam hielt inne. Der Türknauf hatte sich gerade bewegt.

Bevor sie verstand, was passierte, öffnete sich bereits die Tür. In der Eile hatte sie vergessen, abzuschließen. Sie zögerte keine Sekunde. Das Handtuch vor den Körper gepresst, beugte sie sich vor und schlug die Tür mit voller Wucht wieder zu.

»Ich bin noch nicht fertig«, brüllte sie, ohne zu wissen, ob es sich um ihren Vater oder ihre Schwester handelte.

Sie vernahm einen Schlag von der anderen Seite, dann Widerstand. Sam drückte sich mit ihrem ganzen Gewicht gegen die Tür, die mit einem Knall wieder ins Schloss fiel. Doch kurz davor stieg ihr eine Wolke von Alkohol in die Nase.

»Was zum Teufel treibst du mitten am Tag unter der Dusche, Sammy?«, ließ sich die gedämpfte Stimme ihres Vaters vernehmen.

»Das geht dich nichts an!«

»Von wegen, das geht mich nichts an! Wer zahlt denn deiner Meinung nach die Wasserrechnung? Wer, häh?«

Sie fühlte einen leichten Druck gegen ihre Schulter und sah, wie der Knauf von rechts nach links gedreht wurde. Sie streckte die Hand nach dem Schlüssel aus, hatte aber nicht die Zeit dafür. Ein Schlag gegen die Tür schleuderte sie auf die Fliesen. Das Handtuch fiel zu Boden, die Tür bebte in den Angeln. Gänsehaut überzog ihre nackte Haut, als sie einen senkrechten Lichtstrahl durch den Türspalt ins Badezimmer fallen sah.

»Verdammt noch mal, was um alles in der Welt machst du da drinnen?«, brüllte ihr Vater.

Ihr Körper war voll Adrenalin, und Sam gab ihren Beinen einen Stoß. Wut, Angst und Groll zusammen verhalfen ihr zu einer enormen Kraft, mit der sie den hölzernen Türflügel erneut in seinen Rahmen stieß.

»Hau ab!«, schrie sie, während sie den Rücken an die Tür drückte. »Lass mich in Ruhe!«

»Sammy ... mach auf! Mach die verdammte Tür auf!«

»Nein!«

»Verdammt! Ich schwöre, wenn du mir nicht gehorchst ...«

Der Knauf drehte sich, stärker diesmal, und sie glaubte schon, die Tür würde sich öffnen. Sam stemmte sich auf die Beine, um die Kräfte ins Gleichgewicht zu bringen, aber sie wog nur halb so viel wie ihr Vater. Wenn sie keinen Weg finden würde, den Schlüssel in diesem vermaledeiten Schloss umzudrehen, würden die 90 Kilo, die sie mehr als einmal horizontal auf sich gespürt hatte, wieder die Oberhand gewinnen.

Bei dieser unerträglichen Vorstellung stieg ein kriegerischer Schrei aus der Tiefe ihrer Kehle auf:

»Hau ab, habe ich gesagt!«

Sie drückte die Beine fest in den Boden und presste sich gegen die Tür. Dieser Dreckskerl mochte vielleicht betrunken sein, aber sie wusste, dass er dazu in der Lage war, eine Tür mit einem Stoß seiner Schulter einzudrücken, wenn es ihm in den Sinn kam.

»Mach auf, Sammy!«

»Hau ab, du Scheißkerl!«

Sie spürte, wie der Druck für den Bruchteil einer Sekunde nachließ, als sei ihr Vater ins Schwanken geraten.

»Was hast du gesagt?«

»Ich habe dir gesagt, du sollst mich verdammt noch mal in Ruhe lassen. Scheiße, lass mich in Ruhe!«

»Für wen hältst du dich, du kleine Schlampe? DU WIRST GEHORCHEN!«

Der Türknauf zitterte heftig. Sam glaubte nun, dass es ihm gelingen würde, hereinzukommen.

»Hau ab, habe ich gesagt!«

»Du wirst mich reinlassen, Sammy. Freiwillig oder nicht!«

Ihr drehte sich plötzlich alles im Kopf. Was würde passieren, wenn er sie nackt auf den Kacheln finden würde mit Blut, das ihr die Beine hinablief?

»Verschwinde! Verschwinde! VERSCHWINDE!«

»So sprichst du nicht mit mir! So sprichst du nicht mit mir, hörst du?«

Die Hand ihres Vaters schob sich in die Öffnung, vier behaarte Finger zappelten auf dem weißen Holz nahe an ihrer Schulter, und bevor sie die Zeit hatte, sich klarzumachen, was passierte ... griff er nach ihrem Arm.

»Lass mich los!«

»Ich werde dich lehren, vernünftig mit mir zu sprechen, du kleine Schlampe! Du wirst schon sehen! Für wen hältst du dich?«

Die Öffnung erweiterte sich wieder um einige Zentimeter, sodass der ganze Unterarm durchpasste. Sams Hände waren so feucht, dass sie abrutschten wie an einem frisch gefangenen Fisch.

»Ich werde dir schon austreiben, so mit mir zu sprechen. Das wirst du spüren, glaub mir! Ich werde dich so verprügeln, dass du dich noch an Thanksgiving daran erinnern wirst. Und wenn du es bis dahin vergessen hast, verprügle ich dich noch mal, damit du dich mit deinem Spatzenhirn bis Weihnachten daran erinnerst!«

Ihr Vater verstärkte seinen Griff um ihr Handgelenk. Sam drehte den Kopf und sah eine rot geäderte Nase, die sich durch die Öffnung steckte. Schon spürte sie, wie ihr sein ranziger Atem in die Nase stieg, schon streckte sich sein Unterarm und ließ einen Bizeps sehen, der angespannt war wie ein Bogen.

»ICH WERDE ES DIR SCHON ZEIGEN!«

Sie spürte, wie sie unaufhaltsam ausrutschte, ihr Fuß geriet in Kontakt mit einer feuchten, klebrigen und leicht warmen Flüssigkeit. Als sie nach unten blickte, weiteten sich ihre Augen vor Schreck: Sie rutschte auf ihrem eigenen Blut aus.

»DIR WERDE ICH ES ZEIGEN, DU KLEINE SCHLAMPE!«

Sam stieß einen panischen Schrei aus. Ihr Vater hatte den ganzen Arm durch die Öffnung gesteckt und versuchte, ihr an die Kehle zu gehen.

»Lass mich los!«

Doch Phil Baldwin machte Boden gut. In diesem Moment war es nicht sein Atem, den sie roch, sondern sein Schweiß, ein Geruch, den sie bis ans Ende ihrer Tage mit Sex verbinden würde.

Eine schreckliche Wut, schwarz und abgründig, entbrannte in ihr. Sam heulte so laut auf, dass ihr das Blut in den Kopf schoss:

»NIMM DEINE DRECKIGEN PFOTEN WEG, DU DRECKIGES SCHWEIN!«

Sie nahm die ganze Kraft zusammen, die ihr geblieben war, drückte und drückte, bis sein Griff sich lockerte, aber ihre Füße rutschten auf den Kacheln aus, rutschten auf ihrem Blut. Sie erkannte, dass sie nicht mehr lange durchhalten würde.

Lieber Gott, mach, dass er loslässt!

Nun, da sie kurz davor war, aufzugeben und schon voraussah, wie sie in all ihrem Blut hingestreckt lag, die nackte Haut auf den mit Blut überschwemmten weißen Kacheln, hörte sie eine ganz leise Stimme, fast ein Flüstern, das von der anderen Seite der Tür kam:

»Papa?«

Der Schraubstock seiner Hand löste sich ein wenig. Dann:

»Verschwinde in deinem Zimmer, wenn du nicht willst, dass ich mich auch um dich kümmere.«

»Aber Papa …«

»HAU AB, DU KLEINE ROTZNASE!«

Sam geriet in unbändige Wut. Sie gab der Tür, die vom Arm ihres Vaters blockiert war, einen kräftigen Stoß. Außer dem Schmerzensschrei, den er ausstieß, hörte sie deutlich das Knirschen von Knochen oder Knorpel. Seine spinnenbeinartigen Finger verkrampften sich kurz vor ihrer Kehle, zuckten verzweifelt in der Luft. Im nächsten Augenblick zog er die Hand zurück, die schlaff am Handgelenk hing.

Die Tür schloss sich, der Riegel klickte beruhigend. Zitternd drehte Sam sich um und streckte die Hand nach dem Schlüssel aus. Doch als sie schon dachte, sie habe gewonnen, drehte sich der Knauf zwischen ihren Fingern, und ihr Vater gab ein geradezu kleinlautes »Sammyyyyy« von sich.

Sie stieß einen Schrei aus. Nahm all ihren Mut zusammen, stemmte den Fuß gegen die erneut geöffnete Tür und stützte sich mit den Händen auf der Kante des Waschbeckens hinter sich ab. Was dann folgte, hätte Sam niemals für möglich gehalten: Vielleicht hatte Gott endlich ihr Flehen erhört, denn die Tür knallte mit Wucht gegen etwas Festes – die Faust oder den Kopf ihres Vaters, sie wusste es nicht.

Es gab einen Aufprall, dem unmittelbar ein dumpfes Geräusch folgte. Er war gefallen. Ob er k. o. gegangen war?

Sie stürzte sich auf den Schlüssel und verriegelte die Tür, ließ sich im nächsten Moment atemlos auf den Boden gleiten. Rote Sterne tanzten vor ihren Augen, das Bad schien sich um sie zu drehen. Als ihr Herzschlag wieder normal wurde, lauschte sie. Es wurde still, zu plötzlich, um sie in Sicherheit zu wiegen.

Eine heftige Furcht befiel sie. War ihr Vater nur angezählt? Oder hatte sie ihn ernsthaft verletzt? Sie kauerte sich rückwärts an die Tür, ihre nackten Pobacken badeten in ihrem Blut. Die Gedanken rasten durch ihren Kopf. Durchs Schlüsselloch gucken. Das Handtuch aufheben. Durchs Fenster hinausklettern. Erin mitnehmen, sie in Sicherheit bringen. Zurückkommen. Ihren Vater kaltmachen. Mit einer Kopfbewegung verscheuchte sie die Gedanken wie einen Mückenschwarm und zog sich hoch auf die zitternden Beine.

Sie blieb einige Sekunden an die Tür gelehnt sitzen, bevor sie sich in Bewegung setzte. Aufgestützt auf dem Rand des Waschbeckens, kehrten ihre Lebensgeister nach und nach zurück. Ihre Reflexe waren verlangsamt, jede Bewegung schmerzte. Nach einer guten Minute hatte sie Beine und Füße abgewischt und sich Jeans und Sweatshirt übergestreift. Als sie angezogen war, holte sie tief Luft und zog den Schlüssel vorsichtig aus dem Schloss. Durch das Schlüsselloch sah sie nichts anderes als die Wand gegenüber.

Es dauerte eine weitere Minute, den Schlüssel ins Schloss zu stecken, und noch eine, bis sie den Mut hatte, ihn umzudrehen. Das Handgelenk tat ihr weh, ihr Körper war blutverschmiert. Sie hielt den Atem an und wurde sich plötzlich bewusst, dass sie Erin nicht mehr hörte. Dann bewaffnete sie sich zur Vorsicht mit einer großen Seifenschale in Form eines Frosches.

Langsam öffnete sie die Tür.

Ihr Vater lag quer ausgestreckt im Flur, die Schultern dicht an der Fußleiste; der Kopf war ihm auf den Brustkorb gesunken. Taumelnd wagte Sam einen Schritt in seine Richtung und blieb dann stehen.

Sie hielt ein paar lange Sekunden inne, sah nichts als den riesigen, schlaffen Körper und fragte sich, was sie empfinden würde, wenn sie ihm die Stirn mit der Seifenschale einschlagen, wenn sie spüren würde, wie sein Blut ihr warm über die Finger lief. Sie sagte sich, dass sie, wenn sie hart genug zuschlagen würde, Knochen in einer offenen Wunde sehen könnte. Sie würde womöglich zum letzten Mal seinen widerlichen Atem spüren, und das wäre der letzte Geruch, den sie von ihm behalten würde, der einzige Geruch, der sie all die anderen vergessen machen würde – den Atem nach Bier, der stinkenden Mischung von Schweiß, Sperma und Rasierwasser – und plötzlich stieg ihr dieser Geruch in die Nase, und Sam fühlte, wie ihr schwindelig wurde. Sie hatte sich eines Tages gesagt, wenn sie das erneut spüren würde, würde sie endgültig verrückt werden, aber das trat nicht ein. Trotz der ganzen schrecklichen Dinge, die sie erlebt hatte, war Sam Baldwin sehr weit vom Wahnsinn entfernt.

Sie warf einen letzten Blick auf dieses widerliche Wesen und kniff die Lippen zusammen. Hielt die Seifenschale über seinen Kopf. Ihre Züge verzerrten sich. Eins, zwei ... Sam machte den Mund auf, um zu schreien und sich Mut zu machen, doch die Stimmbänder versagten ihr den Dienst. In dem Moment, als ein ersticktes Stöhnen die Stille durchbrach, ließ sie die Hand sinken, und der hässliche Porzellanfrosch zerbrach auf dem Boden ganz nah am Oberschenkel ihres Vaters.

»Sa-a-a-mmy ...«

Ihre Schwester, die auf der Schwelle ihres Zimmers hockte, starrte sie vom Ende des Flurs aus an. Sam machte einen großen Schritt über den reglosen Körper, betete, dass beim Drübersteigen nicht eine Hand ihren Knöchel packen würde, und ließ sich von Erins in blanker Panik weit aufgerissenen Augen leiten. Sie hockte sich neben sie und nahm sie in die Arme, streichelte ihr über das Haar und trocknete ihr die Tränen. Dieser kleinen Schwester hatte sie in den letzten Monaten wahrlich nicht viel Aufmerksamkeit geschenkt, und sie bemerkte plötzlich, wie groß sie geworden war. Bald würde sie elf Jahre alt sein, und während sie sie an sich drückte, spürte Sam zwei kleine Erhebungen unter Erins T-Shirt.

Sogleich kam ihr ein obszönes Bild in den Sinn. Sie stieß es mit starkem Willen zurück und beruhigte ihre Schwester, die unterdrückt schluchzte. Im Mund hatte sie einen hartnäckigen Eisengeschmack. Die ganze Zeit, die sie ihre Schwester umarmte, ging ihr eine Litanei im Kopf herum.

Eines Tages haue ich von hier ab und komme nie wieder. Aber nicht jetzt. Nicht bevor Erin so alt ist, dass sie sich selbst verteidigen kann.

Am anderen Ende des Flurs schnarchte Phil Baldwin friedlich vor sich hin. Es blieben ihm noch sechs Monate zu leben.

Heute

Einer plötzlichen Eingebung folgend, verließ ich die Interstate 15 an der Ausfahrt Barstow, um die 40 in Richtung Osten zu nehmen. Als ich ungeniert über den durchgehenden weißen Streifen fuhr, der die Straße unterhalb der Schilder *Las Vegas-North* und *Needles-Eas*t teilte, hatte ich das Gefühl, eine Zeitleiste zu überschreiten.

In den folgenden Minuten dachte ich an ein Gedicht aus meiner Kindheit, *The Road Not Taken*, in dem Robert Frost sich auch zwischen zwei Wegen im Wald entscheiden muss. Ich erinnerte mich, dass seine Entscheidung ihn zu einem Schicksal führte, das ganz anders war als das erwartete, und ich fragte mich, was dieser Umweg, auf den ich beim Anblick eines einfachen Namens auf einem Verkehrsschild verfallen war, mir bringen würde.

Was könnte schlimmstenfalls passieren? Zu spät in Duncan's Creek anzukommen und die Strecke um 250 Kilometer zu verlängern, wie mir kurze Zeit später vom GPS meines Telefons angezeigt wurde. Was war schon dabei! Durch Kingman, Arizona, zu fahren, in das ich seit fünfundzwanzig Jahren keinen Fuß mehr gesetzt hatte, erschien mir im aktuellen Zusammenhang als hervorragende Idee. Eine genaue Wiederkehr der Ereignisse.

Schnell war ich mitten in der Wüste angekommen, auf der alten Route 66, unter einem blitzblanken Himmel. Zu beiden Seiten der Straße breiteten sich, so weit das Auge reichte, ausgedehnte Sandflächen aus, und Bergketten zeichneten unscharfe Gipfel auf den flimmernden Horizont. Auf der Höhe von Newberry Springs kam ich an einigen Zivilisationsresten vorbei, dann folgte das große Nichts bis Ludlow, eine Geisterstadt, die den Bau der Autobahn anscheinend nicht überlebt hatte.

Etwas später kam ich an einem Auto vorbei, das eine Panne hatte und am Rand der von der Sonne beschädigten Straße stand. Aber ich fuhr weiter, ohne anzuhalten, ich wollte die Intimität mit Sam nicht unterbrechen und, noch weniger, unbekannten Leuten erklären, was ihr widerfahren war. Wie im Galopp und ohne mich umzudrehen, fühlte ich mich wie ein einsamer Cowboy, der immer weiter zum Horizont reitet und dabei ein altes Liedchen pfeift.

Ich hatte die Kassette im Autoradio umgedreht, und die Songs liefen im Rhythmus der Kilometer hintereinander ab: Prince, UB40, Roxette ... ich hätte nicht gedacht, dass Sams Musikgeschmack so vielfältig war. Als die ersten Takte von *What's Up?* von 4 Non Blondes erklangen, fühlte ich, wie die Musik in mich eindrang und mir das Herz schwer machte. Da ich fürchtete, in Tränen auszubrechen, nahm ich die Kassette heraus und ließ mich vom Schnurren des Chevy-Motors einlullen.

Gegen 11 Uhr, als Hunger mich zu quälen begann, hielt ich nach einem Ort Ausschau, an dem ich anhalten konnte. Doch wohin ich meine fiebrigen Augen auch wandte, ich sah nichts als Unendlichkeit. Die Hitze der Wüste machte mir den Mund trocken, in dem sich immer noch Blutgeschmack breitmachte. Ich hatte noch nie so sehr eine Erfrischung gebraucht, ein eiskaltes Getränk oder einen Milchshake.

Ich nahm die letzte Ausfahrt vor dem Mojave National Preserve und bog auf eine schlecht asphaltierte Straße mitten im Nirgendwo ein. Nach vier oder fünf Kilometern ohne eine Menschenseele begannen mir die Motorradpulks und die verchromten Lastwagen zu fehlen. Bei einem Blick in die Ferne überlegte ich, ob ich umkehren sollte. Einsamer Cowboy vielleicht, aber kein Selbstmörder. Wenn das Kühlsystem von Sams Karre zusammenbrach, würden wir gerade noch als prächtige Mahlzeit für die Aasgeier dort hinten dienen.

Ich schickte mich an umzudrehen, als das aufschimmerte, was ich inmitten sandiger Hügel, die mit dornigen Büschen bewachsen waren, zunächst für eine Fata Morgana gehalten hatte. Nach etwa zwanzig Metern erkannte ich ein kleines Gebäude, das am Ende eines Feldwegs stand. Ich setzte die Sonnenbrille ab, beugte mich zur Windschutzscheibe vor und leckte mir die Lippen. Tatsächlich, da unter der Veranda befand sich ein uralter Automat für Erfrischungsgetränke, an dem mein Blick hängengeblieben war. Dieses Knallrot, obwohl staubig und von der Sonne gegrillt, konnte mich nicht täuschen.

Ich steuerte nach rechts und nahm den Fuß vom Gas, um eine Gestrüppkugel passieren zu lassen, die vom sanften Wind umhergeweht wurde. Der Wagen holperte über den Weg bis zu einem kleinen Hof, der von Unkraut bedeckt war. Was ich für eine Servicestation gehalten hatte, entpuppte sich als einsame Zapfsäule neben einer wackeligen Hütte. Und ich hatte gehofft, ein altmodisches *Diner* mit einer funkelnden Jukebox vorzufinden, *Apple Pie* nach Art des Hauses, eine Bedienung im Minirock und einen Tankwart, der mir vorschlagen würde, nach dem Ölstand zu sehen!

Ich stoppte vor dem Portal, ohne das Risiko einzugehen, den Motor abzustellen. Die trockene Hitze der Wüste traf mich wie ein Aufwärtshaken, als ich einen Fuß auf den Boden setzte, und eine Sekunde lang dachte ich, meine Augen würden in ihren Höhlen verglühen.

»Ist jemand da?«, rief ich mit trockener Kehle.

Es schien so, als habe die Sonne den Ort in den 1950er-Jahren erstarren lassen. Während ich mich dem Getränkeautomaten näherte, überlegte ich, dass es in dieser Ecke von Kalifornien bestimmt eine Raum-Zeit-Verschiebung gab. Von einer kleinen

Anhöhe zwischen Schotter und Kakteen fixierte mich ein alter Plymouth Belvedere aus runden, ausgehöhlten Augen. Etwas weiter pries ein zerrissenes Plakat Burger für 25 Cent an. Das Plakat »*Kennedy for President, Leadership for the 60's*« hinter einer schmutzigen Scheibe war dermaßen verwaschen, dass man die rot-weiß-blauen Abstufungen kaum erkennen konnte. Dieser unwirkliche Ort, verloren am Ende der Welt, erinnerte an eine Postkarte aus der Vergangenheit.

»Hey oh?«

Aus dem Augenwinkel betrachtete ich die Zapfsäule, erleichtert, vor der Abfahrt vollgetankt zu haben – sie schien nicht mehr in Betrieb zu sein. Dann erreichte ich die Veranda. An einem ihrer Pfosten hing ein verblasstes Schild – *EIS* entzifferte ich. Genau darunter ein kaputtes, rostiges Dreirad, dem ein Rad fehlte. Ich steckte eine Hand in die Tasche meiner Jeans. Ein heißer Windstoß wehte mir durchs Haar, und ich spürte plötzlich eine Bewegung im Rücken. Mit Schwung drehte ich mich um, überzeugt, dass der Schatten ein Wüstenräuber war, der sich auf mich stürzen wollte. Aber es war nur Sand, dessen Körner wie Rumbarasseln gegen die Karosserie des Plymouth schlugen.

Der Preis, der auf dem Automaten stand, betrug zehn Cent. Ich steckte eine Münze in den Schlitz und machte mich schon darauf gefasst, im eisernen Bauch ein Läuten zu vernehmen, ohne dass irgendetwas passieren würde. Zu meiner großen Überraschung fiel eine Coca-Cola ins Ausgabefach. Und sie war kühl! Instinktiv überprüfte ich das Verfallsdatum. Februar 2015, ich hatte Schlimmeres erwartet.

Ich suchte einen Flaschenöffner am Automaten, doch ohne Erfolg. Plötzlich war mein Mund nichts weiter als eine ausgetrocknete Höhle. Ich versuchte, meine Zunge vom Gaumen zu lösen, um noch mal zu rufen, aber es gelang nicht, ich hatte keine Spucke mehr. Weit davon entfernt, mich geschlagen zu geben, ging ich auf der Veranda zur Eingangstür. Ein Schild war auf die Seite WIR HABEN GEÖFFNET gedreht. Ich wollte gerade hineingehen, als ich sah, wie sich hinter der schmutzigen Scheibe ein Schatten abzeichnete.

Die Tür öffnete sich, und ein alter Mann, dessen Haut gegerbt war wie die eines Indianers, entbot mir ein Lächeln wie aus Porzellan. Ohne ein Wort hielt er mir einen Flaschenöffner mit dem Abbild eines Pin-up-Girls aus Las Vegas hin.

»Danke«, sagte ich mit heiserer Stimme.

Mit seinen weißen, pomadisierten Haaren, dem schmalen Schnurrbart und dem abgewetzten Kittel hätte man glauben können, auch er sei direkt den 1950er-Jahren entsprungen. Abgesehen davon, dass sein Kittel mit Ölflecken beschmutzt war und nicht mit Pfannkuchenteig. Jedenfalls eher ein Mechaniker als ein Koch. Ich rechnete damit, dass er mir anbieten würde, nach dem Ölstand oder dem Reifendruck zu sehen, Dienstleistungen, die es nicht mehr gab, aber der kleine Alte war damit zufrieden, einfach so dazustehen, still wie ein Grab.

Da ich nicht in der Stimmung war, eine Diskussion anzufangen, und da Sam mich im Auto erwartete – auch wenn die Hitze es nicht wagen würde, ihr etwas anzutun, sagte ich mir und verfluchte mich sogleich dafür, einen solchen Gedanken aufkommen zu lassen – antwortete ich ihm mit einem höflichen Lächeln und machte auf dem Absatz kehrt, nachdem ich ihm seinen Öffner zurückgegeben hatte.

Die Cola erfrischte mich köstlich und vertrieb den Blutgeschmack aus meiner Kehle. Guter Dinge ging ich zum Wagen, dessen Motor immer noch lief.

»Weiter!«, rief ich dem leeren Innenraum zu.

Als ich den ersten Gang einlegte, bemerkte ich, dass der alte Mann mich durch die Windschutzscheibe beobachtete. Nicht mit der misstrauischen Miene, die ein Mensch aufsetzen könnte, der sich fragt, ob dieser Typ, der da Selbstgespräche führt, vielleicht aus der Klapsmühle entsprungen ist, nein. Es war etwas anderes in seinem Blick, ein schalkhaftes Schimmern, als ob die Jugend ihn nie richtig verlassen hätte, als ob seine Erinnerungen an eine vergangene Zeit, in der alles möglich war, den Lauf der Zeit stoppten und ihn in seiner Vergangenheit festhielten.

Aufgewühlt stellte ich mir vor, wie er am Steuer seines Plymouth saß, sie, die seine Frau werden sollte, zum Silvesterball hinunterfuhr und dabei Buddy Holly hörte. Ich sah, wie sie sich zum ersten Mal küssten, im Drive-in, in dem *Denn sie wissen nicht, was sie tun* lief, bevor sie sich für die zweite Runde auf die Rückbank begaben. Hat das Ehepaar hier gelebt? Hat ihr Abenteuer sie jemals weiter geführt als bis zum Ende dieser Straße? Ich wusste nichts darüber und ließ sie in ihrem glorreichen Zeitalter zurück.

Als ich den ersten Gang einlegte, huschte ein Schatten durch mein Gesichtsfeld, der mich aus meinen Gedanken riss. Überrascht drehte ich den Kopf. Zwei kleine, staubige Hände legten sich auf den Rahmen der Beifahrertür, und das Gesicht eines kleinen Mädchens erschien im offenen Fensterrahmen. Sie war höchstens fünf Jahre alt.

»Guten Tag«, sagte ich mit einem Augenzwinkern.

Sie antwortete mir nicht, beobachtete mich gleichzeitig scheu und gebannt, so wie Menschen eines isolierten Stammes gucken, die gerade eine neue Spezies von Besuchern entdecken. Ich zuckte mit den Schultern und versuchte ein Lächeln. Nach ein paar Sekunden fiel der Blick der Kleinen auf den Beifahrersitz.

»Möchtest du eine?«, fragte ich, denn ich sah, dass sie meine Reese's anstarrte.

Ich nahm mitten aus dem Haufen leerer Flaschen, Chipstüten und Schokoriegel, die da herumlagen, einen Riegel heraus, doch das kleine Mädchen interessierte sich nicht mehr dafür, als sie das glänzende Objekt auf der Rückbank entdeckte. Ich sah, wie sie ihre runden Augen weit aufriss und den Mund bewegte, als wolle sie etwas sagen.

»Belästige den Herrn nicht, Janel«, ließ sich die sanfte Stimme einer jungen Frau vernehmen, die wohl ihre Mutter war und gerade im Rahmen der Heckscheibe aufgetaucht war.

»Entschuldigen Sie«, lächelte sie mich an. »Es geht geradeaus. Geradeaus bis ins Nirgendwo.«

Ich nickte und grüßte sie, ohne zu verstehen. Doch als ich mich schon weiterfahren sah, stellte das kleine Mädchen sich auf die Zehenspitzen, steckte den Kopf in den Innenraum und fragte, indem sie mit dem Finger auf den Rücksitz deutete:

»Was ist das?«

Ich ließ die Augen auf die Stahlurne fallen, die seit Los Angeles mit mir auf Reisen war, und fühlte, wie mir das Herz schwer wurde. Ich hätte mich dafür entscheiden können, nichts zu sagen, die Kupplung kommen zu lassen und mich wieder auf den Weg zu machen, ohne einen Blick zurückzuwerfen, aber aus einem unbekannten Grund hörte ich mich antworten, die Augen auf das Foto gerichtet, das am Armaturenbrett hing.

»Das ist Sam.«

Arizona

Gestern

»Sie ist tot, Ben. Sam ist tot.«

Als kurz nach ein Uhr nachts das Telefon klingelte, überkam Ben sofort ein ungutes Gefühl. Ein Anruf mitten in der Nacht war nie ein gutes Zeichen. Es konnte nur falsch verbunden sein oder eine schlechte Nachricht. *Dieses Mal ist es kein Irrtum*, hatte er sich gesagt, als er das Gespräch annahm, und Jake hatte ihm das weniger als fünfzehn Sekunden später bestätigt. Fast wäre ihm der Hörer aus der Hand gefallen.

»Ich bin in Los Angeles, kümmere mich um die Formalitäten, und ich ... ich kehre nach Duncan's Creek zurück. Ich erzähl dir alles, wenn ich angekommen bin.«

»Willst du, dass ich komme?«

»Nein, es wird schon gehen. Ich werde morgen Abend da sein.«

Ben hatte den Hörer wieder aufgelegt und hörte, wie Veronica hinter ihm mit leiser, unruhiger Stimme etwas murmelte. »Schlaf weiter«, hatte er zu ihr gesagt und sie auf die Schulter geküsst. Er hatte seine Brille vom Nachttisch genommen und die Füße auf den Teppich gesetzt ... seine Lippen zitterten. Groggy war er ins Badezimmer gegangen, wo er sich etwa zwei Minuten lang am Toilettenrand festhalten musste. Da er sich nicht übergeben konnte, obwohl sein Magen rumorte, war er schließlich unbemerkt aus dem Zimmer geschlichen, hatte sich davon überzeugt, dass die Kinder schliefen, und sich am Wasserhahn in der Küche ein großes Glas Wasser einlaufen lassen.

Die ganze Szene schien in Zeitlupe abgelaufen zu sein, doch bei einem Blick auf die Uhr stellte Ben überrascht fest, dass seit Jakes Anruf nur fünf Minuten vergangen waren. Schweißperlen traten ihm auf die Stirn, und die unbehaarte Haut seiner Unterarme war mit Gänsehaut überzogen. Als er das Glas an die Lippen setzte, fiel ihm die alte Flasche Whisky ein, die er für Fälle wie diesen im Büfett des Esszimmers aufbewahrte.

Aber er wollte einen klaren Kopf behalten. Seit er sich hingesetzt hatte, durchwühlte er sein Gedächtnis nach dem Datum, an dem er Sam zum letzten Mal gesehen hatte. Es ging zurück ins Jahr 1990, glaubte er sich zu erinnern. Im Januar vielleicht. Sie beide hatten sich zu einem klärenden Gespräch getroffen, das schlecht ausgegangen war. Danach war Sam fortgegangen und hatte ihn nie wieder angerufen.

Mit dem halb vollen Glas Wasser trat Ben auf die Veranda hinter dem Haus. Die Nacht war mild, sanft schimmerte der Mond am tiefblauen Himmel über den Kartoffelfeldern. Grillen zirpten aus Leibeskräften, ein laues Lüftchen bewegte die Blätter in den Bäumen und verbreitete einen schwachen Duft von Harz. Er ließ sich in die Hollywoodschaukel sinken und schloss die Augen.

Sam war ihm schon vor ewigen Zeiten aus dem Kopf gegangen, manchmal hatte er sogar vergessen, wie sie aussah. Dennoch war er lange Zeit besessen gewesen von ihr, vor allem von ihren Kurven. Seine ganze Kindheit über war Ben in sie verliebt gewesen, und die Vorstellung ihrer weißen, weichen Haut im klaren Wasser des Flusses, ihres glänzenden roten Haars und der Knospen ihrer kleinen Brüste hatte ihn auch nach seiner Jugend nie losgelassen.

Juniooooooor, ließ sich eine heisere Stimme in einer Ecke seines Kopfes vernehmen.

Plötzlich sah er sie besser als jemals zuvor in den vergangenen Jahren: ihre wilde Naturkrause, die grünen Augen mit einem fast irren Ausdruck, die Sommersprossen, die ihre Wangen sprenkelten.

Dazu ein etwas trübsinniges Lächeln auf den rissigen Lippen – das Lächeln einer Besessenen –, und sie richtete ihren Blick auf ihn, ohne den Kopf zu bewegen.

Ich bin's, Shouina! Ich komme aus dem Reich der Toten, um mich zu rächen.

Sam stieß ein Knurren aus und warf sich zähnefletschend auf ihn. In seiner Erinnerung hatte er dann sofort lachen müssen, leicht verrückt, und das war genau das, was sich an jenem Abend auf der Veranda abspielte: Er musste unwillkürlich, fast kindlich losprusten. Dann legte sich eine andere, frühere Erinnerung auf die erste, die von ihrem letzten Sommer in Arizona, diese drei Tage Aufschub, die ihnen gewährt worden waren – oder, mit anderen Worten, die sie aus den Klauen des Sensenmanns gerissen hatten, der ihnen seit einem Jahr auf den Fersen war.

»Wer war das?«

Ben drehte den Kopf. Er hatte nicht gehört, wie die Fliegentür geöffnet wurde. Veronica kam in ihrem hellblauen Nachthemd zu ihm.

»Ein alter Freund«, antwortete er, während er sich die Augen wischte.

»Ein alter Freund?«

»Jake.«

»Jake ... Dickinson?«

»Ja.«

Sie sah ihn überrascht an.

»Was wollte er?«

»Er wollte mir eine schlechte Nachricht bringen.«

»Eine schlechte Nachricht?«

»Den Tod einer Freundin.«

»Ach Gott, Ben! Wer ...?«

»Sam. Sam Baldwin.«

»Oh, mein Liebling!«

Er gab ihr zu verstehen, dass es schon gut sei, und Veronica stellte keine Fragen. Nach neunzehn Jahren Ehe wusste sie, wann sie sprechen und wann sie schweigen sollte. Doch das, was in ihren Augen stand, war mehr wert als alle Reden dieser Welt: Sie würde für ihn da sein, wenn er bereit war, sein Schweigen zu brechen.

»Du legst dich gleich wieder hin, okay?«

»Ich komme, Liebling.«

Doch Ben folgte ihr erst sehr viel später in jener Nacht, wälzte sich dann noch lange im Bett herum und hing einer Menge alter Erinnerungen nach, die aus den Tiefen seines Gedächtnisses aufstiegen. Er dachte wieder an den Abend »Süßes oder Saures« am Ufer des Flusses, an den Horrorfilm, den sie zwei Jahre später mit den Mitteln, die ihnen zur Verfügung standen, gedreht hatten, an ihren ersten 4. Juli auf dem Steg gemeinsam mit Jake alias Spielleiter Jack, aber auch an ihre Expedition in die Teufelsschlucht im Sommer 85, die sich beinahe zu einem Drama entwickelt hätte, und an die Entdeckung der Leiche der kleinen Shawna Twitchell.

Und natürlich dachte er an den Halloween-Abend, an dem alles aus den Fugen geriet.

Seine Haut wurde eiskalt. All das hatte ihn die folgenden Jahre nicht losgelassen. Trotz der Wärme im Bett fror Ben. Ein Bild war an die Oberfläche seines Gedächtnisses getreten: zwei tote Augen, die ihn im Dunkeln anstarrten. Er öffnete die Augen und schaute auf den Wecker. 4 Uhr 12. Er durfte nicht mehr daran denken.

Später in der Nacht wachte Ben mit einem stummen Schrei auf: Die weiße, kalte Hand eines Vampirs hatte nach seinem Knöchel gegriffen. Er schreckte hoch, nahm einen tiefen Atemzug und machte sich klar, dass es sich um einen Albtraum gehandelt hatte.

Heftig atmend und desorientiert dachte er daran, das Licht anzuknipsen, aber Veronica schlief tief und fest, und er wollte sie nicht noch einmal wecken. Stattdessen zwang er sich, an etwas Angenehmes zu denken – an Aubrielles Lächeln, den Urlaub mit der Familie im Arches-Nationalpark –, wie er es als Kind und auch später als Jugendlicher getan hatte, wenn ihm in der Nacht Gespenster erschienen waren.

Das Bild von der zerkratzten Haut der Kreatur blieb ihm für einen kurzen Moment auf der Netzhaut, bevor es sich verflüchtigte. Doch das, was nicht verschwand, was ihn wachhielt bis in die frühen Morgenstunden, das war das Grinsen, das die rissigen Lippen des Angreifers verzerrte.

Und das Blut, das ganze Blut, auf dem Boden und an seinen Händen.

Heute

Ein nahezu undurchsichtiger Sonnenstrahl durchflutete den Innenraum. Ohne die Straße aus den Augen zu lassen, griff ich mit der Hand ins Leere, wie um nach ihm zu greifen, und ließ damit die im Licht eingefangenen Staubpartikel tanzen. Im nächsten Moment war die ungreifbare Präsenz verschwunden. Ich war wieder allein im Auto.

Schluchzer stiegen mir die Kehle hoch. Diese verdammte Wüste arbeitete unerbittlich daran, mich unterzukriegen. Ich fühlte mich plötzlich einsamer, als ich es bis zu diesem Tag jemals gewesen war. Ich umklammerte das Lenkrad, fuhr hastig auf den Seitenstreifen und brach in Tränen aus.

Wie lange war es her, seit ich zum letzten Mal geweint hatte? Wirklich geweint? Ich erinnerte mich, dass es mir nicht gelungen war, die Tränen zurückzuhalten, als ich im Alter von neunzehn Jahren zum ersten Mal allein in meinem kleinen, schäbig möblierten Zimmer in San Francisco saß. Später war ich eingebrochen, als ich vom Tod Logan Momsens im Herbst 1995 hörte, und ich war mit tränenüberströmtem Gesicht eingeschlafen, nachdem ich den ganzen Tag mit den Bildern des World Trade Center vom 11. September 2001 vor dem Fernseher verbracht hatte. Aber seither nie wieder. Der Tränentank war leer.

Die Schluchzer ebbten ab. Ich dachte einen Augenblick, dass es vorbei wäre, doch ein stummes Wimmern kam aus meiner Brust. Neue Tränenbäche. Ich nahm kaum bewusst war, dass meine Nägel sich in die Handflächen gruben, und ich drückte, drückte so lange, bis sich kleine Halbmonde in meiner Haut abzeichneten. Schmerz, um die Qual zu ersetzen; ich fand fast Gefallen daran.

Nach einer Weile blickte ich mich nach der Urne auf dem Beifahrersitz um. Ich hatte immer den Tod in Sam gefühlt. Es war eine dieser schrecklichen Gewissheiten, gegen die anzukämpfen mir nie gelang und die ich über die ganzen Jahre für mich behalten hatte. Drogen, Krankheit, Alkohol, Selbstmord, Mord: Gezwungen, dem tödlichen Countdown zuzusehen, hatte ich mir tausend Möglichkeiten vorgestellt, wie sie verschwinden würde. Aber das, was das Schicksal schließlich für sie vorsah, hatte ich nie kommen sehen.

Ich wischte mir die Tränen ab und zwang mich, meine Aufmerksamkeit wieder der Gegenwart, der Realität zuzuwenden: dem Motel dicht am Straßenrand, der flirrenden Hitze, die sich auf dem Asphalt spiegelte wie Glatteis ... vergeblich. Unweigerlich fiel mein Blick auf das Foto von Sam, das ich am Armaturenbrett angebracht hatte, genau unter dem Lüftungsgitter. Ihre grüblerische und lustlose Miene, ihre ungebändigte Mähne, anmutig um ihr Gesicht gelegt, all das hatte ich mir in den letzten vierundzwanzig Stunden tausendmal angesehen. Das hatte gutgetan, aber es hatte auch wehgetan.

Ich atmete tief durch und trommelte nervös auf den Zähnen herum, um meine Gedanken zu ordnen, so wie ich es machte, wenn ich vor dem leeren Bildschirm saß und mir Worte oder Ideen fehlten. Doch meine Gedanken kehrten immer wieder zu Sam zurück. Auf dem gesamten Weg hatte sie mich begleitet, bis in diesen Traum, den ich im Motel hatte und der mir so wahr vorgekommen war. Ihre Anwesenheit, ihre Nähe war mir in diesem Moment so greifbar geworden, dass ich alle Schmerzen dieser Welt spürte, als ich mich mit ihrem Tod abfinden musste. Das war zu irreal, zu unfassbar. Wie dieses Gebirge am Ende der Straße, das ich überall sah und von dem ich dennoch wusste, dass ich es niemals erreichen würde.

»Du wirst es jedenfalls nie erreichen, wenn du dich den ganzen

Nachmittag auf dem Seitenstreifen dieser verdammten Straße rösten lässt«, sagte ich mir laut und drückte erneut die Fingernägel in meine Hände, um mich für meine Selbstgespräche zu bestrafen.

Als ich den Kopf hob, sah ich mein Abbild im Rückspiegel.

Der Mann, der mich anguckte, schickte mir eine Mischung aus Wut und Enttäuschung entgegen, und unter den Augen, die mich mit misstrauischem Blick fixierten, waren violette Ringe zu sehen. Meine Hand griff nach dem Schalthebel. Ich war nicht gerade früh dran, es war Zeit, mich wieder auf den Weg zu machen.

Ein Blick auf das Display meines Telefons verriet mir, dass es 14 Uhr 17 war und dass mir bis zu meinem Ziel noch 82 Kilometer blieben. Ich hatte angehalten, um etwas zu essen und meine Blase zu erleichtern, nachdem ich Needles passiert hatte, die letzte kalifornische Stadt vor Arizona; danach, ohne es wirklich vorausgesehen zu haben, hatte ich die lange, grüne Strecke von Colorado hinter mir gelassen und fand mich nun in einem Staat wieder, in den ich seit diesem einen Mal, als Ben, Sam und ich zum Zelten in Kingman waren, nie wieder einen Fuß gesetzt hatte.

Fast wie von selbst legte ich den ersten Gang ein. Angesichts des bereits ziemlich weit fortgeschrittenen Nachmittags erschien mir die Aussicht, nach meiner nächsten Etappe Duncan's Creek zu erreichen, immer unwahrscheinlicher. Inklusive einiger Aufenthalte würde ich nicht vor Mitternacht dort sein, selbst wenn ich mit Bleifuß fahren würde. Ich hatte Ben informiert, dass ich am Abend kommen würde, ohne ihm eine genaue Uhrzeit zu sagen. Aber er lebte auf dem Land, hatte anstrengende Arbeitstage und drei Kinder zu Hause. War es nicht vernünftiger, die Nacht in Kingman zu verbringen und am nächsten Morgen weiterzufahren?

Ich war gerade dabei, die Stichhaltigkeit meiner Entscheidung anzuzweifeln, als mein Handy klingelte. Wenn man vom Teufel spricht.

»Hallo?«

»Jake? Ich bin's, Ben.«
»Guten Tag.«
»Hallo. Du fährst gerade, oder?«
»Nein, nein, ich habe eine Pause gemacht.«
»Ah, gut.«
Ein Zögern.
»Wo bist du?«
»Kurz vor Las Vegas«, log ich.
»Gut. Dann solltest du vor Einbruch der Nacht hier sein.«
»Das hoffe ich.«
»Wie geht es dir?«
»Geht so.«
»Ist nicht leicht, oder?«
»Nein.«
»Ich weiß, Jake. Ich weiß.«
»Und du?«
»Ging schon mal besser.«
Wieder Schweigen.
»Gut ... ich muss auflegen, Ben. Das Auto hat Gangschaltung, und ich habe keine Freisprechanlage ...«
»Klar, klar.«
»Ich sehe zu, dass ich dir sage, wann ich da bin, wenn ich es etwas zuverlässiger absehen kann.«
»Das ist gut.«
»Bis bald.«
Ich wollte das Telefon gerade weglegen und das Gespräch beenden, als ich Ben fragen hörte:
»Wie ist sie ... wie ist es passiert? Hallo?«
»Ja, ich bin hier«, antwortete ich, nachdem ich kurz daran gedacht hatte, die Verbindung zu unterbrechen.
»Ah! Ich dachte, wir wären getrennt worden.«
»Ich bin mitten in der Wüste, der Empfang ist nicht so toll.«

»Ich verstehe. Wie ... wie ist es passiert, Jake?«

»Hör mal, ich ... ich erkläre es dir, wenn ich angekommen bin.«

»Einverstanden. Aber es hat nichts zu tun mit ... du weißt schon, mit dem, was danach passiert ist ...«

»Nein, nichts.«

»Gut.«

»Ich muss weiter«, sagte ich und überließ mich dem Schweigen, das folgte. »Ich ruf dich vor heute Abend an, okay?«

»Okay«, antwortete Ben und hörte sich plötzlich trübsinnig an. »Gute Fahrt, Jake.«

Ich setzte meine Fahrt in aller Stille fort, denn ich hatte endgültig darauf verzichtet, mir Sams zusammengeschnittene Musik weiter anzuhören. Ich wollte all dem entfliehen, wollte unserer Geschichte entfliehen. Aber so konnte man mit der Vergangenheit nicht umgehen. Wenn man den Kopf erst einmal in den Brunnen der Erinnerungen gesteckt hatte, stürzte man zumeist in ihn hinein. Und das Verlorensein, das man beim Sturz zu verspüren vermochte, konnte manchmal in einen Rausch umschlagen.

Und in blanken Horror.

Gestern

Der Tag, an dem der Tod unter den Lebenden in Duncan's Creek Ernte hielt, begann wie alle anderen. Es war der erste Montag in den Herbstferien, ein grauer und kühler Morgen, der den Winter ankündigte. Der November rückte näher, und dahinter lauerte der Dezember.

Jake stand an jenem Morgen früh auf, so, wie er es immer tat. Er war nicht so sehr für die negativen Auswirkungen der Jugend empfänglich, die andere 14-Jährige heimsuchten – abgesehen vom Stimmbruch und vom Ziehen in den Beinen – und er sprang munter aus dem Bett, noch bevor es acht geschlagen hatte. In jenem Moment spukte ihm ein Name ständig im Kopf herum: Freddy Krueger.

Lebhaft hatte er mit Ben und Sam darüber diskutiert, als was jeder sich zu Halloween verkleiden wollte. Da sie alle drei insgeheim entschlossen waren, der Kindheit Adieu zu sagen (Sam und Ben waren gerade ins College gekommen, Jake absolvierte sein letztes Jahr auf der High School), hatte er beschlossen, einen Knüller zu landen, indem er auf Gore, Blut und Horror setzte. Denn das war immerhin die Essenz des Totenfestes, und jeder wollte dem Tod die Ehre erweisen, bevor er abberufen wurde.

Sam, die nach der Entdeckung der *Rocky Horror Picture Show* in ihrer Punk-Rock-Periode angekommen war, hatte ihre Entscheidung zwar noch für sich behalten, aber die Idee anklingen lassen, sich Mieder und Strapse anzuziehen wie Tim Curry in dem Film. (Ben war entschieden dagegen und argumentierte, dass es sich um ein Travestiekostüm, nicht um ein Monsterkostüm handele.) Ben hatte lange geschwankt zwischen Freddy Krueger und

Jason Voorhees, dem Killer in der Serie *Freitag, der 13.*, sich aber schließlich für die Kreatur halb Mensch, halb Insekt entschieden, die Jeff Goldblum in *Die Fliege* von Cronenberg darstellte. Doch trotz seiner Anstrengungen war das Resultat nicht überzeugend, und er hatte sich schließlich auf eine andere Kultfigur gestürzt: Sinok, das freundliche, missgestaltete Monster der *Goonies*. Was Jake betraf, so hatte er ein Auge auf Beetlejuice geworfen, aber nachdem seine Mutter Zweifel anmeldete, ob er einen schwarz-weiß gestreiften Anzug finden würde, musste er sich für etwas anderes entscheiden. So war er also auf Bens erste Idee zurückgekommen, mit dessen Zustimmung: Dieses Jahr würde er Halloween mit dem grauenhaften, vernarbten Gesicht von Freddy Krueger feiern, dem Mörder aus *Nightmare – Mörderische Träume*.

Jake hatte im Schrank seines Vaters einen gestreiften Pullover und einen alten, braunen Fedora gefunden, der das i-Tüpfelchen bilden würde. Was die Schminke anging, so benutzte er etwas flüssigen Kleber und eine Teintgrundierung seiner Mutter, mit denen er die gruseligen Narben verbrannten Fleisches nachzeichnete. Er hatte seine Technik am vergangenen Samstag auf dem Handrücken ausprobiert, und die Illusion hatte sich als perfekt erwiesen. Blieb noch die Frage der Handschuhe mit den Stahlklingen.

Jake frühstückte allein in der Küche. Sein Vater saß mit einem Paket Twinkies vor dem Fernseher, und seine Mutter war einkaufen gegangen. Eine große, mit Bonbons gefüllte Salatschüssel stand auf dem Tisch, daneben eine Flasche Ahornsirup. In etwas mehr als zwölf Stunden, wenn Jake zu einer hilflosen Marionette des Schicksals geworden sein würde, wäre diese Salatschüssel leer, aber nichts von all dem interessierte ihn in dem Moment.

Küchenmesser, das war es, woran er dachte, als er sein Müsli hinunterschlang.

Sein Blick fiel wie schon so oft auf die Arbeitsplatte. Sie steckten dort, in dem Holzblock; seine Mutter hatte ihm verboten, die Messer für seine Verkleidung zu benutzen. »Du wirst dir ein Auge ausstechen oder ein Kind verletzen. Mach dir doch einen Handschuh mit falschen Krallen aus Karton oder Aluminium!«, hatte sie ihm geraten. Aber auf dem Ohr war Jake taub. Bei ihrem letzten Halloween mussten sie einen Volltreffer landen; die anderen mit Gadgets in Angst und Schrecken zu versetzen, die einer Kindergartenwerkstatt würdig waren, erheiterte ihn ungefähr so wie ein Umzug im Schneewittchenkostüm.

Geduld, sagte er sich.

Er kannte seine Mutter gut genug, um zu wissen, dass sich hinter dem undurchdringlichen Panzer ein Kind versteckte, das man gezwungen hatte, erwachsen zu werden. Jedes Jahr, seit ihr Sohn das Alter erreicht hatte, in dem er bei den Nachbarn klopfte und um Bonbons bat oder ihnen einen Streich spielte, hatte Winnie Dickinson sich einen Spaß daraus gemacht, ihn in unterschiedlichen Kostümen zu begleiten. Sie hatte alles probiert: die Hexe, die Mumie, Cruella und sogar Madonna in ihrer Version von *Who's That Girl*. Heute Abend würde sie sich als Morticia Addams verkleiden, und zumindest konnte man ihr zugutehalten, dass sie Herzblut in ihr Werk gelegt hatte. Mit der Unterstützung einiger anderer Mütter aus dem Dorf hatte sie ein langes schwarzes Kleid genäht, das auf einem Kleiderbügel im Schrank im ersten Stock auf sie wartete. Grufti-Schminke und eine schwarze Perücke würden die Verkleidung vollenden ...

... bis auf den Moment, in dem seine Mutter hinaufgehen würde, um sich fertigzumachen und die Perücke nicht fand. Jake würde sich davon überzeugen, genauso wie davon, dass sie nicht zu viel Zeit damit verlöre, sie wieder in die Finger zu bekommen. Er hatte an einen oder zwei Orte gedacht, die als Verstecke geeignet wären, Orte, wo sie selbst die Sachen gedankenlos hätte hinlegen können.

Vielleicht würde sie gut zehn Minuten mit Suchen verschwenden und ihren Zeitplan nicht ganz einhalten können, aber alles würde schließlich in Ordnung kommen. Er wusste, dass seine Mutter schnell die Lust verlor, wenn nicht alles so lief wie gewollt. Wenn sie schließlich fertig wäre, würde man schon an der Tür läuten, die Bestien würden losgelassen, und sie hätte die Geschichte mit den Messern in der Küche komplett vergessen. Niemals würde sie daran denken, dass ihr Sohn ungehorsam gewesen sei, und wenn sie schließlich wieder zu Atem gekommen wäre, hätte er die Tatwaffen längst an ihren Platz zurückgebracht.

Um 18 Uhr 30 an jenem Abend läutete Ben McCombs jr. die Festlichkeiten ein, indem er an die Küchentür der Baldwins klopfte. Die Silhouette einer Hexe, die aus Papier ausgeschnitten und auf die Seitenscheibe geklebt worden war, erschien ihm im Licht der Kürbislaterne als Schattenspiel, und ein künstliches Spinnennetz schmückte die Pfeiler der Veranda. Erin öffnete ihm, verkleidet als Prinzessin Leia aus *Krieg der Sterne IV*.

»Sammy macht sich gerade fertig«, teilte ihm das kleine Mädchen mit dem Puppengesicht mit, das von braunen Locken aus Wolle umrahmt wurde. »Möchtest du Popcorn? Wir haben mit Papa welches gemacht.«

»Ist dein Vater da?«, fragte Ben beunruhigt.

»Nein, er holt Bonbons im City Market, er hatte vergessen, welche zu kaufen. Er hat mein Kostüm noch nicht gesehen, ich bin gerade damit fertig geworden, mich anzuziehen. Es ist cool, nicht?«

»Ja, echt cool.«

Obwohl die Aussicht, Phil Baldwin zu begegnen, ihm nur wenig behagte, ließ Ben sich ins Wohnzimmer ziehen. In diesem Zimmer verbrachte der Vater der Mädchen die meiste Zeit, und logischerweise war es der einzige Ort im Haus, den Ben noch nie richtig gesehen hatte.

Zwei karierte Sessel standen sich an einem niedrigen Mahagonitisch gegenüber. Ein türkischer Teppich, dessen Farben verblasst waren, bedeckte einen Teil des Holzbodens; auf einem kleinen Beistelltisch standen bunter Porzellannippes sowie eine Karaffe und zwei Kristallgläser, von denen eines angeschlagen war. In der Karaffe schimmerte ein Rest bernsteinfarbener Flüssigkeit, sicher Whisky. Das Zimmer roch muffig und nach Zigaretten, die Möbel hatten seit einer Ewigkeit kein Staubtuch mehr gesehen; man hätte mit dem Finger das ganze Buch Mormon in den Staub schreiben können.

»Weißt du, dass ich mich fast als Chewbacca verkleidet hätte?«, erzählte er Erin mit einem Lächeln. »Aber ich habe nicht genug Haare gefunden!«

Das kleine Mädchen gluckste. Sie war hübsch, hatte große grüne Augen, die gleichen wie ihre Schwester. Sie müssen sie von ihrer Mutter geerbt haben, sagte Ben sich, der sich nicht vorstellen konnte, dass ein so scheußliches Wesen wie Phil Baldwin solche Nachkommen hatte zeugen können.

»Warum sprichst du so?«, erkundigte sich die Kleine und sah zu ihm auf.

»Warum spreche ich wie?«

»Soooo wiiieeee eeeeeben«, imitierte sie die merkwürdigen Modulationen seiner Stimme.

Ben hob lässig die Schultern. Seit einigen Monaten hörte er sich mit der Klangfarbe eines schleppenden Tenors sprechen, der sich normalerweise bei Jungen seines Alters einstellte. Er kümmerte sich nicht mehr darum.

»Och ... das gehört zu meiner Verkleidung.«

Erin betrachtete sein Superman-T-Shirt, das struppige Haarbüschel auf einem Latexschädel, den er auf dem Kopf trug, und das Auge, das er mit Filzstift auf die Mitte seiner Stirn gemalt hatte. Sie wollte gerade etwas sagen, als der Wind draußen zunahm und die Scheiben vibrieren ließ.

»Sieht so aus, als ob wir einen echten Horrorfilm-Abend haben werden«, freute sich Ben, als er einen Blick aus dem Fenster warf.

Wolken trieben vor einem Dreiviertelmond über den Himmel. Ein teuflischer Wind kam auf.

»Hab keine Angst, im …«

Plötzlich wurde es schwarz, »so schwarz wie im Arschloch eines Elefanten«, hätte Ben gesagt, wenn ihm nicht plötzlich der Atem gestockt hätte. Ein paar Sekunden lang war er ganz still und lauschte dem Knarren der Holzverkleidung. Das Herz schlug ihm bis zum Hals.

Er wollte gerade Atem holen und weitersprechen, als sich von der anderen Seite des Hauses ein Heulen erhob – der Schrei einer lebendig begrabenen Frau, die bei der Entdeckung, dass die Hälfte ihres Gesichtes von Würmern zerfressen war, hysterisch wurde. Im nächsten Moment ging das Licht an.

Ben fühlte, wie ihm ein kalter Schauder über den Körper lief.

Sam lehnte im Rahmen der Wohnzimmertür. Gesicht und Kleid blutüberströmt.

Erin brach in schallendes Gelächter aus.

»Das hat super geklappt!«

»Du hast dir in die Hose geschissen, gib's zu«, machte Sam sich lustig und zerzauste das künstliche Haarbüschel auf Bens Kopf.

»Ich? Hatte noch nicht mal Angst«, verteidigte der sich nach kurzem Zögern.

Es war mit Sicherheit der Schock, der dazu geführt hatte, dass ihm der Mund offen stand. Er hätte ahnen müssen, dass die Baldwin-Schwestern einen üblen Scherz vorbereiten würden: Erin hatte keinen Mucks von sich gegeben, als das Licht ausging und sie ihre Schwester schreien hörte wie eine Irre.

Mit weichen Knien ließ er sich in einen Sessel fallen.

»Deine Verkleidung ist echt super«, sagte er in Sams Richtung, als er wieder Farbe hatte. »Aber was ist das?«

»Das ist Carrie, du Trottel!«

»Carrie?«

Ben erhob sich und betrachtete das lange weiße Kleid, das Dekolleté und das in ihren roten Locken fast verborgene Diadem. Er hatte sie nie wie ein Mädchen angezogen gesehen, aber das war nicht der Grund für seine Verblüffung. Was ihn wunderte, war das Blut, mit dem sie besudelt war. Von Kopf bis Fuß. Es mussten Liter sein.

»Carrie, ja. Hast du den Film nicht gesehen?«

»Nee.«

»Phh, am Ende kriegt das arme Mädchen einen Eimer Schweineblut ins Gesicht. Deshalb ist sie ziemlich genervt.«

»Ist das echtes Blut?«

»Natürlich ist das echt!«, johlte Sam. »Hast du dir etwa ein drittes Auge mitten auf der Stirn wachsen lassen? Das ist Mus von roten Früchten, du Blödmann!«

Ben bewegte einen Finger in ihre Richtung und berührte flüchtig das Kleid. Er steckte den Zeigefinger in den Mund und blickte skeptisch. Eine Sekunde später erschien ein breites Lächeln in seinen Mundwinkeln.

»Wollen wir uns einen Eisbecher machen?«

»Nein, für dich habe ich etwas anderes vorgesehen. Krötenblut und Fledermauspastete. Bist du nicht mit Jake gekommen?«

»Er hat mich eben angerufen und gesagt, dass er sich beeilen würde«, antwortete Ben und schüttelte den Kopf. »Er hat sich mit seinen Freddy-Krueger-Klauen geschnitten.«

»Ah, endlich frisches Blut. Dieser Schwachkopf.«

Ben zuckte mit den Schultern.

»Wir werden ohne ihn anfangen«, verkündete Sam, bevor sie zu ihrer kleinen Schwester hinunterblickte. »Sag mal, weißt du, wann diese bekloppte Lizzie Hoffmann dich abholt?«

»Sie hat halb sieben gesagt, aber bei dem Regen ...«

»Ja, phh, sie sollte mal besser ihren Hintern bewegen«, murrte Sam mit einem Blick zur Uhr auf dem Büfett, die 18 Uhr 40 anzeigte. »Ich möchte dich nicht im Schlepptau haben, dieser Abend ist für Leute unter zwölf Jahren verboten.«

Prinzessin Erin stemmte ihre Fäuste auf die Hüften.

»Da träumst du von, du weißt, was Papa gesagt hat, er ...«

»Halt die Klappe, du Giftzwerg!«

»... hat gesagt, dass du nicht ohne seine Zustimmung ausgehen darfst, weil er dich beim Rauchen erwischt hat in deinem ...«

»Klappe halten!«, schnauzte Sam und gab dem kleinen Mädchen einen leichten Schlag aufs Ohr.

»Aua!«

»Du rauchst?«, mischte Ben sich ein.

Er warf Sam einen ungläubigen Blick zu, den sie mit einem trotzigen Lächeln erwiderte.

»Ja, und ich schnüffle auch. Was, bist du schockiert?«

»Aber Sam ... das ist nicht gut für deinen Körper. Du weißt, dass Gott ...«

»Und du, wenn du dir auf dem Klo einen runterholst? Was denkt er dann, dein Gott?«

»Das hat nichts damit zu tun«, erwiderte Ben. »Und außerdem verstehe ich gar nicht, wovon du ...«

»Jaja, das kannst du jemand anderem erzählen.«

Alle schwiegen. Erin blickte von einem zum anderen, ohne zu blinzeln.

»Warum rauchst du?«, fragte Ben ganz leise. »Ist es wegen deines Vaters? Ist es das?«

Die Frage traf Sam wie eine Messerspitze mitten ins Herz, aber sie ließ sich nichts anmerken.

»Du rauchst, weil er auch raucht, oder?«, ergänzte Ben und zog ostentativ die verqualmte Wohnzimmerluft ein.

»Ja. Genau. So ist es.«

Die Spannung in Sams Schultern ließ nach. Immer wieder dieselbe Frage nach ihrem Vater. Doch dieses Mal hatte sie schon geglaubt, dass Ben etwas wusste. Und ihr Gehirn hatte blitzschnell reagiert und sofort den Schluss gezogen, dass Jake gequatscht haben musste.

»Du bist wirklich merkwürdig zurzeit«, merkte er an. »Ist dir das klar?«

»Hast du noch mehr solche beschissenen Fragen? Du warst ja schon immer bescheuert, deshalb fällt das wahrscheinlich keinem mehr auf.«

Sam wollte lachen, aber statt eines Lächelns verkrampfte sich ihr Gesicht. Die Veränderung ihres Verhaltens beunruhigte ihre Freunde, das war ihr klar. Doch was konnte sie tun, um sie zu beruhigen? Sie wusste ja noch nicht einmal, wie sie sich selbst beruhigen sollte. Sie war nicht in der Lage, das Wesen dieses Dämons einzuschätzen, der sie von innen her auffraß. Sie wusste zwar, dass er teilweise von ihrem Vater erzeugt worden war, aber seit einiger Zeit hatte er sich selbstständig gemacht, sich von ihm gelöst. Und von ihr. Das war das Schlimmste.

Ben baute sich vor ihr auf, ein verkniffenes Lächeln auf den Lippen.

»Also gut, wo sind die Krötenpasteten?«

»Fledermauspasteten!«

»Fledermauspasteten, na gut. Mit Baby Ruth? ›Ruth! Ruth! Ruth! Baby Ruth!‹«

Bei dieser perfekten Imitation von Sinok brach Sam in Lachen aus. Als Ben sah, wie sich ihr Gesicht trotz der roten Furchen, die es überzogen, erhellte, fiel ihm auf, dass seine Freundin in den letzten Monaten älter geworden war. Er blähte den Oberkörper auf und schickte sich an, dem S, das auf seiner Brust prangte, einen Klaps zu geben, aber ein starker Schweißgeruch stieg ihm in die Nase und ließ ihn mitten in der Bewegung innehalten.

»Hallo, Leute.«

Hinter Ben knarrte ein Dielenbrett. Er drehte sich um, die Augen weit aufgerissen. Und hätte sich fast in die Hose gemacht.

Der Mann, den er lange Zeit nur als donnernde Stimme am Ende des Flurs erlebt hatte, stand plötzlich leibhaftig vor ihm. Da war er, in voller Lebensgröße, überragte ihn um mindestens einen Kopf, die Hände in den Taschen von etwas, das der Junge zunächst für einen Pyjama hielt.

Ben spürte unmittelbar eine Abneigung, die ihm einen eisigen Schauder über den Rücken laufen ließ. Dann, nach dieser reptilartigen Reaktion, kam ihm zuerst der Gedanke, dass Phil Baldwin Sam sehr stark ähnelte: Der gleiche ausgeprägte Augenbrauenbogen, die gleichen krausen Haare, die ins Rötliche tendierten, aber in ein schmutziges, von weißen Strähnen durchzogenes Rot – und obwohl seine Haare über der Stirn und an den Schläfen höchstens zwei oder drei Zentimeter lang waren, reichten sie ihm im Nacken beinahe bis auf die Schultern. Diese Überlegung löste die erste ab, und er stellte schnell fest, dass der Vater seiner Freundin dasselbe Profil hatte wie der Schauspieler mit der markanten Nase, der den *Replikanten* in *Blade Runner* spielte, derjenige, der zu Beginn des Films ausrastet, weil ein Polizist seine Mutter als Hure beschimpft.

Ben hatte die Augen weit aufgerissen. Er fühlte sich plötzlich ganz klein. Er hatte im letzten Jahr einen großen Sprung gemacht, war fast 1,80 m groß, aber der Mann, der ihm gegenüberstand, überragte ihn um mindestens eine Kopflänge. Kaum hatte er diesen neuen Gedanken gefasst, erkannte er aus dem Augenwinkel, dass Sam aufgehört hatte zu lachen.

All das passierte gleichzeitig, in weniger als zwei oder drei Sekunden. Als der Schatten auf ihn fiel, kam Ben ein letzter, absurder Gedanke, der seinen Geist umnebelte: Er ist schlimmer als Indianer-Joe in *Die Abenteuer des Tom Sawyer*.

Er schloss die Augen und erwartete den Schlag, der ihm den Kopf abreißen würde, diesen Schlag, der ihm seit Jahren blühte, weil er es – häufiger, als gut für ihn war – gewagt hatte, den Frieden des Hausherrn zu stören. Letztendlich wäre dies das schwarze Loch, der Sturz ins Nichts und …

Stattdessen sah er ein kleines Lächeln.

»Süßes oder Saures?«

Ben glaubte zunächst, sich verhört zu haben. Er öffnete die Augen, war sich kaum bewusst, dass er sie geschlossen hatte.

»Na, du antwortest nicht, du Lümmel?«

Süßes, dachte Ben. *Süßes, Süßes, Süßes!* Er hatte die Worte aussprechen wollen, aber seine Zunge klebte am Gaumen und versagte ihm den Dienst.

»Ssssssü …«, war alles, was er herausbrachte.

Ihm wurde schwindelig. Einige Sekunden vergingen, und es kam ihm vor, als ob ein ganzes Leben hätte verstreichen können zwischen dem Moment, als der Schatten von Phil Baldwin sich hinter ihm abgezeichnet, und dem, als er seine Sicherheit wiedererlangt hatte.

»Was nun, hat dein Kumpel die Sprache verloren, oder was?«

Der Mund des Riesen mit den dünnen und rissigen Lippen wurde etwas breiter und entblößte immenses, rosiges und leuchtendes Zahnfleisch. Das war kein Lächeln, sondern ein Grinsen ohne Zähne. Zumindest ohne sichtbare.

»Du hast wohl Schiss, was?«, flüsterte Vater Baldwin mit sanfter Stimme, und Ben hatte den unangenehmen Eindruck, dass der ihm die Antwort gestohlen hatte.

Der Mann beugte sich vor, sein mächtiger Körper schwankte wie die Statue eines Kolosses mit Tonfüßen, deren Sockel kurz davor war, zusammenzubrechen. Ben fühlte, wie sein rechter Fuß versuchte, einen Schritt nach hinten zu machen, ein Reflex, aber er zwang sich, sich nicht zu rühren.

»Man könnte sagen ... eine Art von ... ich weiß nicht was«, schnaufte ihm der andere mitten ins Gesicht.

Der biergeschwängerte Atem und etwas anderes, vielleicht der üble Gestank von geräuchertem Fleisch, machten Bens Riechzellen ganz verrückt. Er starrte ihn weiterhin an und war sich bewusst, dass er seinem Blick nicht mehr lange standhalten konnte. Das Feuer, das in jenen Augen schwelte, drohte ihn zu verbrennen, wenn er nicht aufpasste.

»Woher kommt das, dieses Ding?« Der große Mann verzerrte das Gesicht und strich vorsichtig mit der Hand über das Büschel falscher Haare, das Bens Kopf zierte. »Aus einem deiner Horrorfilme? Was ist das? Häh, was ist das? Eine Art von ... mutierter Kreatur, ist es das? Kommst du aus diesem Kaff da, in der UdSSR? Tschernobyl? Ist es das? Du bist … das ›Monster von Tschernobyl‹? Hahaha!«

Ben nahm undeutlich wahr, dass Sam ihn aus den Augenwinkeln fixierte und an den Nägeln kaute. Erin, an ihrer Seite, spielte ungeschickt mit ihrem Kleid. Die beiden Schwestern hatten ihren Vater versteckt wie ein böses Tier, aus Angst, dass die Nachbarn nicht mit ihnen sprachen oder die Polizei riefen, aber nun war ihr Geheimnis ans Licht gekommen.

Schließlich richtete Phil Baldwin sich wieder auf. Erst nach einigen Sekunden ließ er Ben wieder aus den Augen, seine Miene war resigniert und ernst. Der Koloss hatte den armen kleinen Sterblichen auf die Probe gestellt, und der arme kleine Sterbliche war ungeschoren davongekommen.

Ben gab irgendetwas von sich, vielleicht einen erstickten Seufzer, als von außen Schreie und Kinderlachen ins Zimmer drangen. Der finstere Blick von Vater Baldwin ging nach links. Er wandte sich an seine Älteste und zeigte dabei nicht mehr Interesse als für ein Stück Klopapier, das unter seiner Schuhsohle klebte:

»Was soll das ganze Blut, Sammy? Ich hoffe, du hast damit nicht den ganzen Teppichboden versaut.«

»Ich hab das im Badezimmer gemacht«, antwortete Sam, ohne Ben aus den Augen zu lassen.

Für einen Moment blieb ihr Vater nachdenklich, und es sah so aus, als ob er zögerte, Erziehungsmaßnahmen zu ergreifen. Würde er lachen oder schimpfen? Sie ins Zimmer schicken oder ihr eine Liebeserklärung machen? Er gehörte zu der Art von Mensch, bei der man nie wusste, was sie als Nächstes tun würde. Genauso wie Sam.

»Ich hab eure Bonbons«, sagte er mit einer Stimme, die vom Bier schwerfällig geworden war. »Hier. Und futtert nicht alles auf, bevor die anderen Kinder aufkreuzen, kapiert?«

Er ließ die Papiertüte, die er aus dem Laden mitgebracht hatte, in Sams Arme gleiten und enthüllte dabei das, was Ben zuvor für einen Pyjama gehalten hatte. Jetzt stellte sich heraus, dass es sich um eine Tunika handelte – um die Tunika eines Jedi-Ritters, vermutete Ben, als er das Lichtschwert aus Plastik unter dem Gürtel entdeckte. Dann ging der Mann mit schwankendem Schritt in Richtung Küche, ein angebrochenes Sixpack unter seinem rechten Arm.

Sam knabberte unterdessen unentwegt an ihrer Nagelhaut.

»Also, was zum Teufel ist mit Jake?«, schnauzte sie schließlich und schaute auf die Uhr, als ob nichts gewesen wäre. »Wir hatten halb sieben gesagt, verdammt!« Sie drehte sich zu ihrer Schwester um. »Und du, was hängst du hier immer noch rum? Es wird blutig werden, das haben wir dir gesagt, du kannst nicht hierbleiben!«

»Aber es regnet ...«

»Es regnet, drauf geschissen. Willst du deine Bonbons, ja oder nein?«

Erin nickte.

»Also los, nimm deinen Regenmantel und verzieh dich zu den Hoffmanns.«

Das kleine Mädchen schien zu zögern, aber nur einen Atemzug lang. Es freute sich auf das Fest, Regen hin oder her. Mit kleinen Trippelschritten lief es aus dem Wohnzimmer und schlüpfte in den Flur, der zu ihrem Zimmer führte.

»Kleine Zimtzicke«, zischte Sam zwischen zusammengebissenen Zähnen.

Ben reagierte mit einem Lächeln auf die Worte seiner Freundin, aber es wirkte unecht. Er fragte sich immer noch, ob die surreale Szene, die er gerade erlebt hatte, Teil eines bösen Traums war.

Nach kurzem Schweigen ergriff Sam wieder das Wort:

»Gut, willst du hier Wurzeln schlagen oder das Krötenblut probieren?«

Sie ging in die Küche, ohne seine Antwort abzuwarten, stellte die Papiertüte auf den Tisch, nahm sich aber vorher einige Bonbons und steckte sie an den einzigen Ort, der dafür in Frage kam: ihr Dekolleté. Keine Spur von ihrem Vater, er war wohl auf die Toilette gegangen, um seine mit Bier gefüllte Blase zu entleeren. Sam öffnete eine der Türen des Geschirrschranks, die dagegen protestierte wie ein altes Gefängnisgitter.

»Mit oder ohne Augen, den Cocktail?«, fragte sie, sehr ruhig, vielleicht etwas zu ruhig für Bens Geschmack, der sich nach dem, was gerade geschehen war, immer noch ein wenig aus der Bahn geworfen fühlte.

Sie nahm zwei große rote Plastikbecher aus einem Beutel, drehte sich um und rührte mit der Schöpfkelle in einer Salatschüssel, die mit einer blutroten Flüssigkeit gefüllt war und auf deren Oberfläche kleine glasige und glänzende Kügelchen aufstiegen – geschälte Traubenbeeren.

»Ähh ... mit.«

Sam verzog den Mund zu einem diabolischen Grinsen.

»Und ein großes Glas ganz frisches Blut für ...«

»He, ich hab dich ja noch gar nicht gesehen! Du bist wunderschön in deinem kleinen Prinzessinnenkleid, mein Schnuckelchen ...«

Die Kelle in der Salatschüssel hörte auf, sich zu bewegen.

»... aber willst du nicht lieber deinen goldenen Bikini anziehen?«

Mit einem Klirren ließ Sam die Kelle fallen. Ihre zusammengekniffenen Lippen wurden weiß. Es folgte Stille, nur unterbrochen durch das gespenstische Brummen des Kühlschranks.

»Weißt du, als was ich verkleidet bin? Du weißt es, nicht wahr? Als Jedi-Ritter«, fuhr die scheinheilige Stimme im Flur fort. *»Und Jedi-Ritter und Prinzessinnen sind die besten Kumpel, du wirst sehen ...«*

»Hör auf, Papa ...«

Sams Züge erstarrten. Ihre Nasenlöcher weiteten sich, die Oberlippe begann zu zittern. Innerhalb weniger Sekunden wurde ihr Gesicht unter den Spuren von rotem Beerenmus, das ihre Haut überzog, totenbleich. Der Becher, den sie hielt, glitt ihr aus den Händen, sie zog sich langsam zur Arbeitsplatte zurück und starrte dabei mit aufgerissenen Augen auf die Tür, die auf den Flur führte.

»Saures oder Süßes?«, säuselte Phil Baldwin schleimig und lüstern, *»Popovoll oder Liebhaben? He, he, he ...«*

»Aber ...!«

Ein Schlag an die Wand war zu hören. Kein harter Schlag von der Art, mit denen der Herr des Hauses seine Kinder, als die noch kleiner waren, in regelmäßigen Abständen zum Schweigen gebracht hatte, sondern eher wie ein heftigerer Stoß oder als ob man etwas kräftig an die Wand schubsen würde.

Sam stieß die Luft aus. Sie nahm das Erstbeste, was ihr in die Hand fiel – ein Schälmesser –, und rannte los.

»Wo willst du ...?«, begann Ben, dessen Magen sich verkrampfte.

Wenn er auch nicht recht verstand, was eigentlich geschah, so wusste er doch zumindest, dass es etwas Schlimmes war. Plötzlich zitterten ihm die Knie.

»Sam?«, stieß er aus und folgte ihr auf dem Fuße.

Es war, als ob er mehrere Momentaufnahmen gleichzeitig machen würde, als er in den Flur stürzte: Erin gegen die Wand gedrückt, den Mund zu einem gezwungenen Lächeln verzerrt, der Saum ihres Kleides leicht auf dem weißen, pummeligen Kinderschenkel hochgerafft; die behaarte Hand ihres Vaters, die auf diesem Schenkel lag, und ihr starrer, auf Sam gerichteter Blick, dieser brennende Blick, schmutziges Fenster zum Feuer, das hinter ihrer Stirn wütete; Sams blutleere Finger, die den hölzernen Griff des Schälmessers umklammerten, von dessen Klinge sich ein Stück Apfelschale löste.

Plötzlich kam es Ben so vor, als ob jedes Geräusch verstummt wäre, nur der Pulsschlag in seinen Ohren war zu hören – hämmernder Terror, der ihn an die Grenze des Wahnsinns trieb.

»Lass sie in Ruhe«, brüllte Sam ihren Vater an.

»Was willst du mit diesem Messer, Sammy?«, murmelte Phil Baldwin mit einem tückischen Grinsen. »Ich tue ihr nicht weh ...«

»Lass sie los! Nimm deine Hand weg!«

»Oh, mal langsam, häh! Glaubst du etwa, dass du bestimmst, was in diesem Haus Sache ist?«

»Nimm deine dreckigen Flossen von ihrem Schenkel«, donnerte Sam, während sie mit erhobenem Schälmesser einen Schritt nach vorn machte.

Etwas veränderte sich auf dem Gesicht ihres Vaters, ein plötzliches Verstehen, und Ben sah, wie er seine große Hand langsam vom weißen und reinen Bein seiner Jüngsten nahm.

»Erin, komm her«, befahl Sam.

Die Kleine sah erst ihren Vater an, dann ihre Schwester, bevor sie zu ihr lief. Dabei blickte sie auf Ben. Sam, die ihm den Rücken zuwandte, warf einen Blick nach hinten über ihre Schulter. Flammen von Zorn tanzten in ihren Augen.

»Kümmere dich um meine Schwester, Ben. Nimm sie zur Seite.«

»Was …?«

»MACH, WAS ICH DIR SAGE, VERDAMMT NOCH MAL!«

Der Wutausbruch kam so plötzlich, dass Ben fassungslos stehen blieb. Er zog die Augenbrauen zusammen, blickte seine Freundin forschend an, und als er sah, dass sie keine Scherze machte, gab er Erin Zeichen, näherzukommen.

»Was ist … Was soll dieser ganze Quatsch bedeuten, Sammy?«, stammelte Phil Baldwin mit schrecklich schriller Stimme.

»Halt die Klappe!«

»Leg dieses Ding weg, Sammy …«

»Halt die Klappe, hab ich gesagt!«

»Sammy, Sammy, … mach keine Dummheiten …«

Das klang wie ein Abzählreim, und Ben bekam eine Gänsehaut.

»Keine Dummheiten? Keine Dummheiten? Weil ich es bin, die hier Dummheiten macht? Was wolltest du denn gerade machen, häh? Was wolltest du, verdammt noch mal, gerade mit ihr machen?«

Ben senkte die Augen auf Erin, auf den kleinen blonden Kopf, der mit den Haarschnecken von Prinzessin Leia geschmückt war; er sah ihren Puls unter der durchscheinenden Haut ihrer Schläfen schlagen. Dann, mit einem verblüfften Blick, in dem ungläubiger Schrecken lag, sah er auf zu Phil Baldwin. Ekel stieg ihm die Kehle hinauf.

»Was erzählst du da?«, gab der Mann im Jedi-Kostüm zurück, der Ben plötzlich in all seiner Monstrosität erschien.

»Du bist ein Hurensohn, ein Arsch von einem Hurensohn«, fauchte Sam.

Ein leichtes Zittern der Augenbrauen, ein kaum wahrnehmbares Verziehen des Mundes, und ihr Vater riss misstrauisch die Augen groß auf.

»Was machst du …«

»Damit kommst du nicht durch! Du wirst nie wieder deine dreckigen Finger an sie legen. Nie wieder, hörst du?«

Phil Baldwin, der sich zuvor an die Wand gelehnt hatte, richtete sich mit einem bösen Gesichtsausdruck auf scheinbar endlos langen Beinen auf. Ben vernahm deutlich, wie es im Inneren des großen Körpers knackte; doch was ihn am meisten erschreckte, war das Geräusch, das er mit seinem Mund machte, eine Art Zungenschnalzen, in dem eine verächtliche Herausforderung lag.

»Leg das Ding weg, Sammy. Leg es jetzt weg, wenn du keinen Ärger kriegen willst.«

Er taumelte in Richtung Sam. Sein Adamsapfel bewegte sich, als ob er einen Schluchzer zurückhielt, aber es war nur ein Würgen. Wie viel Bier hatte er sich wohl reingepfiffen, seitdem er im City Markt gewesen war?

»Zurück!«, brüllte Sam.

»Sammy, Sammy ...«

»Zurück! Komm nicht näher!«

Aber er kam weiter auf sie zu.

»Leg das Ding weg, Sammy ...«

Sam machte einen Schritt nach hinten, dann einen zweiten.

»Zurück, sage ich. Zurück, du fieses Schwein!«

»Du legst sofort das Ding weg, du dumme Gans. Hast du gehört? Ich zähle bis drei.«

»Du wirst ...«

»Eins ...«

»Komm nicht näher!«, brüllte Sam, die immer noch zurückwich und dabei mit dem Schälmesser herumfuchtelte. »Ich schwöre dir, wenn du näherkommst ...«

Ben spürte, wie die Angst in ihm hochstieg. Er nahm Erin bei den Schultern und zog sie spontan zu sich.

»Nicht wehtun!«, schrie die Kleine, ohne zu wissen, ob sie ihren Vater oder ihre Schwester meinte.

»Zwei ...«

»Hör auf! Zurück!«

Vor Angst gelähmt, schluckte Ben hörbar. War da plötzlich etwas weniger Sicherheit in Sams Stimme? Mit einer rauen Stimme, die er zuvor noch nie benutzt hatte, begann er zu sprechen:

»Mister Baldwin ... beruhigen Sie sich ...«

»DU HALT DIE SCHNAUZE!«, brach es aus dem Mann heraus, und er zeigte mit dem Finger auf Ben.

Sam war fast auf der Höhe der Tür angekommen und hinterließ rote Abdrücke auf dem Holzboden im Flur, in die ihr Vater unbewusst seine Schritte setzte.

»Dr...«

»Ich schwöre dir, wenn du noch einen Schritt machst ...«

Ihr blieb nicht die Zeit, den Satz zu Ende zu sprechen; er kam und schnappte ihren Arm.

»Drei!«

»Tu ihr nicht weh!«, schrie Erin und wollte vorlaufen, aber Ben hielt sie zurück. »Hör auf, Papa! Hör auf!«

Phil Baldwin zeigte sein verführerischstes Lächeln.

»Ich werde ihr nicht wehtun«, stieß er mit einem Spuckeregen aus. »Ich werde ihr die Fresse polieren.«

Gestern

Jake kannte eine ganze Reihe von Alarmglocken als Antwort auf die verschiedenen Zwischenfälle des Lebens. Die lauteste, die anschlug, als er Erin weinend vor dem Haus der Baldwins fand, hätte fast seinen Schädel gesprengt.

»He, Flöhchen, was machst du denn da?«

Erin richtete ihre großen grünen Augen auf ihn. Ein Rotzfaden hing ihr an der Nase; nur mit Mühe zurückgehaltenes Schluchzen ließ ihr Kinn zittern.

»Warum heulst du?«, fragte Jake und setzte sich neben sie.

Der Boden war noch feucht vom letzten Regenguss, und er spürte, wie sein Hosenboden nass wurde. Die Kleine starrte ihn an. Ihr Blick war düster und zurückhaltend. Als Jake die Verkleidung als Prinzessin unter ihrem Regenmantel bemerkte, machte er sich kurz Sorgen über sein eigenes Aussehen, aber Erin schien ihn hinter den hässlichen Narben von verbranntem Fleisch, die sein Gesicht entstellten, zu erkennen.

»Es ist … Es ist …«

Sie brachte den Satz nicht zu Ende; von Tränen durchsetzte Hickser hatten ihre Stimme erstickt.

»Beruhige dich«, sagte Jake, zog den rechten Freddy-Handschuh aus und legte ihr die Hand auf die Schulter. »Ist Sam da? Wollen wir zu ihr reingehen?«

»N-nein!«

Er zog sich zurück.

»Wovor hast du solche Angst? Hat sie dir einen bösen Streich gespielt und …«

»Es geht um P-Papa … Er … wird ihr w-wehtun.«

Jake fröstelte.

»Wie denn, wehtun? Er …«

Er hat wieder angefangen?

Er brauchte nicht weiterzufragen. So wie die Dinge sich manchmal von selbst in Bewegung setzen und von allein wieder aufhören, lieferte Erin ihm mit ihren Worten eine knappe Zusammenfassung der letzten Minuten.

»Und dann … hat er sie an den Armen gepackt«, schloss sie einen Augenblick später. »Er hat gesagt, er wird ihr … die Fresse … polieren … und … und … dein Freund …«

Jake war aufgestanden und hatte zum Haus gesehen, angespannt wie ein Hirsch, der die Nähe des Jägers witterte.

»Ben? Ben ist da?«

»Ja, ja, … Er hat … er hat mich weggeschickt … Er hat gesagt, ich soll zu Lizzie laufen und …«

»Lizzie Hoffmann?«

»Ja-aa, … aber … aber … ich wollte nicht weglaufen … und dann habe ich Sammy schreien gehört und … und …«

Jake trat von einem Fuß auf den anderen, überlegte hastig. Er biss sich mit dem abgebrochenen Zahn so stark auf die innere Lippe, dass ein Tropfen Blut austrat.

»Geh zu den Hoffmanns, Erin. Lauf hin und sag ihnen … sag ihnen … ach, ich weiß nicht, was … Aber lauf los. Lauf, schnell!«

Das Mädchen sah ihn ein paar Sekunden an und schaute dann zum Ende der Straße. Noch immer fiel leichter Regen, der aber stark genug war, um die kleinen, nach Zucker gierenden Monster zurückzuhalten, die ungeduldig hinter den Haustüren lauerten. Die Hoffmanns wohnten fünf Minuten entfernt, wenn man ging. Drei, wenn man lief.

»Lauf, so schnell du kannst!«

»A-ber … aber …«

»Ich kümmere mich um Sammy, okay? Mach dir keine Sorgen. Lauf zu Lizzie. Schnell!«

Ein letzter fragender Blick, begleitet von einer unterdrückten Träne, und Erin sauste los. Jake schenkte den beiden seltsamen Personen, die sich ihm näherten, kaum Aufmerksamkeit – ein Taucher und eine Mini-Ausgabe von John Travolta in *Grease* – und wandte sich zum Haus der Baldwins.

Als er sich in Bewegung setzte, drang ein Schrei aus dem Inneren. Sam oder Ben, das war unmöglich zu erkennen. Aber es war kein Erwachsener …

Jake ließ den Freddy-Handschuh fallen, an dem er sich eine halbe Stunde zuvor seine linke Hand aufgeschlitzt hatte, und stürzte zur Eingangstür.

Sams verdrehte Augen glänzten in der Mitte ihrer Blutmaske. Das war eines von vielen Details, die Jake in seine Albträume mitnahm. Dazu noch ihr helles, in rote Flüssigkeit getauchtes Kleid. Dazu noch der blutige Abdruck der Hand eines Erwachsenen auf der beigen Tapete im Flur. Dazu noch die Unmenge von braunen Tröpfchen auf dem Superman-T-Shirt von Ben. Dazu noch die völlige Ausdruckslosigkeit auf den Gesichtern der beiden.

»Was ist … Was ist passiert?«

Als Erstes schoss ihm der Gedanke in den Kopf, dass sie sich damit amüsiert hatten, eine Verbrechensszene nachzuspielen, um mit großem Pomp ihr letztes Halloween zu feiern. Um ganz groß rauszukommen, wie sie es sich versprochen hatten. Doch Bens Augen, die hinter seiner mit Blut besprenkelten Brille hervorquollen, erinnerten ihn an seinen Blick an jenem Tag, als sie in der Teufelsschlucht die Leiche von Shawna Twitchell entdeckt hatten. Aber dies hier konnte keine Inszenierung sein.

Jake trat vorsichtig über die Schwelle. Mit seiner bandagierten Hand schloss er die Tür hinter sich, konnte aber nur mit Mühe sein Zittern unterdrücken. Auf dem Kopf trug er einen verschlissenen Hut; seine Gesichtszüge verschwanden unter einer dicken Schicht aus Kleister und Schminke, die, wie er hoffte, seine Freunde entsetzt aufschreien lassen würde, wenn er ins Haus kam.

Sie hatten geschrien, aber nicht wegen seiner scheußlichen Maske.

»Sam, was ist …?«

Die Worte blieben ihm im Hals stecken. Sein Blick fiel auf den Körper, der auf dem Boden des Flurs lag.

Die folgende Szene schien wie in Zeitlupe abzulaufen. Jake machte einige Schritte vorwärts, wollte mit den Augen zwinkern, doch der Kleister zog an seinen Augenlidern, als ob er ihn zwingen wollte, den Körper zu betrachten, der dort inmitten von Dutzenden blutigen Fußabdrücken ausgestreckt lag. Bonbons waren auf dem Boden verstreut, versunken in einer Blutlache. Sein Blick traf den von Ben. Seine Augen starrten in das Gesicht hinter den flaschenbodendicken Gläsern. Stumm zitterte Ben wie Espenlaub, und die Laute, die er ausstieß, klangen eher wie ein gutturales Knurren als wie verständliche Worte. Sam stand in der Tür, die zum Wohnzimmer führte, das Kleid klebte ihr an der Haut. Die bebende Oberlippe war das Einzige, was sie von einer Wachsstatue unterschied. Hinter ihrer leeren Maske steckte jemand, der Jake beobachtete; doch dieser Jemand war nicht Sam.

»Was ist … Dein Vater?«, fragte er.

Ihre Augenlider zuckten. Einmal. Zweimal.

»Er … er ist …?«

Keine Reaktion. Jake atmete tief durch, entsetzt. Sein Blick wanderte schnell zwischen den beiden Freunden hin und her. Es blieb nicht die Zeit für weitere Worte. Ben krümmte sich, öffnete den Mund und stieß einen kräftigen, mehrfarbigen Strahl aus. Er musste sich eine ordentliche Menge Süßigkeiten einverleibt haben, um einen solchen Regenbogen hinzukriegen.

»Scheiße, Scheiße«, sagte Jake besorgt und machte sich mit einem hektischen Blick ein Bild von der Lage. »Was habt ihr getan?«

Ben fiel auf die Knie in seine Kotze, etwas mehr als einen Meter von dem blutigen Bündel auf der anderen Seite des Flurs entfernt. Jake näherte sich ihm und bemerkte, dass er vor Schweiß triefte. Seine Nasenlöcher wurden größer; die Haut seines Freundes strömte einen bitteren Geruch aus, den kein Deo hätte unterdrücken können.

»Geht's dir gut?«, fragte er leise.

Da keine Antwort kam, suchte Jake den Blick von Sam, die sich nicht gerührt hatte. Ihre erweiterten Pupillen waren auf ihn gerichtet, aber sie sah ihn nicht. Oder schien ihn nicht zu sehen.

»Sam?«

Wieder keine Antwort. Jake legte seine bandagierte Hand an den Türrahmen, spürte, wie seine Beine versagten. In seinem Kopf drehte es sich wie ein Kirmeskarussell.

»Scheiße, verdammt noch mal, antwortet!«

Seine Stimme wurde schriller. Falls dies ein Streich war, dann war es der mieseste, den man je an einem Halloween-Abend gesehen hatte.

Doch es war kein Streich. Jake begriff nicht, was geschehen war, aber zumindest zweierlei war ihm klar: Erstens, Sams Vater war tot; zweitens, seine Freunde saßen schwer in der Patsche.

Sein Instinkt, jener, der ihn einen Augenblick zuvor dazu gebracht hatte, Erin »Flöhchen« zu nennen, befahl ihm, sich niederzuknien. Ein Knie in Erbrochenem – oder in Blut, er wusste es nicht genau, aber es war feucht und lauwarm –, legte er Ben eine Hand auf den Rücken.

»Wird es denn gehen?«

Ben rührte sich nicht. Er hatte sich so stark übergeben, dass ihm Tränen in den Augen standen. Jake bemerkte, dass er einen Riss auf der Stirn hatte. Ein mit Blut vermischter Spuckefaden hing an seinem Kinn, mitleiderregend. Sein Mund zitterte und verkrampfte sich, als ob er sich noch einmal übergeben müsste, doch was diesmal herauskam, war ein klagendes und hohes Wimmern, in dem eine kindliche Note mitschwang, die Jake erschreckte.

»Steh auf«, sagte Jake. »Los, stell dich hin.«

Doch Ben war schwer wie ein Mehlsack. Leibhaftiger, auf dem Boden gelandeter Schrecken, unfähig, etwas anderes auszustoßen als dumpfe, herzzerreißende Geräusche.

»Scheiße, Scheiße, Scheiße …«, wiederholte Jake.

Er richtete die Augen erneut auf Sam und senkte sie dann auf ihren Vater.

»Was ist passiert? Hat er dich …«

Sam schüttelte den Kopf. Jake musterte sie von Kopf bis Fuß. Ihr helles Kleid – rosa vielleicht –, das sich in schmutzigen Purpur verwandelt hatte, ihre Haare, in denen rot glänzende Perlen hingen, der Schweiß, der weiße Furchen auf ihrer Blutmaske zog. Sie sah aus, als ob sie aus einem Fass Farbe gesprungen wäre.

»Es geht schon, du brauchst nicht …«

Kracher explodierten auf der Straße. Ganz in der Nähe stießen Kinder, die sich anscheinend Angst einjagen wollten, Schreie aus. Das Fest hatte begonnen. Das hier war dagegen eine ganz andere Geschichte.

»Wir müssen sauber machen«, ließ sich Sams raue Stimme vernehmen, als ob sie plötzlich aus dem Jenseits käme.

»Sauber machen …?«

Jakes Mund war so trocken, dass er nicht weiterreden konnte. Nach einem weiteren verstohlenen Blick auf die Leiche von Phil Baldwin stand er auf. Sam nickte, trat einen Schritt zur Seite und ging in die Küche.

»Was sauber machen?«, rief Jake ihr nach und folgte ihr. »Was sauber machen?«

Er blieb auf der Schwelle stehen, starrte auf den Baseballschläger, der über den Boden gerollt war und eine unterbrochene rötliche Spur hinterlassen hatte. Es war der Schläger, der gewöhnlich an einem dieser schrecklichen Kleiderhaken aus Hirschhufen im Eingang hing, und an seinem Ende klebten Blut und etwas anderes, das dunkler und fester aussah.

Jake trat in die Küche, überließ Ben seinem Gewimmer. Als er näher kam, bemerkte er einen blutigen Fingerabdruck auf der weißen Tür des Geschirrschranks, dessen obere Böden Sam gerade durchstöberte. Sie blickte ihn an, griff nach einem Handtuch und machte sich energisch daran, den Schrank abzuwischen.

»Was machst du da?«, fragte Jake.

»Ich mache dieses schmutzige Ding sauber.«

»Hör auf, Sam, hör auf.«

Die Worte, die ihm gerade über die Lippen gewichen waren, klangen eher wie ein »hö, S'm, hö«, aber er nahm kaum wahr, wie er sie aussprach.

Sam putzte weiter die Resopaltür des Geschirrschranks. Frenetisch.

»Hör auf!«, schrie Jake und hielt ihr Handgelenk fest.

Dieses Mal war der Schrei klar und gebieterisch. Seine Finger kamen in Kontakt mit einer schmierigen Substanz auf Sams Haut – echtes oder falsches Blut, er wusste es nicht.

»Wir werden … Ich werde dir helfen, aber … sag mir … sag mir erst, was passiert ist …«

Sam trat einen Schritt zurück, starrte ihn abwesend an, sah geradezu durch ihn hindurch.

»Sprich«, flehte Jake. »Dann, ich schwöre dir, dass wir…«

»Sei still!«, fuhr sie ihn an und richtete sich voll auf.

Sie drehte sich brüsk um, schwankte kurz auf ihren langen Beinen, bis sie ihr Gleichgewicht wiedererlangt hatte, und war mit drei großen Schritten an der Hintertür.

»Wir haben nicht viel Zeit«, murmelte sie und drehte den Schlüssel im Schloss um.

Jake wollte sie fragen, wovon sie sprach, doch sie blickte durch einen Spalt im Fenstervorhang und gab weitere Erklärungen.

»Meine Schwester kommt zurück, das ist sicher. Mit der Kavallerie.«

Sie eilte an ihm vorbei, in diesem Kleid, das von einer roten Flüssigkeit durchtränkt war, deren Ursprung er immer noch nicht bestimmen konnte. In der nächsten Sekunde verriegelte sie die Eingangstür, nachdem sie einen kurzen Blick nach draußen geworfen hatte.

»Wir müssen uns beeilen. Wir müssen uns verdammt noch mal beeilen!«

»Sam …«

»Sie werden kommen …«

»Sam!«

»Sie werden …«

»Was tust du, Sam?«

Jake pflanzte sich vor ihr auf. Sie versuchte, um ihn herumzugehen, doch er versperrte ihr den Weg. Hinter ihnen war Ben immer noch am Flennen, zu einer Kugel zusammengekrümmt und gegen die Wand des Flurs gelehnt.

»Lass mich durch. Wir müssen sauber machen, wir müssen …«

»Hör auf, Sam! Hör auf!«

Die laute Stimme ließ sie auf der Stelle erstarren. Sie schien endlich zu sich zu kommen und schüttelte den Kopf, während ihr Blick sich fast gleichzeitig auf den Flur und die Leiche ihres Vaters richtete.

»Was sollen wir bloß tun, verdammt?«, schluchzte sie. »Was sollen wir tun?«

»Wieso ›Was sollen wir tun?‹«

»Deswegen …«

Jake drehte sich um. Das Bild erfüllte ihn mit Entsetzen. Auf der ganzen Wand waren Blutspritzer. Ein rosafarbener, glänzender Fetzen, dessen Herkunft er lieber gar nicht kennen wollte, klebte an der Fußleiste. Auf dem Boden schienen die zahnlosen Mäuler der Kürbisse, die auf die verstreuten Bonbons gemalt waren, den roten Matsch zu genießen, der aus den Ohren des Toten floss.

Das ist ein Stück von seinem Gehirn, dachte Jake. *Dieses Etwas auf der Fußleiste. Das ist ein Stück vom Gehirn ihres Vaters.*

»Hör auf zu heulen, Ben«, zischte Sam.

Der blutige Speichelfaden, der schlaff an der Unterlippe des Jungen hing, hatte sich so weit verlängert, dass er bis in die Pfütze aus Erbrochenem floss.

»Stell dich hin!«, bellte sie und trat zu ihm.

»Lass ihn zufrieden«, forderte Jake sie auf. »Siehst du nicht, dass er unter Schock steht?«

Bevor Sam antworten konnte, hörten sie von draußen eine Stimme. Und kleine, hysterische Schreie. Erin.

»Halt die Klappe«, sagte sie leise.

Es klopfte an der Eingangstür.

»Samantha?«

Sam sträubten sich die Haare. Die Stimme von Shirley Hoffmann. Affektiert wie üblich. Aber auch mit einem Hauch von Panik.

»Ist da jemand? Hallo?«

»Sammy! Sammy-y-y!!!«, heulte Erin.

Der Griff drehte sich, doch die Tür blieb fest in ihrem Rahmen hängen. Sam legte einen Finger auf die Lippen und sah Jake an, der fragend und panisch die Augen aufriss.

»Mr. Baldwin, sind Sie da? Philip? Ist alles in Ordnung? Ich bin mit Erin hier, sie … sie sagt mir … dass es einen Unfall gegeben hat. Ist alles in Ordnung? Samantha?«

»Sammyyyy!!!«

Erins Jammern verlor sich in Weinkrämpfen.

»Hör auf zu weinen, meine Liebe, hör auf zu weinen.«

»Sa-Sa-Sammyyyy!!!«

Dann wurde es wieder still. Sam und Jake wechselten einen Blick. Ben kauerte immer noch auf dem Boden.

»Ich werde meinen Mann holen«, kündigte Shirley Hoffmann nach etwa zehn Sekunden an. »Ich will mich lieber vergewissern, dass alles in Ordnung ist … Hören Sie mich? Philip?«

Jake sah auf den Leichnam von Phil Baldwin, auf den komischen Pyjama, den er trug, auf das Laserschwert, dessen blaues Ende im Blut schwamm. Vor seinen Augen begannen Sterne zu tanzen, und in seinem Schädel setzte ein fernes Dröhnen ein. Seine geschwollene Zunge klebte am Gaumen, aber er versuchte, Worte zu artikulieren, die Sam mit einer Handbewegung abwehrte.

»Wenn Sie mich hören, ich nehme Erin mit. Okay?«

Sam hielt Jake den Mund zu. Die lästige Hartnäckigkeit der obersten Klatschbase von Duncan's Creek war ihm schon immer auf die Nerven gegangen, doch was er in den Augen seiner Freundin sah, als ihre Gesichter nur ein paar Zentimeter voneinander entfernt waren, war keine Gereiztheit. Das war blanker Hass. Ein mörderischer Wahn, der in ihren Pupillen loderte und Mutter Hoffmann sicherlich zu Boden gestreckt hätte, wäre nicht die Tür zwischen ihnen gewesen. Und dieser Tote im Flur.

»Wir kommen bald wieder«, erklang ein letztes Mal die schrille Stimme.

Sie hörten, wie Erin noch einmal aufschrie, und dann das Geräusch sich entfernender Schritte. Nach etwa zehn Sekunden zog Sam vorsichtig ihre Hand von Jakes Mund zurück.

Die Luft wich ihm mit einem Schlag aus den Lungen, als ob er einen Tritt in die Rippen bekommen hätte:

»Warum hast du nicht aufgemacht? Warum …«

»Wir dürfen sie nicht mit ihrem Mann zurückkommen lassen«, meinte Sam. »Wir müssen dieses Durcheinander aufräumen und verschwinden.«

Die Erwachsenenstimme, die sie angenommen hatte, beunruhigte Jake; er antwortete mit einer gewissen Verzögerung.

»Wie, verschwinden? Jemand muss uns helfen! Du …«

»Bist du bescheuert, oder was? Wir müssen aufräumen! Aufräu-men!«

Sie riss eine Schublade der kleinen Kommode im Eingang auf, dann noch eine und noch eine. Aus der letzten Schublade zog sie ein Päckchen Papiertaschentücher und versuchte, es zu öffnen, doch ihre verkleisterten und blutbeschmierten Hände zitterten so sehr, dass sie es fallen ließ.

»Wir müssen aufräumen«, wiederholte sie. »Wir müssen das Durcheinander aufräumen, bevor …«

»Was tust du, Sam? Was tust du?«

»Ich räume auf.«

»Lass das«, flehte Jake. »Da ist nichts aufzuräumen. Jemand wird sich darum kümmern, wenn der Sheriff da ist und sie …«

»Der Sheriff?«

Sam riss die Augen auf. Sie hatte etwas anderes im Sinn, auch wenn sie sich im Moment weigerte, das zuzugeben. Es dauerte ein paar ausgedehnte Sekunden, bis sie mit tonloser Stimme erwiderte:

»Reiß dich zusammen, Jake. Wenn du nicht bereit bist, mir zu folgen, verpiss dich.«

»Dir folgen? Wohin denn, verdammte Scheiße? Was willst du denn machen?«

Sam schniefte, wischte sich die Stirn mit dem Handrücken ab und hinterließ eine rote Spur in der Mitte einer weißen Furche.

»Sie dürfen ihn nicht finden … wir werden …«

»SIE DÜRFEN IHN NICHT FINDEN???«

Sam blieb mitten im Flur stehen. Sie zeigte ein höhnisches Grinsen, in dem sich Wahn, Schrecken und Triumph mischten.

»Wir werden … Wir werden ihn verschwinden lassen.«

Heute

Eine lange Reihe von Güterwaggons erstreckte sich zwischen der Wüste und den Bergen. Die endlose, flache Straße spulte ihre staubigen Kilometer unter der brennenden Sonne ab. Der Tacho hing auf hundertzehn fest, und ich verfolgte die Wagenschlange mit den Augen, auf einer einsamen Fahrt gegen die Uhr.

Als ich den Zug zu meiner Rechten auftauchen sah, hatte ich mir selbst eine Herausforderung gestellt: Wenn es mir gelang, ihn zu überholen, ohne voll aufs Gas zu treten, und das, bevor er am Horizont verschwand, würde ich darauf verzichten, über Kingman zu fahren. Andernfalls würde ich die nächste Ausfahrt nehmen und die Vergangenheit ausgraben.

Mit dem Schicksal Kopf oder Zahl zu spielen, war eine Manie aus meiner Kindheit, auf die ich seit mindestens zehn Jahren nicht mehr verfallen war. Eine Weise, über Weichenstellungen in meinem Leben zu entscheiden, die ich in der Vergangenheit oft erprobt hatte. Auf diese Weise hatte ich beschlossen, Duncan's Creek an einem Januarmorgen zu verlassen, mit ihrer Hilfe hatte ich meinen ersten Verleger in San Francisco ausgewählt, und mit ihrer Hilfe hatte ich mich in der Mitte der 90er-Jahre auf die Suche nach Sam gemacht.

Und mit ihrer Hilfe hatte ich auch die Entscheidungen getroffen, die sich an dem Abend aufdrängten, an dem Sams Vater gestorben war.

Wir müssen dieses Durcheinander aufräumen und verschwinden.

Mein Blick verlor sich in der Ferne. Jenseits des Güterzugs, jenseits des Horizonts am verwaschenen Himmel.

Wir müssen aufräumen.

Wenn ich mir an jenem Abend doch bloß nicht mit den Klingen des Freddy-Handschuhs in die Hand geschnitten hätte. Wenn meine Mutter doch bloß bemerkt hätte, dass diese verdammten Messer fehlten. Wenn ich doch bloß ein paar Minuten früher bei Sam angekommen wäre. Dann hätte ich diese Entscheidungen vielleicht nicht treffen müssen. Und die Dinge hätten bestimmt eine andere Wendung genommen.

Ein Schild am Straßenrand lenkte mich für einen Moment ab. STAATSGEFÄNGNIS VON ARIZONA, NÄCHSTE AUSFAHRT, verkündete es. Ich musste kurz an Logan Momsen denken, der seine Tage im Gefängnis beendet hatte. Er war in einem verrotteten Wohnwagen aufgewachsen, der genauso aussah wie die, die man hier und da am Straßenrand fand. Logan Momsen war gestorben, nachdem er die Hälfte seiner Haftstrafe für einen Raubüberfall verbüßt hatte, der schlecht gelaufen war. Die Wärter hatten seine Leiche angeblich in den Duschräumen gefunden. Da waren sicherlich einige Rechnungen beglichen worden. Er wurde zwanzig Jahre alt.

Da ich in Gedanken versunken war, sah ich den Jungen am Straßenrand erst im letzten Moment. Sein Finger berührte die Scheibe auf der Beifahrerseite, ich nahm den Fuß vom Gas und schaute in den Rückspiegel. Zunächst entdeckte ich nur eine dunkle Silhouette im flimmernden Licht des Nachmittags. Sein Daumen war immer noch ausgestreckt, ich hatte ihn also beim Vorbeifahren nicht abgerissen.

Ohne nachzudenken, schaltete ich den Blinker ein und hielt in einer Staubwolke am Straßenrand. Ich hatte nicht die Zeit gehabt, sein Ziel auf seinem Pappschild zu lesen, doch welches auch immer das meine sein mochte, ich konnte ihn zumindest einige Kilometer mitnehmen.

Ich beobachtete, wie er mit lässigem Schritt, gewölbten Schultern und krummen Beinen näher kam. Für eine Zehntelsekunde schoss mir der Gedanke durch den Kopf, dass es sich um einen ehemaligen Häftling handeln könnte, aber ich beschloss, dem keine Bedeutung beizumessen.

»Hallo«, grüßte der Tramper durch die offene Scheibe des Chevy. »Ich heiße Ned.«

»Jake. Wo willst du hin?«

Der Typ, ein kleiner, junger Bursche, der aussah wie Philip Seymour Hoffman mit einem Dutt auf dem Kopf, rollte den Zahnstocher, an dem er kaute, von einem Mundwinkel in den anderen und schaute auf das vor uns liegende Asphaltband.

»Kingman, und du?«

Meine Augen suchten den Eisenbahnzug hinter ihm. Er war nur noch ein am Horizont funkelnder Punkt. Weit, sehr weit vorn.

»Ich auch.«

»Was willst du in Kingman?«

»Ich will … ein Versprechen einlösen«, antwortete ich ausweichend. »Und du, was willst du in Kingman?«

Neds Zahnstocher rutschte ganz nach links. Mit seinem starken texanischen Akzent wirkte er wie ein Bauernjunge.

»Ich verfolge George.«

»Du verfolgst George?«

Ich richtete zwei fragende Augen auf den Beifahrersitz, auf den er sich gesetzt hatte.

»Ja, ich folge ihm. Ich verfolge seine Spur.«

»Und dieser George, wer ist das?«

Ned hob den Hintern an und wühlte in der Gesäßtasche seiner Jeans.

»Das ist er!«

Zwischen seinen Händen ließ er einen Ein-Dollar-Schein knistern, der so abgenutzt war wie seine Klamotten.

»Ich bin ein *Georger*«, erklärte mir Ned, als ob diese summarische Erklärung sich von selbst verstehen würde.

Die nächste Frage brannte mir schon auf den Lippen, doch ich beschloss, mich zu gedulden. Ich hatte im Laufe der Zeit gelernt, dass Antworten meistens kamen, ohne dass man Fragen zu stellen brauchte. Vor allem, wenn man es mit einem Typen zu tun hatte, der sich gern geheimnisvoll gab.

Und, in der Tat:

»*Where's George?* Sagt dir das was?«

»Nein.«

»Es gibt eine Internetseite, auf der du den Weg von Banknoten verfolgen kannst.« Ned hielt mir das Porträt von George Washington unter die Nase. »Siehst du diese Seriennummer? Du gibst sie in eine Datenbank ein, und die sagt dir, wohin dein Scheinchen gereist ist.«

Ich ließ die Straße kurz aus den Augen. Eine aus Zahlen und Buchstaben bestehende Kennziffer war mit grüner Farbe auf den Schein gedruckt. Direkt darunter stand in roten Buchstaben die Internetadresse.

»Den hier trag ich immer bei mir, wie einen Glücksbringer. Ich geh nach Kingman, um die Spur des allerersten Scheins zu finden, den ich registriert habe. Das war 2007.«

»Seitdem suchst du danach?«, fragte ich lächelnd.

»Ja. Ich habe ihn vorher schon dreimal wiedergefunden, und dann habe ich ihn wieder in Umlauf gebracht. Bonanza, Montana. Bangor, Maine. Astoria, Oregon. Einmal ist er sogar im Ausland gelandet, dieser Dussel, in irgendeinem Kaff in Europa. Vielleicht in Deutschland. Ich bin nicht losgezogen, um ihn drüben zu suchen – keine Knete, verstehst du –, aber ich hab gewartet, bis er zurückkommt. Das war vor zwei Jahren. Seitdem nichts Neues. Der verflixte George wurde erst vor einem Monat wieder auf der Site gemeldet. In Jackson, Wyoming. Doch bis ich dort ankam, war er schon wieder unterwegs.«

»Lass mich raten. Nach Kingman, Arizona?«

»Volltreffer!«

»Und du denkst, er ist noch da, wenn du ankommst?«

Der Doppelgänger von Philip Seymour Hoffman in Jugendversion verstummte, und ich fragte mich, ob er die Möglichkeit in Betracht gezogen hatte.

»Nun denn, wir gehen alle irgendwohin«, beschränkte er sich zu sagen und zuckte mit den Schultern.

Ich murmelte zustimmend und nahm die Ausfahrt, um auf die Route 66 zu kommen. Etwas weiter stand auf einem Schild: KINGMAN, HERZ DER HISTORISCHEN ROUTE 66 UND EINER DER VERBORGENEN SCHÄTZE VON ARIZONA. Darunter zeigte ein Thermometer sechsunddreißig Grad an. Das war mir bislang gar nicht aufgefallen, doch ich bekam langsam einen trockenen Mund, und ein noch zurückhaltender Kopfschmerz klopfte an die Innenwände meines Schädels. Als Ned sah, wie ich ohne hinzusehen auf der Rückbank nach meiner Wasserflasche tastete, bot er mir seine Hilfe an.

»Ist da ein Toter in dem Ding?«, fragte er und deutete auf die Bestattungsurne, die ich diskret nach hinten gestellt hatte, als er eingestiegen war.

Ich schluckte die Hälfte des Flascheninhalts hinunter und nickte.

»Ein Verwandter?«

»Eine Freundin. Ich bring sie nach Utah zurück.«

»Kommst du von da?«

Erneutes Nicken.

»Ach, du meine Güte! Aber gut, weißt du, was man sagt?«, fragte Ned, nachdem er einen Moment nachgedacht hatte. »Der Tod ist nur eine weitere Etappe des Lebens. Bis dahin muss man sich bemühen, es nicht zu versauen.«

Die wenigen Kilometer, die uns noch von Kingman trennten, verbrachten wir schweigend, sodass ich darüber nachdenken konnte, was ich tun würde, wenn ich mich wirklich dazu entscheiden würde. Um Neds Worte aufzugreifen: Ich hoffte, dass ich nicht dabei war, »alles zu vermasseln«.

Nachdem wir zwischen Sandsteinmauern gefahren waren, die mich an die Hügel meiner Kindheit erinnerten, kamen wir in die Stadt, als es gerade 16 Uhr schlug. Ned hörte auf, das Lied von The Mamas and the Papas zu trällern, das er im Kopf hatte, wies darauf hin, dass am Abend ein Rodeo-Wettbewerb stattfinden würde, und fragte mich dann ohne Umschweife, was ich suchte.

»Ein Motel für die Nacht«, antwortete ich, klang aber so wenig überzeugend, als ob ich ihm weisgemacht hätte, die Urne auf der Rückbank enthielte Sand, den ich am Strand von Santa Monica gesammelt hätte.

»So ist es, genau. Und ich, ich bin gekommen, um ein Grundstück für den Bau eines Kasinos zu suchen.«

Er brach in Gelächter aus. Seine Worte entlockten mir ein halbes Lächeln. Sie hörten sich an, als ob sie eine seltsame Harmonie mit den Worten bilden würden, die Sam gesagt haben könnte.

»Du glaubst mir nicht?«, fragte ich.

Ich fuhr auf die Hauptstraße, die mit Parkplätzen gesäumt war, auf denen Pick-ups und SUVs aufgereiht standen, einer größer als der andere.

»Nee.«

»Warum?«

»Weil wir gerade an zweien vorbeigefahren sind und du nicht mal die Nase gehoben hast, um sie anzuschauen«, stellte Ned fest und ließ den Zahnstocher erneut hüpfen.

Wieder lächelte ich, trotz der Kopfschmerzen, die immer stärker wurden, und obwohl sich gerade ein Kloß in meinem Bauch bildete. Ich betätigte den Blinker; ich hatte gefunden, was ich suchte, auf der rechten Seite.

»Und nun?«

Ohne zu antworten, parkte ich den Chevy zwischen zwei Kolossen aus Stahl, direkt vor dem Schaufenster einer Eisenwarenhandlung. KLEMPNERBEDARF, WERKZEUGE, GARTENGERÄTE verkündete das Firmenschild. Genau das, was ich brauchte.

»Was suchst du hier?«

Mein Lächeln verschwand. Der Kloß in meinem Bauch auch.

Was ich hier suchte?

Das, was Sam, Ben und ich vor zwanzig Jahren in dieser Stadt begraben hatten.

Gestern

Jake blickte Sam mit großen runden Augen an.

»Ihn verschwinden lassen?«

»Ihn vergraben, ich weiß nicht …«

»Aber Sam, du bist ja völlig durchgeknallt!«

Die Leiche von Phil Baldwin war zu einem rotbeigen Fleck am Rande seines Gesichtsfeldes zusammengeschrumpft. Er versuchte, nicht hinzusehen, aber das wollte nicht gelingen.

»Es gibt keine andere Lösung«, erwiderte Sam.

»Keine andere …?«

Sie hob das Päckchen Taschentücher auf, das vor ihre Füße gefallen war, und wollte um Jake herumgehen, doch der schob sich zur Seite und hinderte sie am Weitergehen.

»Aus dem Weg«, forderte sie ihn mit bebender Stimme auf.

»Nein.«

»Geh mir aus dem Weg, verdammt!«

Sie warf ihm einen flammenden Blick zu. Jake las darin dieselbe Wut wie die, die Shirley Hoffmanns honigsüße Stimme vor der Haustür ausgelöst hatte, und rührte sich nicht vom Fleck.

»Er ist nicht dein Vater, Jake. Er ist meiner.«

Ihre Bemerkung machte ihn sprachlos. Das klang kindisch, das klang lächerlich. Und vor allem, es war falsch: Der Mann auf dem Boden *war* ihr Vater *gewesen*. Und war es nicht mehr. Doch Jake hütete sich, sie zu korrigieren.

Sam trat einen Schritt zurück und schaffte es, zwischen ihm und der Wand durchzuschlüpfen. Sie zog das Vorderteil ihres Kleides hoch, kniete sich nieder und näherte sich der Leiche ihres Vaters. Dann drehte sie ihre verklebten Haare zu einem großen

Knoten zusammen, den sie in den Nacken schob. Ihre Bewegungen waren flüssig, fast graziös.

Jake sah, wie sie das Taschentuchpäckchen öffnete, eines herausnahm, es entfaltete und vorsichtig an den Rand der rosa Blutlache auf dem Boden legte. Der rote Fleck auf dem Papier erinnerte ihn an das Löschpapier, das sie in der ersten Klasse benutzt hatten, um Tintenkleckse aufzusaugen.

»Sam …«

Er sah zu, wie sie sich zu schaffen machte, widerstand dem Impuls, sie festzuhalten, ihr eine Ohrfeige zu verpassen, um sie zu einer Reaktion zu zwingen. Bei Erin hatte er es geschafft, er hatte es geschafft, ein weinendes kleines Mädchen zu beruhigen, aber er fühlte sich nicht in der Lage, mit dieser Situation fertigzuwerden. Es gelang ihm nicht, die junge Frau daran zu hindern, das Blut aufzuwischen, in dem die Leiche ihres Vaters badete. Er entschied sich also wieder einmal für die sanfte Tour.

»Sag mir, was passiert ist«, murmelte er und hockte sich neben sie.

»Keine Zeit.«

Jake hinderte sie am Weitermachen, indem er eine Hand auf das Handgelenk seiner Freundin legte.

»Du wirst dir die Zeit nehmen. Denn du brauchst mich. Ich werde dir erst helfen, wenn du mir alles erzählt hast. Vorher nicht.«

Beide lauerten auf den verwirrten Gesichtsausdruck des anderen.

»Erzähl es mir, Sam.«

Ein Ausatmen, ein Erschlaffen der Muskeln, und Sam erzählte. Mit ihren Worten, so wie es ihre kleine Schwester ihm gegenüber getan hatte. Der Anfang der Geschichte war der gleiche: Als die Mädchen sich für den Halloween-Abend vorbereiteten, war ihr Vater losgezogen, um Bonbons zu kaufen (und Bier, präzisierte

Sam). Dann war Ben gekommen und hatte ihr erzählt, dass Jake sich mit seinen Handschuhen an der Hand verletzt hatte und später kommen würde. Sie hatte ihn als Idioten beschimpft. Bei seiner Rückkehr vom City Market stank ihr Vater nach Bier und hatte begonnen, an ihr und ihrer Schwester herumzumäkeln. Von da an unterschied sich der Bericht von dem von Erin: Laut Sam war er ausgeflippt, als er Flecke von rotem Beerenmus auf dem Boden entdeckte. Darauf folgte ein Streit, der natürlich ausgeartet war.

»Er fing an, mich anzuschreien. Wollte mich schlagen. Ich stand da, im Eingang«, erklärte Sam und deutete mit dem Kinn auf das andere Ende des Flurs. »Ich griff nach dem Schläger, der an der Wand hing, und habe ihn nach ihm ausgestreckt, damit er zurückweicht. Aber er wich nicht zurück. Er wich nicht zurück, dieser Arsch. Da bin ich auf ihn zugegangen. Ich wollte ihm Angst machen, ihn zurückstoßen. Aber er wich immer noch nicht zurück. Und dann hat er was gesagt, ich weiß nicht mehr genau, was, aber in etwa, dass er mir die Fresse polieren will. Da kam es zu dem Schlag.«

Sam knetete ihre Finger, während sie sprach, und Jake konnte den Blick nicht davon abwenden. Die braunen Halbmonde unter ihren Nägeln, die rote Marmorierung in den Hautfalten, die Blutkrusten, die zu trocknen begannen und an ihren Gelenken zerbröselten: Sie konnte zwar alles abwischen, sagte er sich, aber sie würde niemals damit fertigwerden.

»Ich habe nur einmal zugeschlagen. Es gab sowas wie … das Geräusch einer Muschel, die aufgebrochen wird. Und er ist hingefallen. Er ist hingefallen und …«

Ein Krächzen kam aus Bens Kehle; er war ganz in ihrer Nähe. Entsetzt schaute Jake von einem zum anderen. Er wollte etwas sagen, aber Sam kam ihm zuvor.

»Er ist dort hingefallen«, fuhr sie mit einer schrecklich kalten, fast unmenschlichen Stimme fort. »Einfach so, wie ein Klotz.«

»Das ist ein Unfall«, stellte Jake fest. »Du hast dich nur verteidigt, Sam.«

Sie erwog kurz seine Worte und machte sich dann, als ob nichts gewesen wäre, wieder daran, Vierecke aus Papiertaschentüchern um den leblosen Körper ihres Vaters zu legen. Jake wechselte einen Blick mit Ben. Er war einige Monate zuvor fünfzehn Jahre alt geworden, aber jetzt sah er aus wie zwölf. Er war Junior noch nie so ähnlich gewesen wie in diesem Moment.

»Du hast dich verteidigt, das ist alles. Und Ben kann das bestätigen. Nicht wahr?«

Jake wartete auf ein Zeichen der Zustimmung, das nicht kam. Er half Ben beim Aufstehen und wollte ihn ins Wohnzimmer bringen, als Sam sich wieder aufrichtete und mit einer Haltung, die entschlossener war als je zuvor, zur Küchentür ging.

Jake, dessen Angst vorübergehend von einem Adrenalinschub verschluckt wurde, stemmte die Füße auf den Boden, richtete sich auf und vergaß Ben, dessen plötzlich entsetzten Gesichtsausdruck er nicht sehen konnte. Da sich seine Beine taub anfühlten, musste er sich an den Türrahmen und dann an den Türgriff klammern, um wieder ins Gleichgewicht zu kommen. Die Jeans klebte ihm an den Knien, und er stellte fest, dass sich dort zwei dunkelbraune Flecke abzeichneten.

Er unterdrückte den Brechreiz und folgte Sam nach nebenan.

»Du willst die Leiche verschwinden lassen? Okay«, setzte er zunächst an. »Und was machst du danach?«

»Ich verpiss mich von hier.«

»Um wohin zu gehen?«

»Ich weiß nicht. Das wird sich finden.«

Sie war damit beschäftigt, am Wasserhahn einen Eimer zu füllen, mit der Entschlossenheit eines Feuerwehrmanns, der einen Brand löschen will. Jake kämpfte, um das Zittern seiner Beine zu überwinden, und näherte sich ihr.

»Hörst du dich, Sam? Hörst du dich reden? Das ist doch blanker Wahnsinn!«

Sie beachtete ihn nicht, ging quer durch die Küche und holte den Wischmopp, der hinter der Tür hing. Ben stieß im Flur einen erstickten Schrei aus, den sie beide nicht hörten.

»Das ... was passiert ist ... das ist schrecklich, das ist echt schrecklich, aber ... aber wir können alles erklären«, beharrte Jake und folgte seiner Freundin auf dem Fuße. »Du brauchst dem Sheriff nur zu erzählen, was du mir ...«

»Weil du glaubst, dass dieser Bastard von Hughes mir glaubt?«, rief Sam aus.

Sie machte eine heftige Kehrtwendung. Einige ihrer Haarsträhnen peitschten Jake durch das Gesicht und hinterließen dort eine Spur von purpurnen Tröpfchen. Ihre Augen waren blutunterlaufen, das Blut in ihren Adern hämmerte wild gegen die Schläfen. Er sah nun das ganze Entsetzen, das sie befallen hatte, obwohl sie sich mit aller Macht bemühte, sich nichts anmerken zu lassen.

»Und deine Schwester? Hast du mal an sie gedacht?«

Sam erstarrte. Ihr schien bewusst zu werden, dass sie zum neuen Familienoberhaupt geworden war; ihr ganzer Körper erschlaffte.

»Du wirst da rauskommen«, sagte Jake und nahm ihr den Mopp aus der Hand. »Wir werden da rauskommen. Zusammen, wie wir es immer gemacht haben.«

Sie öffnete schon den Mund, um zu antworten, doch ein Schlag ließ die Wand hinter ihnen erbeben und sie verstummen. Kurz danach war im Flur ein Röcheln zu hören.

»Ben?« riefen Jake und Sam gleichzeitig.

Ihnen blieb nicht die Zeit, die Tür zu erreichen. Ihr Freund kroch an ihnen vorbei, von krampfartigem Schluckauf erfasst. Im nächsten Augenblick verkroch er sich in einer Ecke der Küche und wandte ihnen sein vor Schreck verzerrtes Gesicht zu.

»Was ist los?«, erkundigte Sam sich besorgt.

Unfähig zu sprechen, stieß Ben eine Reihe von abgehackten Wimmerlauten aus. Seine Haare fielen ihm ins Gesicht, und eine Rotzblase quoll aus einem seiner bebenden Nasenlöcher. Er öffnete die Lippen, an denen immer ein Speicheltropfen hing, und servierte ihnen einen teigigen Wortmatsch, in dem Jake das Wort »bewegen« zu erkennen glaubte. Das alle aufkeimenden Haare seines Körpers in Habachtstellung brachte.

»Was?«

Den Arm zur Tür ausgestreckt, öffnete Ben den Mund, als ob er sich den Kiefer ausgerenkt hätte:

»Er … er … er hat sich bewegt …«

Hinter den blutigen Falten, die sich in Sams Gesicht eingegraben hatten, wechselte die Farbe ihrer Haut von blass zu aschfahl. Jakes Hoden schrumpften zusammen, und er stützte sich auf die Lehne eines Stuhls, denn er hatte das Gefühl, ihm würde der Boden unter den Füßen weggezogen. Irgendwas war in seinem Magen aufgewacht, und er wusste in einer Aufwallung des Grauens, dass dieses Etwas hervorbrechen würde. Und zwar sehr bald.

»Oh … verdammt«, keuchte Sam und stürzte zum Flur.

Jake wollte ihr etwas zurufen, sie auffordern, dazubleiben, doch alles, was aus seinem Mund kam, war ein von Galle verstopftes Krächzen. Verzweifelt hob er die Arme und fuchtelte wild herum, da er wohl hoffte, sie würde ihn sehen.

Doch Sam war verschwunden.

Obwohl Sam seit ihrer frühesten Kindheit mit Horrorfilmen aufgewachsen war, wusste sie, dass das Leben nur selten die Fiktion nachahmte. Als sie auf der Türschwelle stand, konnte sie sich keine Sekunde vorstellen, dass ihr Vater sie hinter der Wand mit dem Baseballschläger in der Hand erwartete, auf den er immer so stolz gewesen war und der nun dazu gedient hatte, ihm eine Viertelstunde zuvor den Schädel einzuschlagen. Sie runzelte nur die Stirn, sah auf den Boden und fragte sich, warum Ben so geschrien hatte, als ob ihm plötzlich der Geist von Arlin Gillespie erschienen wäre.

Sie hielt den Atem an.

Der Körper ihres Vaters war nicht mehr da.

Es war, als würde ihr das Blut in den Adern gefrieren, sie hörte, wie sie ein heiseres Röcheln ausstieß. In dem Moment, in dem sich die Silhouette auf ihrer linken Seite materialisierte, fragte sie sich noch, wie er nach dem Schlag, den er einkassiert hatte, aufstehen konnte.

»Sam!«

Sie drehte sich mit dem ganzen Körper um, bereit, mit Messerstichen die Brust zu durchbohren, die sich ihr darbot.

»Eh!«

Sam erstarrte mitten in der Bewegung. Es war Jake. Eine schreckliche Version von Jake, aber er war es. Er stand neben ihr, den Mopp in der Hand. Mit dem schlimmsten Kopf, den man sich für einen Halloween-Abend nur vorstellen konnte.

Die Klinge des Schälmessers blitzte zwischen ihnen auf. Sam ließ es erst nach einigen Sekunden fallen, nachdem sie sich vergewissert hatte, dass ihre Einbildungskraft ihr keinen Streich gespielt hatte.

Sie trat einen, zwei Schritte zurück, bevor sie stehenblieb. Senkte die Augen. Die imposante Masse ihres Vaters lag immer noch quer auf dem Boden, das Gesicht mit dem dicken, blutigen Matsch an den Bohlen festgeklebt.

»Ist er …?«, setzte Jake an, unterbrach sich dann aber, um seinen Speichel hinunterzuschlucken.

Sam hob leicht die Schultern. Sie streckte die Hand aus und nahm ihm den Mopp ab. Der Stress ließ ihre Muskeln zittern, sie hielt den Stiel so fest, als wollte sie sich ans Leben klammern.

Jake sah zu, wie sie sich einen Meter vorwärtsbewegte. Seine

Verwirrung war so groß, dass sie keinen Raum für Panik oder Entsetzen ließ. Er spürte erneut, wie sich dieses unerwünschte Etwas in seinen Eingeweiden regte und wie ihm Schweißtropfen auf die Stirn traten. In weniger als zehn Sekunden würde er zum Klo laufen müssen, das war so sicher, wie die Spritzer an der Wand kein rotes Beerenmus waren. Aber Sam brauchte ihn, hier und jetzt. Er bekämpfte die Nervosität, die an ihm nagte, kniff Zähne und Hintern zusammen und sah auf den Mann am Boden. Mehrere Male, um sich zu vergewissern, dass er sich nicht rührte.

»Sei vorsichtig«, flüsterte er.

Sam blieb etwa fünfzig Zentimeter vor dem eingeschlagenen Schädel stehen – die Entfernung, die der Arm ihres Vaters überwinden konnte, falls er auf den Gedanken kam, ihn auszustrecken, um sie am Knöchel zu packen. Sie drehte den Mopp um und streckte den Stiel zu der am nächsten liegenden Schulter aus. Ihre ganze Aufmerksamkeit war auf den Bereich gerichtet, der sich zwischen dem Nacken mit den langen Haaren, die sie immer abstoßend gefunden hatte, und dem etwas schlappen Bizeps erstreckte – auf dem, wie sie wusste, eine Zebraschlange tätowiert war.

»Achtung …«, hauchte Jake erneut, bevor ihm der Atem stockte.

Es vergingen etwa zehn Sekunden, ohne dass er wieder zu atmen wagte. Der Schweiß lief ihm in den Nacken und unter den Achseln, der Blutgeruch wurde ihm langsam unerträglich. In diesem Moment glaubte er zu sehen, wie Phil Baldwin sich bewegte. Eine Sekunde danach schien ihm, dass sein Kopf nicht mehr in dieselbe Richtung zeigte. Als Sam vorsichtig mit dem Ende des Mopps zwischen seine Schulterblätter stieß, glaubte Jake sogar zu hören, wie der Mann stöhnte.

»Er rührt sich nicht.«

Sam sagte dies so gleichgültig, als ob sie feststellte, dass die in einer Falle krepierte Ratte tatsächlich tot war.

»Bist du sicher?«

»Ja, er ist tot.«

Jake schluckte, und der Eindringling in seinem Bauch beruhigte sich ein wenig.

»*Er ist tot …*«

Bens Stimme, in der Küche.

»*Er ist tot er ist tot er ist tot …*«

»Halt die Klappe«, murmelte Sam mit zusammengebissenen Zähnen.

»*Er ist tot er ist tot er ist tot …*«

»Halt die Klappe! Halt die Klappe! Halt die Klappe!«

Sie atmete tief durch, schob erneut mit dem Handrücken ihre teuflische Mähne in den Nacken und ging über den Flur in die Küche. Dort ließ sie ihren Gefühlen freien Lauf. Doch es war Zorn, der aufstieg, keine Tränen.

»Stell dich hin!«, schrie sie Ben an.

»Er ist tot er ist tot er ist tot …«

»Stell dich hin, hab ich gesagt!«

Mit drei Schritten stand sie über ihm.

»Er ist tot er ist tot …«

»Los, steh auf, verdammt noch mal!«, fuhr sie ihn an und packte ihn unter den Achseln.

»Er ist tot …«

»Halt die Klappe! Halt die Klappe!«

»Sam!«, schrie Jake hinter ihr. »Lass ihn in Ruhe, er steht unter Schock!«

Er griff nach ihrem Arm, damit sie zurücktrat, doch sie schüttelte ihn mit einer Schulterbewegung ab. Jake nahm einen stechenden Schweißgeruch wahr.

»Es war aber nicht sein Vater! Es war nicht sein Vater!«

Jake zog sie ohne Umschweife zurück. Sie machte eine Rückwärtsbewegung, als ob er ihr eine Ohrfeige versetzt hätte. Ihre

Augen, so trocken und tot wie der Duncan River am Ende des Sommers, schickten ihm den Blick ihres Vaters zurück. Eines ihrer Augenlider zuckte, das einzige Lebenszeichen in ihrem versteinerten Gesicht.

»Wir müssen ruhig bleiben, es bringt nichts, wenn wir in Panik geraten!«, stieß Jake aus. »Ben, steh auf und setz dich«, fügte er hinzu und zog einen Stuhl unter dem Tisch hervor. »Sam …«

»Hau ab«, fuhr sie ihm mit schneidender Stimme ins Wort. »Haut ab, alle beide!«

»Dieses Mal wirst du mir zuhören!«

Jake trat so dicht an sie heran, dass ihre Oberkörper sich berührten. Er bemerkte die großen weißen Flecke, die auf dem auftauchten, was noch an Haut auf ihrem blutbedeckten Hals zu sehen war.

»Ich treffe hier die Entscheidungen, und ihr werdet genau das tun, was ich sage. Einverstanden, Ben?«

Letzterer musterte Jake mit einer Art von respektvoller Furcht. Er nickte kaum wahrnehmbar und pflanzte seinen Hintern auf den Stuhl.

»Gut. Sam?«

Nun, da der Adrenalinspiegel sank, merkte Jake, dass ihm alles wehtat: Seine verletzte Hand war angeschwollen und schien doppelt so groß geworden zu sein, und ein intensiver Schmerz lähmte seine Beine und den unteren Rücken.

»Sam?«

Sie nagelte ihn mit ihrem Blick fest. Eine Sekunde. Zwei. Fünf. Die Zeit dehnte sich zwischen ihnen aus, so ähnlich wie ein Gummiband, das nicht nachgibt. In einer Ecke der Küche sprang der Kühlschrank an. Wasser tropfte ins Spülbecken, zählte die Sekunden auf der Emaille. Doch alles, was Jake hörte, war das Schlagen seines eigenen Herzens.

»Sam!«

Er sah, wie das Kinn seiner Freundin sich zusammenzog, sodass die rote Substanz, die dort zu trocknen begann, zerbröselte. Das war das einzige Zeichen der Zustimmung, das sie ihm gab.

»Wir werden den Sheriff anrufen. Jetzt. Ihr werdet ihm erzählen, was passiert ist, und alles wird gut. Einverstanden?«

Ein Kopfnicken von Ben. Von Sam nichts. Zumindest hatte sie keine Einwände.

Wieder besänftigt, trat Jake einen Schritt auf sie zu.

»Tut mir leid, Sam. Ich weiß nicht, wie … Ich finde keine Worte, um dir zu sagen, was ich empfinde, aber du musst wissen, dass ich da sein werde. Dass wir da sein werden.«

Sie sah ihn kalt an. Ihre zu einer unbeweglichen Linie zusammengepressten Lippen lockerten sich schließlich zu einem verzerrten Grinsen, das ihre großen Zähne zeigte. Ihr Gesicht verwandelte sich in etwas, das schön und monströs zugleich war.

»Du willst mir helfen?«, fragte sie krächzend.

Das war keine Frage.

»Ja.«

»Nun gut, ich habe einen Plan.«

»Erklär mal.«

Sie erklärte ihm ihren Plan. Dann rief sie im Büro des Sheriffs an.

Rick Mayfair war gerade dabei, unter der mit Spinnennetzen und ausgehöhlten Kürbissen geschmückten Veranda seines Hauses seine zweieinhalbjährige Tochter Olivia zu fotografieren, als die blauen Blitze des Blinklichts eines Streifenwagens auf das pausbäckige Gesicht des kleinen Mädchen fielen, das für diesen Anlass als Kaninchen verkleidet war. Rick war Chefredakteur des *Duncan's Creek Register*, der lokalen Gazette, die er vor einigen Jahren von seinem Vater geerbt hatte; sein erster Reflex als Journalist bestand darin, mit dem Objektiv seines Fotoapparates einen Schwenk zu machen. Den Finger am Auslöser, falls sich ein Knüller zeigen sollte.

»Betty?«, rief er, während er mit den Augen das Fahrzeug verfolgte, das in die Pines Road einbog. »Betty, kümmerst du dich bitte eine Minute um das Kaninchen?«

Olivia sah mit ihren schönen tiefblauen Augen – die sie von ihrer Mutter hatte – zu ihrem Vater auf, und eines ihrer großen Pappohren fiel nach hinten, sodass sie wie ein Kaninchenbock aussah.

»Polizei, Papa«, lispelte sie.

»Polizei?«

Betty Adams, die Dorfschullehrerin, eine entzückende junge Frau mit Pfirsichteint und langen welligen, blonden Haaren steckte ihren Kopf durch die Öffnung der Fliegentür.

»Habe ich richtig gehört?«

»Ja«, antwortete Rick. »Sie sind in die Pines Road eingebogen.«

Betty starrte ihn mit hochgezogenen Brauen an.

»Und du willst wohl da hingehen, oder?«

»Ich will mal einen Blick drauf werfen. Bin in zehn Minuten wieder zurück. Versprochen.«

»Das hast du beim letzten Mal auch gesagt«, sagte Betty schmunzelnd. »Und du bist erst am nächsten Tag wiedergekommen, stinkend wie ein Raubtier und gesprächig wie eine einäugige Elster.«

»Das ist das Problem in diesen kleinen Käffern«, erwiderte Rick. »Nie passiert was, bis zu dem Tag, an dem was passiert.«

Betty beugte sich vor, um Olivia in die Arme zu nehmen, und sah mit einer misstrauischen Miene, die Rick nur zu gut an ihr kannte, forschend in die Dunkelheit.

»Bestimmt ein Kind, das sich zu sehr aufgeregt und keine Bonbons gekriegt hat«, versuchte er sie zu beruhigen. »Mach dir keine Sorgen, meine Süße. Ich bin gleich wieder da.«

Er stieg die erste Stufe der Verandatreppe hinunter, drehte sich um, ging wieder hoch und umarmte die beiden Frauen seines Lebens. Fünf Minuten später ging er die Pines Road hinunter, auf der sich Hexen, Cowboys, Gespenster und Schaulustige versammelt hatten. Eine Menge von Schaulustigen. Wie er sie verachtete, diese Aasgeier, die zu Meistern im Aufspüren von Katastrophen geworden waren und sie mit ihren schlüpfrigen und verächtlichen Kommentaren begleiteten.

Rick erkannte Lamonte und Michelle DeSoto, die direkten Nachbarn des Baldwin-Hauses, vor dem der Wagen des Sheriffs stand. Da waren auch Doug und Shirley Hoffmann, begleitet von ihrer kleinen Lizzie und einem anderen Mädchen, das Rick als die jüngere der beiden Baldwin-Schwestern erkannte. Er sah auch Leroy Gibson, den Totengräber des Gemeindefriedhofs, und weigerte sich, darin ein schlechtes Vorzeichen zu erkennen. Ein wenig abseits hing eine Gruppe Jugendlicher herum, von denen einer, der als Garfield verkleidet war, auf seinen Fotos Olivia bestimmt schwer beeindruckt hätte.

Dutzende Kürbisse, einige davon erleuchtet, lächelten fröhlich aus den Fenstern der Häuser auf diese kleine Gesellschaft. Eine große Vogelscheuche mit einem löchrigen Strohhut sah Rick mit leerem Blick an, als er sich der Menge näherte. Doug Hoffmann, einer seiner früheren Schulkameraden, war der Erste, der seine Anwesenheit bemerkte.

»Es gibt Ärger bei den Baldwins«, teilte er ihm mit düsterer Miene mit. »Die kleine Erin ist weinend aus dem Haus gelaufen und hat geschrien, dass ihre Schwester und ihr Vater sich prügeln würden. Wir haben versucht reinzugehen, aber sie haben sich eingeschlossen.«

»Wer? Wer hat sich eingeschlossen?«

»Vater und Tochter Baldwin, der McCombs-Sohn und Jake Dickinson.«

Rick verstummte einen kurzen Augenblick. Drei der Kinder, die vor drei Jahren die geheime Gruft von Arlin Gillespie entdeckt hatten.

»Dein Sohn ist nicht bei ihnen?«

»Nein, er … Cody hängt jetzt mit den Großen rum«, schien Doug sich zu entschuldigen.

»Wer hat den Sheriff angerufen?«

»Shirley, als sie nach Hause kam, nachdem sie zum ersten Mal hierhergekommen war, um nachzusehen, was passiert war. Aber es hatte sich schon vorher jemand gemeldet.«

»Wer?«

»Die Tochter von Baldwin.«

»Samantha?«

»Ja, Samantha.«

Die Menge hinter ihnen wurde größer. Zumeist Kinder, manche in Begleitung ihrer Eltern. Ganz Duncan's Creek strömte in die Pines Road.

»Hast du den Sheriff gesehen?«, erkundigte sich Rick und machte die Nikon, die ihm um den Hals hing, bereit.

»Ja. Hughes ist da und der andere, der was auf die Finger gekriegt hat, weil er im letzten Winter einem Indianer zu hart zugesetzt hatte.«

»Scheiße. Hughes und Cassidy. Die beiden größten Übelmänner des Distrikts.«

Rick war mit dem Hilfssheriff Ted Cassidy bei der sogenannten Affäre aneinandergeraten, die ihm vor einigen Monaten eine schlaflose Nacht eingebracht hatte. Es war allgemein bekannt, dass Cassidy ein Rassist schlimmster Art war und dass die Misshandlung von amerikanischen Ureinwohnern zu seinem bevorzugten Zeitvertreib gehörte. Als Rick im Januar bei einer Verhaftung, die etwas zu gewaltsam ablief, interveniert hatte, war die Situation aus dem Ruder gelaufen; er musste eine Nacht im Gefängnis verbringen. Doch sein kämpferischer Einsatz hatte sich gelohnt: Cassidy war für eine Woche suspendiert worden.

Der Journalist überflog die Menge mit einem Panoramablick.

In den Augen der Leute stand ebenso viel Mitleid wie Neugier, ein flüchtiges Mitgefühl, das schwinden würde, sobald der Streifenwagen um die Straßenecke bog. Dann würde die Gerüchteküche auf Touren kommen. Was war geschehen? Wer hatte die Feindseligkeiten ausgelöst? Warum fielen immer wieder dieselben auf?

Plötzlich verstummte das Gemurmel. Die Eingangstür des heruntergekommenen Hauses der Baldwins hatte sich geöffnet.

Ben McCombs jr. und Jake Dickinson waren die Ersten, die herauskamen. Rick erkannte Ben an seinem dicken Bauch und Jake an den düsteren Augen, die mitten in seiner lebenden Fleischmaske zwei unergründliche Brunnen bildeten. Hinter den beiden trat Ted Cassidy auf, mit dem Hut auf dem Kopf und dem Aussehen eines Desperados. Nach ihm kam Sam Baldwin.

Erstaunen machte sich im Publikum breit, als die Jugendliche in ihrem blutbefleckten Kleid voranschritt. Auf ihrem Gesicht waren viele Blutergüsse, die nichts Künstliches hatten, ganz so, als ob jemand sie als Punchingball benutzt hätte – ihr Vater, sagte sich Rick sogleich. Dalton Hughes, der Obersheriff, schloss den Zug ab.

»Guter Gott, was soll dieser Zirkus?«, wunderte sich Doug.

»Ein Halloween-Scherz, der schlecht gelaufen ist«, meinte Rick und machte einige Schnappschüsse.

Ted Cassidy öffnete die Heckklappe des Streifenwagens und nahm eine Rolle gelbes Absperrband mit schwarzen Buchstaben aus dem Kofferraum. Unter den Schaulustigen, die immer zahlreicher wurden, setzte Gemurmel ein. Das war kein Scherz. Rick ging zu dem Wagen, obwohl er wusste, dass er auf ein scharfes »Kein Kommentar« von Dalton Hughes stoßen würde.

»Sheriff!«, rief er, als Hughes sich auf den Beifahrersitz setzte und ins Funkgerät sprach.

Er bekam keine Antwort.

»Sheriff, bitte!«

»Kein Kommentar«, knurrte der Sheriff, ohne auch nur vom Armaturenbrett aufzusehen.

»Für den *Duncan's Creek Register* …«

»Kein Kommentar.«

Rick sah den drei Jugendlichen, die neben dem Wagen standen, in die Augen. Er konnte nichts darin lesen, abgesehen vielleicht von einem Anflug von Sorge bei Ben.

»Sheriff Hughes«, beharrte Rick. »Können Sie mir sagen, wo Mr. Baldwin ist?«

Schließlich drehte Hughes ihm seinen lächerlich langen Kopf zu, der keinen Hals hatte, und fixierte ihn hinter seiner Bifokalbrille. Dann begann er, ins Funkgerät zu sprechen.

»Es gibt keinen Mr. Baldwin mehr«, sagte eine Stimme in der Nähe von Rick. »Verschwinde, Mayfair. Es gibt Leute, die arbeiten müssen.«

Ted Cassidy ging auf ihn zu und machte nicht den Eindruck, stehenbleiben zu wollen. Rick trat einen Schritt zurück und sah zu, wie er den gelben Streifen zur Absperrung des Tatorts abrollte. Der Hilfssheriff wickelte einen Teil des Streifens um einen Baumstamm und ging mit lässigem Schritt zum Haus zurück.

»Mein Gott, der Vater des Mädchens …«, seufzte Doug und warf seiner Frau, die Erin an ihren Schoß drückte, einen Blick zu.

»Zurück, zurück!«, bellte Cassidy gleichzeitig. »Das hier ist ein Tatort, Ladies und Gentlemen. Es gibt nichts zu sehen!«

Diesmal bemerkte Rick deutlich, wie die Menge schwankte. Fast so wie Ebbe und Flut. Ein Spektakel mit allem Drum und Dran. Von Entsetzen gezeichnete Gesichter, die sich einander zuwandten, Münder, die sich für stumme Rufe öffneten.

Es geht wieder los, schienen sie zu sagen.

Der Tod von Phil Baldwin bildete die Schlagzeilen der Ausgaben vom 2. und 9. November 1988 des *Duncan's Creek Register*. Es wurde berichtet, dass der zweiundvierzigjährige Mann infolge einer Kopfverletzung durch einen stumpfen Gegenstand gestorben war. Seine älteste Tochter Samantha, fünfzehn Jahre alt, habe den tödlichen Schlag ausgeführt. Nach ihrer Aussage beim Sheriff von Garfield County habe es einen heftigen Streit gegeben, der ausgeartet sei. Sie habe in berechtigter Notwehr gehandelt, als ihr Vater im Zustand fortgeschrittener Trunkenheit versucht habe, sie zu erwürgen. In Ermangelung eines Erziehungsberechtigten habe Doug Hoffmann die Jugendliche ins Büro von Panguitch begleitet. Die Vernehmung lief gut, wenngleich Sheriff Dalton Hughes, dessen letzter Fall dies war, sich wunderte, dass die ersten Untersuchungen darauf schließen ließen, dass der Verstorbene an mindestens drei Stellen getroffen worden war, obwohl die Tochter behauptete, nur einmal mit dem Baseballschläger zugeschlagen zu haben. Dies wurde auf den Seiten des *Register* nicht erwähnt.

Die Trauerfeier fand vier Tage später statt. Das waren neue dunkle Stunden für die Gemeinschaft, drei Jahre und vier Monate nach dem Mord an Alice Stevens, einer Jugendlichen aus der Region, die von einem Sadisten umgebracht worden war. Da Phil Baldwin kein Mormone war, reiste ein Baptistenprediger aus Escalante an, um die Andacht abzuhalten. Peter DeSoto, der Bürgermeister von Duncan's Creek, hatte sich zu einer Erklärung herabgelassen, die die allgemeine Stimmung nach der Zeremonie wiedergab und in der es hieß, der Tod sei immer ein Skandal, und zwar sowohl für den, der ihn erleiden müsse, als auch für den, der ihn verursache. Sam Baldwin hätte ihm nicht widersprochen.

Der Mut und die Würde der Jugendlichen riefen die Bewunderung ihrer Mitbürger hervor, sei es, als sie am Rednerpult mit ihrer kleinen Schwester ihrem Vater die letzte Ehre erwies oder während des Essens nach der Zeremonie, das im Haus der Hoffmanns stattfand. Da ihnen nur noch eine Großmutter geblieben war, die irgendwo zwischen Boulder und Grover in einem Wohnwagen lebte, wurden die beiden letzten Vertreter der Familie Baldwin bei den Hoffmanns untergebracht, bis die Sozialdienste über die Situation entscheiden würden.

Am ersten Abend, an dem Sam sich hinlegte, fiel sie zunächst in einen tiefen Schlaf. Einige Stunden später jedoch wachte sie schreiend auf: Die Hand ihres Vaters hatte nach ihrem Knöchel gegriffen. Eine bleiche Hand, voller Kratzer. Sie atmete tief durch und begriff, dass sie geträumt hatte. Trotzdem roch sie immer noch seinen üblen, alkoholgeschwängerten und ekelhaften Geruch. Danach schreckte sie immer wieder hoch, wenn das Haus knackte, bis sie endlich einschlief. Aber das gelang erst nach langen Stunden.

In der nächsten Nacht sah sie, wie ihr Vater auf dem Boden auf sie zukroch. Er trug seinen Jedi-Ritter-Umhang, der völlig verschimmelt war. Sein Körper darunter war mit Maden übersät. Das blaue Blinklicht eines Streifenwagens zuckte über die roten Flecke, die sein eingefallenes Gesicht mit den leeren Augenhöhlen bedeckten. Angesichts des Strudels des Entsetzens, der sie fast mitgerissen hatte, konnte Sam danach kein Auge mehr zutun. Am nächsten Tag ließ Shirley Hoffmann Dr. Pomeroy kommen, der ihr Beruhigungsmittel verschrieb, ohne sich über die dramatischen Folgewirkungen für die siebenundzwanzig Jahre Gedanken zu machen, die sie noch zu leben hatte.

Die Tage vergingen, der Herbst schritt voran, und bald würden die Bäume ebenso die Blätter verlieren wie die Herzen der Dorfbewohner ihr Mitgefühl für Sam. Nachdem die Sache erledigt und die Welle der Sympathie durch Gerüchte ersetzt worden war, begann sich herumzusprechen, dass die Baldwin-Tochter, diese Pest, die genauso verlogen war wie ein Politiker im Wahlkampf, ihren Coup geplant haben könnte. Warum hatte sie in der Kirche nicht geweint? Wie war zu erklären, dass sie kein anderes Mittel als einen Baseballschläger zu ihrer Verteidigung gefunden hatte, obwohl sogar Ben McCombs jr., ein ordentlicher Junge, an diesem Abend bei ihr war?

Ende November trafen sich Jake, Sam und Ben, die seit Halloween praktisch nicht mehr miteinander gesprochen hatten, am Tisch der McCombs wieder, um Thanksgiving zu feiern. Bens Mutter Jill machte sich nämlich Sorgen, weil ihr Sohn sich seit den Ereignissen isolierte. Er hatte drei Kilo abgenommen, und ein Wachstumsschub hatte ihn unerwartet derartig in die Höhe schießen lassen, dass er aussah wie ein blasser, buckliger Mutant, der sich ständig für seine Größe zu entschuldigen schien.

Als sie nach dem Essen allein zusammensaßen, kamen die drei Jugendlichen weder auf die Inszenierung zu sprechen, die sie nach dem Anruf beim Sheriff aufgeführt hatten, noch auf die Art und Weise, wie Sam sich die Fortsetzung vorstellte oder gar auf ihre Nächte voller Albträume. Alles, was sie mit ebenso ungeschickten wie zögerlichen Worten zum Ausdruck bringen konnten, war eine radikale Lösung, zu der sie sich bereits mehr oder weniger entschlossen hatten, und zwar jeder auf seine Weise: Was auch immer geschehen mochte, sie durften nie wider über das sprechen, was sich an jenem Abend zugetragen hatte.

Heute

Nachdem ich Ned in der Main Street abgesetzt hatte, fand ich für die Nacht ein Zimmer in einem *Motel 6* am Stadtrand von Kingman. Die meisten Hotels in der Innenstadt hatten »Belegt bis zum nächsten Tag« angezeigt, so erstaunlich das in dieser Saison auch erscheinen mochte. Die Erklärung lieferte der Portier, der mir hoch begeistert verkündete, dass am Abend ein Rodeo-Wettbewerb stattfand. Nach seinen Worten handelte es sich um das Ereignis des Jahres. Die gute Nachricht war, dass das Spektakel um 20 Uhr beginnen sollte und sich die ganze Stadt auf dem Messegelände in der Nähe des Jahrmarkts versammelte, von dem ich im Vorbeifahren einige Fahrgeschäfte gesehen hatte. Es bestand also keine Gefahr, dass ich plötzlich einem Typen aus der Gegend gegenüberstehen würde, wenn ich mich an mein heikles und geheimes Werk machte.

In der Schnäppchenabteilung der Eisenwarenhandlung hatte ich eine Schaufel, ein Paar Handschuhe und eine Taschenlampe für jeweils fünf Dollar gefunden. Dann hatte ich eine Runde durch die Stadt gedreht, um mich etwas umzuschauen. Die Gegend hatte sich verändert, aber ich hatte schließlich einige Orte wiedererkannt, an denen Sam, Ben und ich im Sommer 1989 gewesen waren, insbesondere die Wäscherei, in der wir nach dem Unwetter, das am frühen Morgen ausgebrochen war, unsere Klamotten getrocknet hatten.

Ich hatte auf einer kleinen, bonbonrosafarbenen Skailederbank in *Mister D'z Route 66 Diner* Platz genommen, in einem Restaurant, das voll auf die Nostalgie der *Fifties* setzte (sexy Bedienung in Uniform, eine Wurlitzer-Jukebox, die Retrosongs ausspuckte,

Riesenplakate mit Elvis und Marilyn an der Wand); ich knabberte an meinen lauwarmen Pommes und ließ den Blick über das Brachland auf der anderen Straßenseite schweifen. Die Ventilatoren an der Decke überdeckten das Gemurmel im Speisesaal, nicht aber die Stimme von Kristen, der blonden Bedienung, die zwischen zwei »My Darling«, das sie den Gästen zurief, ihre Bestellungen in der Küche mit einem Vibrato aufgab, das die Flaschen an der Bar zu sprengen drohte.

Kopfschmerz hatte sich in meinem Schädel festgesetzt, und jeder akustische Höhenflug der Kellnerin schrillte durch mein Hirn wie die Bohrmaschine eines Chirurgen. Ich hätte woanders hingehen können, aber das Schaufenster des *Diner* bot mir einen optimalen – und im Gegensatz zum Chevy klimatisierten – Posten zur Beobachtung dessen, was mich hergeführt hatte. Ich hätte die Zeit auch mit einem Gang durch das Route-66-Museum totschlagen können; doch was mich interessierte, befand sich direkt neben der alten Lagerhalle, die die Geschichte des amerikanischen Westens beherbergte.

Der Campingplatz, auf dem wir vor einem Vierteljahrhundert unser Zelt aufgebaut hatten, war nicht mehr da, sondern zu Brachland geworden, an dem Eisenbahnschienen entlangführten. Die sanitären Anlagen waren verschwunden, wie auch die Steintafeln, an denen wir uns, wie mir wieder einfiel, mit einem Rentnerpaar angefreundet hatten, das mit dem Wohnwagen die Four-Corners-Staaten bereiste.

Abgesehen davon, dass eine der letzten glücklichen Erinnerungen an unsere Jugend schlicht und einfach von der Landkarte getilgt worden war, machte es mich traurig, dass die meisten Bäume verschwunden waren. Nichts oder fast nichts war übrig geblieben. Anders gesagt: Die Buchstaben, die wir in den Tannenstamm eingeritzt hatten, um den Ort zu markieren, an dem wir gegraben hatten, waren wahrscheinlich nicht mehr da.

Wäre Kristen in diesem Moment an mir vorbeigegangen, hätte sie gesehen, wie mir ein Lächeln auf die Lippen stieg, und sich sicherlich gefragt, was es ausgelöst hatte. Aufgrund der Vertrautheit, die sich unmittelbar und spontan einstellte und zu ihren Eigenheiten zu gehören schien, hätte sie mich vielleicht daraufhin angesprochen. Hätte ich ihr dann gestanden, dass ich mich gerade an in einen Baum geritzte Buchstaben erinnert hatte? SBJ, die Anfangsbuchstaben unserer drei Namen, die Ben mit *Sweet Baby Jesus* und Sam mit *Surprise Blow Job* übersetzte.

Mein Blick wanderte durch das Schaufenster. Das Brachland hatte keinen Zaun und war nicht beleuchtet. Das machte mir die Aufgabe leichter. Blöd war nur, wenn unsere Tanne nicht mehr da war, wusste ich nicht, wo ich graben sollte. Ganz abgesehen davon, dass unser Geheimnis vielleicht mitsamt dem Schutt der Bauarbeiten abtransportiert worden war. In diesem Fall mussten die Bauarbeiter ziemlich überrascht gewesen sein. Ich weigerte mich jedoch, diese Möglichkeit in Betracht zu ziehen. Ich konnte diesen Weg nicht umsonst gemacht haben.

Trotz der Kopfschmerzen, die in meiner Stirn hämmerten und noch durch den blind machenden Aufprall der Sonnenstrahlen auf dem Schotter verstärkt wurden, ließ ich meinen Blick erneut über das Gelände schweifen. Ich versuchte, mir alles wieder vor Augen zu führen, den Eingang, das Anmeldehäuschen, das Blockhaus der Besitzer … Mir schien, wir hatten direkt auf dem Boden gelegen. Ich erinnerte mich, dass ich vom ersten Morgenzug aufgeweckt worden war und das Gefühl hatte, wir würden von ihm überrollt. Auf jeder Seite unseres Zeltes stand ein Baum und dahinter, unter einer kleinen Anhöhe, die Tanne, in die wir mit Bens Taschenmesser unsere Anfangsbuchstaben eingeritzt hatten. Plötzlich glaubte ich, die Stelle wiederzuerkennen, aber ich konnte mich auch täuschen.

Der Schmerz bildete einen Schutzschild gegen meine Erinnerungen, und während die Bellamy Brothers *Let Your Love Flow* zum Besten gaben, spielte ich mit dem Gedanken, bei Kristen eine Aspirin zu bestellen. Doch ich entschied mich anders. Ich wollte nicht, dass sie mich volllaberte. In einer guten Stunde würde es dunkel werden, ich musste noch ein paar Details regeln.

Ich sog an meinem Strohhalm und trank, ohne es zu merken, meinen Milchshake mit Erdnussbutter aus. Nach einigen Sekunden drehte sich mir der Magen um; die Gefühle spielten Jo-Jo mit meinen Gedärmen, seitdem ich in Kingman angekommen war, und die Tatsache, dass die Aufgabe komplizierter wurde, machte die Sache nicht besser.

Ich blieb auf meinem Beobachtungsposten, bis die untergehende Sonne alles mit ihrem goldenen Schleier bedeckte. Schließlich, um 20 Uhr, packte ich meine Sachen zusammen, um zu meiner nächtlichen Expedition aufzubrechen.

Gerade als ich meine Bank verlassen wollte, hörte ich, wie neben der Theke eine ernste und mürrische Frauenstimme erklang:

»Was war das für ein Lächeln, Cowboy?«

Ich drehte den Kopf und sah eine Frau auf einem Barhocker, die an einer E-Zigarette sog und ein nicht mehr ganz neues Buch in der Hand hielt. Sie selbst war, soweit ich sehen konnte, auch nicht mehr taufrisch, doch das niedrige Licht, das die Schatten verlängerte, mochte täuschen.

»Wie bitte?«

»Dieses Lächeln, gerade eben. Du hast nach draußen gesehen, du hast gelächelt. Wieso?«

»Oh, nichts. Eine einfache Erinnerung.«

»Erinnerungen sind nie einfach.«

»Da haben Sie recht. Guten Abend.«

Ich wollte zum Ausgang gehen, aber erneut hielt mich die Stimme zurück:

»Ich habe einen Krug Bier, den ich allein nicht schaffe. Willst du mir helfen?«

Ich sah nach draußen. Der Abend brach an, aber es wurde noch nicht dunkel. In einigen Minuten begann der Rodeo-Wettbewerb. Ich wollte etwa um 21 Uhr ins Brachland gehen. Obwohl die Idee, ein Glas aus Pappe mit einer Unbekannten an der Theke eines *Diners* zu teilen, nicht gerade Hochgefühle auslöste, sagte ich mir, dass ein Moment der Entspannung mir vielleicht helfen würde, ein wenig den Druck abzubauen, bevor ich zur Tat schritt.

»Schnapp dir einen Hocker, sei nicht schüchtern«, sagte sie, nachdem sie etwas Dampf durch ihre Nasenlöcher ausgeblasen hatte.

Ich gehorchte wie ein kleiner Hund, auf den diese Art von Frau – autoritär und mütterlich zugleich – schon immer großen Einfluss hatte. Dabei bemerkte ich, dass ein Hund unter ihrem Hocker saß.

»Sie heißt Roxie. Mein Ex hat mich manchmal so genannt. Das war furchtbar, glaube ich. Aber da bin ich mir nicht sicher … Ich bin Rose.«

Mit ihrem kastanienbraunen Haar und einem Gesicht, dessen lehmfarbene Schminke sich an den Mundwinkeln und in den Krähenfüßen um die Augen herum in kleinen Resten gesammelt hatte, sah Rose wie vierzig aus, ging aber wohl auf die fünfzig zu. Nachdem wir uns vorgestellt hatten, musterte sie mich von oben bis unten mit ihren eng zusammenstehenden Augen, die ihr ein Schielen wie im Trompe-l'Œil-Stil verliehen.

»Suchst du was, Cowboy?«

Ich musste wohl aussehen wie ein Huhn, dem man eine Fernbedienung gezeigt hatte, denn Rose brach in raues, schneidendes Gelächter aus.

»Ich hab noch nie einen Kerl gesehen, der so lange an einem

Tisch rumhängt und sich dann davonschleicht wie ein Dieb. Man könnte meinen, dass du die Bullen am Arsch hast …«

»Ich muss dringend jemanden anrufen«, erklärte ich verlegen.

Sie machte einen langen Zug an ihrer E-Zigarette, die zwischen ihren langen und mit Flecken übersäten Fingern hing, nahm ein leeres Glas hinter der Theke weg und schob es zu mir rüber.

»Nimm, schenk dir ein. Es ist nicht mehr sehr frisch, aber es erfüllt noch seinen Zweck.«

Wie ich, schienen die Augen sagen zu wollen, die Rose auf mich richtete. Sie wirkte auf mich plötzlich wie eine der Nutten mit großem Herzen, wie man sie bei Capote oder Maupassant findet – eine Nutte, die übrigens keine war, sondern eher eine weitere Thelma, die es in den Westen verschlagen hatte. Sie las einen Roman, und zwar eben gerade: *Stolz und Vorurteil.*

»Bei keiner Beschäftigung amüsiert man sich besser als beim Lesen. Alles andere wird viel schneller langweilig«, las sie aus ihrem Buch vor, das auf einer Seite aufgeschlagen war, die sie mit einem Eselsohr markiert hatte. »So steht es geschrieben. Also, hast du dich verloren, Cowboy?«

»Mir scheint, dass wir alle in dieser Gegend ein bisschen verloren sind, nicht wahr? Können Sie mir sagen, warum Sie mich ständig ›Cowboy‹ nennen?«

»Ach, du bist nicht wegen diesem blöden Rodeo hier?«

Ich schüttelte den Kopf und setzte das Glas an die Lippen. Wartete darauf, dass Rose mich weiter ausfragte, aber sie beschränkte sich darauf, mich anzusehen.

»Du erinnerst mich an diesen Typen da, in *That ’70s Show.*«

»Ashton Kutcher?«

»Nein, der andere …«

Da ich nicht wusste, von wem sie sprach, tat ich so, als ob ich mich für den Hund interessierte.

»Ach, verdammter Mist, ich kann mich einfach nicht an seinen Namen erinnern!«

»›Verdammter Mist‹? Das klingt aber nicht nach Jane Austen«, scherzte ich und hob den Kopf.

Mein Blick fiel auf Roses Hals, an dem sich drei kleine Wucherungen befanden. Gleichzeitig bemerkte ich, dass an den Härchen ihrer Oberlippe etwas Schaum klebte. Plötzlich streifte sie meine Haut. Ich hörte, wie sie mir von sich erzählte, den Blick in die Ferne gerichtet. Sie stammte aus West Orange in New Jersey, dreißig Kilometer von New York entfernt. Geschieden, keine Kinder. Neunundzwanzig Jahre lang war sie Bibliothekarin gewesen, bis sie alles aufgab, um hierherzukommen und sich um ihre kranke Mutter zu kümmern.

»Ich habe auch mit Büchern zu tun«, informierte ich sie meinerseits. »Buchhändler, in San Francisco.«

»Buchhändler! Die dunkle Seite des Buches. (Ein spöttisches Lachen erstarb in ihrer Kehle.) Ich hingegen verschaffe Vergnügen, ohne dass der Kunde bezahlen muss. Ich wette, du bist nicht von hier? Stammst du aus San Francisco?«

»Nein. Ich bin in Utah aufgewachsen. In Duncan's Creek, in der Nähe von Escalante. Ich glaub nicht, dass Ihnen das was sagt.«

Rose dachte einen Moment nach. Ich kam auf einen Gedanken, als ich sah, wie sie die Nase rümpfte, als ob sie etwas Unangenehmes gerochen hätte: Ihr Vorname passte nicht zu ihrer Persönlichkeit. Ein Vorname wie Rose ließ einen an Jugend und Jungfräulichkeit denken, an die anmutigen und reinen Heldinnen eines Romans von Jane Austen, an eine ätherische Schönheit in weißem Seidenkleid und mit Spitzenhäubchen, aber nicht an eine Frau im Herbst ihres Lebens, die in ein Top mit schwindelerregendem Ausschnitt gezwängt war und ein Kleid trug, von dem man glauben konnte, dass es einem Leoparden vom Hintern gerissen worden war.

Plötzlich erhellte sich ihr Gesicht.

»Tobey Maguire!«

»Pardon?«

»Tobey Maguire. Du siehst so aus wie er. Das gleiche Chorknabengesicht. Wie alt bist du?«

»Einundvierzig.«

»Du siehst jünger aus.«

»Ist das jetzt der Moment, in dem Sie mir in die Wange kneifen und mir sagen, dass ich ein guter kleiner Junge bin?«

»Ich interessiere mich nicht für gute kleine Jungen«, präzisierte Rose mit verführerischer Stimme, die meine Sichtweise ins Wanken brachte.

»Umso besser. Er ist jedenfalls weit weg.«

»Wie bitte?«

»Der kleine Junge, der ich einmal war. Er entfernt sich immer mehr von mir.«

Sie musterte mich erneut.

»Dein Gesicht sieht jünger aus. Aber nicht deine Augen. Deine Augen sind nicht mehr die eines kleinen Kindes.«

»Sie sind nicht die Erste, die das so sieht«, erklärte ich und dachte an Sam, die mir acht Jahre zuvor genau dasselbe gesagt hatte.

Dabei fiel mir etwas ein, was sie mir an jenem Tag entgegengehalten hatte: »So zu werden wie diese blöden guten Frauen unserer Kindheit, aufgequollen und abgeschlafft, nur gut dazu, Kuchen in sich reinzustopfen und einmal im Jahr den Arsch hinzuhalten, um einen neuen Scheißer zu produzieren? Nicht mal im Traum – ich spreche natürlich nicht von deiner Mutter.« Dabei schoss mir durch den Kopf: Wenn Sam älter geworden wäre, hätte sie zu der Frau werden können, die ich vor mir hatte.

»Hallo, Erde an Cowboy«, hörte ich die tiefe Stimme von Rose, deren Bettelarmbänder an meinem Ohr klingelten. »Kannst du mich hören?«

Sie hatte sich vorgebeugt, wedelte mit der Hand und klebte mir dabei fast ihr Dekolleté unter die Nase. Unwillkürlich schreckte ich zurück.

»Wo warst du?«

»In Gedanken. In der Vergangenheit. Tut mir leid. Die habe ich nämlich am Arsch, nicht die Bullen.«

Rose stieß ein kleines, freudloses Lachen aus.

»Die Vergangenheit ist der Wind«, erwiderte sie. »Sie beruht auf nichts. Willst du einen guten Rat haben? Lass sie dort, wo sie ist. Dann wird es dir besser gehen.«

Wir schwiegen eine Weile.

»Erinnerungen sind nie einfach, oder?«, lächelte ich, hin- und hergerissen zwischen Amüsiertheit und Melancholie.

»Nie.«

Ich seufzte. Ich war mir vage bewusst, dass mir der Schweiß auf der Stirn stand und mir langsam schwindelig wurde.

»Wenn mir das nur gelingen würde«, antwortete ich, überrascht, dass ich mich zu dieser Art von Geständnis gegenüber einer völlig Unbekannten hinreißen ließ. »Die Vergangenheit dort zu lassen, wo sie ist.« Ich nahm einen großen Schluck Bier, und eine Reflexion über die Vergangenheit aus meinem ersten Roman fiel mir wieder ein. »Wissen Sie, was ich gern tun würde, Rose? Loslassen können und in jene fernen Gefilde entschwinden, in denen nur noch das Vergessen zählt. Dann würde ich mich von einer Last befreit fühlen. Und nicht mehr diesen ständigen Druck spüren, weitermachen zu müssen.«

»Ist das nicht ein Zitat?«

»Ja«, gestand ich mit schuldbewusster Miene. »*Die Teufelsschlucht ...*«

»... von Jake Dickinson. Sowas hab ich mir doch gedacht!«

Meine Augen wurden größer. Roses Mundwinkel hob sich und ließ Risse in ihrer dicken Schminke erscheinen.

»Sie haben den Roman gelesen?«

»Scheint wohl so.«

»Das ist ja nicht zu fassen!«, entfuhr es mir, schwer verblüfft. »Wie ist er in Ihren Händen gelandet?«

»Ha ha ha! ›In meinen Händen gelandet!‹ Da hast du den Nagel auf dem Kopf getroffen! Ich war bei einer Freundin. Ihr kleiner Junge hat einen Stapel Bücher umgeworfen, und als ich sie aufheben wollte, ist mir deins in die Hände gefallen. Kannst du das glauben?«

»Ich bin ziemlich leichtgläubig, wenn es um Ammenmärchen geht.«

Rose kniff die Augen zusammen und zog an ihrer E-Zigarette.

»Du willst sicher wissen, was ich davon halte.«

Sie hielt einen Moment inne, spannte mich auf die Folter, ein Kind, das eine Belohnung erwartete, weil es seine Malvorlage ausgefüllt hatte, ohne über die Ränder zu kritzeln. Nach etwa zehn Sekunden stürzte sich Rose in eine begeisterte, fast fiebrige Rezension meines ersten Romans.

»Deine Figuren sind alle sehr gut angelegt«, bemerkte sie. »Der Journalist, der aufbegehrende junge Mann, der an Brando in *Der Wilde* erinnert, der verrückte Farmer, die Kinderbande … wo hast du all das gefunden?«

Wie war ich auf die Idee gekommen, über einen kleinen Ort zu schreiben, der durch das Verschwinden eines fünfjährigen Mädchens traumatisiert war? Die Antwort, tausendfach wiederholt, kam wie von selbst:

»Ich weiß nicht mehr genau. Wahrscheinlich unter den vermischten Nachrichten, die damals meine Aufmerksamkeit erregten.«

Offensichtlich eine armselige Lüge. Alles, um bloß nicht – außer auf den Seiten meines Romans – wieder von Logan Momsen, Shawna Twitchell und Arlin Gillespie zu sprechen.

»Also gut, bravo, Jake Dickinson! Ich fand die Handlung toll, und vor allem diese Geschichten von Kindern, die spielen, um sich Angst einzujagen. Das klang so echt! Du warst eines von ihnen, nicht war? Der kleine …«

»Thad.«

»Thad, genau. Ich stelle mir vor, du warst in deiner Kindheit so wie er. Der unsichere Junge, der die schwere Last eines verstorbenen Bruders mit sich schleppt, und die Bande, die ihn terrorisiert, mit dieser Pest …«

»Sandra.«

»Ja, Sandra! Was für eine kleine Schlampe! Die hinter ihrer Fassade von Aggressivität die Traumatisierung einer mörderischen Kindheit verbirgt. Was für eine Person! Einen einzigen Wermutstropfen gibt es, wenn du erlaubst: Dein Bösewicht, am Ende, die Vogelscheuche, die nach Halloween wieder auftaucht, das ist ein bisschen an den Haaren herbeigezogen. Wenn man erfährt, dass er das Mädchen umgebracht hat, dass er die Inkarnation des ganzen Bösen ist, das die Bewohner des Dorfes in diese mundförmige Schlucht in den Bergen abgeladen haben … Da muss ich gestehen, dass ich ein wenig enttäuscht war. Ich hätte es besser gefunden, wenn der Schuldige ein Dorfbewohner gewesen wäre, vielleicht der Arzt … Aber gut, du wirst mir sagen, wer ich denn bin, dir Ratschläge zu geben, wie du deine Bücher beenden sollst? Diese Verrückte in *Misery*?«

Ich wollte gerade antworten, dass es mich nicht störte, wenn meine Leser mir ihre Kritik zukommen ließen, solange sie nicht auf die Idee kamen, mir mit der Axt einen Fuß abzuschlagen, als in der Ferne eine durch ein Mikro verstärkte Stimme die Nationalhymne anstimmte.

»Da! Jetzt geht's los«, rief Rose in den Raum, aber wir waren allein im Restaurant. »Bist du sicher, dass du nicht hinwillst? Da kannst du scharfe Frauen aufreißen.«

»Auf keinen Fall«, sagte ich und trank mein Glas aus. »Es tut mir leid, aber ich muss Sie leider verlassen.«

Rose versenkte ihre Augen in meinen, zwei Perlen, die im grünlichen Neonglanz der Bierreklame schimmerten, die über unseren Köpfen hing. Ich bemerkte, dass es langsam dunkel wurde.

»Ja, ich sehe schon, dass du nicht deswegen hier bist, Cowboy. Ein Rat, wenn du erlaubst: Was immer du hier zu tun hast, tu es, und zwar schnell. Dann mach dich wieder auf den Weg. Es tut nicht gut, in dieser Gegend alt zu werden.«

Ich verzichtete auf einen Kommentar und stellte mein Glas auf die Theke.

»Danke für das Bier, Rose. Und für das Gespräch.«

»War mir ein Vergnügen, Cowboy.«

Gestern

»Los, mach schon. Wir haben keine Zeit.«

»Ich kann nicht … Ich kann das nicht machen …«

»Los, verdammt, wir haben keine Wahl!«

Jake starrte Sam entsetzt an. Mit ihren gebleckten Zähnen war sie das getreue Ebenbild ihres Vaters.

»Ich schwöre dir, ich kann nicht.«

»Ich dachte, wir wären uns einig!«

»Ich schaffe das nicht, das ist … Das übersteigt meine Kräfte.«

»Du wirst es schaffen, los!«

Seine Augen irrten hin und her zwischen Sam und dem leblosen Körper von Phil Baldwin. Die linke Seite seines Kopfes war eingedrückt wie zusammengepresstes Blech. Jake biss sich so stark auf die Lippen, dass er vor Schmerz die Augen zusammenkneifen musste.

»Wir haben eine Wahl, Sam. Wir brauchen nicht zu lügen …«

»Ich dachte, wir wären uns einig«, wiederholte sie.

»Ich sage dir doch, dass ich das nicht kann …«

»Aber ja, du kannst es!«

Verzweiflung schwang in der Stimme der Jugendlichen mit. Jake betrachtete ihre angespannte und blutverschmierte Wange. Das Entsetzen, das ihn würgte, war nur vergleichbar mit dem Ekel, den sie ihm einflößte.

»Nein, Sam. Nein.«

»Wir haben keine Zeit zu diskutieren, der Sheriff wird von einer Sekunde zur nächsten aufkreuzen.«

»Es gibt noch eine andere Lösung …«

Sie ging einen Schritt auf ihn zu. Herrisch, draufgängerisch.

»Es gibt keine andere Lösung. Wenn das nicht wie ein Angriff aussieht, werden sie sich Fragen stellen. Willst du, dass ich in den Knast gehe? Ist es das, was du willst?«

»Nein, nein … das will ich natürlich nicht …«

»Also, dann beeil dich! Du hast es versprochen, verdammt!«

»Du wirst nicht in den Knast gehen, Sam. Das war Notwehr.«

Die Wut ließ das Blut in Sams Wangen schießen.

»Und was meinst du, wer das glauben wird?«

»*Süßes oder Saures?*«

Jake schreckte hoch. Es hatte an der Tür geklopft. Er drehte den Kopf und sah einen strahlend lächelnden Kürbis auf der Fensterbank am Eingang.

»Los, sei kein Weichei!«, fuhr Sam ihn an. »Du hast es versprochen, verdammt! Du hast es versprochen!«

»Ich weiß, aber … aber ich hab Angst, dir wehzutun«, flüsterte er und blickte auf seine geballte Faust.

»Glaubst du, ich kann Schläge seit all der Zeit immer noch spüren?«

Jakes Herz pochte wie verrückt vor Entsetzen. Er biss die Zähne zusammen und ballte die Faust noch fester. Er konnte nicht mehr zurück.

»Okay. Ist schon gut. Ich … ich werde es machen.«

»Gut. Zögere nicht, fest …«

»*Süßes oder Saures?*«

Drei weitere Schläge an der Tür. Noch beharrlicher. Jake spürte, wie sich seine Schließmuskeln lockerten, hielt in letzter Sekunde alles zurück. Sam drehte den Kopf zum Eingang, bevor sie sich ihm wieder zuwandte.

»Los, schlag zu. Wir können nicht mehr warten.«

»Bist … bist du sicher?«

»Na klar, verdammt! Sei kein Weichei! Schlag zu, Jake!«

»*Süßes oder Saures?*«

»Willst du nicht warten, bis …«

»Los, los!«

Sie trat näher an ihn heran, rasend vor Wut.

»*SÜSSES ODERR SAURES?*«

»Verdammte Scheiße, schlag zu, du kleiner Schwuler! SCHLAG ZU!«

Jake wurde von einem Wutanfall erfasst, der so plötzlich kam wie eine Sturzflut, eine willkommene Gefühlsregung, die ihn zum Handeln trieb.

Er schlug zu. Sams Kopf flog zurück, ihre Augen weiteten sich unter dem Schock.

»VER-DAMMT!«

Sie taumelte, kam aber wieder ins Gleichgewicht. Presste ihre Handfläche ein dutzendmal auf den rechten Wangenknochen. Tränen traten in ihre Augen.

»Noch mal!«

Jake blieb zitternd stehen, wusste nicht, was er spürte, ob nun Entsetzen oder Scham.

»Schlag noch mal zu!«

»N-Nein … das reicht.«

»Das reicht nicht, Jake! Du musst mir so in die Fresse schlagen, wie er es getan hätte.«

Jake sah auf das aufgeschlagene Gelenk seines Mittelfingers, dann auf den Boden, auf die Leiche, die in der Blutlache schwamm. Zwei weitere Schläge erklangen an der Tür. Er wandte unmittelbar den Blick ab; der Anblick von all diesem Blut war ihm zuwider.

»Ich kann nicht, Sam. Ich kann nicht mehr.«

»Im Leben und im Tod, Jake. Erinnerst du dich?«

»Nein. Jetzt ist Schluss, ich …«

»Ich werde es machen.«

Sie drehten sich gleichzeitig um. Ben stand im Rahmen der Küchentür. Er hatte das bleiche Gesicht von jemandem, der wie durch ein Wunder geheilt und dem Tod von der Schippe gesprungen war.

»Die drei Finger einer Hand«, sagte er schwer atmend.

Sam machte einen Schritt in seine Richtung, starrte ihn an, ohne zu zwinkern. Weder er noch sie sah den dunklen Kopf, der im Wohnzimmerfenster auftauchte.

»Okay, Ben, fang an. Leg alles rein, was du hast.«

Sie sahen sich einige Sekunden an wie zwei Duellanten, die bereit waren, zu den Waffen zu greifen. Dann schlug Ben zu. Stark. Blut lief aus Sams Nase und aus ihrem Mundwinkel.

»Noch mal. Noch mal!«

Jake glaubte zu sehen, wie Ben zögerte, doch im nächsten Augenblick fiel der Schlag. Mit schmatzendem Geräusch traf er Sams Kiefer, und Speichel flog aus ihrem Mund. Ihr entfuhr ein Schrei, bei dem Jake geschworen hätte, das in ihm eine krankhafte und bittere Freude mitschwang.

»Noch mal!«

Ben hob die Faust, doch Jake hielt sie fest, bevor er losschlagen konnte. Er spürte, wie das Handgelenk Widerstand leistete, und starrte Ben an, der völlig blutleer war. Es war wie eine Explosion in seiner Kehle:

»Hör auf!«

Was er im Blick seines Freundes sah, war Unverständnis, völlige Abwesenheit. Was er vor sich hatte, war weder der naive Ausdruck von Junior noch die Maske der Selbstsicherheit von Ben. Das war der harte und strenge Blick eines Erwachsenen, den er nicht kannte. Jake begriff im Aufblitzen einer unheimlichen Klarheit, dass seine Kindheit zu Ende war.

»Ich glaube, das reicht«, sagte er.

Die Spannung in Bens Arm ließ nach. Immer noch völlig überdreht, lockerte Jake seine Finger und drehte sich nach Sam um, die einen Daumen auf ihr Kinn legte.

Das Blut quoll langsam aus ihren geschwollenen Lippen, lief in abstoßender Weise ihren Hals hinunter und vermischte sich mit den Blutspritzern, die auf ihrem Kleid trockneten. Nach dem Anruf beim Sheriff hatte sie sich das Gesicht gewaschen, und ihr halb geschlossenes linkes Auge begann anzuschwellen. Eine Wunde schnitt in ihren Wangenknochen, verlor sich in der Mitte der rosa Beule einer Prellung, die sich von ihrem rechten Ohr bis zum Kinn erstreckte.

Sie öffnete den Mund, wollte etwas sagen, ihm vielleicht danken, als sie eine Bewegung auf der Seite des Wohnzimmers bemerkte. Der Kopf einer Vogelscheuche erschien hinter dem Glas.

»Verdammt, da ist jemand!«

Jake erstarrte einen Moment. Er sprang auf die Füße und folgte Sam, die bereits zur Haustür eilte. Als er sie auf der Veranda einholte, stürzte sie sich auf die Straße, um den Schatten zu verfolgen, doch der verschwand in der Dunkelheit.

»Die Vogelscheuche!«, schrie sie. »Die Vogelscheuche!«

Heute

Ich schreckte aus dem Schlaf hoch. Schweiß stand auf meiner von der Klimaanlage eiskalten Haut. Mein erster Gedanke war, mich zu vergewissern, dass ich kein Blut auf dem Handrücken hatte. Nichts. Mir war schwindelig, das Herz schlug mir bis zum Hals, pochte in den Schläfen. Das Bild von Sam, die sich unter den glühenden Blicken von Kürbissen in die Pines Road stürzte, blieb einige Sekunden auf meiner Netzhaut stehen, bevor es verschwand.

Ich tastete nach dem Schalter der Nachttischlampe, den Kopf noch umwölkt von meinen Horrorvisionen. Als ich das Licht anknipste, sah ich mich wieder, wie ich ihr mitten ins Gesicht schlug. Die Kälte, die mich in jenem Moment erfasst hatte, erschien mir immer noch greifbar, schwer und bedrückend.

Das Bier hatte in meinem Mund einen bitteren Geschmack hinterlassen. Ich setzte mich im Bett auf und griff nach der Wasserflasche, die neben meinem Telefon stand. Nachdem ich einen halben Liter hinuntergestürzt hatte, stand ich auf und ging ins Bad, um mir das Gesicht zu waschen.

Im fahlen Neonlicht stehend, betrachtete ich mein Spiegelbild, ohne es wirklich zu sehen. Der Spiegel gab ein Bild wieder, das ich kannte (etwas zu lange braune Haare, düstere und ovale, kindliche Augen), doch seit Sams Tod war da etwas Neues. Wenn die Falten sich auch schon vor ein paar Jahren gebildet hatten, so waren sie bis vor Kurzem das einzige Zeichen, das mein Alter verriet. Aber die Zeit hatte mich im Laufe der letzten drei Tage eingeholt, meine dunklen Haare und mein Bart waren jetzt mit einigen weißen Punkten gesprenkelt. Und der Alkohol hatte meine Augen leicht getrübt.

Ich hatte plötzlich das Gefühl zu ersticken, an einem unbekannten Ort gefangen zu sein. Ohne Grund dachte ich wieder an diese Novembermorgen, an denen ich sah, wie der erste Frost die Landschaft mit seiner silbernen Zwangsjacke gefangen hielt, und an das immer wieder entmutigende Gefühl, dass der Frühling nie zurückkehren würde – und ich stürzte aus dem Badezimmer.

Zurück im Zimmer, richtete ich meine Augen auf die Urne, die auf dem Büfett stand. Ich sprang in das noch von meinem Schweiß feuchte Bett und entsperrte, ohne mir Zeit zum Nachdenken zu lassen, mein Telefon – 21 Uhr 12, ich hatte weniger als eine Stunde geschlafen. Keuchend wählte ich Bens Nummer.

»Hallo?«, sagte die Stimme am anderen Ende der Leitung.

»Ben? Ich bin's. Jake.«

»Hallo.«

»Guten Abend. Störe ich dich?«

»Nein, nein.«

»Ich hab schon vor einer Stunde versucht anzurufen, aber …«

»Ich hab Aubrielle ihre Geschichte vorgelesen. Wir sind gerade in *Hans und die Bohnenranke.*«

»Hast du zwei Minuten?«

Die Angst kroch mir ins Gedärm, ich hoffte, er würde Nein sagen.

»Ja, ja. Wo bist du?«

»Genau deshalb rufe ich dich an. Ich werde erst morgen kommen.«

»Ach? Ein Problem auf dem Weg?«

»Nein. Also, nicht wirklich. Ich bin in Kingman.«

Schweigen. Ben und ich waren das seit zwanzig Jahren gewohnt, aber diesmal dauerte es ewig. Ein Seufzen drang durch die Leitung, und beim Warten biss ich mir innen auf die Wangen.

»Was treibst du da?«

»Das war nicht geplant, ich bin hier angekommen … Ich weiß

nicht mehr, wie. Diese Reise, ich ... ich kaue seit zwei Tagen immer wieder die Vergangenheit durch. Ich glaube, ich brauche was, an dem ich mich festhalten kann.«

»An was denn?«

»An der Vergangenheit. An glücklichen Erinnerungen.«

Wieder gab es einen Moment des Schweigens.

»Ich habe auch ganz schön was zu kauen«, gestand mir Ben nach einigen Sekunden. »Weißt du, was ich gestern Nachmittag gemacht habe? Als die Kinder in der Schule waren und Veronica im Rathaus – sie arbeitet im Rathaus, hab ich dir das schon gesagt –, habe ich die Gelegenheit genutzt und ein paar alte Fotoalben rausgesucht. Ich habe meine Nase da nicht mehr reingesteckt seit ... bestimmt seit dem letzten Jahrhundert. Also, ich hab all das wieder hervorgekramt ... Das ist verrückt, aber wenn man noch ein Kind ist, macht man sich nicht klar, dass man größer wird und dass irgendwann ein Moment kommt, in dem man diese Fotos wieder hervorholt, weil einer von uns vierzig wird, heiratet oder ...«

Er hielt inne. Ich hörte in der Ferne Countrymusik; die Party auf dem Rodeogelände musste in vollem Gange sein.

»Erinnerst du dich an deine Polaroid? Ich habe haufenweise Fotos aus dieser Zeit gefunden, Kopfsprungwettbewerbe am Steg, von diesem Tag bei dir, an dem wir gesungen haben und auf dem Bett rumgehopst sind, Fotos von deinem vierzehnten Geburtstag, von Sams fünfzehntem Geburtstag, an dem wir ihr dieses ekelhafte Spielzeug geschenkt haben, in das man die Hand stecken musste, das Biest da, den ...«

»Boglin.«

»Den Boglin, ja, genau!«, rief Ben mit einer Fröhlichkeit, die etwas zu gezwungen wirkte. »Wie erinnerst du dich an sowas?«

Ich ließ ein neues Schweigen entstehen. Ich konnte diese Kälte zwischen uns nicht mehr ertragen, doch wenn er versuchte, einen wärmeren Ton anzuschlagen, machte mir das Angst.

»Was wir Sam angetan haben«, setzte ich unvermittelt an, bevor ich innehielt, um zu schlucken, »was wir zu tun akzeptiert haben … Sie hatte recht, Ben. Es gab keine andere Lösung.«

»Wovon sprichst du?«

Ich bemerkte eine unterschwellige Spannung in seinen Worten. Waren die Kinder in der Nähe? Gab seine Frau ihm Zeichen, um zu erfahren, wovon die Rede war? Wenn ich Ben nicht gekannt hätte, den Ben, zu dem er nach diesem 31. Oktober 1988 geworden war, hätte ich diese feindselige Nuance in seiner Stimme sicherlich nicht bemerkt.

»Ich habe seit zwei Nächten Träume, bizarre Träume«, antwortete ich. »Ich sehe immer wieder diesen Halloween-Abend, und ich wache mit Furcht im Bauch auf. Ich glaube, dass … Ich muss diese Geschichte aus dem Kopf kriegen, muss rauskriegen, ob wir etwas falsch gemacht haben, als wir …«

»Als wir was?«

Das Lachen, das Ben ausstieß, klang falsch. Ich ließ es verklingen, wohl wissend, dass die Realität ihm früher oder später den Kopf zurechtrücken würde. Das war das Leitmotiv unserer Kindheit: gemeinsam geteilte Momente voller Hoffnung und Magie. Und plötzlich brach alles zusammen. Drama, Entsetzen, Finsternis. So ist es schon immer gewesen.

»Keiner von uns hat damals an die Folgen gedacht«, sagte ich, ohne ihn zu Wort kommen zu lassen. »Wir hätten leicht verhindern können, was passiert ist, aber keiner von uns hat die Initiative ergriffen, die Maschine zu stoppen. Doch sie war kurz davor durchzudrehen. Wir haben uns was vorgemacht und es vorgezogen, alles zu begraben …«

»Was wolltest du denn tun?«

»Ich weiß nicht.«

Ben seufzte.

»Was wird es dir bringen, die Vergangenheit auszugraben?«

»Ich weiß nicht.«

Ich legte eine Hand in den Nacken. Trotz der frischen Luft aus der Klimaanlage floss Schweiß an meinem Hals und unter den Armen.

»Mach, was du willst«, stieß Ben nach einer Weile aus. »Du hast ja schon immer getan, was du wolltest.«

»Zweifellos.«

»Aber pass auf, dass es keinen Rückschlag gibt, Jake.«

Er stieß einen langen Atemzug aus. Ich nahm das Telefon vom Ohr und schaute nach, wie spät es war – 21 Uhr 26.

»Ich muss auflegen, Ben. Sehen wir uns morgen?«

»Ja.«

»Gute Nacht.«

»Gute Nacht.«

Ich ließ ihn auflegen und blieb noch zwei Minuten, um die Kühle des Zimmers zu genießen.

Rückschläge … Ich kannte ein ganzes Bücherregal darüber.

Mir entwischte ein kleines Lachen, und ich setzte mich in Bewegung.

Es war dunkel geworden. Die Augen zum Himmel gerichtet, unterdrückte ich einen Anfall von schlechter Laune. Was ich sah, gefiel mir nicht. Die Sterne glänzten hell über der Wüste, obwohl ich Dunkelheit brauchte. Geräuschlos schloss ich den Kofferraum des Chevy und warf einen Blick auf das Brachland.

Ein kaum wahrnehmbarer Wind, der wie ein Liebesapfel roch, strich über das vertrocknete Gras um mich herum. Der Boden war mit alten Papiertaschentüchern bedeckt. Fünfzig Meter von der Straße entfernt kennzeichnete ein wirrer Haufen von Brettern und Balken die Stelle, wo einst eine Hütte gestanden haben musste. In der Mitte stand noch ein alter Heißwasserbehälter, der langsam vom Rost zerfressen wurde. Irgendjemand hatte einen

Basketballkorb an einem abgebrochenen Baumstamm befestigt, aber er war wohl seit dem Rücktritt von Michael Jordan nicht mehr benutzt worden. Weiter hinten bedeckten dornige Büsche, deren Zweige mit Papiertaschentüchern geschmückt waren, den Hang, der zur Eisenbahn aufstieg. An den Schienen türmten sich zerbrochene Flaschen und geplatzte Müllsäcke. Ein echtes Rattenloch.

Mit eingezogenem Kopf verharrte ich einen Moment am Rand der riesigen, felsigen Weite. Das Hemd klebte mir auf der Haut, und meine Last rutschte unter die rechte Achsel. Ich hatte das vage Gefühl, ein italo-amerikanischer Mafioso der 1980er-Jahre aus einem Film von Scorsese zu sein.

Ich schulterte meine Utensilien – Schaufel, Handschuhe und Taschenlampe – und betrachtete noch einen Augenblick das Himmelsgewölbe. Zumindest dort hatte sich nichts bewegt. Im Osten bedeckten die Lichter des Jahrmarkts den Nachthimmel mit einem gelblichen, schwefeligen Nebel, der mit blauen und weißen Blitzen durchsetzt war. Das ferne Geräusch der Fahrgeschäfte und die vom Wind übertragenen Schreie der Besucher schienen aus einer anderen Welt zu kommen.

Ich spürte ein komisches Kribbeln zwischen den Schulterblättern. Alles war ruhig, zu ruhig. Die Nacht war tot, und ich war der letzte Überlebende auf der Erde. Eine Legende wie in einem alten Zukunftsroman von Richard Matheson. Ich bekämpfte die aufkommende Paranoia, verließ den orangefarbenen und beruhigenden Kreis der Straßenlaterne, unter der ich stand, und tauchte in die Dunkelheit ein.

Im sanften Licht der Sterne durchquerte ich mit schnellen Schritten das Brachland. Die Hemdzipfel schlugen mir gegen den Bauch, meine Schuhsohlen erzeugten ein knirschendes Geräusch auf dem mit Kienspänen bedeckten Schotter. Mein Schatten vergrößerte und verkleinerte sich im Widerschein der sich immer mehr entfernenden Straßenlaternen, und bevor ich es bemerkte, war er verschwunden. Ich hatte also keine andere Wahl, als die Taschenlampe anzumachen, sie auf den Boden zu richten und ihren Strahl mit meinen zitternden Fingern zu bedecken.

Wie ein Irrlicht sprang vor mir ein feuriger Kreis auf. Ich ging an dem verdrehten, halb herausgerissenen Baum vorbei, an dem der Basketballkorb befestigt war. Ein Stück weiter stolperte ich über einen halb vergrabenen Betonklotz. Als ich weiterging, stieß ich auf weitere, die versetzt angeordnet waren. Es musste sich um den Picknickplatz handeln, auf dem Ben und ich an einem Morgen im August 1989 Bohnen direkt aus der Dose gegessen hatten.

Die Stille wurde plötzlich vom Brummen eines Motors unterbrochen; Scheinwerfer zerrissen, begleitet von knirschendem Kies, die Dunkelheit. Eine Hitzewelle breitete sich unter meinen Achseln aus. Ich erstarrte, verfolgte mit den Augen einen alten Buick, aus dem ein junger Typ und sein Hund heraushingen, zweifellos auf dem Weg zum Jahrmarkt. Etwa fünfzig Meter von mir entfernt machte der Wagen eine Kehrtwendung. Der Fahrer musste den falschen Weg eingeschlagen haben. Im nächsten Augenblick wurde es wieder dunkel, und ich wagte, mich wieder zu bewegen.

Nach fünf Metern regte sich Protest in meinen Eingeweiden. Der Boden unter meinen Füßen begann zu schwanken wie die Brücke eines Schiffes, das von einer Riesenwelle getroffen wurde. Schon einmal, ich war fünfzehn Jahre alt, hatte ein Fieberanfall die gleiche Wirkung gehabt – das Gefühl, dass die Erde sich schneller zu drehen begann. Seit dem Aufwachen erinnerte mein Kopf mich mit dröhnenden Schlägen daran, dass Alkohol, Erschöpfung und Hitze keine gute Mischung waren.

Als ich zu dem Bereich kam, der früher für Einmannzelte und durchreisende Camper reserviert war, spürte ich ein Ziehen in meiner Blase. Ich hätte abwarten können, aber ich kannte die

Rohrleitungen in meinem Innern gut genug, um zu wissen, dass sie keine Ruhe geben würden, wenn ich mich nicht erleichterte. Ich drehte mich auf der Stelle um, ging zurück und ließ meine Last am Fuß des abgebrochenen Baumes zu Boden gleiten.

Die Taschenlampe unter meine schweißtriefende Achselhöhle geklemmt, riss ich die Knöpfe meiner Jeans auf und öffnete die Schleusentore über der rissigen Rinde. Da sah ich sie: Zwei kleine leuchtende Punkte, die aus etwa zehn Metern auf mich gerichtet waren. Ich griff nach meinen Sachen, und in Alarmbereitschaft durchforschte ich die Dunkelheit mit Blicken. Dreißig Sekunden vergingen, ohne dass irgendetwas passierte, dann löste sich mit einem metallischen Bimmeln ein Schatten aus der Dunkelheit. Eine Katze bewegte sich mit Luftsprüngen auf die Bahnlinie zu; ich sah ihr nach, bis sie wieder mit der Finsternis verschmolz, und machte mich wieder auf den Weg.

Am anderen Ende des Geländes angekommen, in der Nähe des Hanges, der als Müllplatz diente, sah ich die wenigen Tannen, die von der Motorsäge verschont geblieben waren. Ich zählte fünf. In meiner Erinnerung war dieser Teil des Campingplatzes mit Vegetation überzogen, und ein weißer Holzzaun lief den ganzen Hang entlang. Nur die Löcher der Pfähle waren davon übrig geblieben. Ich schickte ein Stoßgebet zum Himmel, dass eine der überlebenden Tannen die unsere war, näherte mich der ersten und ging um sie herum. Inspizierte sie von oben bis unten. Da ich nichts fand, ging ich zur nächsten.

Doch das Geräusch eines Motors, sogleich gefolgt vom Knirschen der Reifen auf dem Schotter, hielt mich davon ab, meine Untersuchung fortzusetzen.

Ein großer weißer Lichtschein verletzte die Dunkelheit wie eine frevelnde Hand. Ich hatte gerade noch Zeit, meine Taschenlampe auszuschalten und mich hinter der Tanne zu verstecken, als der Wagen, ein Nissan, bereits in meine Richtung rollte. Er fuhr

Schritt und blieb dann etwa zwanzig Meter von der Stelle entfernt stehen, an der ich mich befand.

An die Tanne gekauert, die Wange an die raue Rinde gelehnt, ließ ich mich von der Dunkelheit einhüllen. Das Strahlenbündel der Scheinwerfer, das durch den Baumstamm zweigeteilt wurde, bildete zu beiden Seiten des Baumes zwei kompakte Lichtstreifen. Ich war wie festgenagelt, konnte mich nicht rühren.

Nach einer Ewigkeit, so schien es mir, drang ein ersticktes Lachen an meine Ohren.

»*Bist du sicher, dass uns niemand sieht?*«, fragte eine weibliche Stimme.

»*Na klar. Relax, Baby.*«

»*Okay.*«

»*Komm näher.*«

»*Mmmmm, Tony …*«

Sie waren zu zweit, ein Mann und eine Frau, und nach ihren Stimmen zu schließen, waren sie nicht älter als zwanzig. Ich senkte den Blick auf die Schaufel und die Handschuhe, die ich auf die Schenkel gelegt hatte, bevor ich meine Position änderte.

Wie lange ich warten musste, hätte ich nicht sagen können. Das Zeitgefühl kann einen im Dunkel der Nacht schnell im Stich lassen. Es zog sich in die Länge, verzerrte sich, wurde ungreifbar und pervers.

Nach einer Weile hörte ich, wie das Mädchen flüsterte:

»*Willst du nicht die Scheinwerfer ausmachen? Es wäre schöner im Dunkeln, meinst du nicht?*«

Tony, der Frauenflüsterer, ließ sich nicht lange bitten. Ein unartikulierter Laut – Sieg, Erleichterung und Dankbarkeit zugleich – entfuhr meinen Lippen.

»*Ist es so besser?*«

Die Antwort erfolgte in Form eines Getuschels zwischen Ja und Nein. Ich geduldete mich noch ein paar Sekunden, bevor ich es wagte, mich aufzurichten, mit zusammengebissenen Zähnen. Ich hatte das Gefühl, die Sehnen meines Nackens zu hören, als ich die Nase aus meinem Versteck steckte. Alles war wieder dunkel.

»*Warte, lass mich nach unten*«, hörte ich. »*Da, genau so …*«

»*He, achte auf dein Knie!*«

Er kicherte, sie klagte. Was folgte, hörte ich nicht. Oder vielmehr, ich schenkte dem keine Aufmerksamkeit. Ich erspähte zwei Löcher im Boden, die größer und breiter als die anderen waren und auf der Linie des früheren Zauns lagen. Aus der Tiefe meiner Kehle war ein zufriedenes Grunzen zu hören.

Mir fiel wieder ein, dass sich die Tanne, in die wir unsere Anfangsbuchstaben eingeritzt hatten, in der Nähe eines Holztors befand, das zur Eisenbahn führte; es gab also eine Chance, dass ich an der richtigen Stelle war. Fast gleichzeitig ließ ein unerwarteter Umstand mich in Aktion treten: Tony musste gedacht haben, dass Musik helfen würde, die Dinge zu beschleunigen, denn er hatte das Autoradio angeschaltet, und *Give Your Heart a Break* von Demi Lovato explodierte in den Lautsprechern.

Das war eine günstige Gelegenheit. Ich richtete mich auf. Lehnte noch weitere zehn Sekunden am Baumstamm, schaltete dann die Taschenlampe ein und achtete darauf, dass sie auf den Boden gerichtet blieb. Mein Herz klopfte wie verrückt, meine Nasenflügel zitterten, und ich musste zweimal ansetzen, um den Stiel der Schaufel zu ergreifen. Zog die Handschuhe an und machte mich an die Arbeit, ohne weiter nachzudenken.

Der Boden war hart und felsig, schwer aufzuwühlen, und ich bedauerte sehr schnell, dass ich keine Hacke gekauft hatte. Wie tief hatten wir gegraben? Daran konnte ich mich unmöglich erinnern. Da das Knirschen des Metalls von der Musik überdeckt wurde, stocherte ich mit unregelmäßigen Hieben zwischen den Steinen und warf ab und zu einen Blick auf den Wagen.

Nach drei oder vier Minuten stieß ich auf etwas, aber das war nur eine Wurzel. Enttäuscht entfernte ich mich von der Tanne und versuchte es an einer anderen Stelle. Ich setzte meine Ausgrabung ein Stückchen weiter fort, am Fuß einer anderen abgesägten Tanne, und warf die steinigen Erdklumpen beiseite. Meine Schaufel schlug Funken aus den Felsbrocken, und der kleine Lichtkreis von der auf dem Boden liegenden Taschenlampe zuckte wie ein Stroboskop, das durch die Unebenheiten des Bodens erschüttert wurde.

Kaum fünf Minuten später stieß das metallische Ende der Schaufel auf etwas. Ich hielt inne, um wieder zu Atem zu kommen, und sah erneut in das Loch. *Klonk.* Ich kratzte vorsichtig an der Oberfläche des Objekts, damit ich die Umrisse erkennen konnte, und unterdrückte einen Triumphschrei. Nachdem die Erde beiseitegeräumt war, stellte ich die Schaufel an den Baum, kniete mich nieder und wischte mir mit der behandschuhten Hand die Haare von der Stirn.

Ich blickte forschend in das Loch.

Zuerst sah ich nur Erde. Dann schob ich die Lampe an den Rand und bemerkte im Staub ein Funkeln von Metall. Meine Brust zog sich zusammen. Kurz danach zog ich das Objekt mit einem Rieseln von kleinen Steinchen aus dem Boden.

Es war eine rechteckige Lunchbox, etwa dreißig Zentimeter breit und fünfzehn Zentimeter hoch. Der rote Deckel war verrostet und eingebeult (vermutlich durch die Schläge meiner Schaufel), aber das Abbild von Snoopy konnte man noch gut erkennen. Nach einem weiteren Blick auf den Nissan schob ich meine Fingernägel unter den Deckel.

Ich atmete tief durch, die Angst steckte im Bauch, und öffnete die vor fünfundzwanzig Jahren zurückgelassene Schachtel.

Das Erste, was ich im Schimmer der umgedrehten Lampe sah, war der Zeltpflock. Zuoberst liegend, erinnerte sein rostiges Ende an eine blutbefleckte Klinge. Ich lege ihn zur Seite, ohne mich lange damit aufzuhalten, und sah mir den Rest an: eine Audiokassette, verblichene Kinokarten, eine ziemlich gut erhaltene Packung Twizzler-Lakritz, ein Polaroid-Bild von uns dreien.

Doch was mich interessierte und weswegen ich hergekommen war, lag ganz unten in der Schachtel.

Das unbehagliche Gefühl in meiner Brust verstärkte sich. Als ich meine Hand in die Lunchbox steckte, vertrieb ich die Erinnerungen und griff nach einem kleinen Stapel von Pergamentbriefen, die von einem halb zerbröselten Gummiband zusammengehalten wurden. Kaum hatte ich es berührt, zerkrümelte das Gummi zwischen meinen Fingern.

Mit zitternder Hand blätterte ich die drei Umschläge durch. Auf zweien von ihnen standen unsere Namen, die mit schwarzer Tinte untereinandergeschrieben waren:

SAM B.

BEN M.

JAKE D.

Unsere drei Namen, immer noch in derselben Anordnung.

Und direkt darunter Worte, die mir einen eisigen Schauder über das Rückgrat jagten:

DIE HALLOWEEN-MÖRDER.

Nevada

Gestern

Der erste Brief kam am 21. Januar 1989.

Zum Glück war es Sam, die ihn fand. Ihre Großmutter war an jenem Tag sehr früh aufgestanden, um zum Arzt zu gehen, denn ihre Arthrose machte ihr seit Wochen schwer zu schaffen. Sam hatte sie beim Losgehen schimpfen hören – wieder mal über den Schnee. Dieser Winter war der feuchteste, den man seit Jahrzehnten in Utah erlebt hatte, und die Feuchtigkeit tat den alten Knochen von Margaret Moloney, die gerade ihren zweiundsiebzigsten Geburtstag gefeiert hatte, überhaupt nicht gut.

Die Älteste im Dorf der Wohnmobile von Old Creek lebte hier seit 1961. Ihr Mann Morton war vier Jahre nach der Geburt ihrer einzigen Tochter Joyce Moloney, der späteren Ehefrau von Phil Baldwin, gestorben. Als Veteran des Koreakrieges hatte Morton seinem Leben selbst ein Ende gesetzt und Margaret mit jeder Menge Spielschulden alleingelassen. Beim Tod ihres Mannes hatte die Witwe das Haus und einen großen Teil ihrer Habseligkeiten verkaufen müssen, um Joyce versorgen zu können. Leider kam sie mit ihrem mageren Einkommen als Hebamme nicht über die Runden, und so waren Mutter und Tochter in einem Wohnwagen gelandet, der auch noch von öffentlicher Versorgung abgeschnitten war. Alles war sehr einfach hier, auch die Waschgelegenheiten, und der Briefkasten stellte keine Ausnahme dar: Er bestand aus einer einfachen rostigen Kiste, die an eine schiefe Planke am Rand der Route 12 angebracht war und an der eine kleine, flatternde Fahne die Ankunft der Post anzeigte.

Der Ort namens Old Creek lag trotz seiner Entfernung zum gleichnamigen Bach vollkommen isoliert. Er verlor sich in den Mäandern der Straße, halb verborgen von einem Birkenwald, irgendwo am Rand einer mehr als 2.000 Meter hoch gelegenen Prärie. Wenn in dieser Gegend Schnee fiel, dann nicht wenig, und als Sam unter dem tiefen und grauen Morgenhimmel hinausging, trat sie in eine reine, unbefleckte Landschaft. Ihre Begeisterung dafür hatte sie seit langer Zeit eingebüßt, und die einzige Wirkung des winterlichen Schauspiels auf sie war der eisige Griff der Kälte, der ihren Nacken umklammerte. Sie zog ihre Stiefel an und band sich einen dicken Schal um. Mit zehn großen Schritten erreichte sie den Briefkasten.

Sam lehnte an der kalten Tür des Wohnwagens, als sie den Brief öffnete. Es war Samstag, Erin schlief noch. Die Töchter Baldwin teilten sich seit nunmehr zwei Monaten das Klappbett, das sich nicht mehr zusammenklappen ließ. Zusammen mit ihrer Schwester auf zwanzig Quadratmetern zu wohnen, war schon anstrengend genug, aber das Bett mit ihr zu teilen, die sich im Schlaf hin- und herdrehte und redete, war mehr, als Sam ertragen konnte. Das Schnarchen der Alten war dabei noch gar nicht eingerechnet. Aber zumindest war Erin nun in Sicherheit.

Die Post, die Sam erwartete und die ihre Ungeduld erklärte, als sie den einzigen Umschlag des Tages untersuchte, war die Antwort der Sozialhilfe und, genauer gesagt, der Familienhilfe für unterhaltsberechtigte Kinder. Drei Wochen zuvor hatte sie über ihre Großmutter – die sich nach dem Tod des Vaters um die Mädchen kümmerte und selbst von der Fürsorge unterstützt wurde – einen Antrag gestellt. Sie hatte darin ein prekäres Bild ihrer Situation gemalt. Mit einem verwitweten Vormund im Ruhestand und zwei schulpflichtigen Minderjährigen hatte die Familie das Recht auf eine dauerhafte Unterkunft, die vom Wohnungsamt zugeteilt wurde, eine Hoffnung, die Sam wie ein Rettungsring vorkam.

Die Adresse auf dem Umschlag – *Samantha Baldwin, Old Creek Mobil Park, Route 12* – wies orthografische Fehler auf. Der Stempel in der rechten oberen Ecke war nicht der, den sie erwartet hatte: Der Brief war in Duncan's Creek aufgegeben worden, nicht in Salt Lake City. Und er war handgeschrieben. Sam drehte den Umschlag um. Kein Hinweis auf den Absender, kein offizielles Zeichen.

Später würde Sam sich ungläubig an diesen Moment erinnern: die Kälte, die ihr den Rücken emporkroch, die Feuchtigkeit, die ihr in der Nase zwackte, Erin, die im Schlaf irgendetwas über einen Frosch erzählte. Aber in jenem Augenblick überwog die Überraschung. Ein Brief an ihren Namen? Geschickt an die Adresse der Großmutter? Sie wohnte hier erst seit zwei Monaten, und niemand, abgesehen von den Leuten der Sozialdienste und von einigen ehemaligen Nachbarn, kannte ihre Anschrift.

Erfüllt von einer dunklen Vorahnung von der Art, die sie von ihrem Freund Jake kannte, zog Sam ihre an den Spitzen mit Schnee bedeckten Stiefel aus und setzte sich an den kleinen Tisch in einer Ecke der Küche. Es roch nach Bratfett, obwohl das Geschirr abgewaschen und die Küche gewischt war. Sie atmete tief durch und öffnete den feuchten Umschlag.

Der Brief, der nicht mehr als drei kurze Sätze enthielt, fiel ihr aus der Hand.

In den folgenden Sekunden rasten die widersprüchlichsten Gedanken in ihrem Kopf herum. Verblüffung, Unverständnis, Verwirrung. Entsetzen. Sam blieb sitzen, zitterte am ganzen Körper und hatte ein übles Gefühl im Magen, das sie beinahe zum Erbrechen brachte. Den Kopf gesenkt, die Augen halb geschlossen, fummelte sie hektisch an einem Pickel auf ihrem Kinn herum; er tat ihr schon seit dem Vorabend weh, und sie war so verbissen bei der Sache, dass sich jetzt eine große Narbe auf der Haut zeigte. Sie stand auf, setzte sich wieder hin. Warf einen kurzen Blick auf den Schneefall, der inzwischen noch stärker geworden war.

Jahrelang hatte sie Schikanen und Gewalt ertragen. Schweigend überlebt. Ihren Vater umgebracht. Das war zu viel für ein einziges Leben, mehr, als man ertragen konnte. Und nun das? Einige Wochen zuvor, kurz nach Beginn des neuen Jahres, hatte sie begonnen, alles klarer zu sehen, konnte endlich wieder in Ruhe dem nächsten Morgen entgegensehen. Man sollte meinen, dass die Hölle hinter ihr lag.

Aber sie hatte sich getäuscht. Der Albtraum schien niemals aufhören zu wollen. Und Kämpfernatur hin oder her, Samantha Baldwin konnte nicht noch mehr ertragen. Ihr Brustkorb wurde von einem sauren Rülpser geschüttelt; sie sprang auf die Füße, warf sich gegen die Tür des Wohnwagens, beugte sich über die Metallstufe und spuckte in den frischen Schnee.

Der Brief hielt Sam bis zum Morgengrauen wach. In den schlaflosen Nachtstunden schossen ihr mehrere Lösungen durch den gequälten Kopf. Zunächst dachte sie daran, ihn in der Tonne zu verbrennen, über der ihre Großmutter an Sommersonntagen Steaks grillte, aber schließlich sagte sie sich, dass er nie Feuer fangen würde. Kurz dachte sie daran, ihn in die Teufelsschlucht zu werfen, machte sich aber klar, dass das Problem dadurch genauso wenig verschwinden würde wie bei der vorherigen Lösung. Dann, ungefähr gegen 7 Uhr, als das erste Licht des Tages unter die Persenning des Wohnwagens schien, kam sie zu dem Schluss, dass es besser wäre, ihn aufzubewahren. Und darüber mit jemandem zu sprechen für den Fall, dass ihr etwas zustoßen sollte.

Sam würde also am nächsten Tag zu Jake gehen, mitten am Nachmittag. Ben wollte sie absichtlich nicht einbeziehen; ihrer Meinung nach hatte er, anders als Jake und sie, nicht die natürliche Gabe, mit Schwierigkeiten fertigzuwerden. Bens Sache waren Zahlen, aber ihr Problem hatte ebenso wenig mit Mathematik zu tun, wie es notwendig war, sich wissenschaftlich zu nähern. Es handelte sich um eine existenzielle Situation, zwar heikel, aber existenziell, genauso unabweisbar wie das Bedürfnis, mitten in der Nacht zu pinkeln.

Die Wettervorhersagen hatten für das Ende des Tages Frost und Nebel angekündigt, und es war bereits 15 Uhr 30, als Sam, die seit gut sechs Monaten den Führerschein besaß, den Plymouth Valiant von ihrer Großmutter auslieh und sich auf den Weg nach Duncan's Creek machte, ungefähr zehn Kilometer von ihr entfernt. Der Schneefall hatte in der Dämmerung aufgehört, aber die Straße war nur teilweise geräumt. Sie wusste, dass sie sich nicht ewig Zeit lassen durfte.»Willst du nicht die Heizung anmachen?«, fragte Jake und rieb sich die Hände. »Wir werden noch erfrieren.«.

»Es ist kaum noch Benzin drin, und bis wir heute eine offene Tankstelle finden ...«

Sam hatte sich in einen dicken Ski-Anorak eingemummelt, eine grüne Wollmütze weit über ihren Wuschelkopf gezogen, aber Jake trug nur eine Windjacke und einen leichten, karierten Schal. Er hatte das erstbeste Kleidungsstück vom Haken im Eingangsbereich gegriffen, als sie ihm vorgeschlagen hatte, eine Tour im Auto zu unternehmen – ohne vorauszusehen, dass sie nur bis zum Ende der Straße fahren würden, wo sie den Motor ausstellte. Der Plymouth musste aus den 1960er-Jahren stammen und stank nach Qualm und Krankheit. Er hätte gern ein wenig Luft hereingelassen, aber das hätte sie sofort einfrieren lassen.

»Komm, wir fahren zur Tankstelle meiner Eltern. Ich habe die Schlüssel.«

»Nein, ich will nicht lange bleiben. In einer Stunde wird es dunkel.«

Sie hatten etwas länger als eine Dreiviertelstunde in der River Road geparkt. Die Räder des Autos standen auf der Straße, der Straßenrand war nicht befahrbar. Der Himmel über ihnen war noch hell, ein reines Keramikblau. Aber im Gebirge brach der Abend schnell herein. Besonders im Winter.

Sam blies eine kleine Rauchwolke in den Innenraum. Jake konnte es nicht ausstehen, wenn sie in seiner Anwesenheit rauchte, aber er hatte es ihr nie gesagt.

»Siehst du, Spielleiter Jack«, stieß sie zwischen den Lippen aus, »ich habe gelogen, ich werde in die Hölle kommen.«

»Warum sagst du das?«

Sie senkte die Augen auf den Brief, der auf ihren Schenkeln lag.

»Glaubst du, er wird damit aufhören? Hast du nie Filme mit Erpressern gesehen, die anonyme Briefe verschicken? Hitchcock, diese Art von Filmen ... Die Typen geben sich nie damit zufrieden, einen einzigen Brief zu schicken. In den meisten Fällen dreht es sich um Drohungen und Mord.«

Jake ließ einige Sekunden verstreichen.

»Kann ich etwas überprüfen?«

»Was, willst du sehen, ob er eine verschlüsselte Botschaft hinterlassen hat?«

Jake nahm den Umschlag und faltete das Stück Papier auseinander, das im Inneren steckte – ein weißes Blatt, vollkommen alltäglich.

»›Ich habe alles gesehen. Ich war da. Ihr seid drei schöne Miststück‹«, las er mit verknoteter Kehle. »Da fehlt das ›e‹ an Miststücke.«

»Das reicht, ist scheißegal, ob da Fehler ...«

»Vielleicht doch nicht. Und dann die Zeichnung, was bedeutet das?«

Er untersuchte den Kürbis, der dick und fett an der Stelle prangte, an der normalerweise die Unterschrift stand. Eng zusammenstehende Augen, zahnloses Lächeln. Eher witzig als furchterregend.

»Ich flippe aus, Jake. Dieses Mal flippe ich wirklich aus«, murmelte Sam.

Er beobachtete sie unauffällig. Ihre klaren Augen waren undurchdringlich geworden, ihre sonst ständig widerspenstige Miene ausdruckslos. Sie kaute an den Nägeln der einen Hand, ohne sich dessen bewusst zu sein, und hielt mit der anderen das Lenkrad fest, als ob sie fürchtete, das stehende Auto würde sich selbstständig machen.

»Er sagt, dass er alles gesehen hat«, bemerkte Jake. »Aber wir wissen nicht, was ›alles‹ für ihn bedeutet. Der Streit? Die ... Schläge ...?« Er warf einen besorgten Blick auf seine Freundin. »Das, was ... geschehen ist, seit ...«

»Es ist doch ganz klar, was er gesehen hat! Oder vielleicht *sie* ...«

»*Sie?*«

Sam starrte ihn an.

»Und wenn es Mutter Hoffmann war?«

»Shirley Hoffmann?«

»Kennst du viele andere?«

Ratlos dachte Jake über die Idee nach.

»Nein, das glaube ich nicht. Sie ist eine Schnüfflerin, aber nicht von der Sorte, die ...«

»Sie ist an jenem Abend zweimal am Haus vorbeigegangen. Vorher und ... danach. Sie ...«

»Aber sieh dir die Handschrift an, Sam. Und die Zeichnung. Das kann nicht von einem Erwachsenen stammen.«

Sie dachten eine Weile nach.

»Es sei denn, es ist ein Erwachsener, der seine Schrift verstellt hat, um den Eindruck zu erwecken, dass ... Warte ...«, sagte Sam und riss die Augen weit auf. »Glaubst du, dass es ein Kind ist?«

Jake faltete den Zettel wieder zusammen und steckte ihn in den Umschlag. Es war so kalt im Wagen, dass seine Finger zitterten.

»Wenn man genau nachdenkt, was sieht man am Halloween-Abend am meisten auf der Straße?« sagte er, während er Sam den Brief zurückgab.

»Kinder.«

»Kinder. Und da sind Rechtschreibfehler.«

»Aber warum sollte ein ...«

Sie kam nicht mehr dazu, ihren Satz zu beenden. Ein Klopfen an die Seitenscheibe auf der Fahrerseite ließ sie zusammenfahren.

»Hallo, Leute, was macht ihr da?«, ließ sich die Stimme eines Mannes vernehmen, von dem sie zunächst nur einen dicken, blauen Parka sahen.

Jake beugte sich vor und erkannte Cody Hoffmann. Sam kurbelte die Scheibe einen kleinen Spalt hinunter und ließ den Brief zwischen ihren Oberschenkeln verschwinden.

»Alles gut bei euch?«, fragte Cody und lehnte sich an die Tür.

Cody war ehemaliger Tankwart bei den Dickinsons, Ex-Mitglied der Bande und nun als Achtzehnjähriger kein Teenager mehr. Er war zum Mann geworden, mit Kinnbart, einem kantigen Unterkiefer und vorspringendem Adamsapfel. Statt eines Bürstenhaarschnitts trug er die Haare nun länger, inspiriert von den Hauptdarstellern erfolgreicher Sitcoms.

»Schon eine ganze Weile her, seit wir uns gesehen haben«, sagte er mit einem Lächeln.

»Ja, eine Ewigkeit«, bestätigte Jake.

»Wir haben uns noch nicht mal ein gutes neues Jahr gewünscht, oder?«

Sam hätte ihm am liebsten erwidert, dass sie sich seit 1987 kein gutes neues Jahr gewünscht hatten, aber sie verzichtete darauf. Letztendlich sprach niemand seine Wünsche aus.

»Läuft's bei dir, Spielleiter Jack?«

»Ja, es läuft. Und bei dir?«

»Och, das Übliche. Die Schule, meine Mutter, die mir auf den Zeiger geht ... Also, was lungert ihr hier rum?«

»Wir unterhalten uns«, antwortete Sam bissig.

»Ja. Gut, und wie geht's dir?«, fragte Cody. »Es tut mir furchtbar leid, ich konnte nicht bleiben an dem ... am ...«

»Bei der Trauerfeier für meinem Vater?«

Der Gesichtsausdruck des jungen Mannes schwankte zwischen Unbehagen und Belustigung.

»Jepp. Gut, ich hoffe, es kommt alles in Ordnung mit dir und deiner Schwester. Es ist sicher nicht leicht für euch, seitdem du deinen Vater umgebracht hast.«

Sam blinzelte. Hatte sie richtig gehört?

»Was?«

»Ich habe gesagt: Es ist sicher nicht leicht für euch seit dem Tod deines Vaters. Wo wohnt ihr jetzt?«

Sie blickte ihn zurückhaltend an.

»Hör mal, es ist nicht so, dass wir uns langweilen, aber wir erfrieren hier ...«

»Ah, ja, entschuldige. Gut dann, bis bald, he?«

»Bis bald.«

Sam warf ihre Zigarette nach draußen und drehte das Fenster schnell wieder hoch.

»Was für ein Arsch!«

Schweigen folgte ihren Worten. Eine Minute lang hörte man nichts als den Wind, der über die Straße blies. Als ein Windstoß über den Plymouth fegte, konnte Jake spüren, wie der Wind durch jeden Spalt in den Innenraum blies. Er kauerte sich etwas tiefer in den Sitz und versuchte, das Klappern seiner Zähne zu unterdrücken.

»Was machen wir jetzt?«, fragte Sam, nachdem sie sich die nächste Zigarette angesteckt hatte.

»Wegen des Briefs?«

»Nein, wegen der Ozonschicht ... klar wegen des Briefs!«

»Die Person, die ihn abgeschickt hat, will uns Angst machen«, meinte Jake. »Glaubst du das nicht auch?«

»Wir wissen nicht, was er will … und wir wissen nicht, wer es ist.«

»Was würde es ändern, wenn wir wüssten, wer es ist?«

Sam sah ihn an, ohne etwas zu sagen. Ein Feuer brannte in ihren Augen, vielleicht Wut, vielleicht Rache, eher noch das Bedürfnis, um sich zu schlagen, etwas, das sie nach Jakes Meinung von ihrem Vater geerbt hatte.

»Wenn wir wüssten, wer das ist, könnten wir ihn uns vornehmen«, antwortete sie.

»Ihn uns vornehmen?«, wiederholte Jake, ohne dass es ihm so recht gelang, seine Stimme im Zaum zu halten. »Wie ›Wir werden ihn verschwinden lassen?‹«

Es schien, als würde eine Faust ihm das Herz zusammenschnüren, und der Druck verstärkte sich. Er lauerte auf die Reaktion seiner Freundin. Mit dem Blick hielt er sie fest. *Ich habe dir gesagt, dass ich nie wieder darüber sprechen möchte,* sagte er.

»Entschuldige.«

»Lass gut sein«, sagte Sam und ließ den Motor an. »Es wird bald dunkel, ich muss mich beeilen.«

Es war kurz vor 17 Uhr, und der Himmel verfinsterte sich allmählich. Schweigend fuhren sie bis zur Kreuzung an der Upper Duncan Road, wo Sam anhalten musste, weil an den Seiten der Straße Schneebrocken so groß wie das Haus der Murrays aufgetürmt waren. Die Reifen des Plymouth rutschten in den vereisten Spurrillen und brachten sie von der Spur ab. Sie biss die Zähne zusammen und zog leicht und sehr kontrolliert die Handbremse; etwas, das sie von ihrem Vater gelernt hatte. Eines der wenigen Dinge.

»Ich lass dich hier raus.«

»Okay.«

Vor ihnen war alles jungfräulich weiß. Der Weg, der zu Jake führte, war nicht geräumt worden.

»Du erzählst niemandem davon, klar?«
»Keine Sorge.«
»Vielleicht ist es nur ein blöder Scherz.«
»Vielleicht.«
Jake wollte gerade aussteigen, als er etwas weiter entfernt eine Bewegung wahrnahm. Eine Silhouette hob sich von der vereisten Landschaft ab.
»Mensch, guck mal, wer da ist.«
»Scheiße. Er scheint von der Sonntagsschule zu kommen.«
»Nein, nein, die ist morgens um 10 Uhr.«
»Was machen wir jetzt?«, flüsterte Sam.
»Wie meinst du das ›Was machen wir jetzt‹? Er muss bei mir gewesen sein. Komm.«
»Bist du sicher?«
Jake atmete ein und ließ seine Zunge über den abgebrochenen Zahn gleiten. Dann wandte er sich an seine Freundin:
»Hörst du uns gerade?«
»Was?«
»Er ist unser Freund.«
»Er ist es, der eingeschnappt ist.«
»Man kann sich allerdings fragen, warum ... Los, schnell, er hat bestimmt das Auto gesehen.«
Sie stiegen aus dem Plymouth. Ben kam unschlüssig zu ihnen, wie eine verlorene Seele mitten auf dem Weg, seine Schuhsohlen knirschten auf dem Schnee. Er war in einen dicken Mantel aus Rindsleder eingezwängt, der mit merkwürdigen indianischen Motiven verziert war, und eine Wollmütze verdeckte ihm fast die Augen. Im Gegensatz zu dem, was Jake vermutete, sah er nicht so aus, als ob er sie gesehen hätte.
»He, Ben!«
Ihr Freund hob abrupt den Kopf. Das, was auf seinen Lippen erschien, war nicht wirklich ein Lächeln; Jake zumindest konnte

es nicht als solches interpretieren. Mit seinem halb verdeckten Gesicht und einer Miene, als ob er ihn nicht erkennen würde, hatte er den flüchtigen, aber höchst realistischen Eindruck, einen Fremden vor sich zu haben, ein Eindruck, der durch die körperliche Veränderung in den letzten Monaten noch verstärkt wurde. Ben hatte abgenommen, stark abgenommen. Im Sommer hatte es angefangen, und im Herbst war es noch schneller gegangen.

»Hallo«, sagte er und kam zu ihnen.

Er hatte Ringe unter den Augen, die Wangen überschattet von einem gerade erst sprießenden Bart. Eine Spannung, eine Steifheit ließen seine Schritte abgehackt wirken. Er warf Jake einen Blick aus fiebrigen Augen zu.

»Warst du bei mir?«, fragte Jake.

Ben nickte und ignorierte Sam, die an ihrer Zigarette zog und ins Leere blickte. Jake verstand, dass offensichtlich etwas nicht stimmte. Der Ton weniger überzeugend als üblich, die Miene etwas ausweichend. Dazu kam noch, dass Ben sie nicht mit seiner üblichen Begeisterung begrüßt und sie nicht mit diesem noch sehr kindlichen, oft übertriebenen Geplapper überhäuft hatte, das trotz seiner sechzehn Jahre sein Markenzeichen war.

»Ist irgendwas nicht in Ordnung?«

»Nein, nichts.«

Ben hatte die beiden Wörter wie eines ausgesprochen. *Neinichts.* Jake runzelte die Stirn.

»Bist du sicher?«

»Wenn ich es doch sage!«

Jake schielte aus dem Augenwinkel zu Sam hinüber. Sie hatte keine Miene verzogen.

»Wir sind ... Wir machen einen Ausflug, wir ...«

»Es geht mich nichts an, was ihr macht. Ihr seid frei.«

Jakes Miene verdunkelte sich.

»Willst du ...«

Schweigen legte sich auf seine Worte. Der Schnee verschluckte die Geräusche, sie fühlten sich wie in einem schalltoten Raum.

Frostiger Atem kam aus Sams Nase.

»Wo liegt das Problem?«, warf sie plötzlich ein.

»Es gibt kein Problem«, fasste Ben zusammen.

Jake wollte etwas sagen, aber ein Knoten in seiner Kehle hielt ihn zurück. Schließlich war es Sam, die dem Elend ein Ende setzte:

»Gut, also, wenn es kein Problem gibt, dann hau ich ab. Bye!«

Daraufhin trennten sie sich, jeder ging seines Weges, ohne einen Blick zurückzuwerfen, und so bemerkten sie nicht, dass jemand sie im Schutz der Tannen beobachtete.

Sam hatte auf dem Rückweg Kopfschmerzen bekommen. Als sie zu Hause war, wühlte sie im Arzneischrank des Wohnwagens und fand zwischen den Schachteln mit Diuretika, Antihistaminika und Laxativa ein Fläschchen mit Kodein, das den Schmerz besänftigen sollte. Wenn ihre Großmutter das gegen Arthrose nahm, könnte es ihr ebenso helfen.

Sie ließ zwei Tabletten in die Handfläche gleiten und betrachtete sie einen Moment, während sie in ihren Adern eine unbändige Wut spürte. Auf Cody, auf Ben. Auf das ganze verdammte Dorf. In der nächsten Sekunde spülte sie die Tabletten ohne Zögern mit einem großen Glas Wasser hinunter. Dann, weil der Schmerz besonders stark war, schlang sie eine dritte hinterher.

Sie gaben ihr einen Hauch von Trost.

Heute

Der Morgen war klar und mild. Das Thermometer zeigte bereits 24 Grad an, obwohl der Tag erst eine knappe Stunde alt war. Eine wässrige Sonne schien von einem verwaschenen Himmel und überzog die Straße mit staubigem Licht. Im Laufe der Kilometer wurde die Gegend trockener und felsiger, der Horizont immer gebirgiger. Nevada, das Land der ausgedehnten Wüsten, breitete vor mir seine glühende Weite aus.

Ich hatte die Talsperre Hoover Dam kurz vor acht Uhr passiert. In fünfzig Minuten würde ich in Las Vegas sein, danach kämen 200 Kilometer Wüste vor Utah und noch 350 bis nach Duncan's Creek. In etwas mehr als sieben Stunden würde ich dort ankommen, Pausen mitgerechnet.

Sieben Stunden bis zur Rückkehr in meine Heimat.

Gegenwärtig hatte ich Mühe, mich wach zu halten. Ich hatte nach meinem nächtlichen Ausflug unruhig geschlafen und schlecht geträumt. Der Kaffee, wenn man die geschmacklose Brühe, die ich aus einem Automaten an der letzten Tankstelle gezogen hatte, so nennen konnte, hatte nichts ausgerichtet: Erschöpft schleppte ich mich durch den Tag, als ob ich Bleischuhe an den Füßen hätte.

Vielleicht war es der Alkoholexzess oder die nervöse Anspannung, die sich seit Sams Tod verstärkt hatte, vielleicht auch der Überschwang der Gefühle bei der Entdeckung unserer Zeitkapsel; auf jeden Fall hatte es lange gedauert, bis ich einschlafen konnte. Ich hatte mich einen guten Teil der Nacht, die bei meiner Rückkehr ins Motel schon sehr fortgeschritten war, in den rauen Laken hin und her gewälzt. Die Ausgrabung hatte mir einen schlimmen

Schmerz im unteren Rücken und eine Menge Fragen in meinem Kopf beschert. Warum nur hatten wir das Bedürfnis verspürt, die Beweise unserer Missetaten so weit weg zu vergraben? Wer war die anonyme Person, die uns diese Briefe geschickt hatte? Was hatten wir auf Kassette aufgenommen?

Was diesen letzten Punkt betrifft, erinnerte ich mich bruchstückhaft, dass der Titel auf der Hülle mir geholfen hatte, den Bruch zwischen ihnen zu kitten. *SBJ – 6/8/89.* Wenn mein Gedächtnis mich nicht täuschte, hatten wir dort einige Hits aus der damaligen Zeit und ein paar andere Dinge aufgenommen, die zweifellos den Umweg wert waren. Ich warf einen Blick auf die Kassette in der Snoopy-Box, die auf dem Beifahrersitz neben der stählernen Urne lag. Ich hatte ein Autoradio in Reichweite, was hielt mich davor zurück, sie anzuhören?

Später vielleicht.

Als ich mich Henderson am Stadtrand von Vegas näherte, wurde der Verkehr dichter. Jenseits der Schallschutzmauern, die die Straße säumten, lagen einige Haziendas, aus deren Gärten die Spitzen einiger Palmen zu sehen waren. Man konnte bereits die Skyline des Strip erkennen, die sich in der Ferne unter einer grauen Smogwolke, die den Himmel verdunkelte, abzeichnete. Bald beherrschten Wohngebiete die Landschaft, unterbrochen von Einkaufszentren, Casino-Hotels und Golfplätzen.

Ich schielte erneut zur Lunchbox und rief mir die Worte von Rose ins Gedächtnis: »Die Vergangenheit ist der Wind. Sie beruht auf nichts. Willst du einen guten Rat haben? Lass sie dort, wo sie ist.« Sie hatte nicht unrecht. Seit drei Tagen erinnerte mich alles an meine Jugend, und es reichte mir langsam.

Erinnerungen verblassten. Das ist die Wahrheit. Sonst würde das menschliche Wesen nicht immer wieder dieselben Fehler machen. Ich wäre fast in einem Wildbach ertrunken, von einem durchgeknallten Farmer umgebracht und Komplize bei zwei Morden geworden ... sollte ich nicht endlich ein neues Kapitel aufschlagen? Und aufhören, in die Vergangenheit zu blicken?

»Scheiße!«

Ich griff nach der Lunchbox, ohne die Augen von der Straße zu nehmen, und warf sie mit einer heftigen Bewegung auf die Rückbank.

Gestern

Die Holzdielen waren mit Blut verkrustet. Sam hatte sorgfältig gescheuert und geschrubbt, aber es war ihr nicht gelungen, alle Reste von Blut zu entfernen. Überall saß es: in den Fugen, in den Astlöchern, auf den Fußleisten. Sogar an der Decke hatte sie einen braunen Spritzer gefunden, der sie kurz an die Heftigkeit des Schlages erinnerte. »*Klack!*«, so hatte es sich angehört, als der Baseballschläger den Schädel ihres Vaters traf. Einmal, zweimal, dreimal. »*Bumm*«, hatte der riesige Körper gemacht, als er auf den Boden knallte.

Sie strich sich eine rebellische Haarsträhne hinter das Ohr und tauchte den Schwamm erneut in den Eimer mit Chlorreiniger, ohne auf das Brennen ihrer Nagelhaut zu achten. Stöhnend machte sie sich wieder an die Arbeit. Sie schrubbte so stark, als wollte sie die Spuren verwischen, die ihr Vater auf ihren Mädchenkleidern hinterlassen hatte, aber es war nichts zu machen, die Dielen stanken immer noch nach Tod. Sie hatte zu lange gewartet.

Sam war seit dem Halloween-Abend nicht wieder in ihr Haus zurückgekehrt. Nach einer Zeit der Ungewissheit, in der die Bank ihr Besitzrecht geltend machte, hatte die Krankenversicherung von Phil Baldwin die offenen Rechnungen der letzten sechs Monate übernommen. Als die Sozialassistentin ihr die gute Nachricht überbracht hatte, schien die Sache erledigt zu sein: Sam, Erin und ihre Großmutter konnten in dem Haus bleiben, vorausgesetzt, sie hatten die Mittel, den Kredit zurückzuzahlen.

Doch Sam hatte das abgelehnt. Wie kam diese dämliche Sozialarbeiterin darauf, dass sie jemals vergessen könnte, was im Flur passiert war? Für sie war es, als ob eine weiße Silhouette mit unauslöschlicher Kreide auf den Boden gemalt wäre.

Eine Mischung aus Chlorwasser und Blut tropfte ihr von den Händen, sie hörte einen Moment auf zu schrubben und lehnte sich an die Wand, an der gerahmte Familienfotos hingen. Die Hochzeit der Großeltern, Porträts der beiden Mädchen, Fotos vom Haus und sogar eines von ihrem Hund Buck, der vor fünf Jahren gestorben war. Es gab kein Bild von ihrer Mutter. Joyce Baldwin war 1982 an Darmkrebs gestorben, als Sam neun Jahre alt war. Seitdem hatte ihr Vater jede Spur ihrer Existenz beseitigt, bis zu der mit Reißzwecken über seinem Nachtisch angebrachten Zeichnung, die Erin zum letzten Muttertag gemalt hatte. Und ihre Kleider? Die waren der Heilsarmee gespendet worden.

Sams Augen fielen auf ein quadratisches Foto, das in die Ecke eines Schwarz-Weiß-Porträts ihrer Großeltern väterlicherseits gerutscht war. Es war am fünfunddreißigsten Geburtstag von Phil Baldwin aufgenommen worden, im Jahr 1984. Man sah darauf Erin im Alter von sechs Jahren, die auf einem Oberschenkel ihres Vaters saß. Sie zeigte dem Fotografen – Onkel Robbie, glaubte sie sich zu erinnern –, ein fröhliches, zahnloses Lächeln. Neben dem kleinen Mädchen, in kurzen Shorts, die lange, weiße Beine frei ließen, war Sam zu sehen. Sie schien sich etwas unwohl zu fühlen, an das andere Knie des Vaters gedrückt, ohne richtig darauf zu sitzen. Phils Hand lag auf ihrem Oberschenkel. Sie war elf Jahre alt.

Ihre Faust schloss sich fester um den Schwamm. Zwischen ihren Fingern vermischte sich das falsche mit echtem Blut. Sie zog die Beine an und drückte sie gegen die Brust, ohne das Foto aus den Augen zu lassen. Sie hatte plötzlich das Gefühl, am Baumwollsaum ihrer kurzen Shorts auf der Haut seine heiße Hand zu spüren, die auf ihrem Oberschenkel ein wenig hochgewandert war. Sie fixierte ihren Vater durch die Zeit, und sein leicht abwesender Blick durchbohrte ihr Fleisch. Sie erinnerte sich, dass sie ihn einige Tage zuvor nackt wie einen Wurm auf dem Sofa im Wohnzimmer vorgefunden hatte. Stockbesoffen. Sie sah wieder das rote Haarbüschel an seinem Unterleib, seinen schlaffen Penis, der wie eine verfaulte Frucht zwischen seinen stark behaarten Schenkeln hing.

Ein galliger Geschmack stieg ihr die Kehle hinauf. Der Geist vom Kodein benebelt, nahm sie ihre Schrubberei wieder auf. Ihre Bewegungen mochten zwar etwas langsamer sein, aber sie war voll bei der Sache. Das Haus stand zum Verkauf, es musste für die neuen Besucher blitzen wie ein neuer Cent.

Nach einigen Minuten verfiel sie in eine leichte Lethargie. Sie hatte bemerkt, dass die Tabletten ihrer Großmutter sie beruhigten und dass sie sich unter ihrer Wirkung völlig entspannt fühlte. Vielleicht nicht genug, nach den Blitzen zu urteilen, die regelmäßig kamen und sie verfolgten.

Und du, willst du lieb zu mir sein?

In diesem Moment fiel ihr letztes mentales Bollwerk, Sam konnte ein Wimmern nicht zurückhalten:

»Mistkerl! Du verdammter Mistkerl!«

Sie hörte jemanden weinen und vermutete, dass sie es selbst war. Aber weder Ton noch Gefühl ähnelten ihr.

Sie machte sich wieder an die Reinigungsarbeit. Verletzt, wund an Leib und Seele, der Geist abschweifend und die Reflexe gebremst durch Medikamente. An anderen Orten lachten Menschen, tanzten, sahen Filme, umarmten sich. Aber Samantha Baldwin, sechzehn Jahre alt, war dabei, das Blut ihres Vaters vom Boden im Flur ihres Hauses wegzuwischen.

»Ich hoffe, du schmorst in der Hölle.«

Plötzlich unterbrach ein Geräusch in der Küche das Hin und Her ihrer Hände auf dem Boden. Sam ließ den Schwamm fallen und drehte sich um. Sie war etwas benommen und nicht völlig Herr ihrer Sinne, und sie sah die Silhouette nicht, die sich hinter dem Fenster der Tür abzeichnete.

Sie spitzte die Ohren. Das war nur der Kühlschrank. Dieser kaputte Kühlschrank mit hungrigem Bauch, der aus einem langen Winterschlaf erwachte. Das Brummen dauerte ein paar Sekunden, dann hörte es auf. Schweren Herzens nahm sie ihre niedere Arbeit wieder auf.

Nur wenige Menschen hatten sie bei ihrem letzten Besuch im Dorf angehalten, um Neuigkeiten von ihr zu erfahren. Hatte sie am Anfang noch Worte des Trostes empfangen, waren es jetzt vor allem verstohlene Blicke, die man ihr zuwarf, oft voller Misstrauen, manchmal eine Grimasse, aber das waren dann meistens Kinder. Eine Pestkranke, genau, das war aus ihr geworden. Sie gehörte nicht mehr zur Gemeinschaft, und man wollte, dass sie das wusste.

Als sich tief in ihr Widerstand regte, musste Sam an die anonymen Briefe denken, die sie bekommen hatte. In diesen Augenblicken des Zweifels und der Einsamkeit verdächtigte sie nach und nach jedermann. Vor allem die Jungen, die sie mit der Gier eines Chorknaben ansahen, der einen jungen Übeltäter beneidet. Gordon Murray zum Beispiel, der sie jedes Mal, wenn er sie an seinem Haus vorbeigehen sah, anstarrte, oder mehr noch Russell, sein Zwillingsbruder. Auch der jüngste Sohn der Hoffmanns, Brandon, hatte nicht aufgehört, sie wie eine Kreatur von einem fremden Stern anzugaffen, als sie bei ihnen wohnte, und warum nicht die kleine Lizzie? War sie nicht zusammen mit ihrer Mutter und Erin an jenem Abend, als ... Erin? Der Gedanke streifte sie eine Viertelsekunde, dann tilgte sie ihn aus dem Kopf. Nein, ihre Schwester hätte das nie gemacht.

Blieb also Mutter Hoffmann. Immer wieder Mutter Hoffmann. Sam bekam es nicht aus dem Kopf, dass diese böse Zunge eine ideale Schuldige abgab. Übrigens, seit Sam zu den Bewohnern von Old Creek gehörte, schaute Shirley sie kalt und verächtlich an, wenn sie ihr begegnete, sie, die mit ihrem scheinheiligen pinkfarbenen Lächeln einen Eisberg zum Schmelzen bringen konnte. Aber warum hätte sie ein Interesse daran haben sollen, ihr einen anonymen Brief zu schicken? Da Sam sie kannte, konnte sie sich eher vorstellen, dass sie das Gerücht über die Telefonkette der Eltern der Schüler von Duncan's Creek verbreitet hätte oder dass sie direkt zur Redaktion des *Register* gegangen wäre, ja sogar zum Büro des Sheriffs, um ...

Mit einem Platschen ließ sie den Schwamm fallen. Dieses Mal war sie sicher, etwas gehört zu haben. Ein Knarren neben dem Eingang, das nicht eines von denen war, die sie im Laufe der sechzehn Jahre, die sie in diesem Haus lebte, immer wieder gehört hatte. Schweiß brach ihr aus.

»Wer ist da?«

Kaum hatte sie die Worte ausgesprochen, als der Lichtstrahl einer Taschenlampe über das Innere des Flurs glitt. Sam spannte sich an; jemand war auf den Stufen zur Eingangstür!

»Wer ist da?«

Schon war sie aufgesprungen, bereit, ein Messer aus der Küche zu holen, als es an der Tür klopfte.

»Sheriff Novak, öffnen Sie! Ich weiß, dass Sie da sind, Miss Baldwin.«

Ohne ein Geräusch zu machen, näherte sich Sam dem Eingang. Fast hätte sie ihre Fingernägel in den Mund gesteckt, doch dann wurde ihr klar, dass getrocknete Blutreste in den Hautfalten ihrer Hand klebten.

»Machen Sie auf, bitte. Ich muss mit Ihnen sprechen.«

»Wer sind ... Was beweist mir, dass Sie wirklich der Sheriff sind?«

Sie erhielt keine Antwort, aber weniger als fünf Sekunden später zeigte sich eine Silhouette hinter der Scheibe neben der Tür. Sam hob vorsichtig den Vorhang. Ein Abzeichen mit einem silbernen Stern funkelte im Licht der Lampe.

»Machen Sie auf, Miss.«

»Was wollen Sie?«

»Mit Ihnen sprechen.«

»Mit mir sprechen? Worüber?«, fragte Sam.

Sie trat einen Schritt zurück und griff im Vorbeigehen schnell nach ihrem Rucksack. Sie hatte die Pistole Ruger 9 mm hineingesteckt, die sie bei ihrer Ankunft aus dem Wandschrank ihres Vaters genommen hatte. Mit einer schnellen Bewegung des Handgelenks versteckte Sam sie in einer leeren Schublade der Kommode.

»Muss nicht ein Erwachsener dabei sein, wenn Sie mich befragen?«, fragte sie mit gleichgültiger Stimme.

»Ich bin nicht hier, um Sie zu befragen.«

»Warum sind Sie dann hier?«

»Miss Baldwin ... öffnen Sie, bitte.«

Die Stimme war sanft, sie hatte nichts Feindseliges. Nach einem kurzen Moment des Überlegens entschied sich Sam, ihr zu vertrauen. Im Grunde blieb ihr nicht wirklich eine Wahl.

Sie öffnete die Tür. Die Frau unter dem Vordach trug keine Uniform. Und sie war schwanger. Groß, hübsch, mit langen Haaren und freundlicher Miene, begrüßte sie Sam mit einem wohlwollenden Lächeln.

»Guten Abend, Miss Baldwin.«

»Guten Abend«, antwortete Sam.

Sie erkannte sie sofort: Sherry Grant, Assistentin des Sheriffs, die das Verschwinden von Rory und Shawna Twitchell vier Jahre zuvor untersucht hatte.

»Machen Sie ein bisschen sauber?«

Grant – oder Novak, hatte sie nicht gesagt, sie heiße Novak? – betrachtete sie mit eindringlicher Miene und voll gespannter Aufmerksamkeit. Sam fühlte sich unbehaglich. Sie senkte die Augen.

»Das Haus wird verkauft.«

»Ich weiß.«

»Die Leute, die sich um die Reinigung gekümmert haben, nachdem …« Sam unterbrach sich. »Sie haben die Ecken nicht geputzt.«

»Darf ich reinkommen?«, fragte Novak.

»Was wollen Sie? Ist es nicht Sheriff Hughes, der die Untersuchung …«

Sam musste so laut schlucken, dass sie sich fragte, ob die Polizistin das gehört hatte.

»Die Untersuchung des Todes Ihres Vaters? Die Sache ist abgeschlossen. Und für den Fall, dass Sie nicht auf dem Laufenden sind: Sheriff Hughes hat seinen Dienst quittiert.«

Sam glaubte, sich zu erinnern, dass die Hoffmanns kurz vor Weihnachten darüber gesprochen hatten. Dieser Idiot von Dalton Hughes hatte Probleme mit einer Inspektion in seinem Büro gehabt oder irgendwas in der Art. Den wären sie los.

»Aber deswegen bin ich nicht hier«, fügte Novak hinzu.

Kalter Schweiß trat Sam auf die Stirn. Sie wusste Bescheid, es ging um den Brief!

»Erlauben Sie, dass ich eintrete?«

Mit sicherem Schritt näherte sich die Frau dem Eingang. Sie blickte mit ihren braunen Augen direkt in Sams, die den Eindruck hatte, dass sie in ihr lesen würde.

»Woher wussten Sie, dass ich hier bin? Überwachen Sie mich?«

»Nein. Ich habe Licht gesehen, das ist alles.«

Sam bemerkte etwas Ironie in ihrer Stimme. Ratlos begann sie, an ihren Nägeln zu kauen – sie schmeckten nach Chlorbleiche.

»Wie geht es Ihnen?«, erkundigte sich Novak. »Haben Sie alles gut überstanden?«

»Ganz gut.«

»Und Ihre Schwester?«

»Auch ganz gut.«

Die Polizistin nickte zustimmend und ließ dabei den Blick über den Flur schweifen. Ihre Augen blickten auf die Schaumpfütze am Boden.

»Ich kann mir kaum vorstellen, was Sie durchgemacht haben. Glauben Sie bitte, dass es mir sehr leid tut.«

Sam brachte keinen Ton heraus.

»Ich habe die Akten von Sheriff Hughes nach seinem Weggang wieder aufgenommen. Alle Fälle aus den letzten sechs Monaten: gelöste Fälle und nicht abgeschlossene Untersuchungen ... Das war keine Kleinigkeit, aber der Staat wollte eine umfassende Bereinigung in seinen Archiven. Das Management des früheren Sheriffs war zumindest ... sagen wir, katastrophal. Kurz gesagt, ich habe mir alles vorgenommen, und ich habe unter anderem die Akte über den Tod Ihres Vaters nochmals untersucht. Seltsamerweise war sie ziemlich vollständig. Dünn, aber vollständig. Und von biblischer Einfachheit. Ein Unfall. Nichts weiter dazu zu sagen. Doch ...«

Der scharfe Blick der Polizistin glitt über Sam. In der folgenden Stille war das gespenstische Brummen des Kühlschranks deutlich zu hören.

»Ich habe Ihre Aussage gelesen und auch die von Ihrem Freund, Benjamin McCombs. Und sagen Sie mir, ob ich mich täusche, aber haben Sie angegeben, dass Sie nur einen Schlag auf den Kopf Ihres Vaters ausgeführt haben?«

»Ja«, flüsterte Sam.

»Ja, so schien es mir auch. Ich habe auch den Autopsiebericht gelesen, den der Gerichtsmediziner einen Tag nach Ihrer Aussage geschrieben hat. Daraus geht hervor, dass Verletzungen durch einen stumpfen Gegenstand den Tod herbeigeführt haben. Ich bedaure zutiefst, Ihnen diese schmerzhafte Erinnerung zufügen zu müssen, Miss Baldwin, aber ich möchte, dass Sie alle Aspekte kennen, damit Sie verstehen, worum es mir geht.«

Sie weiß es, sagte sich Sam, ohne dieses Mal an den Brief zu denken. *Sie weiß es.*

»Was mich stört bei der Betrachtung dieser beiden Dokumente – Ihrer Aussage und des Autopsieberichts – ist, dass die Informationen nicht zusammenpassen. Sie haben erklärt, dass Sie Ihrem Vater einen einzigen Schlag versetzt haben, während die Autopsie zeigt, dass die Verletzungen am Kopf von drei Schlägen ...«

»Ich dachte, Sie wären nicht gekommen, um mich zu vernehmen«, unterbrach Sam sie.

»Ich vernehme Sie nicht.«

Sherry Novak kniff die Augen zusammen und sah sie lange an, ein verhaltenes Lächeln um die Lippen.

»Klar, sicher, Ihr Vater hat sich beim Fallen verletzen können. Aber geben Sie zu, dass das trotz allem merkwürdig ist?«

»Weiß ich nicht. Vielleicht.«

»Ihr Vater war betrunken, Miss Baldwin. Das hat die Blutuntersuchung bestätigt. Und jeder, von den Nachbarn bis zu Freunden, konnte bezeugen, dass er ein impulsives, ja gewalttätiges Temperament gegenüber Ihnen und Ihrer Schwester besaß. Ich stelle nichts wieder in Frage, Sie haben in Notwehr gehandelt. Trotzdem mache ich mir Gedanken über Ihre Version der Fakten. Warum hätten Sie behaupten sollen, ihm nur einen Schlag mit dem Baseballschläger versetzt zu haben, wenn es mehrere waren? Was hätte das geändert? Die Antwort ist: nichts. Es war ein Unfall. Aber es gibt Unfall und Unfall.«

»Was?«, empörte sich Sam. »Sie glauben, dass ich ihn aus Spaß getötet habe?«

»Das habe ich nicht gesagt«, verteidigte sich Novak. »Ich habe einmal einen Menschen getötet, und glauben Sie mir, das war keineswegs ein Vergnügen. Und ich halte Sie nicht für eine Sadistin. Aber Ihre Version gefällt mir nicht, und ich würde gern wissen, warum.«

»Darüber weiß ich nichts«, fauchte Sam trotzig.

»Es gibt keinen Grund, sich aufzuregen.«

»Ich rege mich nicht auf.«

»Ich verstehe Ihre Gemütsverfassung, und ich bin zweifellos nicht zum besten Zeitpunkt damit gekommen.«

Sam schüttelte heftig den Kopf. Für ungefähr eine Sekunde lauerte jede auf den Atemzug der anderen.

»Ich werde Sie nicht länger belästigen, Sie haben noch genug Arbeit«, sagte Sherry Novak, bevor sie sich zur Tür umwandte. »Wie auch immer, wenn Ihnen ein Detail einfällt oder wenn Sie das Bedürfnis verspüren, zu sprechen, finden Sie mich im Büro von Panguitch, Miss Baldwin. Ich glaube, Sie kennen die Nummer.«

»Ja«, murmelte Sam.

»Auf Wiedersehen, Miss.«

»Auf Wiedersehen.«

Sam schloss die Tür hinter ihr und blieb einen langen Moment bewegungslos stehen. Sie wusste nicht, was ihr am meisten Sorgen bereitete: die Tatsache, dass sie gelogen hatte, oder die aufreizende Selbstsicherheit der Polizistin, die darauf hindeutete, dass sie die Antworten auf alle ihre Fragen bereits kannte. Sie biss die Zähne zusammen und starrte mit leerem Blick auf die Schublade, in der sie die Pistole ihres Vaters versteckt hatte.

Sie hätte am liebsten gekotzt.

Sie hätte am liebsten geheult.

Sie wäre am liebsten tot.

Das Leben in jenem Jahr nahm weiter seinen Lauf, wie das in kleinen Dörfern wie Duncan's Creek eben so ist. Beth De Witte musste *Beth's Roadhouse Grill* wegen eines Wasserschadens schließen, Dr. Jim Pomeroy entschied sich, seinen Eintritt in den Ruhestand um ein oder zwei Jahre zu verzögern, Betty Adams und Rick

Mayfair legten endlich einen Termin für ihre Hochzeit fest, Cody Hoffmann bereitete seine Abreise an die Southern Utah University in Cedar City vor, man riss die alte Scheune von Vater Baldwin ab, die schon nicht mehr ganz senkrecht stand, und die letzten unbefestigten Teile der Route 12 wurden endlich gepflastert.

Nach und nach entließ der Winter das Tal aus seiner harten Umklammerung und machte Platz für den Frühling, und während es langsam wärmer wurde und der Sommer sich ankündigte, erhielt Sam Baldwin weiterhin Briefe.

Der vierte kam am 5. Juni. Jener Montag versprach ein furchtbar heißer Tag zu werden von der Art, von dem die Alten sagen, dass sie so etwas seit sechzig Jahren noch nicht erlebt haben, und an dem sich die Menschen über die Stirn wischen und die Augen gegen die Sonne zukneifen. Sam war kurz vor 17 Uhr schweißgebadet aus der Schule gekommen und sehnte sich nach dem Sofa im kleinen klimatisierten Salon ihres neuen Hauses in der Reservoir Road.

Doch die Erfrischung musste warten.

»Ich habe wieder einen gekriegt«, berichtete sie Jake, der sie auf dem Steg am Ufer des Flusses traf. »Auf diesem sind auch unsere Namen, alle drei ... oder vielmehr unsere Initialen.«

Sie hatte ihn sofort, als sie den Brief gefunden hatte, in der Tankstelle angerufen. Jake, der bis 19 Uhr arbeitete, hatte versprochen, schnell bei ihr zu sein.

»Das ist nicht wahr! Zeig mal.«

Sam gab ihm den Umschlag. Er trug weder Briefmarke noch Poststempel. Wie der vorherige, war er direkt in den Briefkasten der Baldwins gesteckt worden. »SAM B., BEN M., JAKE D.«, las Jake. Und, darunter: »DIE HALLOWEEN-MÖRDER.«

»Verdammte Scheiße, hört der denn nie auf?«

»Ich raste aus, Jake, das schwöre ich dir.«

Er nahm den Brief heraus, ein kariertes Blatt, das aus einem Ringheft herausgerissen war. *Ihr habt ihn getödet*, stand da. *Ihr seid Monster.* Und wieder mit dieser Kürbisfratze statt Unterschrift.

»Auf jeden Fall hat er keine Fortschritte in Orthografie gemacht«, bemerkte Jake.

»Du machst mich ganz verrückt damit, weißt du das? Also gut, was machen wir?«

»Was können wir mehr machen als beim letzten Mal?«

»Den nächsten abwarten? Nicht mal im Traum. Ich werde dieses Arschloch finden. Und ich werde es umbringen!«

»Hey, *keep cool*, Sam. Bis jetzt scheint er es zu sein, der ausflippt. Glaubst du, er hat Spaß daran, uns vier Briefe zu schicken, ohne etwas zu fordern, nur um uns dann zu erpressen oder mit Mord zu drohen? Ich glaube, wir haben nichts von ihm zu befürchten.«

»Ich habe nicht gesagt, dass ich ausflippe.«

»Ich habe auch nicht gesagt, dass du ausflippst.«

»Ich will endlich wissen, wer das ist, verdammt noch mal! Ich habe die Schnauze voll davon, dass dieses Schwein mich verarscht! Und außerdem ...«

Jake spürte einen Anfall von Wut und Frustration in seiner Brust aufsteigen. Er ahnte, was seine Freundin sagen wollte.

»Los, sag es. Sie sind nicht direkt an mich gerichtet, ist es das?«, versetzte er und wedelte mit dem Umschlag herum. »Außerdem, wenn ich mich nicht irre, steht mein Name auch drauf, und es heißt im Brief ›Ihr seid Monster‹!«

Sam blieb schweigsam und kniebelte hektisch abgestorbene Hautreste von ihren angekauten Fingern. Jake planschte mit den Zehen im Wasser.

»Wir könnten mit Ben sprechen«, schlug er nach einer Weile vor. »Vielleicht hat er an jenem Abend irgendwas gesehen?«

»Ich habe dir schon gesagt, nein.«

»Na ja, wir könnten Fragen stellen, sehen, ob ...«

»Willst du mich verarschen? Wenn du in diesem Nest irgendjemandem eine Frage stellst, weiß in einer Viertelstunde jeder Bescheid. Außerdem habe ich dir schon gesagt, dass ich nicht mehr über das sprechen will, was passiert ist.«

Jake biss sich auf die Lippen.

»Wenn das so ist, dann hör auf, davon zu reden.«

»Wovon?«

»Von dem, was passiert ist!«

»Ich rede nicht davon!«

»Und wenn du von den Briefen sprichst, was machst du dann?«

Sam machte eine leichte Rückwärtsbewegung.

»Du nervst!«

»Du bist es, die hier nervt! Wir waren zu dritt an dem Abend, stimmt das nicht? Wir haben diesen Mist zusammen erlebt. Du kannst nicht willkürlich bestimmen, dass wir darüber nicht mehr sprechen dürfen.«

»Hör auf mit deinen blöden Sprüchen ...«

»Das ist krank, Sam. Wir müssen darüber sprechen. Wir müssen die Sache anpacken. Wir können nicht weiterhin den Kopf in den Sand stecken. Hast du gesehen, in welchem Zustand Ben ist? Mit deinen kleinen Geheimnissen hast du ihn praktisch aus der Bande ausgeschlossen!«

»Es ist nicht sein Vater, der tot ist!«, schnauzte Sam.

Daraufhin erhob sie sich, zog ihre Schuhe an und ging mit nervösem Schritt zum Weg, der das Flussufer säumte.

»Warte!«, schrie Jake ihr hinterher. »Sam!«

»Lass mich in Ruhe!«

Er verzichtete darauf, ihr zu folgen. Zu viel Drama, zu viel Kampf. Er konnte nicht mehr.

»Dann hau doch ab.«

Jake strich sich mit der Zunge über seinen abgebrochenen Zahn, blieb einige Minuten auf den verfallenen Planken sitzen und betrachtete die zarten Wolken, die sich im Blau des Himmels auflösten. Grillen zirpten im Buschwerk, und Vögel zwitscherten auf den Zweigen. Er füllte seine Lungen mit dem moschusartigen Duft des Sommers und senkte die Augen auf den Umschlag in seinen Händen. *Ihr habt ihn getödet. Ihr seid Monster.* Wie waren sie nur so weit gekommen?

Trotz seiner Anstrengungen, seinen Herzschlag im Zaum zu halten, spürte Jake einen kräftigen Puls in den Ohren. Früher war dieser Steg ihr Rückzugsort gewesen, ihr Tor in die Zukunft. Nun gab es zwischen ihm, Ben und Sam eine Mauer, die einen Schatten auf sie warf, den abzuwerfen ihnen nicht gelang.

Eine Idee unterbrach das Durcheinander seiner Gedanken. Die Dinge hatten sich verändert, aber es war vielleicht noch nicht zu spät, um alles in Ordnung zu bringen. Konnte nicht doch alles wieder so werden wie früher?

Sich an diese Hoffnung klammernd, zog er seine Nike wieder an und ging den ausgetretenen Weg hinauf, der am südlichen Ufer des Duncan River entlang in Richtung des Hauses der McCombs verlief.

»Ein anonymer Briefschreiber? Wie ein Erpresser, meinst du?«

»Nein, er erpresst uns nicht. Es gibt nur anonyme Briefe.«

Für einen Moment schien sich Bens ungeduldiger Gesichtsausdruck aufzulösen. Er war weit davon entfernt, Jake in irgendeiner Weise aufzumuntern, und dieses Verhalten beunruhigte ihn. Der neue Ben, jähzornig, hitzig, mochte ihn zwar wütend machen, aber gleichzeitig zog er ihn dem ängstlichen und empfindlichen Geist von Junior vor, den er hinter den gerunzelten Augenbrauen flüchtig erkennen konnte.

»Also, was will er?«

»Uns Angst machen, denke ich.«

»Zum Henker. Himmel, Arsch und Zwirn!«

»Du sagst es.«

Fassungslos ließ Ben sich auf sein Kissen zurückfallen. Verschwunden die undurchdringliche Maske, die er Jake im Eingang entgegengehalten hatte, als dieser ihn aufsuchte; vergessen die schlechte Laune, die er an den Tag gelegt hatte, als seine Mutter ihn angestoßen hatte, damit er Guten Tag sagte.

»Was meinst du, was hat er genau mitgekriegt?«

Jake zuckte mit den Schultern.

»Vielleicht war er nur am .... Ende dabei, als Sam abgeführt wurde. Vielleicht nicht bei dem, was vorher geschah. Ich weiß nichts darüber.«

»Als Sam abgeführt wurde ... «, wiederholte Ben.

Seine Gesichtsfarbe hatte sich ins Grünliche verfärbt.

»Willst du etwa kotzen?«, fragte Jake argwöhnisch.

»Nein, aber ich habe seit heute Morgen furchtbare Bauchschmerzen ... Weißt du, es gibt Tage, da frage ich mich, ob das alles wirklich passiert ist.«

Jake nickte. Als die Stille sich hinzog, zog er reflexartig die Nase hoch und änderte seine Sitzposition auf Bens Schreibtischstuhl.

»Es ist trotzdem bescheuert, dass sie sich weigert, darüber zu sprechen«, warf Ben mit einem Hauch von Bitterkeit ein. »Letzten Monat ist unser irrer Chemielehrer völlig durchgeknallt und hat alle Sitznachbarn auseinandergesetzt, weil wir zu laut waren, und plötzlich saß ich neben Sam. So konnte ich mit ihr reden und hab versucht, das Thema anzuschneiden, ihr zu sagen, dass ich nicht verstehe, dass sie den Sittich machen will ...«

Jake zog eine Grimasse.

»Den Vogel Strauß!«

»Sie hat nicht alle Latten am Zaun. Weißt du, was sie mir gesagt hat? ›Wer war es denn, der ihn umgebracht hat? Hä? Wer? Ich habe ihn umgebracht. ICH!‹ Sie klang wie ihr Vater.«

»Ich verstehe sehr gut, was du sagen willst.«

»Wer ist es deiner Meinung nach?«, fragte Ben und krümmte sich zusammen, eine Hand auf den Unterbauch gedrückt.

»Keine Ahnung. Sam denkt, dass es die Mutter von Cody sein könnte ... Sag mal, bist du sicher, dass es geht?«

Bens Augen hinter den flaschenbodendicken Brillengläsern fraßen sich beinahe in sein Gesicht hinein.

»Mutter Hoffmann? Sicher?«

»Ja.«

»Und warum nicht der alte Lloyd Freeman, wenn wir schon dabei sind?«

Ben lächelte leicht gequält. Er nahm einen Gummiball und warf ihn gegen die Wand über seinem Schreibtisch. Jake ließ ein kleines Lächeln aufblitzen und fing ihn aus der Luft. Dann warf er ihn in einem solchen Winkel zurück, dass Ben ihn fangen konnte. So spielten sie einige Minuten und ließen das Schweigen – und das Unbehagen – zwischen ihnen sich ausdehnen.

»Weißt du, was doof ist? Echt doof?«, fragte Jake schließlich. »Dass ihr nicht mehr miteinander sprecht.«

»Ha, sag das mal Sam!«

Jake drückte den Ball in seine Handfläche. Die Partie war beendet.

»Am schlimmsten ist, dass ich mich selbst nicht erinnern kann, wie es angefangen hat«, sagte er und verzog das Gesicht.

»Sie ist es, die ...«

Bens Gesichtszüge verzogen sich vor Schmerz.

»Was hast du?«, fragte Jake beunruhigt.

»Verfluchte Scheiße, ich habe das Gefühl, als würde mir einer mit einem Messer im Bauch rumwühlen.«

Ben atmete ein paarmal tief durch. Sein Gesicht hatte die Farbe von Mayonnaise angenommen, und Schweißtropfen perlten ihm von der Stirn.

»Soll ich deine Mutter holen?«

»Hol mir lieber eine Schüssel!«

»Was? Willst du jetzt wirklich kotzen?«

»Ich weiß nicht, was ich gegessen habe, aber es ist mir nicht bekommen ... verdammt!«

Ben hatte den Mund noch nicht wieder ganz geschlossen, als ihm ein Rülpser entfuhr. Er hatte kaum die Zeit, sich aus dem Bett zu lehnen; der Inhalt seines Magens folgte und verteilte sich über sein Bettlaken, den Comics von Spider-Man und den nagelneuen Game Boy.

»Ich glaube, jetzt kannst du meine Mutter holen«, brachte er heraus, als er nichts mehr im Magen hatte. »Und Dr. Pomeroy.«

Heute

An der Ausfahrt Las Vegas nahm ich den Zubringer zur Interstate 15 Richtung Salt Lake City. Nach und nach ergriff die Wüste Besitz von der Gegend, und der Strom der Fahrzeuge verebbte. Nach 15 Kilometern befand ich mich erneut allein mitten im Nirgendwo, als ob die Stadt nie existiert hätte. So weit das Auge reichte, gab es am Rand der vierspurigen Straße nichts als Steine und Gestrüpp. Mit dieser eintönigen Färbung sah die Gegend so aus wie eine im Sonnenlicht erstarrte Mondlandschaft. Lediglich ein paar große, in regelmäßigen Abständen vorkommende Schilder erinnerten daran, dass man nicht im Niemandsland war.

Ein Schild HIDDEN VALLEY lenkte meine Aufmerksamkeit auf den Seitenrand. Meine Fantasie, die seit einigen Tagen auf Halbmast wehte, erwachte plötzlich wieder. Was könnte es mit diesem Tal auf sich haben? Hinter diesen Bergen in der Ferne? Ein Blick nach rechts, und die eingeklemmten Mechanismen meines Denkens gerieten ohne Vorwarnung wieder in Bewegung. Manche nennen das Inspiration, ich sah darin nur einen Notruf von Worten und Empfindungen. Ich hatte seit Monaten nichts geschrieben, obwohl ich mein ganzes Leben damit verbracht hatte, Blätter zu schwärzen. Herauszufinden, seit wann ich nicht mehr mit Leidenschaft geschrieben hatte, war genauso sinnlos wie die Steine in dieser verdammten Wüste zu zählen.

Mein letzter Roman, *Jener Sommer*, war vor sechs Jahren erschienen. Seitdem hatte ich mich an ein halbes Dutzend neuer Projekte gemacht oder besser Manuskripte, von denen bereits Entwürfe existierten, im schlimmsten Fall unfertige Prologe. Trotzdem hatte ich vor zwei Jahren einen Text an meinen Verleger geschickt, um ihn daran zu erinnern, dass ich immer noch existierte, aber er war nicht begeistert gewesen. Seine Antwort war per Mail gekommen: »zu viele Längen«, »zu philosophisch«, »zu wenig Rhythmus«. Worte, die mich gekränkt und alles noch schlimmer gemacht hatten. Seitdem hatte ich versucht, diese Geschichte zu verarbeiten, die mir am Herzen lag, aber leider ohne Erfolg. *Zu entmutigt.*

Ich riss die Augen von den Bergen los, die die Autobahn begrenzten. Von ihnen war nichts zu erwarten – wie im Grunde von allen Dingen. Und wenn es hier ein Tal gab, so war es wirklich gut versteckt.

Ich fing an, mich ernsthaft zu langweilen. Ich hatte das Autoradio ausgestellt, angeödet von immer und immer wieder denselben Songs, und das Panorama war von stumpfsinniger Monotonie. Als ich genug davon hatte, die Aufkleber auf den Stoßstangen der vor mir fahrenden Autos zu lesen, griff ich nach meinem Handy und öffnete das Display. Jemanden anrufen? Aber wen? Ayako, die zu meinen wenigen echten Freunden in San Francisco gehörte und mich in der Buchhandlung vertrat? Ben, bei dem ich schon jetzt nicht wusste, was ich ihm sagen sollte, wenn ich ihn in ein paar Stunden wiedersehen würde? Meine Mutter, die seit drei Jahren nichts von mir gehört hatte? Michael, der sich seit einem Monat nicht gemeldet hatte?

Ich warf das Telefon unsanft auf den Beifahrersitz. Die Hitze war erdrückend, Schweiß rann mir unter dem Plastik meiner Sonnenbrille den Nasenrücken hinunter. Ich öffnete das Fenster, schloss es wieder. Mit oder ohne Luft, ich schwitzte so oder so. Nervös trommelte ich mit den Fingern aufs Lenkrad des Chevy, schob mir ein Kaugummi in den Mund und warf einen Blick in Innen- und Außenrückspiegel. Niemand zu sehen.

Die Langeweile sorgte dafür, dass ich mich unvermeidlich an die Wochen erinnerte, die auf die Ankunft der Briefe folgten. Das

Krankenhaus, die Versöhnung, der 4. Juli, die Ferien, das Versprechen ...

Der Sommer, als wir sechzehn waren. Unser letzter gemeinsamer Sommer.

Erinnerungen an Glück, Freude, an geteilte Momente. All die Wünsche, die man zu Jahresanfang austauscht und die nicht immer in Erfüllung gehen – 1989 waren sie zum Greifen nahe, entgegen jeder Erwartung.

Bis neue dramatische Ereignisse eintraten und uns Hindernisse in den Weg legten.

Verdammtes Leitmotiv.

Gestern

Ben wurde am 6. Juni am Blinddarm operiert. Bei seinem ersten Besuch am darauffolgenden Nachmittag kam Jake nicht allein; er nahm Sam mit. Sie hatte sich bitten lassen, aber mehr der Form halber als aus einem anderen Grund. Die ersten Minuten waren angespannt, das Lächeln gezwungen, die Gefühle gemischt. Dann entschärfte Sam die Situation sehr schnell, indem sie Ben sagte, nach sechzehn Jahren habe er endlich den Stöpsel gezogen und den ganzen fetten Mist und die Süßigkeiten abgelassen. Ben brach in schallendes Gelächter aus, bevor er zu stöhnen anfing. Seine Narbe tat weh, sobald er sich bewegte, und Sam fand ein boshaftes Vergnügen darin, ihn bei jeder Gelegenheit zum Lachen zu bringen.

Bei der Entlassung aus dem Krankenhaus vier Tage später hatten Jake und Sam sich eine Überraschung für ihren Freund ausgedacht: ein Picknick auf dem Steg ohne künstliche Fette und Kohlehydrate. Der neue Ben, der während seiner Genesung sechs Kilo verloren hatte, konnte nichts dagegen einwenden. Obwohl er ein Jahr zuvor nicht ohne Mayonnaise, Käse, Chips und Cola auskommen konnte, begnügte er sich an jenem Tag mit Karottenstäbchen, Tomate, magerem Schinken, Äpfeln und hausgemachter Zitronenlimo ohne Zucker. Nicht ohne Stolz wiederholte er seinen Freunden gegenüber immer wieder, dass er noch vor dem Beginn des Sommers die fünfundsiebzig Kilo erreichen wolle.

Es war im Laufe jenes Tages, dass Jake die Idee äußerte, für den Sommer etwas ohne ihre Familien zu planen. Ben war begeistert, Sam vollständig Feuer und Flamme. Sie hatte schon immer Lust gehabt, weit wegzufahren, die Region zu verlassen, auch wenn es nur für ein paar Tage wäre.

»Findet ihr nicht, dass dieses Dorf auf uns wie eine Art Virus wirkt?«, sagte sie. »Vielleicht wegen der ganzen Scheiße, die die Leute in der Teufelsschlucht ablassen … Was glaubst du, Ben?«

Ben, der sich lange mit dieser Spalte in der Felswand des Gebirges beschäftigt hatte, einer Art riesigem Klageschlund, in dem es angeblich spukte und in den jeder seine Trauer, Wut und seinen Kummer hineinheulen konnte, erinnerte sie daran, dass sie 1985 genau in diese Schlucht gestürzt sei und ohne Zweifel deshalb seitdem vom Pech verfolgt wurde. Woraufhin Sam antwortete, dass sie, wenn sie an jenem Tag gestorben wäre, zurückgekommen wäre, um ihm bis ans Ende seiner Tage in Gestalt eines Poltergeistes zu erscheinen.

Seitdem sie sich wiedergefunden und das Kriegsbeil begraben hatten, schaukelten sich die beiden gegenseitig hoch wie in den guten alten Zeiten, wenn auch, wie Jake nicht entging, mit einer etwas aufgesetzten Begeisterung. Sie erzählten sich die Ereignisse der letzten Wochen, angefangen bei Sams Umzug und den immer mehr werdenden Stunden, die Jake an der Tankstelle arbeitete. Schließlich kamen sie auf die Briefe zu sprechen.

Beim Aufbruch hatte Sam Jake vorgeworfen, mit Ben darüber gesprochen zu haben, aber gegen alle Erwartung erwies er sich als ein starker Verbündeter in der Not. Zuerst war er davon überzeugt, dass der anonyme Briefschreiber keine Bedrohung darstellte und dass er bald genug haben würde, sie mit seinen kleinen Intrigen zu nerven. Dann stellte er eine Hypothese über dessen Identität auf, die Sam einleuchtete und sich bald zu einer Besessenheit entwickelte. Sie sprachen auch wieder über jenen Halloween-Abend, trotz Sams verständlicher Zurückhaltung bei diesem Thema. Schließlich nahmen sie sich alle in den Arm, die Augen voller Tränen. »Wir sind Überlebende«, riefen sie laut.

In den folgenden Wochen lachten, tanzten und sangen sie. Der Sommer war herrlich. Jake ließ sich jedoch nicht täuschen; er sah sehr wohl, dass Sam immer noch ein wenig hinterherhinkte; es kam vor, dass sie sie mit leerem Blick beobachtete, manchmal von Trauer gefärbt, seltener von Zorn und Verbitterung. Sie ähnelte in diesen Momenten auf erschreckende Weise ihrem Vater, und er fragte sich immer wieder, ob diese Haltung angeboren oder einfach das Ergebnis der Erziehung war.

Am 4. Juli, dem Nationalfeiertag, kamen Jake, Sam und Ben einmal mehr auf dem Holzsteg am Ufer des Duncan River zusammen. Seit dem Sommer 1986 war ihnen dies zur Gewohnheit geworden, und dieses Jahr bildete keine Ausnahme. Doch keiner von ihnen ahnte, dass dies das letzte Mal sein würde.

Eine Woche später beschlossen sie, Anfang August drei Tage in Arizona zu verbringen. Sie würden das Auto von Sams Großmutter nehmen und ihr Zelt auf dem Campingplatz von Bens Onkel in Kingman aufschlagen. Am 3. August fuhren sie im Morgengrauen los. Sam und Ben wechselten sich am Steuer ab. Als irgendwo zwischen Saint George und Littlefield eine Radiostation »Karma Chameleon« spielte, drehten sie den Ton auf und begannen, aus voller Kehle mitzusingen. Frohen Herzens, wie in guten alten Zeiten, allerdings auf Sams Seite etwas verhaltener. Doch das fiel nur Jake auf.

Später, als sie durch die brütend heiße Wüste von Nevada fuhren, schwiegen sie eine ganze Weile unbeschwert. Es schien, als ob sich jede Sekunde ewig hinzog und sie alle Zeit der Welt hatten. In diesem Augenblick, mehr als in jedem anderen während dieses zauberhaften Zwischenspiels, entdeckte Jake die Komplizenschaft wieder, die sie früher vereint hatte. Aber dennoch relativierte seine scharfe Wahrnehmung der anderen seinen Enthusiasmus ein wenig. Was er vom Rücksitz aus im inneren Rückspiegel sah, waren nicht seine Freunde, sondern das Spiegelbild seiner Freunde: Ben, der mit seinen linkischen und zögerlichen Bewegungen immer den Eindruck erweckte, als entschuldige er sich für seine Gegenwart, und Sam, von der der Spiegel unter der Maske des Scheins das Gesicht einer Person zeigte, die eine Abfuhr erhalten hat und insgeheim auf Rache sinnt.

In der Nacht vom 5. auf den 6. August vergruben sie die Briefe, einige Relikte ihrer Ferien und die Kassette am Fuß einer Tanne, in die sie ihre Initialen ritzten. Während sie das taten, versprachen sie sich, zehn Jahre später wiederzukommen, um das Jahr 2000 zu feiern. Diese Episode ihres Lebens war nun besiegelt, unter der Erde begraben, und damit die Geheimnisse, die sie alle drei während langer Monate zermürbt hatten.

Als sie Kingman am nächsten Tag verließen, schworen sie sich, nicht mehr über das zu sprechen, was passiert war. Niemals.

Dann kam der 4. November, und alles änderte sich.

Nach einem milden und sonnigen Herbstanfang war das Wetter seit Ende Oktober kälter geworden. Es war Samstag, und an der Tankstelle stieg wieder die Nachfrage nach Heizöl. Am Vorabend hatte Jake die Eismaschine ausgestellt und einige Raummeter Holz an dem Platz für die Angelgeräte aufgebaut, die sein Vater im Sommer den wenigen Kunden anbieten wollte, die sich für Eisenwaren interessierten. In den Vitrinen waren die Flaschen mit Eistee durch Instantsuppen ersetzt worden und Sonnenblenden durch Frostschutzmittel.

Um 14 Uhr, nachdem er auf die Schnelle ein Thunfischsandwich verdrückt hatte, kam Ben in seinem Quarterback-Outfit Jake besuchen und kündigte ihm an, dass die verabredete Filmvorführung bei ihm ausfallen würde. Sam gehe es nicht gut – »bestimmt ihre ... Tage«, vermutete er –, und sie müssten das Treffen auf später verschieben. Ben tankte voll, sagte Mrs. Dickinson Guten Tag und schlug mit dem Mercedes-Kombi seiner Eltern die Richtung nach Boulder ein, um zum Samstagnachmittags-Fußballtraining zu fahren.

»Er hat toll abgenommen«, bemerkte Jakes Mutter, als Jake zurück zur Kasse kam. »Hat er eine Freundin?«

»Nein«, antwortete Jake. »Das muss am Sport liegen.«

Winnie hielt beim Sortieren der Landkarten in den Drehständer einen Moment inne und betrachtete ihren Sohn mit besorgtem Blick. Da er ihre Gedanken noch nie so recht enträtseln konnte, kam ihre Frage für ihn überraschend:

»Und du, mein Großer, hast du eine Freundin?«

Seine Mutter schenkte ihm ein breites Lächeln, das ihre silbernen Kronen in den Tiefen ihres Schlunds erkennen ließ.

»Nein«, murmelte Jake.

»Ein schöner Junge wie du, also wirklich!«

Er wurde rot. Zuckte mit den Schultern und tat so, als interessiere er sich für einen Zettel, der neben der Registrierkasse lag.

»Du wirst bald siebzehn, es wird vielleicht Zeit, sich mehr für andere Dinge zu interessieren, als die Abende abgeschottet und allein in deinem Zimmer zu verbringen, oder?«

Ich verbringe meine Zeit vor allem hier, hätte Jake fast gesagt. *Außerdem werde ich sechzehn, nicht siebzehn.*

Seine Mutter warf einen etwas zu deutlichen Blick auf den kleinen Fernseher, der auf dem Tresen stand und in dem ihre Lieblingsserie *Unter der Sonne Kaliforniens* ohne Ton lief.

»Was ist mit der Tochter von Spetalnick, gefällt sie dir nicht?«, fragte sie, wagte aber nicht, ihren Sohn dabei direkt anzusehen. »Die junge, meine ich …«

»Sie ist vierzehn!«

»Na und? Als ich deinen Vater getroffen habe, war ich …«

»Hör mal, Mama, danke, dass du dich um mein Gefühlsleben sorgst, aber …«

Jake verschluckte den Rest seines Satzes. In Wirklichkeit hatte er ihn gar nicht ausgesprochen; er war irgendwo zwischen Hirn und Lippen hängen geblieben.

»... dreizehn Jahre und er siebzehn, und schau, wo wir heute stehen.«

»Das war eine andere Zeit«, erwiderte Jake.

Und außerdem weißt du doch, dass mich Mädchen nicht wirklich interessieren.

»Zweifellos.«

Die Glocke über der Eingangstür klingelte. Helen Garrigan trat ein, eingezwängt in einen neongrünen Anorak. Jake und seine Mutter begrüßten sie.

»Brrr, ist das eine Kälte!«, sagte sie, während sie die Tür hinter sich zuzog. »Guten Tag, Winnie. Jake. Wie geht es Ihnen?«

»Geht so«, antwortete Winnie, die die Frage auf sich bezog. »Wir haben viel Betrieb heute Morgen, und ich glaube, dass ich irgendwas ausbrüte. Und Sie, Helen, Sie müssen ganz schön was zu tun haben bei diesem Wetter?«

Helen Garrigan war die einzige Krankenschwester im Umkreis von zwanzig Kilometern, und sie arbeitete sechs Tage von sieben, seit Dr. Pomeroy seine Arbeitszeit reduziert hatte.

»Oh, nichts, was man nicht schaffen könnte ...«

Jake ließ die beiden Frauen in ihrem Gespräch allein, denn er hatte durch das Schaufenster gesehen, dass der Land Cruiser von Rick Mayfair vorfuhr. Er wollte gerade hinausgehen, als weiter hinten ein Auto auf der R 12 vorbeirauschte – der flaschengrüne Plymouth Valiant von Mrs. Moloney, Sams Großmutter. Bloß saß nicht die alte Dame am Lenkrad, sondern Sam. Sam, die den Filmabend abgesagt hatte, weil sie angeblich »unpässlich« war ...

Jake ging über den kleinen Parkplatz zu Rick, folgte mit den Augen aber dem Auto, das auf der Straße in Richtung Norden fuhr.

»Was darf's sein, Mr. Mayfair?«

»Rick. Voll, bitte.« Er schnippte mit den Fingern. »He, hallo? Hast du gesehen, wie ein als Indianer verkleideter Bär über die Straße gelaufen ist, oder was ist?«

Jake deutete ein vages Lächeln an. Der Plymouth war gerade über die Brücke gefahren, die sich über den Duncan River spannte. Wo Sam wohl hinwollte?

»Jake?«

»Entschuldigung. Sofort, Mr. Mayfair.«

»*Rick.*«

»Rick.«

Nachdem der Tank des 4x4 gefüllt und die Bezahlung geregelt war, verabschiedete sich Jake und ging zu seiner Mutter, die immer noch mit Helen Garrigan über dieses und jenes plauderte.

»Kann ich dich eine halbe Stunde allein lassen, Mama?«, fragte er, während er einen leeren Kanister hochhob, den er hinter dem Tresen hervorgeholt hatte. »Ich muss bei Sam vorbei, ihre Großmutter ist ohne Benzin liegen geblieben und …«

»Ja, klar, geh nur. Aber du kommst zurück, bevor wir schließen, okay? Ich habe eine Tupperparty bei Jill …«

Jake hörte den Rest nicht mehr. Die Luft draußen war klar und rein, leicht schneidend – aber weit von der angekündigten Kälte entfernt. Die Wetterfrösche hatten Schnee angekündigt, aber es war nicht die kleinste Wolke am Himmel zu sehen. Er sprang auf sein Fahrrad und fuhr nach Norden auf die R 12. Nach dreißig Metern spürte er einen eisigen Wind, der beißend durch die Maschen seines dicken Wollpullovers auf die Haut fuhr. Er war ohne Mantel losgefahren, und trotz eines kurzen Zögerns entschied er sich, nicht zur Tankstelle zurückzukehren.

Er kam an seiner ehemaligen Schule vorbei, mit ihren Mauern aus roten Ziegelsteinen und den gelb belaubten Bäumen, dann erreichte er die Brücke und schaltete angesichts der kommenden Steigung zurück. Er trat locker in die Pedale, ohne sich zu sehr anzustrengen, beinahe tänzelnd, kletterte die Flanke des Gebirges bis zum Waldrand hinauf und ließ das Motel von Martha Hodge und den City Market hinter sich. Der Plymouth war verschwunden, so, wie er es erwartet hatte; Sam hatte gut zehn Minuten Vorsprung.

Als er die Höhe des Dorfes erreichte, ungefähr hundert Meter von der Farm von Piper Gillespie entfernt, verlangsamte er seine Fahrt mit brennenden Schenkeln und wischte sich mit dem Handrücken die Tränen ab, die ihm über die Wangen gelaufen waren. Die kalte Luft peinigte seine Haut und brannte in den Bronchien. Er musste husten.

Mrs. Moloneys Plymouth war am Randstreifen geparkt. Jake wechselte auf die linke Seite und begann, den Innenraum zu inspizieren, die Hände an den Schläfen. Niemand zu sehen. Etwas weiter entfernt sah er ein Fahrrad stehen, das an eine kahle Birke angelehnt war. Ebenfalls verlassen. Jake stieg vom Sattel ab, sah sich um und lehnte sein Rad auf die andere Seite des Stammes. Danach verschwand er im Wald.

Er bog in den Devil Trail ein, den Wanderweg, der zum Boulder Mountain hinaufführte und sich durch den Wald schlängelte. Diesen Serpentinenweg, von tiefen Schluchten, steilen Kanten und unüberwindlichen Sandsteinfelsen gesäumt, kannte Jake wie seine Westentasche. Dutzende Male war er hier schon mit Familie oder Freunden hinaufgestiegen.

Er folgte dem Weg seit zehn Minuten, als er einen kleinen Bach überquerte, der glasklar über steinernes Geröll plätscherte. Das welke Laub an den Bäumen hatte eine herbstliche, gelbrote Färbung angenommen. Jake schlich sich zwischen den Stämmen hindurch und trat auf eine große Lichtung, die sich inmitten dichter Tannen und Wacholderbüsche öffnete.

Hier wurde der Boden allmählich flacher, und er legte eine kurze Pause ein, um zu Atem zu kommen. Nun war ihm nicht mehr kalt, er schwitzte sogar in seinem dicken Wollpullover. Wischte sich die Stirn ab. Der Himmel, der bei seinem Aufbruch noch klar und eisblau gewesen war, zeigte plötzlich ein anderes

Gesicht. Zinngraue Wolken türmten sich über dem Gebirge. Wie viel Zeit war vergangen, seit er Sam auf der R 12 gesehen hatte? Dreißig, vierzig Minuten?

Jake blickte sich um. Sie war nirgends zu sehen. Aber er wusste fast sicher, wohin sie gegangen war.

Er überquerte die Lichtung und umging dabei die weißen Steinkreise, die auf dem Boden verteilt waren, indianische Geoglyphen, die eine riesige Spirale bildeten, in deren Mitte ein kleiner, übelriechender Tümpel lag. Als er auf der anderen Seite der Lichtung angekommen war, schlüpfte er wieder in den Wald hinein.

Von dort an war der Devil Trail sehr steil und so eng, dass er manchmal überhängenden Ästen ausweichen und sich mit bloßen Händen an den Felsen festhalten musste, um nicht auszurutschen. Jake legte wieder ein paar hundert Meter zurück, bis er einen letzten Felsvorsprung erreichte, der in eine kleine Schlucht hineinragte. Nachdem er ein schmales Stück hinter sich gebracht hatte und der Berg steil abfiel, orientierte er sich nach Osten. Es gab keinen Weg mehr an dieser Stelle, nur einen felsigen Durchgang, der von Gestrüpp überwuchert war.

Plötzlich fühlte er sich zwei Jahre zurückversetzt. Es war August, und er, Sam, Ben und Jamie Carozzo waren hierhergekommen, um vor dieser Kulisse ihren ersten – und letzten – Horrorfilm zu drehen. In der Schlussszene verfolgt der Polizist, gespielt von Jamie, den Zombie, dargestellt von Ben, bis zur Teufelsschlucht, in deren Schlund er schließlich verschwindet. »Verschluckt vom Gebirge«, wie Jake in seinem Drehbuch geschrieben hatte.

Er beschleunigte den Schritt, von einer düsteren Vorahnung erfüllt. Der Durchgang führte ihn bis zu einem dichten Brombeergestrüpp, so hoch wie ein zweistöckiges Haus. Außer Atem schlüpfte er in eine Öffnung in der Mitte dieser Pflanzenmauer, die von einem knorrigen Wacholder markiert wurde. Tastend kam er vorwärts und wich kratzenden Zweigen wilder Maulbeeren aus, die er mit energischen Bewegungen zur Seite drückte. Die Zweige brachen ab, als er vorbeiging, die Blätter raschelten und peitschten ihm ins Gesicht. Als er schweißüberströmt aus dem Dickicht trat, war sein Pullover von Stacheln und Dornen übersät. Er hielt einen Moment inne und lauschte. Alles war ruhig, nichts bewegte sich. Jake machte noch ein paar Schritte, dann blieb er plötzlich stehen.

Sam war da. Und sie war nicht allein.

Er zwang sich, seinen Atem zu kontrollieren, um nicht bemerkt zu werden. Trat einen Schritt nach vorn, achtete darauf, keinen abgestorbenen Zweig abzubrechen, und kniff die Augen gegen den Schweiß zusammen. Jetzt erkannte er das lockige hellbraune Haar des jungen Mannes, der Sam begleitete.

Jamie Carozzo.

Er und Sam standen auf einem Felsvorsprung, wenige Meter von einem verwitterten Hoodoo entfernt. Laub, das eine Art Heiligtum schützte, bildete ein dunkles Gewölbe über ihren Köpfen. Jakes Blick glitt über den Rotsandsteindom. Ein klaffender Abgrund, zur Hälfte von herabhängenden Zweigen verborgen, spaltete den zerklüfteten Felsen auf einer Länge von vier bis fünf Metern.

Mit klopfendem Herzen und weißen Punkten vor den Augen musste er sich auf die Knie fallen lassen, um wieder zu Kräften zu kommen. Als er den Kopf hob, hatte er immer noch Schwierigkeiten, seine Gedanken zu ordnen. Viel zu viel passierte gleichzeitig.

Er hörte Sam und Jamie flüstern, atemlos, fast aufgeregt, die Stimmen von zwei Verschwörern, die sich Geheimnisse anvertrauten, die sie unbedingt teilen mussten. Er sah das Maul der Teufelsschlucht, so bedrohlich wie eh und je, obwohl es jetzt wegen der vielen Unfälle einen Maulkorb bekommen hatte. Er spürte diese immaterielle Präsenz, deren Bedrohung hier, ohne dass er sie genau definieren konnte, schon immer greifbar war und ihm einen Schauder über den Rücken jagte. Nach dem Schneeregen fielen nun auch die ersten richtigen Flocken, bald schon wie dicke, runde weiße Wattebäusche.

Dann sah er, wie Jamie sich über Sam beugte und versuchte, ihr einen Kuss zu klauen.

Jake drehte sich der Magen um. Er wich zurück und kauerte sich hinter einen Vorhang aus Buschwerk. Alles fügte sich plötzlich ineinander, war ihm peinlich, und er kam sich wie ein Idiot vor, weil er bis hier hinaufgeklettert war. Er stellte sich die Szene von außen betrachtet vor, sah sich Sam und Jamie schamlos nachspionieren und schüttelte vorsichtig den Kopf.

Sam und Jamie?

Etwas beschämt hielt er sich den Unterarm vor die Stirn. Ihm wurde kalt, und die Haut auf seinem Handrücken tat ihm weh; die Dornen hatten Spuren hinterlassen, die denen von Katzenkrallen ähnelten. Er biss sich auf seine inneren Wangen, konnte aber nicht widerstehen, mehr zu erfahren. Er spitzte die Ohren und hörte Jamie sprechen:

»Du hättest ruhig einen etwas gemütlicheren Ort aussuchen können.«

»Mach dir keine Sorgen, hier ist es perfekt«, antwortete Sam.

»Ach ja? Das ist perfekt?«, gab Jamie mit samtweicher Stimme zurück. »Du ...«

Das Folgende war undeutlich. Jamie näherte sich Sam, die eine vorsichtige Rückwärtsbewegung machte.

»Was ist los? Ich dachte, du hättest Lust dazu.«

»Ja, ja. Es ist nur ... lass mir etwas Zeit.«

»Kein Problem«, gab Jamie zurück und hielt die Handflächen hoch. Ein entwaffnendes Lächeln ließ ein Grübchen auf seiner rechten Wange entstehen. »Kein Grund zur Eile.«

Jake schluckte und befeuchtete sich die Lippen. Er schlotterte. Wenn er noch länger blieb, würde er sich den Tod holen. Alles in ihm drängte nach Aufbruch, trotzdem wartete er noch ein wenig ab.

Er sah, wie Sam ihre Daunenjacke anhob, auf der sich ein feiner weißer Film gebildet hatte. Auf dem Kopf trug sie eine Mütze, und wegen der roten Haarsträhnen, die daraus hervorlugten, konnte er ihr Gesicht nicht sehen. Sie führte eine zitternde Hand unter ihren Pulli und fummelte am Gürtel ihrer Jeans herum, als ob sie sie öffnen wollte.

Jake fand, dass er nun genug gesehen hatte. Was auch immer geschah, er würde nicht weiter dabei sein. Er richtete sich auf und schüttelte sich, um das Blut wieder zirkulieren zu lassen. Mit lahmen Beinen und zitternd im eisigen Wind drehte er sich auf dem Absatz um, entschlossen, endgültig zu gehen …

... doch in einer letzten Anwandlung von Neugier riskierte er noch einen Blick.

Sam war wieder näher an Jamie herangerückt. Der junge Mann hatte ihr einen Arm um die Taille gelegt und bewegte die Lippen, aber Jake hörte nicht, was er sagte. Die beiden Liebenden schienen sich zu suchen, ohne sich so recht zu finden. Die weißen Dampfwolken, die durch ihre Atemzüge entstanden, nervös und abgehackt, vermischten sich in dem Raum, der sie trennte. Jake sah ein zögerliches Hin und Her, das sich wiederholte: Jamies Mund kam näher, Sams Kopf drehte sich weg, und ihre Hände kämpften weiterhin mit ihrer Hose.

Seine Freundin drehte leicht den Kopf, und Jake sah einen Schimmer in ihren Augen, so dunkel gegen die weiße Haut, dass sie an zwei Löcher erinnerten, die ein Angler zum Eisangeln in den See geschlagen hatte.

Das war der Augenblick, in dem sie die Pistole zog.

Jamie schielte in die schwarze Mündung der Kanone, stumm vor Verblüffung.

»Na, du Vollidiot, ist dir das Lachen vergangen?«

Sams Stimme klang wie ein Peitschenhieb. Der junge Mann stand wie versteinert da und starrte sie mit groß aufgerissenen Augen an. Seine Nasenflügel weiteten sich.

»Sam, Sch... Scheiße ... was machst du ...«

»Halt die Schnauze. Ich rede!«

Das Blut war aus Jamies Gesicht gewichen. Sam schloss ihre Faust fest um den Pistolengriff. Ihre Finger rutschten, denn sie schwitzte vor Angst und Aufregung.

»Das hast du nicht erwartet, was?«

Jamie seinerseits schwitzte vor Panik. Ein strenger Geruch nach Ammoniak stieg auf. Hatte er sich in die Hose gemacht? Sam blickte nach unten. Dort, wo eine Minute zuvor auf seiner Jeans eine Ausbuchtung gewesen war, breitete sich nun ein dunkler Fleck aus.

»Hast du wirklich gedacht, du könntest mich poppen, du Scheißkerl?«

Mit vor Kälte steifen Gliedern machte Sam einen Schritt in Richtung des jungen Mannes. Der Lauf der Ruger ihres Vaters bohrte sich in die wattierte Oberfläche seiner Daunenweste. Ihre Gesichtszüge verzogen sich zu einem höhnischen Grinsen.

»Verdammt, du hast dich vollgepisst, du bist 'ne verkackte Schwuchtel«, lachte sie hämisch. »Du hattest mehr Eier, als du anonyme Briefe verschickt hast, häh?«

»Was ... Was?«

»Spiel nicht das Unschuldslamm, du weißt ganz genau, wovon ich rede.«

Sam zeigte ihre Zähne, der Kopf umnebelt vom Kodein, aber sie war sich voll bewusst über das, was sie tat. Eine Schweißperle trat zwischen Jamies dunklen Augenbrauen hervor, rollte zwischen seinen graugrünen Augen hinunter und rann ihm über den Nasenrücken, bevor sie in der Furche über seiner Oberlippe strandete und in einem feinen Flaum hängen blieb.

»Nein ... ich schwöre dir, Sam ... ich ... ich ... ich raff's nicht. Leg die Knarre weg ...«

»Du raffst es nicht? Du raffst es nicht!?«

Sam rammte ihm die Waffe an die Brust. Dieser Hurensohn sollte von Anfang an kapieren, dass sie es ernst meinte.

»Scheiße, Sam ... l-leg die Knarre weg!«, kreischte Jamie, der endlich aus seiner Lethargie erwacht war und ein paar Schritte rückwärts ging.

Ein Windstoß fuhr durch sein hellbraunes Haar und wehte ihm einige Flocken ins Gesicht. Sam richtete die Waffe auf seinen Kopf.

»Halt die Schnauze, hab ich gesagt!«

Jamies Mund verkrampfte sich zu einer Grimasse des Schreckens. Ausgelöscht die Grübchen, verwischt der samtweiche Blick. Sam hob das Kinn und zielte zwischen seine Augen. Monate hatte sie auf diesen Moment gewartet, an nichts anderes gedacht. So sehr, dass sie schließlich davon besessen war. Es war Ben, der ihr Jamies Namen zugeflüstert hatte. Er hatte ihr gesteckt, dass er an einem Tag, an dem sie einen Brief erhielt, ihren früheren Kumpel vor ihrem Haus hatte rumlungern sehen. Seitdem waren ihre Rachegelüste immer stärker geworden, und sie wartete auf den passenden Moment. Ihr Geist beschäftigte sich unentwegt damit, zumindest dann, wenn er nicht durch Medikamente vernebelt war.

Die Gelegenheit, ihre Rechnung mit ihm zu begleichen, hatte sich ergeben, als Jamie sich kurz nach den Sommerferien von Veronica getrennt hatte. Damit hatte niemand gerechnet, und Sam hatte eine Sekunde lang an das Schicksal geglaubt, an Zeichen, auf die Jake ebenso blind wie sinnlos vertraute. Der Weg war frei. Jamie wollte schon immer mit ihr ausgehen, nun würde er bekommen, was er wollte.

Mit der Vorbereitung der Aktion hatte sie vor zehn Tagen

begonnen. Sie hatte eine kleine Nachricht in seinem Schrank in der Schule platziert – von ihr unterschrieben –, und ein Rendezvous vorgeschlagen an einem geheimen Ort, den sie ihm erst verraten würde, wenn er ihre Einladung angenommen hätte. Jamie, ebenfalls per Brief, hatte Ja gesagt. Ja, ja, tausendmal ja. In dem Brief, in dem sie den Ort des Treffens angab, hatte sie als PS unzweideutig hinzugefügt: *Vergiss nicht, mitzubringen, was man braucht ...*

Sam hatte alles bedacht. Alles bis ins kleinste Detail. Den Ort, den Tag, die Worte. Sie würde sich Gerechtigkeit verschaffen. Gerechtigkeit, ja, aber wofür? In der Geschichte war sie die Schuldige. Nein?

Ein Feuer loderte in ihrem Kopf. Der Moment war gekommen.

Der Wind pfiff durch die Äste und hatte Schnee im Gepäck, zart wie Puderzucker. Das Herz schlug ihr so stark gegen die Rippen wie ein wildes Tier im Käfig, und sie starrte Jamie mit wilder Miene an.

»Siehst du, ich hatte dir doch versprochen, dass du eine schöne Überraschung erleben würdest.«

»Leg das weg, das ist ... Das ist kein Spielzeug ...«

»Glaubst du, ich weiß nicht, dass das kein Spielzeug ist? Du glaubst, ich weiß das nicht, häh?«, brüllte sie und bewegte ihren Zeigefinger auf dem Abzug hin und her. »Was denn sonst?«

»Mach das nicht! Oh, Scheiße ... schieß nicht, ich flehe dich an, schieß nicht!«

Jamies Stimme wurde schrill. Kaum wahrnehmbar zog er sich zurück, aber Sam folgte jedem seiner Schritte.

»Ich werde nicht schießen. Jedenfalls nicht sofort. Vorher will ich, dass du gestehst. Ich will von dir hören, dass du es warst.«

»Was ...? Ich war was?«

»So kommst du nicht davon, das weißt du genau. Du wolltest spielen, du hast verloren. Jetzt musst du die Rechnung zahlen.«

»Aber welche Rechnung? Von ... Von was sprichst du?«, schrie Jamie und zuckte mehrmals mit den Augenlidern.

»Du hast wirklich keine Eier, Carozzo. Erst schickst du Briefe, und dann unterschreibst du sie nicht. Und dann tust du so, als ob du keine Ahnung hast.«

»Welche Briefe? Ich schwöre dir, dass ...«

»Das reicht, spiel nicht den Idioten.«

»Ich ... Ich schwöre dir, ich verstehe nicht. Ich verstehe nur Bahnhof.«

»Du verstehst sehr gut, Arschloch. Ich weiß, dass du es warst. Also, wirst du jetzt die Wahrheit ausspucken.«

»Was? WAS?«

Sams Finger umklammerten den Griff der Pistole so fest, dass es ihr wehtat. Ihre Augen glänzten fiebrig. Sie schäumte vor Wut, stellte sich schon vor, wie sehr es ihr gefallen würde, ihm einen zu verpassen. Und das wäre nur der Anfang; sie würde so lange auf sein kleines Engelsgesicht, das alle Mädchen des ersten Schuljahres verrückt machte, einschlagen, bis es so angeschwollen war, dass von seinen kleinen wieselflinken Augen, die alles gesehen hatten, nicht viel mehr zu sehen wäre als zwei kleine Schlitze. Sie würde dafür sorgen, dass er bezahlt.

»Du warst es, das weiß ich. Los, raus damit!«

»Scheiße, was willst du denn, das ich sage?«

»Die Briefe, Scheißkerl! Die verdammten Briefe, du sagst mir, dass du es nicht warst?«

Die Panik, die in Jamies blutleerem Gesicht aufgestiegen war, verwandelte sich in plötzliches Unverständnis.

»Von ... Von welchen Briefen sprichst du?«

»Hör auf, den Ahnungslosen zu spielen!«

»Aber wenn ich dir doch sage, dass ich nichts weiß. Nichts, überhaupt nichts!«

Mit dem Lauf ihrer Waffe zeigte Sam auf das Loch im Felsen.

»Beweg dich«, befahl sie. »Oder ich puste dir das Hirn weg.«
»Aber ...«
»BEWEG DICH!«
Jamie gehorchte. Machte einen Schritt nach links, ganz vorsichtig. Als er ihr den Rücken zuwandte, stieß sie ihn mit der Ruger vorwärts. Zusammen kamen sie voran, in einem heftigen Schneegestöber, und keiner von ihnen sah Jake, der wenige Meter entfernt aus den Büschen kroch.
»Jetzt wirst du die Wahrheit ausspucken«, trieb Sam ihn mit leidenschaftlicher Verachtung an. »Du beugst dich über den verdammten Schlund und spuckst sie aus, die Wahrheit. Los! Und sprich laut, damit ich dich verstehe.«
Die Augen voller Tränen, zitternd wie Espenlaub, wäre er fast gestolpert, als er sich der Öffnung näherte. Er schien zusammengeschrumpft zu sein, kaum mehr als ein Kind, das in die Ecke geschickt wird. Sam hätte sich eine Sekunde lang fast von seiner zerbrechlichen Erscheinung täuschen lassen, wurde dann aber noch bösartiger als zuvor:
»Beug dich runter. Du hast es schon mal gemacht, du weißt, wie das geht.«
Sie drückte ihm die Knarre zwischen die Schulterblätter. Als sie spürte, wie ihre Finger zitterten, waren ihre Nerven zum Zerreißen gespannt.
»Erinnerst du dich, was wir Junior gesagt haben, am Tag, als das Unwetter war? Wir werfen dich rein und ...«
»Sam, ich flehe dich an ...«
»... und wir begleiten das mit indianischen Zauberformeln ...«
Plötzlich, ein Schrei:
»SAM, HÖR AUF!«
Sie drehte sich abrupt um, überrascht von dieser dritten Stimme. Jake – Jake! – stand da, bibbernd in einem vom Schnee durchnässten Wollpullover.

»Du? Was mischst du dich ein?«

»Lass ihn in Ruhe!«

Er machte einige Schritte auf sie zu, war aber auf der Hut. Jamie blickte schreckverzerrt zwischen Jake und der Pistole hin und her, die auf ihn gerichtet war.

»Misch dich nicht ein«, warnte Sam. »Misch dich vor allem nicht ein.«

»Nimm die Waffe runter …«

»Misch dich nicht ein, hab ich gesagt!«

»NIMM DIE WAFFE RUNTER!«

»Ich hab dich gewarnt!«

Sie schwenkte die 9-mm-Wumme in seine Richtung.

»Sam, was machst du für 'n Scheiß? Bist du verrückt geworden, oder was?«

»Verschwinde!«

Ihre Finger umklammerten den Griff der Pistole. Entsetzt glaubte Jake, dass sie tatsächlich schießen würde.

»VERSCHWINDE!«

Sam wischte sich eine mit Eiskristallen besetzte Haarsträhne aus dem Gesicht und richtete die Ruger wieder auf Jamie, ohne Jake aus den Augen zu lassen. Auf dem Grund ihrer Pupillen erkannte Jake eine Vielzahl widersprüchlicher Gefühle: Zorn, Mitleid, Ekel, Bedrohung …

»Nimm die Waffe runter«, forderte er sie auf und hielt beruhigend eine Hand vor sie. »Nimm sie runter, Sam!«

»Du kannst immer …«

Mit einem Sprung vorwärts versuchte Jake, ihr Handgelenk zu packen. Sie wich mit einer zugleich lebhaften und trägen Bewegung aus. Angeschlagen vom Kodein, drehte sie sich im Zeitlupentempo um, aber Kampfkraft und Reflexe waren immer noch da.

»Kleines Arschloch!«

»Sam ...«

Sie tat einen Schritt zurück, zielte aber weiterhin auf Jamie.

»Verschwinde, bevor das hier schlecht ausgeht. Das wäre besser für dich.«

»Du wirst mir jetzt diese Knarre geben ... jetzt ... und ... und du wirst ihn laufen lassen.«

Der Blick, den Sam ihm zuwarf, ließ Jake einen kalten Schauder über den Rücken laufen. Sie raste vor Wut. War bereit, zu feuern. Es wäre falsch von ihm, etwas anderes zu glauben.

»Nicht mal im Traum«, brüllte sie. »Hörst du? Nicht mal im Traum! Erst wird er die Wahrheit sagen. Er wird sie ausspucken, dieser Hurensohn! Er hat die Briefe geschickt. Er war es, verdammt!«

»Ich habe nichts gemacht!«, protestierte Jamie. »Ich hab dir gesagt, dass ...«

Der Schlag kam unerwartet. Er traf ihn unterhalb des Adamsapfels. Nach Luft schnappend, fasste Jamie sich an die Kehle. Seine eiskalten Nasenlöcher knackten, dann fiel er zu Boden, von Schmerzen überwältigt.

»Schnauze. HALT DIE SCHNAUZE!«

Sam senkte die Hand. Sie hatte mit der Oberkante der Ruger zugeschlagen und den vorspringenden Knorpelball versenkt. Jamie lag wimmernd am Boden und rollte nach Luft ringend auf die Seite. Für einen Moment hörte man nichts als das Knistern von Eis im Wind.

»Du bist krank!«, schrie Jake.

Er fiel auf die Knie, um Jamie zu helfen. Die Flocken wirbelten um sie herum, immer dicker, immer dichter, und die Kälte des Felsens kroch ihm in die Knochen.

»Geht es? Kannst du aufstehen?«

»Schieb deinen Arsch zur Seite«, hörte er Sams Stimme in seinem Rücken.

Jake warf ihr einen flehentlichen Blick zu. Er hatte kein Gefühl in den Lippen, und so gelang es ihm nicht, die Worte auszusprechen, die ihm auf der Zunge lagen.

»Du ... Siehst du nicht, dass er ... dass er kaum atmen kann? Lass die Waffe fallen ... und komm mir helfen!«

»Ich habe dir gesagt, du sollst da weggehen!«

Sam griff nach seinem Pullover und zog daran, während sie brüllte wie ein rasendes Tier. Jake stieß an die Felswand und knallte mit dem Hinterkopf gegen einen Vorsprung. Ein stechender Schmerz schoss ihm durch den Kopf.

»Steh auf!«, schrie Sam.

Sie bückte sich und zwang Jamie aufzustehen. Der junge Mann rutschte auf der glitschigen Oberfläche des Felsens aus. Keuchend und mit gerötetem Gesicht stieß er ein Röcheln aus.

»Jetzt bist du ein lieber Junge und du wirst dem Teufel Guten Tag sagen«, säuselte Sam. »Und zwar schneller, als du denkst!«

Sie stieß ihn mit dem Griff ihrer Pistole nach vorn und hielt dabei ein Auge auf Jake. Die Ereignisse hatten eine unwirkliche Wendung genommen, die sie überforderte, aber sie musste die Sache zu Ende bringen.

»Und ... und jetzt?«, brachte Jamie mit erstickender Stimme hervor, als er schließlich die Felsspalte erreichte.

»Jetzt erzählst du dem Herrn alles, was du getan hast. Wir werden ja sehen, was er dazu sagt.«

Jamie sah sie mit weit aufgerissenen Augen an. Sein Kopf und seine Schultern waren mit Schnee bedeckt, seine Augenbrauen beinahe weiß.

»Sam ...«, murmelte Jake, immer noch auf dem Boden. »Mach das nicht ...«

»Er muss reden! Er muss zugeben, ohne zu ...«

Ihr Zeigefinger spielte mit dem Abzug. Sie wollte es nicht tun, aber sie war dazu in der Lage. Gefährlich leben. Nur um zu sehen, was dabei herauskam.

»Er muss gestehen!«

Jamie sah sie trotzig an.

»Ich habe nichts zu gestehen. Wenn du dir deiner so sicher bist …«

Die Sehnen in Sams Hals strafften sich. Ihre Faust schnellte vor. Der Schlag ließ die Wange des jungen Mannes gut zwölf Millimeter aufplatzen, aber er steckte ihn ein, ohne zu reagieren.

»Verdammt, das wirst du bereuen«, schrie Sam. »Ich schwöre dir, das wirst du in einer Minute bereu…«

Jake stieß sie mit voller Wucht. Überrascht ließ sie die Ruger fallen.

»Arschloch! Du blödes Stück Schei…«

Sie wollte ihm den Ellenbogen ins Gesicht rammen, aber Jake wehrte sie mit seinem Körper ab. Rasend vor Zorn, gab Sam ihm einen Kopfstoß, der ihn voll auf den Solarplexus traf. Er kippte in einem weißen Wirbel nach hinten.

Sam richtete sich auf, mit kämpferischem Blick.

»Er soll krepieren, das ist alles, was er verdient!«, brüllte sie, bevor sie sich zu Jamie umdrehte.

Sie hatte keine Wahl. Sie konnte den Hurensohn nicht einfach so davonkommen lassen. Sie schickte sich an, zuzuschlagen, als sie zwei Arme spürte, die ihre Bewegung behinderten. Sie heulte vor Wut.

»Lass ihn! Lass ihn in Ruhe!«, schrie Jake.

»Lass mich los!«

»Sam, hör auf!«

»Halt dich raus!«, kreischte Sam und schlug um sich.

»Jamie …«

»Lass mich los, du kleiner Schwuler!«

»Jamie! Hau ab!«

Jamies halb geschlossene Augen blickten schnell von einem zum anderen. Die Platzwunde auf seinem rechten Wangenknochen versank in einer rosafarbenen Schwellung, seine aufgequollenen Lippen waren blutverschmiert. Stöhnend richtete er sich auf, hielt sich am Felsen fest und stieß die Ruger mit dem Fuß weg. Die Pistole glitt unter die Büsche und hinterließ eine feine Spur in der pudrigen Schicht, mit der der Boden überzogen war.

»Jake, was kann ich ma...«

»Rette dich!«

»Du bleibst hier!«, schrie Sam außer sich vor Wut. »Wenn du abhaust, bist du tot! Hast du gehört? Du bist tot! Versprochen!«

»Ich werde nicht ...«, stammelte Jamie.

Jake ließ ihn nicht ausreden:

»Lauf! Ich kümmere mich um sie.«

»Lass mich los!«, schrie Sam. »Lass mich los, verdammt! Ich mach ihn kalt! Er kann nicht ... Er muss ...«

Ihre Stimme brach. Jake lockerte seinen Griff und spürte, dass sie wie eine haltlose Marionette in sich zusammensackte. Ihr Kopf sank auf ihren Hals wie eine verwelkte Blüte auf den Stängel.

Jake wandte sich Jamie zu. Die körnigen Schneeflocken peitschten eisig seine Wangen, und seine Stimme zitterte:

»Geh nach Hause, Jamie. Es ist gut, es ist vorbei.«

»Bist du sicher?«

»Ja. Ich komm schon klar.«

Ein letztes Zögern, ein allerletzter Blick zurück, und der junge Mann verschwand im Gebüsch, das den Eingang des Ortes bewachte. Jake ließ fünf oder sechs Herzschläge vergehen und atmete tief ein. Dann stieß er einen schweren Seufzer aus.

Er trat ein Stück zurück, starr vor Angst.

Wildes Schneetreiben wirbelte um Sam herum. Ihre Mütze war komplett weiß, auf ihren Haaren glänzte geschmolzener Schnee. Als sie den Kopf hob, nach einer Stille, die nur das Gesäusel des

Windes unterbrach, sah sie aus, als habe sie einen Schlag in die Magengrube bekommen. Der Blick aus ihren fiebrig glänzenden Augen ging Jake durch und durch.

»Warum? Warum hast du ihn laufen lassen?«

Jake näherte sich Sam. Er hatte weiche Knie, und ein Schmerz wie ein elektrischer Schlag schoss ihm in Kopf, Nacken und Brustkorb. Er hockte sich auf den Boden, den Körper voll mit Adrenalin. Die Kälte hielt ihn in Alarmbereitschaft.

»Du hättest dich nie einmischen dürfen, niemals«, gab Sam von sich und hielt dabei ihren Zorn mühsam unter Kontrolle.

Ihre Lider zuckten nervös, ihr zusammengepresster Kiefer zitterte unter den Wangen, und eine dicke Ader trat auf ihre Stirn. Ihre Augen flackerten hin und her. Jake erkannte darin den irren Blick von Phil Baldwin.

»Du warst bereit, ihn zu töten, Sam! Was hätte ich deiner Meinung nach tun sollen?«

»Ich wollte ihn nicht töten!«, widersprach sie. »Ich wollte ihm nur Angst machen.«

»Du wolltest ihn töten, Sam«, warf Jake ihr vor und klapperte mit den Zähnen.

Sein Pulsschlag war so stark, dass es ihm kaum gelang, die Worte auszusprechen.

»Du hättest mir helfen sollen und nicht ihm«, erwiderte Sam nach einem Augenblick.

»Dir helfen? Dir helfen, ihn abzuknallen, meinst du das? Ehrlich, du bist völlig wahnsinnig! Du musst dir unbedingt helfen lassen, Sam!«

Er ballte die Fäuste, mochte zwar gegen diese Idee ankämpfen, mochte zwar hoffen – doch er wusste, dass jede Sekunde, die verstrich, ihn etwas weiter von seiner Freundin entfernte.

»Was war das heute, ein Geburtstag?«, empörte er sich. »Wolltest du dir jemand anderen kaufen, um das Einjährige nach dem letzten Halloween zu feiern? Und nächstes Jahr, wen nimmst du dir dann vor? Mich? Ben?«

Die Flamme flackerte unter Sams Augenlidern. Jake glaubte einen Moment, sie würde wieder auflodern, doch stattdessen sah er, wie sie erlosch und dem fliehenden Blick wich, den sie der Mauer aus Dornen hinter ihm zuwarf.

Sie stand auf und zog sich langsam zurück, ohne ihn aus den Augen zu lassen.

»Ich dachte, du wärest mein Freund«, entfuhr es ihr.

Dann sprang sie auf die Beine und rannte davon, so schnell sie konnte. Jake blieb dort und hörte wieder und wieder diese Worte, die das Ende ihrer Freundschaft besiegelten.

»Ich bin dein Freund!«, schrie er schließlich, die Hände als Sprachrohr vor dem Mund.

Doch Sam war schon zu weit weg, um ihn noch zu hören.

Heute

Später erfuhr man, dass der Blizzard, der am 4. November die Region verwüstet hatte, der mörderischste seit sechs Jahren gewesen war. Acht Menschen starben an jenem Wochenende allein im Garfield County: drei Erwachsene und ein Kind bei einem Autounfall, der auf Glätte zurückzuführen war, zwei Wanderinnen, deren vereiste und zerfetzte Körper man einige Wochen später auf dem Grund einer Schlucht fand, ein Jäger, der Opfer einer wegen schlechter Sicht verirrten Kugel wurde, und ein Achtzigjähriger, der wegen eines Heizungsdefekts erfroren war. Eine traurige Bilanz, zu der man Jamie Carozza hätte hinzufügen können, wenn ich nicht eingegriffen hätte.

Im Nachhinein hatte ich den Eindruck, einen dieser merkwürdigen Träume gehabt zu haben, die sich in dem Moment auflösen, wenn man beginnt, sich an sie zu erinnern. Manchmal zweifelte ich daran, ob ich wirklich gesehen hatte, wie Sam mit einer Pistole auf Jamie zielte. Es gelang mir nicht, sie mir durch den Schneesturm laufend vorzustellen, auch dann nicht, wenn ich mich konzentrierte. Alles, was mir von dieser irrsinnigen Begebenheit in Erinnerung geblieben ist, war ihr Blick, genauso finster in ihrem weißen Gesicht wie ein schwarzes Wasserloch im Eis. Und eine schlimme Mandelentzündung, die mich fünf Tage lang ans Bett fesselte.

Keiner von uns beiden hatte in den Tagen nach dieser Episode, die mir schließlich mit einer durch das Fieber noch verstärkten Heftigkeit als echter Mordversuch vorkam, den Kontakt wieder aufgenommen. Die Filmabende bei Ben wurden abgesagt, Sam und ich gingen uns im Dorf und in der Schule aus dem Weg, wir wünschten uns weder alles Gute zu Thanksgiving noch ein gutes neues Jahr. Jamie hingegen war es sehr peinlich, dass er sich von einem Mädchen hatte umhauen lassen. Deshalb erklärte er die Verletzungen mit einem Sturz im Schneegestöber. Ein Mal, ein einziges Mal, hatte ich in der Schule seinen dankbaren Blick aufgefangen; das war zehn Tage nach den Ereignissen, als ich wieder genesen war und sein Gesicht noch geschwollen. Wie hatte Sam nur glauben können, dass dieser freundliche Junge, der immer der gutmütigste der Bande gewesen war, der Verfasser dieser niederträchtigen anonymen Briefe sein könnte, die wir erhalten hatten?

Natürlich fragte Ben sich allmählich, was los war. Ich hatte beschlossen, ihm den Vorfall im Gebirge zu verschweigen, um ihn zu schützen. Er hatte in diesem verrückten Jahr 89 viel mitgemacht und das neue Jahrzehnt mit einem Optimismus begonnen, der ein wenig zu übertrieben war, um überzeugend zu wirken. Doch – sein ewiges Schicksal – er musste eine Reihe von Enttäuschungen hinnehmen. Kein gemeinsamer Neujahrstag in jenem Jahr. Keine Fête zu meinem sechzehnten Geburtstag. Ich wollte nichts mehr von Sam hören, nicht, solange sie nicht einen Schritt auf mich zu machte, um ihre Aktion zu erklären, und Ben kam immer wieder auf sie zu sprechen. Ich war in eine finstere Periode eingetreten, die der eisige Winter und der verregnete Frühling, der ihm folgte, nur noch endloser erschienen ließen. Das Geheimnis fraß mich auf und wurde auf jeder Ebene meines Lebens immer unerträglicher.

Zwangsläufig war es zu einem Konflikt zwischen Ben und mir gekommen, etwa zwei Wochen vor Sams Abreise, an einem Tag, an dem er mir bei einer Matheaufgabe geholfen hatte. Er hatte mich nach den Gründen für die Feindseligkeit zwischen Sam und mir gefragt, hatte mir vorgeworfen, egoistisch zu sein und nur an meine eigenen Probleme zu denken – die er übrigens vollständig ignorierte –, hatte die Tür zu meinem Zimmer zugeschlagen und mich dabei zum Teufel gewünscht. Wir hatten nicht wieder über diesen Zwischenfall gesprochen, aber etwas zwischen uns war zerbrochen, was auch der stärkste Klebstoff nicht wieder hätte kitten können.

Eine Woge der Melancholie überkam mich. Schwer, aufdringlich, ich fühlte, wie sie in mir vibrierte, die Nervenenden reizte, durch meine Adern strömte und Leib und Seele vergiftete. Ich ließ das Seitenfenster herunter, um ein wenig Luft zu holen. Doch der heiße Wind brachte mir keinerlei Erleichterung.

Nach ein oder zwei Minuten führte mein Gedankengang mich wieder zu Sam zurück. Oder vielmehr zu dem Tag, an dem sie fortging.

Es war an einem Donnerstag Ende Februar, einige Tage nach ihrem siebzehnten Geburtstag. Die Einzelheiten erfuhren wir von Erin, ihrer kleinen Schwester. Es war kurz nach acht, als Sam das Haus verließ, um auf den Bus zu warten, ihren großen Seesack über der Schulter. Sie musste oft einiges mit sich schleppen, Kleider und Accessoires, die sie in ihrem Theaterkurs brauchte, und deshalb wunderte Erin sich nicht, als Sam, beladen wie ein Packesel, an jenem Morgen losgezogen war. Auch als sie um kurz nach 16 Uhr aus der Schule kam und Sam nicht zu Hause antraf, regte sie sich nicht auf; da es unaufhörlich schneite, sagte sie sich, dass der Bus zwischen Escalante und Duncan's Creek nur langsam vorankam. Erst um 18 Uhr, als Großmutter Margaret die Mädchen rief, um den Tisch zu decken, war die Kleine enttäuscht gewesen. Eine Stunde später, als die Suppe schon kalt wurde, hatten sie zu zweit gegessen und dabei die verschiedenen Gründe aufgezählt, die für Sams Verspätung verantwortlich sein könnten: Schnee, das lag auf der Hand, eine Straßensperre … ein Unfall?

Erin ergriff schließlich die Initiative und rief Mrs. McCombs an, die in der Telefonkette, die von den Eltern der Schüler von Duncan's Creek eingerichtet worden war, auf Baldwin folgte. Am anderen Ende der Leitung hatte Ben ihr gesagt, dass er Sam an diesem Donnerstag nicht in der Schule gesehen habe; das hatte ihn nicht beunruhigt, er habe gedacht, es gehe ihr nicht gut. Er hatte Erin vorgeschlagen, bei ihr vorbeizukommen, ohne genau zu wissen, was man dann tun sollte, und ihr außerdem geraten, den Sheriff anzurufen. Erin hatte sich an die Stirn gefasst. Warum hatte sie daran nicht gedacht? Aber genau in dem Moment, als sie die Nummer, die in der Küche am Wandtelefon angeklebt war, wählen wollte, hatte es geklingelt. Sie befürchtete das Schlimmste, nahm den Hörer ab und hielt ihn mit beiden Händen fest.

Die Person, die sich meldete, war nicht Sam, sondern jemand, der in Sams Auftrag anrief. Sam ließ Erin ausrichten, dass sie in Los Angeles angekommen sei und ihr verspreche, bald wieder von sich hören zu lassen. Sie bat ihre kleine Schwester, sich keine Sorgen zu machen. Sie ließ ihr sagen, dass sie sie liebe. Erin wollte mehr erfahren, aber ihr Gesprächspartner hatte aufgelegt, bevor sie den Mund öffnen konnte. Geschockt und ratlos stand das Mädchen für mindestens eine Stunde neben sich, bevor es sich dazu entschloss, dem Sheriff das Verschwinden der Schwester anzuzeigen. Aber in diesem Fall, da Sam ein Lebenszeichen von sich gegeben hatte, konnten die Behörden sie nicht als vermisste Minderjährige ansehen. Aus Mangel an Ressourcen wurde keine Untersuchung eingeleitet, und es wurde nicht nach Sam gesucht.

Margaret Moloney war der Meinung, dass ihre Enkeltochter in der Lage war, allein zurechtzukommen, wenn sie sich dafür entschieden hatte, was nicht bedeutete, dass sie sie nicht mit offenen Armen empfangen würde, wenn sie wieder nach Hause kommen wollte. Und so vergingen die Tage. Die Wochen, die Monate. Sam hatte im Mai einen Brief an ihre Familie geschickt, in dem sie lediglich schrieb, dass alles in Ordnung sei und dass sie bald ihre erste Rolle in einer Sitcom bekommen würde. Erin hatte immer wieder mit der Fernbedienung in der Hand gesucht, aber das Gesicht ihrer Schwester nie auf dem Bildschirm entdeckt.

Auch ich hatte nachgeschaut. Vergeblich.

Ein Lichtschein riss mich aus meinen Gedanken.

Ich war gerade in eine enge Passage, die wie mit einem Dolch ins Gebirge geschnitten wirkte, zwischen zwei Felswänden gefahren, und die glatten, kreideweißen Oberflächen reflektierten grelle Sonnenstrahlen. Ich klappte die Sonnenblende herunter und setzte die Sonnenbrille wieder auf. Ohne es richtig wahrzunehmen, hatte ich Bunkerville, Mesquite und Littlefield, die letzten Städte vor Utah, hinter mir gelassen. Die Landschaft zeigte sich hügeliger, und hier und da war ein Gipfel zu sehen.

Als ich ein Schild PURGATORY CANYON auf meiner Rechten erblickte, fühlte ich mich auf dem Weg zur Grenze hin- und hergerissen, denn ich fürchtete mich davor, sie zu überschreiten.

Der Highway stieg immer weiter an, meine Furcht auch. Ohne den nächsten Hügel so recht erwartet zu haben, wusste ich doch, was mich auf der anderen Seite erwartete: die bläulichen Höhenzüge Utahs, die sich in der Ferne abzeichneten. Ich hätte nur die Augen schließen müssen, um zu sehen, wie sie über den steinigen Ebenen schimmerten.

Ich war endlich da.

Mein Purgatorium.

Meine Zerrissenheit.

Vor der Rückkehr.

Utah

Gestern

»Sam?«

Die Stimme war kaum hörbar. Jake klopfte noch einmal an die Zimmertür.

»Mach auf, Sam, ich bin's. Jake.«

Keine Antwort. Er beugte sich nach links und schaute durch das Fenster. Sein Gesicht spiegelte sich auf der schmutzigen Scheibe; dahinter schimmerte der gelbe Kreis einer Nachttischlampe. Ohne es zu merken, kaute er an der Innenseite seiner Wange.

»Sam? Bist du da?«

Weiterhin nichts. Jake legte die Hände an beide Seiten seines Gesichts und drückte die Nase an die Scheibe. Er versuchte, die undeutlichen Formen hinter dem Vorhang zu durchdringen, und hörte ganz leise ein Radio spielen.

»Ist da jemand?«

Er trat einen Schritt zurück, sah auf das Foto von Jim Morrison, das an der Tür hing. Anscheinend hatte der Sänger der Doors vor einigen Jahrzehnten in Zimmer 32 des *Alta Cienega Motels* übernachtet.

»Sam, ich bin's. Mach bitte auf!«

Als Jake versuchte, den Türknauf zu drehen, spürte er, dass jemand hinter ihm war. Eine Asiatin stand hinter ihm auf der obersten Stufe der Treppe. Sie starrte ihn an und verschwand im Nebenzimmer.

Er räusperte sich und zog nach einem Augenblick sein Handy

aus der Tasche seiner Jeans. Mit zitternden und feuchten Fingern suchte er Sams Nummer in der Kontaktliste. Kaum hatte er auf »Verbinden« gedrückt, hörte er im Zimmer den Klingelton – das schrille Intro eines neuen Songs von Eminem.

Er wartete, bis sich der Anrufbeantworter meldete. Die vom Knistern der Leitung untermalte Stimme verkündete lapidar: »Hier ist Sam, ruft später wieder an.« Er konnte sich kaum beherrschen, so stark waren seine Befürchtungen; er unterbrach die Verbindung und klopfte dreimal an die Tür, immer wieder.

»Hier ist Jake, Sam! Antworte!«

Da keine Antwort kam, streckte er die Hand nach dem Knauf aus, an dem ein abgenutztes Schild hing: BITTE NICHT STÖREN. Die Tür war abgeschlossen. Kalter Schweiß trat auf seine Stirn, den er mit dem Hemdsärmel abzuwischen versuchte.

Er unterdrückte die aufkommende Panik. Es würde ihn nur lähmen, sich das Schlimmste vorzustellen. Mehrmals versuchte er, Sams Handy anzurufen, vergeblich. Eminems Rap würde noch die ganze Nachbarschaft zusammentrommeln.

Noch ein Blick ins Innere. Wegen der Vorhänge konnte Jake nichts erkennen, aber als er sich zur Seite lehnte, bemerkte er, dass sie nicht ganz zugezogen waren. Er reckte den Hals und sah eine Gestalt auf dem Bett.

Sein Herz klopfte hörbar.

»Sam … Sam, mach auf! Mach auf, verdammte Scheiße!«

Jetzt hämmerte er wie verrückt an die Tür. Das Engelsgesicht von Jim Morrison starrte ihn ungerührt an. Im Fenster von Zimmer 29 tauchte ein Kopf auf, doch er bemerkte ihn nicht. Sein Blickfeld war auf Zimmer 32 beschränkt.

Jake spürte, wie seine Angst immer größer wurde. Er mochte zwar dagegen ankämpfen, aber seine Fantasie war nicht zu bremsen. Er stellte sich vor, wie Sam leblos auf einer alten Bettdecke mit Blümchenmuster lag, und jeder andere Gedanke in seinem

Kopf erlosch. Wurde durch etwas Düsteres und Eisiges ersetzt. Durch ein Vorgefühl des Todes.

Er dachte nicht nach. Mit einem Sprung nach vorn versuchte er, die Tür mit der Schulter aufzusprengen. Zweimal, dreimal. Beim vierten Versuch erstarrte er mitten in der Bewegung; die asiatische Nachbarin hatte auf ihrer Türschwelle zu schreien begonnen. Jake sah sich um und bemerkte andere, auf ihn gerichtete Augen. Hinter den Fensterscheiben. Im Schatten von halb geöffneten Türen. Auf dem Parkplatz.

»Hör auf damit, oder ich ruf die Polizei!«, brüllte ein Mann unten an der Treppe, ein Latino im Tanktop, wahrscheinlich der Manager des Motels.

Jake wollte antworten, doch die Zunge klebte ihm am Gaumen.

»Sie … sie …«

Der Typ raste im Eiltempo die Treppe hoch. Untersetzt, mit schlappen, aber angespannten Muskeln, schien er bereit, zuzuschlagen. Jake fühlte, wie sich sein Magen zusammenzog, und trat instinktiv von der apfelgrünen Zimmertür zurück.

»Bist du verrückt, oder was? Bist du nicht ganz dicht?«

Der Typ kam auf die Veranda, an der die Zimmer im ersten Stock lagen. Jake wich zurück und hielt ihm beschwichtigend die Handflächen entgegen. Der Mann blieb einen Meter vor ihm stehen.

»Verschwinde, du Idiot«, knurrte er.

»Sam … sie«, Jake schluckte. »Ist eine Frau in dem Zimmer?«, konnte er schließlich ausstoßen, mehr eine Behauptung als eine Frage.

»Das geht mich nichts an. Du sollst verschwinden, hab ich gesagt.«

Der Mexikaner deutete mit einem kurzen, behaarten Daumen auf den Ausgang. Wut schwelte in seinen Augen. Jake schüttelte den Kopf.

»Sie … sie antwortet nicht. Da ist etwas passiert …«

»Sie will dir nicht antworten, na und? Was interessiert mich das?«

»ICH SAGE IHNEN, DA IST WAS PASSIERT!«

Der Typ sagte eine Weile nichts, runzelte die Stirn und näherte sich dann mit immer noch zurückhaltender, aber jetzt immerhin besorgter Miene der Tür. Undeutlich war Jake sich der Blicke bewusst, die sich aus allen Ecken des Hofes auf sie richteten.

»Ist da jemand?«, rief der Manager und klopfte an die Tür. »Ist da jemand im Zimmer?«

Jake spitzte die Ohren; außer dem Radio, ganz leise, war nichts zu hören.

»Sie sagen, da ist eine Frau drin?«, fragte der Mexikaner und drehte sich zu ihm um.

»Ja. Ihr Handy ist da drin. Und ich habe einen leblosen Körper auf dem Bett gesehen.«

Das Wort war gefallen.

»Verdammt, ich hoffe, das ist nicht wieder eine von diesen verfluchten, mit LSD vollgestopften Morrison-Fan-Tussis«, sagte der Mann verbittert.

Er eilte die Treppe hinunter und kam kaum eine Minute später mit einem Schlüssel in der Hand wieder zurück. Rief noch einmal und schloss dann die Tür auf.

Als sie eintraten, stieg ihnen der bittere Geruch von Erbrochenem in die Nase. Jakes Gesichtszüge erstarrten.

»Was ist …«, setzte der Mexikaner an.

Das Erste, was Jake sah, waren die mit Graffiti bedeckten Tapeten. Überall Graffitis, von den Wänden bis zur Decke. Zeichnungen, Wörter, Symbole, mit Kuli oder Filzstift geschrieben zum Ruhme des Sängers der Doors. Kein Fleckchen war verschont geblieben.

Dann fiel sein Blick auf das Bett, und was er dort sah, drehte ihm den Magen um.

»Sam!«

Sie lag in einer Position, die man kaum beschreiben konnte. Ihre Taille war verdreht, als ob ihr Oberkörper sich von den unteren Gliedmaßen getrennt hätte, ein Bein war unter das andere gefaltet, ein Fuß hing in der Leere. Ein feuchter Heiligenschein hatte sich auf der Bettdecke ausgebreitet, vielleicht Erbrochenes.

Jake stieg über einen Stuhl, der wahrscheinlich unter der Last der auf die Lehne geworfenen Kleider ins Wanken geraten und umgefallen war, und fiel mit den Knien aufs Bett. Sogleich sah er das Gummiband an ihrem Unterarm, der von einem Geflecht von Adern und Blutgefäßen überzogen war, sowie die Einstiche auf dem Rücken ihrer herabbaumelnden Hand.

»Oh nein, Sam!«

Die folgenden Schritte kamen wie von selbst. Er legte den Arm, den sie unter den Kopf geschoben hatte, an ihren Körper und drehte sie behutsam auf den Rücken. Sie trug nur ein kleines Höschen – beschmutzt, sie hatte sich in die Hose gemacht, wie er nicht umhin konnte festzustellen. Ihre schweren weißen Brüste rollten zur Seite.

»Rufen Sie den Notarzt! Beeilen Sie sich!«, rief Jake dem Manager zu, der an der Tür erstarrt war. »Mein Gott, Sam, was hast du gemacht?«

Sie hatte die Augen geschlossen, ihre Haut war kalt und schweißbedeckt. Am rechten Augenlid hing eine Träne, ihre trockenen bläulichen Lippen waren leicht geöffnet und gaben den Blick auf ihre großen Zähne frei, die auf dem Weiß ihres Gesichts gelb wirkten. Jake gab ihr einen kleinen Klaps auf die Wange.

»He!«

Er strich ihr das verschwitzte Haar von der Stirn und den Schläfen und legte ihr Gesicht frei. Ihr Mund war mit Erbrochenem verschmiert, aber aufgrund der Bauchlage war sie nicht erstickt. Er öffnete ihr die Augen. Die zusammengezogenen Pupillen unter den Wimpern waren auf zwei kleine Stecknadelköpfe reduziert.

»Kannst du mich hören, Sam? Ich bin's, Jake. Los, wach auf! Sam? Sam?«

Doch sie hörte ihn nicht. Sie war bewusstlos. Ihre Atmung war langsam, er zählte nicht mehr als einen Atemzug alle zwanzig Sekunden. Er tastete ihren Hals ab und fand einen nur sehr schwachen Puls.

»Wach auf, Sam! Wach auf, ich bitte dich. Los, ein bisschen Mut ...«

Er schüttelte sie sanft. Zwischen ihren Knien kam ein Durcheinander von verschiedenen Dingen zum Vorschein – Sonnenbrille, Zigarettenschachtel, Schminktäschchen, Feuerzeug. Sein Blick fiel auf die Spritze und den Löffel, die auf dem Nachttisch lagen, und blieb dann an den dunklen Narben in der Armbeuge und auf dem Handrücken hängen, die von Nadeln stammten. Einige bluteten noch.

»Mein Gott, Sam, nein ... nein!«

Er packte sie an den Schultern und schüttelte sie etwas heftiger. Ihr Kopf rollte auf dem Kissen von einer Seite auf die andere, ihr offener Mund bewegte sich, ohne einen Laut von sich zu geben. Jake gab ihr eine weitere Ohrfeige, die klatschte wie eine Peitsche. Er hob sie hoch, um sie zu einer Reaktion zu bringen. Nichts.

»Wach auf! Los, Sam ... ich bin's, Jake! Ich bin da, meine Liebe, ich bin da, es wird alles gut. Atme, atme ...«

Tränen stiegen auf, wenn schon nicht in seinen Augen, dann zumindest in seiner Kehle.

»Atme, Sam. Atme!«

Sanft nahm er ihren Kopf in die Arme, legte ihn wieder aufs Kissen. Sein Herz raste wie verrückt. Er drückte seine Lippen auf ihre, um eine Mund-zu-Mund-Beatmung zu versuchen, als ein Schluchzen in seine Ohren drang.

»Sam?«

Hatte sie sich bewegt? Hatte ihr linkes Augenlid gezuckt? Hoffnung, dann Entsetzen fuhren ihm in die Eingeweide.

»Ja, Sam! Ja! Wach auf, ich bin da. Jake, Sam! Ich bin Jake.«

Er gab ihr einen weiteren Klaps auf die Wange, wischte ihre Stirn mit einem Schal ab, der dort herumlag.

»Du kannst es schaffen, Sam, du kannst es schaffen! Du wirst …«

Jake konnte seinen Satz nicht beenden; Sams Lippen hatten sich bewegt. Er beugte sich vor, eine Hand auf ihre Schulter gestützt, und murmelte:

»Was hast du gesagt? Sam? Sam! Was hast du gesagt?«

Mit dem Handrücken wischte er die Haarsträhnen auf ihrem bleichen Gesicht zur Seite.

»Hier ist Jake, ich bin da! Wach auf, jetzt … wach auf … Was? Was?«

Jake näherte sich so dicht wie möglich den Lippen seiner Freundin. Sams Atem, eine Mischung aus Cannabis, Alkohol und Erbrochenem, erreichte ihn mit leichter Verzögerung. Ihre Stimme schien nur noch an einem Faden zu hängen.

»Bring mich zurück … nach Hause …«, sagte sie.

Heute

Fünf Minuten, nachdem ich an dem Schild UTAH vorbeigefahren war, begannen Tränen in meinen Augen zu brennen. Ich lenkte den Chevy an den Straßenrand und ließ sie mit zitternden Wimpern laufen. Die Tränen rollten mir über die Wangen, warme und salzige Bäche, und landeten auf meinem Hemd.

Ich hätte wohl bis zur Erschöpfung weinen können, wenn nicht einige Minuten später ein Streifenwagen hinter mir angehalten hätte. Der verständnisvolle Polizist sah, dass ich ihm nichts vorspielte, und kontrollierte lediglich meine Papiere sehr sorgfältig. Danach durfte ich weiterfahren. Er wies mich auf eine Raststätte in fünfzehn Kilometern hin und wünschte mir alles Gute.

Zehn Minuten später hielt ich dort an und stieg aus dem Wagen, um etwas Luft zu schnappen. Der Parkplatz war menschenleer. Die Tränen waren versiegt, doch ich spürte ihre salzigen Spuren an der dünnen Haut meiner Augenlider. Der Kragen meines Polohemds war feucht und warm.

Die schroffen Berge, die mich umgaben, erinnerten mich an die Farben meiner Kindheit – rostroter Ocker. Ich sog den Duft der Kiefern ein, den ich mit meinem Dorf verband, nahm all meinen Mut zusammen und setzte meinen Weg fort. Auch wenn Duncan's Creek in meinen Augen jetzt so anziehend war wie eine Jauchegrube, durfte ich nicht vergessen, dass ich Sam ein Versprechen gegeben hatte. Das letzte Versprechen.

Als ich etwas benommen am Rand einer von der Erosion geschaffenen Felsspalte stand, fragte ich mich, wie so etwas passieren konnte. Stimmte es, dass sich meine Freundin an jenem Abend darüber klar geworden war, dass ihr der zweite Teil ihres Lebens gestohlen wurde, obwohl sie den ersten Teil damit verbracht hatte, nach einem Sinn zu suchen? Warum hielt man nicht irgendein außerplanmäßiges Glück für sie bereit? Erfolg, eine Ehe, ein Kind?

Die erste Liebe vergisst man niemals vollständig, genauso wenig wie die erste Freundschaft. Das gilt noch mehr, wenn sie einem über Nacht genommen wurde. Und einen geschockt zurücklässt. Und wenn das Gefühl, dass einem etwas fehlt, so stark wird, dass man sich sagt, die nächsten Neuigkeiten, wenn sie denn kommen, sind bestimmt nicht gut, dann kann uns selbst die Hoffnung nicht mehr tragen.

Dennoch war es die Hoffnung, die mich im Sommer 1995 beflügelt hatte, als Amerika sich von dem Attentat in Oklahoma City erholte und der Prozess von O. J. Simpson die Leidenschaften der öffentlichen Meinung entfesselte.

Der Sommer, in dem ich mein erstes Manuskript an einen Verleger sandte und in dem ich Sam wiederfand.

Gestern

Alles hatte mit einer Zeitungsanzeige begonnen. Auf der Suche nach neuen Talenten hatte ein Verlag in Los Angeles einen großen Romanwettbewerb organisiert. Jake lebte seit anderthalb Jahren in San Francisco, und obwohl er erwachsen war, wurde er immer noch nervös, wenn er eine Entscheidung treffen musste. Ayako, eine Kellnerkollegin aus dem Fast-Food-Restaurant, in dem er arbeitete, meinte, er sei ewig unentschieden, weil er ständig Angst habe, das Falsche zu tun. Jake war schon immer von ängstlicher Natur, wie er selbst zugeben musste, und aus diesem Grund verließ er sich zumeist aufs Schicksal, wenn es darum ging, die verschiedenen Entscheidungen seines Lebens zu treffen.

Die Dinge geschehen sowieso, beschwichtigte er sich. *Es genügt, auf die Zeichen zu achten.*

Am 2. Juli 1995 war ein Zeichen gekommen. »Das ist deine Chance, Utah, lass sie nicht vergehen!«, hatte Ayako gesagt und ihm die Zeitung gezeigt. Jake hatte ihr einige Monate zuvor ein oder zwei Kapitel seines neuen Romans zu lesen gegeben, und sie hatte sie sehr gut gefunden.

Seine erste Geschichte trug den Titel *Bus Stop* und nahm als Ausgangspunkt seine Flucht aus Duncan's Creek im Jahr 93, die er mit zusätzlichen Beschreibungen angereichert hatte. Er erzählte, wie Logan Jacobson, achtzehn Jahre alt und Waise, der noch nie aus seinem Dorf herausgekommen war, eines Tages in einen Bus stieg, um sein Glück in Kalifornien zu suchen. Nur, dass der Fahrer auf dem Weg irgendwo südlich des Death Valley in einem Anfall von Wahn alle Fahrgäste an einer Geisterhaltesetelle absetzte. Die Erzählung, die sechzig Seiten lang war, endete in Blut und Tod.

Als Jake an diesem Abend nach Hause kam, starrte er eine Stunde lang an die feuchtfleckige Decke des Zimmers, das er in einem zweistöckigen Wohnhaus am Dodge Place gemietet hatte. Lukas, sein Mitbewohner, übte gerade im Nachbarzimmer ein neues Stück auf dem Saxophon, doch Jake hörte ihn kaum. Er hatte sich in seinen Kokon eingesponnen.

Als er am nächsten Tag aufstand, hockte er sich auf den Schreibtischstuhl und spannte ein Blatt Papier in seine Schreibmaschine. Er schrieb seinen Namen, Adresse und Telefonnummer unter den Titel des Romans. Er hatte den Text, der seit Monaten in einer Schublade seiner Kommode zwischen Slips und Socken vor sich hin gammelte, nicht überarbeitet; er hatte ihn so oft gelesen, dass er jede Zeile auswendig kannte. Am Morgen des 3. Juli schickte er das Ganze im Postamt in der Hyde Street ab.

Die Antwort kam am 30. in Form einer E-Mail, in der man seinen Namen verhunzt hatte – Jack statt Jake. *Bus Stop* war vom Lektorenkomitee des Verlags in die Endauswahl übernommen worden, die Anfang August in Los Angeles stattfinden sollte! Jake begab sich auf eigene Kosten sofort dorthin, überzeugt davon, dass das Zeichen ihn nicht täuschen konnte. Er fuhr die Strecke mit dem Bus auf Platz 26 – seinem Geburtstag – und wurde im Büro des Verlegers von einem Praktikanten mit dem Vornamen Ben empfangen.

Bus Stop wurde von der Jury auf Platz zwei gesetzt. Zehn Minuten nach der Verkündung der Ergebnisse fand Jake sich auf einem unbekannten und feindseligen Gehweg von Los Angeles wieder, ohne den geringsten Glückwunsch vom Verleger bekommen zu haben. Es war so heiß, dass der Asphalt an seinen Füßen klebte. Der Straßenlärm machte ihn schwindelig. Die nächste Stunde irrte er durch die Stadt, wobei er sich die Liste seiner gescheiterten Begegnungen und zerschlagenen Hoffnung vor Augen führte.

An dem Tag, an dem er Duncan's Creek verlassen hatte, ließ er alles hinter sich, was bis dahin sein Leben ausgemacht hatte: Diese glücklichen Jahre, die er, Ben und Sam erlebt hatten, ohne sich der Gefahr, die über ihren Köpfen schwebte, bewusst zu sein, die flüchtigen Stunden, die sie geteilt, die Geschichten, die sie erfunden hatten, um sich Angst einzujagen … und dann hatte sich alles geändert. Mit sechzehn war Jake wieder allein gewesen, ein Gefühl, das durch Sams Abwesenheit von Tag für Tag stärker wurde. Das Schweigen von Ben, der ihm unermüdlich alle möglichen Vorwürfe machte, war noch schmerzlicher geworden als seine Worte. Von enttäuschten Erwartungen bis hin zu flüchtigen, eher unausgegorenen als ernsthaften Selbstmordgedanken, hatte Jake die finsterste Zeit seines Lebens durchgemacht und sich instinktiv der einzigen Sache zugewandt, die aus seiner Sicht genauso wichtig war wie seine Freunde: dem Schreiben.

Das Manuskript von *Bus Stop* unter dem Arm, spazierte er durch die verzweigten und sonnenüberfluteten Straßen von Los Angeles und fragte sich, wie er weiterleben sollte, wenngleich er sich auch sagte, dass das Glück eines Tages wiederkehren würde. Und vielleicht auch hoffte, an der einen oder anderen Straßenecke Sam zu treffen.

Hoffnung. Sie hatte ihm das Durchhalten ermöglicht. Noch Jahre, nachdem Sam fortgegangen war, hatte er immer noch geglaubt, sie würde ihm eines Tages eine vernünftige Erklärung für ihr Verschwinden geben, für ihr unstetes Leben. Damit diese Fragerei ein Ende nahm. Wo ist sie gewesen? Was hat sie gemacht? Führte sie das Leben, von dem sie geträumt hatte? Hatte sie endlich ihren Frieden gefunden?

Sie aufspüren, klar, aber wo anfangen? Von Erin, mit der er korrespondiert hatte, erfuhr er, dass der letzte Brief von ihrer Schwester Anfang des Jahres gekommen war. Sam schrieb darin, dass sie in einem Videoclub arbeitete und kurz davor war, eine Rolle in einer neuen Serie zu bekommen, *Emergency Room – Die*

Notaufnahme. Sie versprach Erin, sie nach Los Angeles kommen zu lassen, sobald sie in ein neues Apartment umgezogen sei. Der Stempel auf dem Umschlag wies darauf hin, dass der Brief in West Hollywood abgeschickt worden war – ein vier Quadratkilometer großes Areal mit 35.000 Einwohnern.

Jake landete also beim Einbruch der Dämmerung auf dem Santa Monica Boulevard und musterte die Neonschilder auf der Suche nach einem Videoclub. Er fand vor allem Restaurants, 7-Elevens, Tattooshops, Rockclubs und Plattenläden. Nach einer Weile stieß er auf die Fassade eines Blockbuster-Videoladens, in dessen Schaufenster Plakate zu den letzten Filmen von Schwarzenegger und Jim Carrey hingen. Er trat ein und zeigte der Verkäuferin ein altes Foto von Sam. Das Mädchen kannte sie nicht, verwies ihn aber auf ein anderes Geschäft sechs Blöcke weiter. Sofort machte er sich auf den Weg; doch auch dort war Sam unbekannt.

Endlose Avenuen, Abenddämmerung, abgeschmacktes Dekor, weitaus weniger glanzvoll: Enttäuschung und Hitze machten ihm allmählich zu schaffen. Er ging die Wilcox Avenue hinauf und kaufte bei einem Schwarzen, der ihm riet, bei Abe an der La-Brea-Kreuzung vorbeizuschauen, einen Hotdog, der länger als sein Unterarm war.

Der hinter dem Parkplatz von Burger King verborgene Laden war eingeklemmt zwischen einem Copyshop und einem Verkäufer von Nahrungsergänzungsmitteln. Der besagte Abe sah mehr nach Porno als nach Disney aus, und die Neuheit des Monats, *Lethal Weapon 3*, ein Film von 1992, gab eine Vorstellung von seinem Interesse für die siebte Kunst. Doch Jake brauchte seinen stundenlangen Marsch nicht zu bereuen: Abe kannte Sam – die sich Rhonda nennen ließ –, sie hatte im letzten Winter für ihn gearbeitet. Soweit er wusste, wohnte sie zur Untermiete in einem Zimmer in der Nähe der Yucca Street und besuchte regelmäßig den *Blue Night Club* nahe der U-Bahn-Station Hollywood/Highland.

Jake kam um 22 Uhr an Ort und Stelle an. Die Fassade des *Blue Night Club* war nicht blau, sondern pechschwarz. Sie war mit dem riesigen Porträt eines Indianerhäuptlings geschmückt, das durch zerfetzte und vergilbte Plakate halb verdeckt wurde. Schwarze Buchstaben auf der leuchtenden Markise kündigten ein Livekonzert an. Auf dem gegenüberliegenden Gehweg stehend, hörte er die Gitarrenriffs immer dann aus dem Saal dringen, wenn der Türsteher jemanden hinein- oder hinausließ.

Nach etwa zwanzig Minuten öffnete der Muskelprotz die Tür für eine Besucherin, die mit staksigen Schritten näher kam – eine dunkelhaarige Frau in einem schwarzen Kleid, das ihr zu klein war. Jake hatte noch keine zwei Schritte auf die Straße gemacht, als der Blick aus den großen grünen Augen mit dem leicht irren Glanz den seinen kreuzte.

Seine Lippen öffneten sich, um ihren Namen auszustoßen:

»Sam.«

Tagelang hatte Jake sich Dutzende Szenarien für den Moment ausgemalt, in dem er Sam wiederfinden würde. Im besten Fall, so hatte er gehofft, würden sie sich in die Arme fallen; im schlechtesten, sie würde ihm ein »Was hast du denn hier zu suchen?« ins Gesicht schleudern, mit derselben rachsüchtigen Miene, die sie an den Tag gelegt hatte, als er in der Teufelsschlucht aufgetaucht war. Doch die Begrüßung, die sie ihm in dieser düsteren Straße von Los Angeles zuteilwerden ließ, hatte er nicht vorhergesehen. Mit versiegelten Lippen und leerem Blick schaute sie zur Seite und nestelte am Träger ihres Kleides, der von der Schulter gerutscht war.

Manchmal war Gleichgültigkeit die schlimmste aller Antworten.

Er ging über die Straße, ohne auf den Verkehr zu achten. Aus dem Inneren des Clubs drang der Rückkopplungseffekt einer E-Gitarre zu ihm.

»Sam?«

Sie sah ihn verstört an. Sie war es, aber irgendwie war sie es auch nicht. Oder nicht ganz sie.

»Was willst du?«, murmelte sie.

Sofort bemerkte Jake ihre ausgemergelten Gesichtszüge und die eingefallenen Augenhöhlen. Das grelle Licht des Nachtclubs betonte das körnige Relief auf ihren von Akne gezeichneten Wangen; ihre Haut wirkte vollkommen bleich. Die Haare trug sie offen, aber ihre wilde Mähne war endlich gezähmt worden. Ihr Haar war glatter und dunkler, sie musste ihm mit Haarlack Glanz gegeben haben. Sie war zweiundzwanzig Jahre alt, sah aber aus wie fünfunddreißig. Und er hätte schwören können, dass diese leichte Wölbung am Ende der linken Augenbraue noch nicht da war, als er sie das letzte Mal gesehen hatte.

»Ich bin's, Sam. Jake.«

Ein verwirrter Ausdruck trat auf das Gesicht der jungen Frau.

»Spielleiter Jack«, fügte Jake lächelnd hinzu.

»Wer?«

Er spürte, wie eine Faust sein Herz umklammerte. Das war undenkbar, aber es geschah gerade: Seine Freundin hatte ihn vergessen.

»Jake Dickinson … aus Duncan's Creek.«

Sie sah ihn an, als ob er ihr mit dieser Vorstellung einen unsittlichen Antrag gemacht hätte. Es war zu Ende, wirklich zu Ende. Diese Jahre, die sie dem Schicksal abgeluchst hatten, waren nur ein Zwischenspiel gewesen. Flüchtig wie jede gute Sache im Leben. Und jetzt mussten sie wieder bei null anfangen.

Sam, die schon immer voller Widersprüche war, betrachtete ihn mit verschwommenem Blick. Dann, einfach so, schenkte sie ihm ohne Vorwarnung ein Lächeln. Doch das war ein abgründiges Lächeln, geprägt von sardonischer Ironie.

»Jake Dickinson aus Duncan's Creek«, ließ sie fallen. »Ach herrje.«

Sie hatte ohne die geringste Gefühlsregung in der Stimme gesprochen. Ein paar Meter weiter ließ der Türsteher eine Gruppe von jungen Leuten eintreten, die alle vom gleichen Schlag waren: halblanges Haar, schwarze Jeans, Seidenhemd. Die ersten Noten eines Stücks von R.E.M. erklangen in der offenen Tür.

»Entschuldige, ich dachte, du bist jemand anderes …«

Sam lehnte sich an die Wand und tastete nach einer Tasche, die sie nicht hatte. Sie hätte sowieso nichts hineinstecken können. Ihr Kleid war so eng, dass es die kleinste Falte ihrer Haut preisgab. Ihre Silhouette war superschlank, und ihre Brust, die durch einen tiefen Ausschnitt betont wurde, war größer geworden.

»Hast du 'ne Kippe, Jake Dickinson?«

Er schüttelte den Kopf. Sie hatte seinen Namen ausgesprochen, als ob er für sie nur eine ferne Erinnerung wäre.

»Ich brauche eine Kippe«, sagte Sam und versuchte sich aufzurichten. Sie schwankte, fiel wieder an die Wand. Jake streckte eine Hand aus und hielt sie fest. Ihr Arm war unglaublich dünn, er hätte nur ein wenig zudrücken müssen, um ihn zu brechen.

»Hast du getrunken?«, fragte er mit einem freudlosen Lachen.

»Nein, ich bin auf Fruchtcocktails umgestiegen.«

Sam verdrehte die Augen zum Himmel, den Mund zu einer spöttischen Grimasse verzogen. Für einen Augenblick ließ sie ihn die sarkastische Jugendliche sehen, die er gekannt hatte. Dann war der Moment vorbei, und sie sah wieder anders aus. Man hätte meinen können, wie eine andere Version ihrer selbst, wie diese russischen Puppen, in denen viele Persönlichkeiten stecken.

»Ich habe dich für Marty gehalten«, murmelte sie nach einigen Sekunden. »Hast du Marty nicht gesehen?«

»Marty?«

»Das ist der Name, den man ihm gegeben hat.«

»Marty? Wer ist das?«

»So ein Typ.«

»Was für ein Typ?«

Sie versank in Schweigen. Jake biss sich auf die Lippen und nahm beiläufig wahr, dass die Gruppe drinnen ein Stück der 4 Non Blondes zu spielen begonnen hatte.

»Was willst du hier?«, fragte Sam und sah ihn an.

Er schluckte, bewegte seine Lippen auf der Suche nach den richtigen Worten. Sollte ihr Wiedersehen wirklich in dieser belanglosen Weise weitergehen?

»Ich bin deinetwegen gekommen, Sam.«

»Warum?«

Wieder stand das besorgte Glitzern in ihren Augen. Jake legte ihr eine Hand auf die Schulter, doch sie zog sich zurück. Sie hatte ein Tattoo auf der Schulter, halb verdeckt von ihrem Haar.

»Fünf Jahre ohne Neuigkeiten, das ist doch wohl Grund genug, oder? Ich freue mich, dich zu sehen.«

»Du hättest nicht kommen sollen …«

»Vielleicht, aber jetzt bin ich da.«

»Ja. Jetzt bist du da.«

Das nun folgende Schweigen wurde von einem sehr dünnen Mann gebrochen, dessen Augen mit Kajal geschminkt waren und der gerade aus dem Club kam:

»He, Rhonda! Hast du Marty gesehen?«

»Hab ich nicht«, antwortete Sam trocken. »Wenn du diesen Blödmann siehst, sag ihm, dass ich ihn suche. Ich hab was für ihn.«

»Hast du auch was für mich, Baby?«

Der Typ schlängelte sich zwischen Sam und Jake und tat so, als ob er eine Hand zwischen ihre Schenkel legen würde. Sie rührte sich nicht, stieß ihn aber auch nicht zurück. Die Zeit, in der sie niemanden an sich ranließ, liegt lange zurück, sagte sich Jake und dachte an jenen Tag vor sieben Jahren, an dem sie Ben vorgeworfen hatte, er würde sie angrapschen.

»Siehst du nicht, dass ich mich unterhalte, du Idiot?«, fuhr sie ihn an. Gib mir zwei Minuten, ich treffe dich drinnen.«

Der Störenfried schien plötzlich zu bemerken, dass Jake da war, und starrte ihn mit fahlen, rot gesprenkelten Augen an. Er schniefte laut, und Jake sah sehr deutlich die kleinen weißen Puderkörner, die an seinen Nasenhaaren hingen und in die Nase hochstiegen.

»Wer ist dieser Kerl da?«

»Niemand. Geh rein, sag ich dir. Ich komme gleich.«

Der Typ verschwand im Saal, wo die Sängerin sich beim Refrain von *What's up?* die Stimme verbog.

»Rhonda?«, fragte Jake nach einer Weile.

»Denk nicht drüber nach. Du wirst das sowieso nicht begreifen.«

Hinter ihnen fuhr ein Polizeiwagen mit heulender Sirene vorbei. Noch bevor er das Ende der Straße erreicht hatte, folgte ihm ein zweiter mit Vollgas. Jake drehte den Kopf, um ihn mit den Augen zu verfolgen, aber er war schon zu weit weg. Er sah Sam wieder an.

»Können wir irgendwo in Ruhe miteinander reden? Wir haben uns viel zu sagen.«

Beim Anblick ihrer düsteren Miene hatte er das Gefühl, im Boden zu versinken. Diesen Ausdruck hatte er schon hundertmal auf ihrem Gesicht gesehen. Sie würde ihm eine klare, unwiderrufliche Abfuhr erteilen.

»Wir haben uns schon seit Langem nichts mehr zu sagen«, erwiderte sie. »Geh nach Hause. Geh in deine beschissene Stadt zurück und komm nicht wieder.«

Ihre geweiteten Pupillen verschlangen das ganze Grün ihrer

Augen. Jake begriff, dass sie irgendwas genommen hatte, und ließ die Schultern sinken.

»Los, verpiss dich«, keifte Sam etwas lauter. »Dahinten ist dein Platz, in diesem elenden Kaff!«

»Wie kannst du das sagen?«

»›Dahinten ist dein Platz, in diesem elenden Kaff!‹ ›Dahinten ist dein Platz, in diesem …‹«

»Hör auf, Sam!«

Sie fand das Gleichgewicht auf ihren Fersen wieder, bereit zu springen.

Jakes Hand schnellte vor, bevor sein Gehirn Nein sagen konnte; er packte sie am Arm.

»Lass mich los«, zischte sie und zog ihre Schulter zurück. »Erinnerst du dich nicht, was dem letzten Kerl passiert ist, der mich anmachen wollte?«

Jake ließ sie los. Mit zusammengekniffenen Lippen und herausfordernd vorgestrecktem Kinn trat Sam zögernd einen Schritt zurück, unfähig, den rachsüchtigen Ausdruck zu vertreiben, der sich auf ihrem Gesicht abzeichnete.

»Los, hau ab.«

»Sam …«

»Hau ab, hab ich gesagt!«

Ein unsicherer Schritt nach rechts, und sie ging in Richtung der Tür, wo der Türsteher mit seinen massiven Beinen aufgepflanzt stand und die beiden beobachtete.

»Warte!«, rief Jake und folgte ihr auf dem Fuß. »Du bist nicht in deinem normalen Zustand …«

Sam drehte sich um, Wut auf den gespitzten Lippen.

»Wenn es ein Unglück geben sollte, wenn dir etwas zustößt …«, begann Jake mit leicht zitternder Stimme.

»Du kannst beruhigt gehen. Was das Unglück betrifft, so bin ich abgehärtet …«

»Gib mir wenigstens deine Nummer …«
»Wozu soll das gut sein?«
»Um sich anzurufen?«
»Wir haben uns nichts mehr zu sagen, Dickinson.«
»Sam, bitte …«
»Hör auf.«
»Aber …«
»Verpiss dich, verdammt! Verpiss dich, du kleiner Schwuler!«
Ihr Abgang war für Jake wie eine Ohrfeige. Wie betäubt stand er da, den Mund aufgesperrt. Drinnen endete der Song im Gejammer der E-Gitarre; er würde ihn nie wieder hören können.
»Geh doch zum Teufel«, brachte er heraus, trotz der Schluchzer, die in seiner Brust aufstiegen.
»Fick dich!«
Sam wandte sich ab und verschwand im Club. Sie sollten erst im nächsten Jahrhundert wieder miteinander sprechen.

Der Schlag traf sie überraschend. Er kam so schnell, dass Sam keine Zeit hatte, zu begreifen, was geschah. Einen Augenblick davor hatte sich Marty einen Koksstreifen zwischen ihren Brüsten reingezogen und ein erregtes Stöhnen hören lassen. In der nächsten Sekunde traf seine Hand ihre Wange, und ein stechender Schmerz schoss ihr durch den Schädel.
»Wo hast du dich rumgetrieben, du Schlampe?«
Sams Kopf war gegen den Bettpfosten geknallt. Sie legte eine Hand an die Schläfe, geschüttelt von einem krampfartigen Schluchzen.
»Du bist gemein!«, würgte sie heraus.
»Ich dachte, ich hätte dir gesagt, dass du dich nicht mit diesem Loser rumtreiben sollst.«
»Wovon redest du, verdammt noch mal?«
Mit glasigen Augen und vorspringenden Halssehnen drückte

Marty sie mit seinem Körper aufs Bett und rülpste ihr seinen Raubtieratem ins Gesicht:

»Glaubst du, dass ich weiterhin all deine Kumpel versorgen werde? Hältst du mich für den Weihnachtsmann, oder was? Wenn du denkst, dass es reicht, die Beine breit zu machen, um all die Kohle zurückzuzahlen, die du mir schuldest, bist du auf dem Holzweg, du kleine Hure …«

Er atmete erst durch das eine, dann durch das andere Nasenloch tief ein.

»Ich werde dir deinen … Stoff … bezahlen«, keuchte Sam.

»Genau, du wirst mir den Stoff bezahlen! Aber deine Kumpel …«

Er legte eine Hand auf ihre Kehle, um zu verhindern, dass sie sich bewegte, und fummelte mit der anderen zwischen ihren Brüsten herum. Dort fand er einige Koksreste, die er an seine Vorderzähne rieb, und ließ sie dann seinen Finger ablecken.

»Ich werde das nicht mehr machen, ich liebe dich«, sagte Sam und fuhr sich mit der Zunge über die Zähne. »Das ist vorbei, hörst du! Vorbei!«

»Ich entscheide, wann das vorbei ist. Ich! Okay?«

Martys Finger wanderten zu Sams Kinn hoch und drückten es wie ein Schraubstock zusammen. Gierig leckte er an ihrem Mund.

»Hast du gesehen, wie lang die Gehsteige hier sind? Da gibt es viel zu tun! Ich werde dich nicht mehr mit Stoff versorgen, ohne was dafür zurückzukriegen. Und du bringst gut was ein ...«

»Na los, bedien dich!«, brüllte sie ihn an und spreizte die Schenkel.

»Ja, ich werde mich bedienen. Aber das gilt nur für dich. Für das Dope deiner Kumpel musst du schon auf den Strich gehen.«

Er griff unter ihr Kleid, drückte die Finger auf ihre Scham. Sam spürte, wie ihr Bauch sich verkrampfte. Sie warf den Kopf zurück, hob den Unterleib an, damit seine Finger eindringen konnten.

»Ist es das, was du willst?«

Sie bewegte die Hüften, um ihm zu antworten. Martys Lippen verzerrten sich zur Parodie eines Lächelns, und er steckte seinen Kopf zwischen ihre Schenkel. Sie war erregt, sie hatte Angst. Betäubte Sinne, ein Widerstreit der Begierden – kotzen, genießen …

»Das ist gut«, miaute sie wie im Film.

Ihr ganzer Körper spannte sich. Sie drückte sich gegen seinen Mund und stieß einen Schrei aus. Sie fühlte, wie sie abhob, weit von jedem rationalen Denken entfernt. Martys Stoff war wirklich der beste. So wie seine Zunge.

»Mach weiter, ja …«

Sie ließ die Finger durch sein Haar gleiten, bebte vor Lust. Ihr Atem wurde heftiger, das Blut pochte zwischen den Beinen. Die Erregung ließ ihr Becken beben. Dieses Koks war einfach umwerfend!

Sam wölbte sich, hielt sich an seinen Haaren fest. Lud ihn ein, alle Winkel ihres geöffneten Geschlechts zu kosten.

Und plötzlich drückte sie die Beine zusammen.

Zunächst erregt, verdoppelte Marty seine Anstrengungen. Seine Zunge bewegte sich vor und zurück, drängte auch. Dann, als ihm die Luft ausging, versuchte er, sich zu lösen. Sie sah, wie er sich zwischen ihren Beinen wand, sah, wie sein glatter und weißer kleiner Hintern hochfuhr, als ob er etwas Schreckliches in ihrer geöffneten Spalte entdeckt hätte.

Ein gequältes Lächeln trat auf seine Lippen.

»Magst du das?«, fragte sie, als sie spürte, wie die Sicherungen in ihrem Kopf durchknallten. »Magst du das, Marty? Los, saug fester!«

Sam drückte die Schenkel noch stärker zusammen, verbunden mit einem Rausch, der weder durch Drogen noch durch Alkohol zu erklären war. Ihre Hände griffen nach seinen Haaren. Zogen daran. Ein erstickter Schrei stieg in Martys Kehle auf; sie spürte, dass er mehr in ihr bebte, als sie beabsichtigt hatte. Sein zusammengedrücktes Gesicht schien zwischen ihren Beinen zu explodieren, und, guter Gott, das war köstlich! Er zerkratzte ihr im Krampf die Haut, doch sie spürte keinen Schmerz.

Ein Schauder durchfuhr sie, betäubte ihre Glieder. Der Bauch stand in Flammen. Sam spürte, wie der Orgasmus kam.

Da ließ sie ihn los.

Marty fiel zur Seite, mit knallrotem Gesicht, schnappte nach Luft. Ein Hustenanfall erschütterte ihn, versetzte das Wasserbett in Schwingungen. Er sah sie erstaunt an. Sie hatte Wut erwartet, las jedoch nur Entsetzen.

»Ffff«, stieß er aus wie eine Dose, die Druck ablässt.

Sam ließ ihm keine Zeit zu sprechen. Sie schwang sich auf die Bettkante und zog sich das Kleid über die Schenkel, auf denen sich noch die roten Fingerabdrücke ihres Liebhabers befanden. Sie hörte, wie er etwas knurrte, spürte in ihrem Rücken den Luftzug, der von seiner Hand ausgelöst wurde, die versuchte, nach ihr zu greifen. Hin- und hergerissen zwischen Übelkeit und Angst, zog sie die Schuhe an und verließ das Apartment.

Mit schweißbedecktem Gesicht stürzte sie sich in die Wall Street. Marty lebte in Downtown L. A., fünfzehn Kilometer von ihrer Wohnung entfernt. Es war noch dunkel, doch der Tag war nicht mehr fern. Sie warf einen forschenden Blick auf den Bürgersteig, sah aber niemanden, abgesehen von einem Obdachlosen, der vor dem Schaufenster einer Arztpraxis schlief. Ihr Körper tat weh, als wäre sie geschlagen worden.

Sie hatte nichts bei sich. Ihre Handtasche war zu Hause geblieben, und der Schlüssel für ihr Apartment war am üblichen Platz versteckt, in der Halterung des Feuerlöschers in der sechsten Etage. Alles, was sie bei sich hatte, war ein aufgerolltes Bündel Geldscheine, das sie zwischen ihren Brüsten verbarg, bevor sie losging. Sie hatte ein Dutzend Scheine genommen, und es war nichts übrig geblieben.

Sam biss die Zähne zusammen, wurde von Krämpfen geschüttelt. Benommen schleppte sie sich in die Fifth Street, wo sie hoffte, ein Taxi zu finden. Falls der Fahrer sich weigern würde, sie mitzunehmen, weil sie kein Geld hatte, konnte sie ihm immer noch vorschlagen, ihm einen zu blasen. Oder sich mit einer schnellen Nummer zwanzig Dollar auf der Straße besorgen. Es wäre nicht das erste Mal.

Ein bitteres Lachen ließ ihre Brust erbeben. Ihre Geschichte wiederholte sich mechanisch, als ob sie nie aus ihren Fehlern lernen würde. Alles war in den letzten Jahren geschehen: Alkohol, Drogen, Kerle, Mädels, Zuhälter mit Rappernamen, Mädels mit Zuhältern … Seitdem lebte Sam ständig mit dem Gefühl, dass eine Katastrophe unmittelbar bevorstand. Eine der letzten hatte zu einer Nacht auf der Polizeiwache geführt, weil sie unter dem Einfluss von Kokain ein Zimmer im *Little Tokyo Hotel* verwüstet hatte … an einem Abend, an dem sie eigentlich auf dem Abschlussball der Escalante High School am Arm eines großen pickeligen Tollpatsches im Leih-Smoking alkoholfreien Punsch hätte trinken sollen.

Das ließ sie plötzlich laut auflachen, ein unpassender Reflex in dieser düsteren Straße in einem der schlimmsten Viertel der Stadt. Eine Minute später kämpfte sie würgend gegen Tränen. Sie hatte Utah verlassen, um dem Dorf ihrer Geburt und den Bekloppten, die es bevölkerten, zu entkommen. Doch an diesem Abend war Utah mit Gewalt in ihr Leben zurückgekehrt. Jake war aufgetaucht und hatte sie gefunden. Und die Erinnerungen mitgebracht, die sie seit Langem im tiefsten Inneren ihrer Seele zu begraben versuchte.

Sie drehte sich um, plötzlich davon überzeugt, dass man sie verfolgte. In diesen immer häufiger auftretenden paranoiden Momenten stellte Sam sich manchmal vor, dass der anonyme Briefschreiber, der ihr nach dem Tod ihres Vaters Briefe geschickt hatte, sie bis hierhin verfolgte, und es kam nicht selten vor, dass sie besorgte Blicke über die Schulter warf, wenn sie durch die finsteren Straßen der Stadt ging.

Aber nein, sie war allein.

Diese verdammten Gespenster.

Sie schnaubte laut. Der mineralische Geschmack von Koks saß immer noch in ihrem Hals und an den Nasenwänden. Alkoholschwaden wirbelten ihr durch den Kopf. Plötzlich empfand sie einen Anflug von Einsamkeit mit geradezu seismischen Ausmaßen. Als sie die Augen senkte, stellte sie fest, dass sie die Finger mit Gewalt zusammendrückte und die Haut an der Stelle eine hässliche purpurrote Farbe angenommen hatte.

Sam spürte, wie der letzte Rest von Vernunft, der ihr geblieben war, wie ein Kartenhaus zusammenbrach. Sie, die nie das geringste Vorgefühl für ihr Leben gehabt hatte, wurde plötzlich mit atemberaubender Klarheit von einer Vorahnung überflutet.

Sie würde in dieser Stadt sterben.

Heute

Es war nach Mittag, und Bruce Springsteen sang im Radio *Nebraska*. Ich war am *Zion Nationalpark* und an Cedar City vorbeigekommen, wo ich angehalten hatte, um vollzutanken und Proviant einzukaufen. Ich befand mich im Mormonengebiet, jedes Detail der Umgebung weckte Erinnerungen: der große weiße Tempel, den ich von der Autobahn zwischen den Häusern stehen sah, die Zypressen, die am Straßenrand die Josuabäume abgelöst hatten, der Delicate Arch, der auf den Nummernschildern an die Stelle der Sierra Nevada getreten war.

Nach einigen Kilometern begann sich die Route 14 durch Canyons zu schlängeln. Die Höhenzüge erinnerten stellenweise an das zerknitterte Packpapier, mit dem meine Mutter in meiner Kindheit den Fuß des Weihnachtsbaums dekorierte. Der Dixie National Forest war nicht mehr fern. Einzeln stehende kleine Häuser ragten hier und da zwischen den Bäumen auf, aber bald gewann die Natur wieder die Oberhand, und es gab nur noch die Straße und mich.

Die Windschutzscheibe des Chevy kam mir fast zu klein vor, um dieses großartige Schauspiel einzufangen. Serpentinen folgten auf enge Schluchten, die Sonne schien den Himmel verschlingen zu wollen. Ich folgte einem Wasserlauf bis zu einer mit Tannen bedeckten Ebene und landete dann auf einem Straßenabschnitt, der hoch über dem Wald lag. Ich glaube, mir wäre schwindelig geworden, wenn meine Aufmerksamkeit sich nicht auf die graue Wolkendecke gerichtet hätte, die den Himmel über dem Navajo Lake verdunkelte. Ein Sturm braute sich zusammen.

Mein Blick fiel auf die Urne mit Sams Asche. An einem anderen

Tag, an dem sich ein Sturm zusammenbraute, im Sommer 1985, war sie dem Tod entronnen. Cody, Jamie, Ben und ich hatten ihr im Sommer 1985 in der Teufelsschlucht das Leben gerettet. Doch wir hatten ihr nur einen Aufschub verschafft.

Einen Moment lang gingen mir Worte durch den Kopf, die sie einmal gesagt hatte: »Glaubst du, dass jeder eine bestimmte Menge Glück hat, das ihm im Leben zuteilwird? Dass man bei der Geburt einen begrenzten Vorrat bekommt und dass es zu Ende ist, wenn er aufgebraucht ist?«

Dieses Glück, das man ihr gestohlen hatte und auf das sie genauso ein Anrecht hatte wie alle Menschen, die die Welt bevölkern – hatte sie schließlich ihren Anteil davon bekommen? Ich habe nie etwas darüber gewusst. Nach unserer Begegnung in Los Angeles hatte ich lange nichts von ihr gehört. Und als wir uns zwölf Jahre später wiedergetroffen hatten, war sie sehr zurückhaltend gewesen, was die letzten Wechselfälle ihres Lebens betraf. Wir hatten weder über ihre Anfänge beim Film noch über ihre jüngsten Liebesgeschichten gesprochen.

Deswegen war sie nicht gekommen.

Das Einzige, was an diesem Tag zählte, war die Neuigkeit, die sie mir bringen wollte: Fünfzehn Jahre nach den Geschehnissen hatte sie den Verfasser der anonymen Briefe identifiziert.

Gestern

Punkt 19 Uhr stieß Jake die Schwingtüren der *Black Cat Bar* am Ortsausgang von Yermo, Kalifornien, auf. Die klimatisierte, von Tabak, Bier und Fritten verpestete Luft ließ ihn einen Moment erstarren. Unter seiner niedrigen Decke beherbergte das Etablissement in diesem Mief eine Holztheke, eine Tanzfläche und zwei nicht mehr ganz junge Billardtische. Blauer Rauch waberte im spärlichen Licht, und eine altertümliche Anlage verbreitete gedämpften Rock aus den Sechzigerjahren.

Er ließ seinen Blick durch den Saal schweifen. Der Barmann putzte gerade die Kaffeemaschine hinter der Theke, die Zunge zwischen den Lippen eingeklemmt. Eine Reihe von Truckern mit Schirmmützen und Cowboystiefeln hockte vor ihm auf den Barhockern. Drei Männer in reifem Alter diskutierten an einem der Billardtische, einer war ziemlich angetrunken, ein anderer machte sich offen über ihn lustig. In einer der Nischen im Hintergrund, die von Miller-Lite-Reklame beleuchtet wurden, teilte sich eine Familie einen Teller mit panierten Hähnchenkeulen. An einem Tisch daneben saß ein Mann allein, das Bier zwischen den Händen; ein Afroamerikaner wartete darauf, dass die Toilette frei wurde.

Männer, Frauen, Kinder. Aber keine Sam. Und wenn sie nicht gekommen war? Mit zitternder Hand zog Jake sein Handy aus der Hosentasche und las noch einmal den Text, den er zwei Stunden zuvor erhalten hatte, als er gerade sein Buch signierte. *Ich hab gesehen, dass du in Yermo bist. Ich bin für einen Tag in Calico. Wollen wir uns treffen? Um 19 Uhr in der Black Cat Bar? Sam.* Kein Guten Tag, kein Küsschen, nichts. Er hatte geantwortet, dass er da sein würde, hatte eine Stunde gewartet, bevor er seine Sachen packte, und sich gefragt, woher sie seine Nummer kannte.

Auf der Schwelle der Doppeltür hatte Jake sich umgedreht und war zum Parkplatz gegangen, um nach seiner Freundin zu suchen. Hatte er sie vielleicht bei seiner Ankunft verpasst oder schlicht nicht erkannt? Nein, das war unmöglich. Er hätte sie auf Anhieb erkannt. Auf dem Parkplatz befand sich überhaupt niemand; die trotz vorgerückter Stunde glühende Wüstensonne hätte jeden abgeschreckt, dort herumzulaufen. Er versuchte, sie auf dem Handy anzurufen, landete aber nur auf dem Anrufbeantworter. Er hatte ihre Stimme seit zwölf Jahren nicht mehr gehört und fand sie noch rauer als beim letzten Mal; sie hatte diesen heiseren, etwas zu kurzatmigen Klang, der auf eine schlechte Mischung aus Gras und Alkohol schließen ließ.

Wieder zurück in der Bar, fragte er eine Bedienung, ob sie eine etwa dreißigjährige Frau, rothaarig, ziemlich groß und hübsch, gesehen habe. Sie antwortete mit Nein, unternahm aber keine besonderen Anstrengungen, sich zu erinnern. Jake warf einen weiteren, diesmal beunruhigten Blick in den Saal. Ob ihr vielleicht etwas zugestoßen war …? Nervös begann er, an der Innenseite seiner Wange zu kauen, und fühlte ein Rumoren in seinem Unterleib. Wann würde er endlich aufhören, sich Sorgen um sie zu machen?

Er wollte sich gerade auf einen Barhocker setzen und ein Bier bestellen, als sein Blick an dem Gast hängenblieb, der allein im hinteren Teil des Saals saß. Er trug eine Lederjacke und eine Mütze der Los Angeles Rams. Jake runzelte die Stirn, hatte ein Déjà-vu-Gefühl. Er ging zu der Nische und entdeckte verblüfft, dass das kein Mann war.

»Sam?«

Sie sah zu ihm auf, und das Erste, was ihm auffiel, war ihr Mund, der so dick war, dass man meinen konnte, eine Wespe habe sie gestochen. Die entsetzliche Blässe und die krankhafte Magerkeit bemerkte er erst auf den zweiten Blick.

»He, Spielleiter Jack! Du konntest kommen!«

Sam sprang auf und umarmte ihn – eine Premiere. Die Jeansshorts, die sie tief auf den Hüften trug, enthüllten ein Piercing am Bauchnabel, und am Ausschnitt ihres weißen Tops war die feuchte Spur eines kürzlichen Schweißausbruchs zu erkennen.

»Ich freue mich, dich zu sehen.«

»Ich auch.«

»Was willst du trinken?«

»Ein Bier?«

Mit einer Hand auf seiner Schulter zwang sie ihn, sich zu setzen. Einen Augenblick später kam sie mit zwei Buds und einer Schale Chips zurück.

»Also, wie war das Signieren?«

»An einem halben Tag drei Bücher verkauft, in dieser Szene wird das als Flop bezeichnet. Das war eher ein Jahrmarkt als ein Festival, sagen wir …«

Schweigen machte sich breit, als ob jeder sich fürchtete, die Worte auszusprechen, die die verlorenen Jahre beiseitefegen würden.

»Ich habe deinen Namen auf einem Plakat am Straßenrand gesehen«, erklärte Sam schließlich. »Ich fing im Minibus an zu schreien, sie müssen mich für verrückt gehalten haben. ›Jake Dickinson, Schriftsteller!‹ Verdammt, das hat mich umgehauen. Auf dich!«

»Prost«, sagte Jake und stieß mit ihr an, leicht überrascht von dem Ton dieser neuen Persönlichkeit, die sie ihm zeigte. »Und du … Was hattest du in diesem Kaff zu tun?«

»Eine Statistenrolle bei einem Dreh in Calico. Das ist eine Geisterstadt, etwa fünf oder sechs Kilometer entfernt.«

»Ein Film?«

»Ein idiotischer Western fürs Fernsehen. Der Rest des Teams ist immer noch am Drehen, in einer Stunde fährt der Bus wieder nach L. A.«

Sam stellte ihre Flasche auf den Tisch und setzte die Mütze ab. Jake verstand jetzt, warum er sie für einen Mann gehalten hatte: Sie hatte ihr Haar zu einer Art Zopf geflochten. Ihr freigelegtes Gesicht hob die Wangenknochen hervor, und er stellte fest, dass ihr Blick irgendwie anders war, ohne dass er sich erklären konnte, warum.

»Also, dieses Buch? Erzähl.«

»Die Geschichte?«, fragte Jake naiv.

»Ich habe es gelesen, ich kenne die Geschichte. Nein, erzähl mir, wie es so läuft. Das Schreiben und all das. Kannst du davon leben?«

»Es reicht für die Miete.«

»Es reicht für die Miete? Das ist ja toll! Hast du noch einen Nebenjob?«

»In einer Buchhandlung, ja. Und du?«

Sam verzog das Gesicht. Jake wurde sich bewusst, dass er sie anstarrte, und zwang sich, in eine andere Richtung zu sehen.

»Ich mache kleine Jobs, hier und da.«

»Was für kleine Jobs?«

»Kellnerin, Empfangsdame«, antwortete Sam. »Nichts Interessantes.«

In Wirklichkeit musste sie hier und da noch eine kleine Nummer schieben, um am Monatsende über die Runden zu kommen.

»Gefällt es dir in L. A.?«, fragte Jake.

»Meinst du, im Vergleich mit Duncan's Creek? Da ist es das reinste Paradies. Und du, Frisco?«

»Ich fühle mich dort zu Hause.«

Sam musterte ihn nachdenklich, eine Zigarette zwischen den Fingern.

»Warum bist du abgehauen?«

»Weil ich nicht bleiben konnte«, antwortete Jake nach kurzem Zögern.

»Warum, Jake? Und sag mir nicht, weil du deine Zeit in der Tankstelle vertrödelt hast.«

Er sah ihr tief in die Augen. Ein schwaches Lächeln trat in seine Mundwinkel.

»Du weißt sehr gut, warum. Du hast mich ja damals immer wieder als kleinen Schwulen beschimpft.«

»Du hattest Angst vor der Reaktion deiner Eltern, stimmt's?«

Jake nickte zerknirscht.

»Vor ihrer und vor der aller anderen. Und du, warum bist du fortgegangen?«

»Es war klar, entweder das oder mich umbringen …«

Was Sam ihm nicht sagte, war, dass sie vor einigen Jahren fast Ernst gemacht hätte, zu einer Zeit, in der Marty sie heroin- und crackabhängig gemacht hatte, um sie besser in seinen Fängen zu halten. Ein weiteres Kapitel in der Geschichte von Drogen und Prostitution, einer sehr verbreiteten Mischung in der Stadt der Engel. Doch jetzt war sie clean. Schluss mit der Zeit, in der Drogen ihr den Verstand derartig vernebelten, dass sie nicht mehr wusste, was sie fühlte.

»Und, bist du heute glücklich?«

»Ich arbeite daran. Und du?«

»Oh, da ist ja noch der Job! Aber weißt du, bei all dem, was ich durchgemacht habe … muss für mich noch eine Menge Glück da sein.«

Sie begann zu lachen und sah ihn mit einer Zärtlichkeit an, die er selten erlebt hatte. Verschämt fragte Jake, woher sie seine Nummer hatte.

»Von Ben.«

»Ihr … ihr seid immer noch in Kontakt?«

»Seine Nummer steht im Telefonbuch. Und du, hast du noch Kontakt zu ihm?«

»Ja. manchmal.«

Sam kniff die Augen zusammen und stieß ein kleines, feuchtes Lachen aus.

»Das ist ja irre, du hast dich nicht verändert. Abgesehen von den Augen. Sie sind nicht mehr die eines Kindes.«

Aus Höflichkeit hätte er ihr Kompliment erwidern müssen, aber er fühlte sich nicht in der Lage, sie anzulügen.

»Das sind die dreißig Jahre, vermute ich«, lächelte er.

»Verdammt, dreißig Jahre!«

»Ja, die Uhr tickt.«

»Lebst du allein?«, fragte Sam.

»Mein Ex und ich, wir haben uns vor über einem Jahr getrennt. Und du? Lebst du allein?«

Sie rollte die Flasche zwischen den Händen und setzte sie an die Lippen, ohne zu antworten. Jake studierte ihr Gesicht mit kurzen Blicken, als ob er Angst hätte, sich dabei die Augen zu verbrennen. Sie war es, aber ohne ganz sie zu sein. Er hätte schwören können, dass ihr Blick nicht mehr diesen unruhigen Glanz hatte, den er lange kannte, und dass ihre Stirn nicht mehr so weit vorsprang wie früher. Nach einem Augenblick zeichnete sich das nächste begeisterte Lächeln auf dem Gesicht der jungen Frau ab.

»Was?«, fragte Jake und sah sich um. »Was ist los?«

»Ich muss dir etwas sagen.«

Sein Mund wurde trocken. Er hatte lange gehofft, dass sie ihm eines Tages erklären würde, warum sie verschwunden war und nichts von sich hören ließ. Idiotischerweise dachte er, jetzt wäre der Moment vielleicht gekommen, obwohl er wusste, dass er Gefahr lief, wieder einmal enttäuscht zu werden.

»Ich habe ihn gefunden, Jake.«

»Wen?«

»Das Arschloch, das mir diese Briefe geschickt hat. Den anonymen Briefschreiber.«

Jake rutschte auf der Bank zurück.

»Mach den Mund zu, du wirst noch Fliegen schlucken«, sagte Sam und steckte sich eine Zigarette an. »Weißt du, ich musste immer daran denken. Achtzehn Jahre lang gab es keinen Tag, an dem ich nicht daran gedacht habe.«

»Aber … wer …?«

»Cody.«

»Cody … Hoffmann?«

»Dieses kleine Arschloch von Scheiß-Cody, ja. Es hat gedauert, aber heute weiß ich, dass er es war.«

Jake verschlug es die Sprache. Er entdeckte eine winzige Gefühlsregung hinter dem Lächeln seiner Freundin, das so ungewöhnlich war, dass es schon wieder falsch klang. Rachsucht oder Vorlust, er hätte es nicht sagen können.

»W… wie …?«

»Ganz egal, wie. Ich habe ihn gefunden, Punkt. Warum guckst du so?«

»Wie guck ich denn?«

»Wie ein Typ, der gerade erfahren hat, dass er bei der Geburt mit einem anderen Baby vertauscht wurde.«

Sam machte einen tiefen Zug, den sie lange in der Lunge behielt, und stieß dann einen weißen Rauchstrahl in die ohnehin undurchsichtige Luft der Bar.

Jake war verwirrt und brauchte einen Moment, bis er die Sprache wiederfand:

»Ich frage mich, warum wir es nie schaffen, ein normales Gespräch zu führen, du und ich«, meinte er missmutig.

»Was soll ich denn sagen?«

»Können wir nicht mal über das Wetter reden? Wie alle anderen?«

»Etwa so wie ›Megan hat mich wieder vollgelabert‹ oder ›Barry ist befördert worden und hat mich ins *Applebee's* eingeladen, um das zu feiern‹?«, versetzte Sam.

»Und warum nicht?«

»Willst du mich verarschen? Ich soll so werden wie eine dieser blöden Frauen aus unserer Kindheit, nur gut zum Kuchenbacken und um einmal im Jahr den Arsch hinzuhalten, um einen neuen Scheißer zu produzieren? Nicht im Traum – ich spreche natürlich nicht von deiner Mutter.«

Jake lachte freudlos.

»Rache, Tod … Das ist doch bescheuert. Weißt du, dass das unsere Hauptgesprächsthemen sind, seitdem wir uns kennengelernt haben?«

Sam antwortete nicht sofort.

»Ist es nicht vielleicht besser, sich daran zu erinnern, dass der Tod existiert?«

»Glaubst du, wenn man jeden Morgen an den Tod denken würde, würde man noch den Mut finden aufzustehen? Wozu soll das gut sein, Sam? Wozu ist es gut, all dies nach so vielen Jahren wieder aufzuwühlen?«

»Du warst es doch, der zu einer bestimmten Zeit immer wieder diese Scheiße durchkauen wollte, oder etwa nicht? Bah, nun ist es vorbei.«

Sie sah zur Tanzfläche und erweckte plötzlich den Eindruck, von ihrem eigenen Leben vernichtet worden zu sein.

»Cody?«, fragte Jake seufzend. »Warum sollte er das getan haben?«

»Rache, Eifersucht … Was weiß denn ich?«

»Auf wen soll er eifersüchtig gewesen sein?«

»Auf dich, auf Ben? Wer weiß, vielleicht wollte er mich angraben wie Jamie?«

Auf einmal stieg in Jakes Erinnerung ein Bild hoch: Jamie,

zitternd, von Sams Ruger bedroht, an einem Schneetag in den Bergen.

»Jedenfalls ist es mir scheißegal, warum«, stieß sie aus und sah ihm erneut tief in die Augen. »Was ich jetzt will, ist, mit ihm abrechnen. Er hat Stunk gemacht, er wird dafür bezahlen.«

»Bezahlen? Was willst du damit sagen?«

»Du weißt genau, was ich sagen will.«

Jake reagierte erstaunt.

»Das heißt, du willst eine Dummheit machen. Wie bei Jamie?«

»Jamie, das war doch nur ein Bluff.«

»Ein Bluff?«

»Na gut, ich bin vielleicht ein bisschen zu weit gegangen, aber …«

»Du hättest ihn fast abgeknallt, Sam! Einfach so, ohne Grund, nur weil du eines schönen Morgens Lust dazu hattest …«

»Nein, nein, das war nicht ohne Grund«, erwiderte Sam und schüttelte den Kopf. »Ben hat mir Jamies Namen verraten. Als er nach seiner Blinddarmentzündung aus dem Krankenhaus zurückkam, erinnerst du dich nicht? Er hat gesagt, dass er gesehen hat, wie Carozzo sich an dem Tag, an dem der letzte Brief kam, bei mir herumgetrieben hat. Na ja, ich hab einfach rotgesehen. Leider.«

»Aber welchen Grund sollte er gehabt haben, das zu tun?«

»Vielleicht wollte er sich an mir rächen, ich weiß nicht«, antwortete Sam ausweichend. »Denk mal, das wäre doch logisch gewesen, nach dem, was ich ihm angetan habe.«

»Was hast du ihm denn angetan?«

Sam trank einen Schluck Bier und erzählte, dass Jamie sie nach dem Barbecue, das zu seinem fünfzehnten Geburtstag organisiert worden war, um Hilfe beim Aufräumen gebeten hatte. Vielleicht war es zu heiß, vielleicht war ihr Top ein wenig zu eng, vielleicht hatten sie beide einen zu hohen Blutdruck, jedenfalls hatten sie sich aneinandergeschmiegt auf dem Sofa im Wohnzimmer wiedergefunden. Und sie hatten sich geküsst.

»Kurz und gut, es wäre fast was passiert … Aber ich habe ihn schnell zur Vernunft gebracht! Ich konnte es nicht ertragen, wie er seinen Schwanz an mich drückte, selbst durch seine Hose. Das, und seinen Bieratem – Hank Paulson hatte heimlich was mitgebracht. Ich konnte es nicht ertragen. Schlechte Erinnerungen, denke ich …«

Schweigen folgte auf ihre Worte. Sam senkte den Kopf, mit zusammengebissenen Zähnen, und drückte die Zigarette im Aschenbecher aus.

»Er hat sich entschuldigt, aber ich bin verrückt vor Wut abgehauen. Zwei Monate später hat er es mit Veronica Burke getrieben. Ende der Geschichte.«

»Veronica Burke? Das stimmt, sie sind zusammen gewesen … Weißt du, dass sie Bens Frau ist?«

»Ja, ich habe die Anzeige gekriegt.«

»Du bist nicht zur Hochzeit gekommen.«

»Bist du hingegangen?«

Jake nickte.

»Was Cody betrifft, Sam … Mach keine Dummheit«, flehte er sie an. »Rachsucht, blinde Wut: Das hätte dich damals fast in den Untergang getrieben. Das hätte uns alle fast in den Untergang getrieben.«

»Dieses verdammte Dorf … Was seine Einwohner getan haben … das hätte mich fast in den Untergang getrieben, Jake.«

»Wovon sprichst du?«

»Lassen wir das.«

»Nein, sag es mir.«

Erneutes Schweigen. Dann:

»Sie waren damals alle gegen mich. Alle! Sie haben alles getan, um mich zu vertreiben. Mutter Hoffmann, der Journalist, die

Polizistin, die mir am Arsch klebte. Dieser verfluchte Briefschreiber. Deshalb bin ich weggegangen.«

»Niemand war hinter dir her«, murmelte Jake, nachdem er tief durchgeatmet hatte. »Du hast nicht ausgelöst, was passiert ist. Niemand hat das ausgelöst.«

»Es war Schicksal, meinst du das?«

Er nickte.

»Man kann seinem Schicksal nicht entgehen. Das weißt du genauso gut wie ich, Jake.«

»Wer weiß? Es lohnt sich, es zu versuchen, oder?«

Sam kniff die Lippen zusammen, unfähig, ihre Gedanken zu ordnen. Sie trank einige Schlucke Bier, bevor sie langsam ihren Atem ausstieß und dabei ein Geräusch machte wie ein sich leerender Darm.

Jake nutzte das folgende Schweigen, um ihr etwas anzuvertrauen, was ihn schon seit Langem bedrückte:

»Wenn du wüsstest, wie oft ich mir gesagt habe, dass unser Leben vielleicht anders verlaufen wäre, wenn wir uns an jenem Abend nicht bei dir, sondern bei mir oder bei Ben getroffen hätten. Wenn ich mir mit den Freddy-Klauen nicht in die Hand geschnitten und fünf Minuten früher gekommen wäre …«

»Denk nicht darüber nach, Spielleiter Jack. Man kann die Geschichte nicht neu schreiben.«

»Aber man …«

»Es ist nicht das Schicksal, das diese Scheiße ausgelöst hat, es ist nur ein schlechtes Karma. Ich schlage mich seit über dreißig Jahren damit herum, ich bin daran gewöhnt.«

Sam sah auf den großen Fernsehbildschirm, der hinter der Bar hing. Der Ton war ausgeschaltet, aber seit ihrer Ankunft liefen dort in Endlosschleife dieselben Bilder.

»Siehst du dieses Arschloch?«

Jake drehte den Kopf um. Braungebrannt, langer schwarzer

Bart, weißer Turban: Das besagte Arschloch war Osama bin Laden bei seinem ersten Fernsehauftritt vor fast drei Jahren.

»In diesem Moment ist er der Böse. Staatsfeind Nummer 1. In meiner Geschichte gibt es keinen Bösen. Das Böse ist das Schicksal. Das Schicksal ist der Bastard, der hinter mir her ist. Und ich kann nichts dagegen tun. Nichts!«

Sam wurde sich bewusst, dass sie ein wenig zu laut gesprochen hatte, und sie zog den Kopf zwischen die Schultern.

»Versprich mir, keine Dummheiten zu machen«, beharrte Jake.

»Ich habe nicht damit angefangen.«

Sie starrte ihn düster an. Widerstrebend nickte sie schließlich, aber keiner von ihnen machte sich etwas vor. Ihre Beziehung beruhte auf gebrochenen Versprechen, und Jake wusste, dass er diese süße Illusion früher oder später zu Grabe tragen würde.

Die Beleuchtung der Tanzfläche wurde heruntergedreht, und Dolly Parton begann mit ihrem zugleich fröhlichen, warmen und ernsten Tonfall zu singen. Das Paar am Nachbartisch stand auf, um zu tanzen. Sam verfolgte sie mit den Augen, eine nicht angezündete Zigarette zwischen den Fingern.

»Willst du tanzen?«, fragte Jake, dem die Argumente ausgingen.

Ohne ihre Antwort abzuwarten, nahm Jake ihre Hand und zog sie mit einem Schritt unter die Discokugel. Der Barmann hinter der Theke sorgte für Unterhaltung, indem er im Shaker einen Cocktail mixte. Er hielt einen Augenblick inne und betrachtete dieses ungleiche Paar mit den etwas ungeschickten Bewegungen; die Frau war einen Kopf größer als der Mann und steifer als eine Lakritzstange.

Jake legte die rechte Hand auf Sams Taille. Die linke Hand streifte ihre Schulter, und er zog sie an sich. Sie begannen auf dem abgenutzten Parkett zu tanzen.

»Und, sprichst du nicht mehr?«, fragte er nach einer Weile.

»Das hätte dich vor zwanzig Jahren nicht gestört«, antwortete Sam.

Sie lachten aus vollem Herzen.

»Das waren die guten alten Zeiten«, fügte sie hinzu.

»Die besten.«

Jake spürte ihren warmen Atem auf seiner Haut. Zum ersten Mal seit siebzehn Jahren hatte er den Eindruck, dass sie sich nie verlassen hatten, und er spürte, wie er vor Hoffnung und Aufregung, aber auch vor Ungeduld bebte. Vor Begierde, mehr zu erfahren, mehr zu reden, sich auszutauschen. Sich auszusprechen.

»Ich wollte dir sagen, Jake ... das letzte Mal ... das tut mir leid.«

»Wie bitte?«

»Vor zwölf Jahren, als du in L. A. warst ... Ich war bescheuert.«

»Das war doch nicht so wild.«

»Doch. Du wolltest mir helfen ...

»Sam ...

»... und ich habe dich zurückgewiesen. Ich war echt bescheuert! Aber du kannst mich nicht immer retten, Spielleiter Jack.«

Lachen, dann wieder Schweigen. Bitter, voll von Unausgesprochenem.

»Zweifellos«, sagte Jake mit zugeschnürter Kehle.

»Zweifellos bin ich bescheuert?«

»Zweifellos kann ich dich nicht immer retten.« Er atmete tief ein. »Danke, Sam.«

»Keine Sorge, du Kindskopf!«

»Kindskopf?«

»Oder findest du Pimmelchen besser, Dickhead?«

Sie brach in dreckiges Lachen aus. Unpassend.

»Erinnerst du dich an das Versprechen, das wir uns in Kingman gegeben haben?«, flüsterte sie ihm fast sofort danach ins Ohr. »Dass wir drei uns alle im Jahr 2000 wiedersehen?«

»Ich erinnere mich.«

»Wir sollten das irgendwann mal machen.«

Jake nickte, wusste aber, dass er nicht sehr überzeugend wirkte.

»Ja, das sollten wir.«

Als das Stück zu Ende ging, spürte er etwas Feuchtes auf seiner Haut. Er sah, dass Sams Augen von Tränen überschwemmt wurden. Sie drückte das Gesicht in die Vertiefung an seinem Hals.

»Ich entschuldige mich, Jake … Ich entschuldige mich für alles, was ich dir angetan habe.«

»Da war doch nichts, Sam. Da war nichts.«

»Und ... danke. Danke für alles, was du für mich getan hast. Du bist mein bester Freund, Spielleiter Jack. Bist du immer gewesen.«

Jake hätte antworten können, zog es aber vor, den Moment verstreichen zu lassen. Sie waren sich nie so nahe gewesen, nichts stand mehr zwischen ihnen, außer dem, was sie verschwiegen.

Es wurde dunkel, als sie die *Black Cat Bar* verließen. Sam eilte mit leichten Schritten zu dem Minibus, der sie am Ende des Parkplatzes erwartete, schwankte jedoch ein wenig auf ihren langen Beinen. Sie hörte nicht auf zu lachen.

Nach einem kurzen Auf Wiedersehen beugte sie sich zu Jake hinunter und streifte seine Lippen; sie ließ einen salzigen Geschmack zurück. Dann stieg sie in den Bus und setzte sich nach hinten, ohne sich umzudrehen. Er warf ihr einen letzten Blick zu, doch sie verlor sich bereits in der Ferne, auf der Route, die sie gerufen hatte, die sie schon immer gerufen hatte. Der Fahrer ließ den Motor an und startete in einer Staubwolke.

Mit schwerem Herzen bei dem Gedanken, sie entschwinden zu sehen, ohne dass er ihr alles hatte sagen können, legte Jake die Finger an der Stelle auf den Mund, an der sie ihn geküsst hatte, als ob er den Kuss dort festhalten wollte. Er spürte noch ihre Tränen am Kragen seines Hemdes und den Geruch von Mentholzigaretten.

Wenn er gewusst hätte, dass sie sich nie wiedersehen sollten, hätte er ihren Kuss sicherlich erwidert.

Heute

Nachdem ich an Gravel Spring am Rand des Dixie Forest vorbeigekommen war, begann der Chevy zu schlingern wie ein Schiff, das in einen Sturm geraten war. Ich war kaum zwei Kilometer von Duck Creek Village entfernt, wo ich angehalten hatte, um Geschenke für Bens Kinder zu kaufen und meinen Darm zu entleeren, als mein Bauch erneut Alarmsignale gab. Und die Serpentinenstraße, die ich gerade hinunterfuhr, tat auch ihren Teil dazu.

Das waren genau die gleichen Bauchkrämpfe mit Durchfall, unter denen ich mich im Sommer 85 gekrümmt hatte, bevor sich unsere Bande zum ersten Mal auf dem Holzsteg traf, und auch die gleichen, mit denen ich mich nach unserem Halloween-Abend 1988 ins Bett legen musste. Die Reaktion auf Stress, die mir viele erste Rendezvous vergiftet hatte und die jedes Mal überraschend wieder auftauchte, wenn ich einem Verleger ein Manuskript gab.

Im Mund einen säuerlichen Geschmack, bemühte ich mich, kühlen Kopf zu bewahren. Mir blieb immer noch die Möglichkeit, am Straßenrand anzuhalten und mich im Notfall im Gebüsch zu verstecken, doch ich wollte diese peinliche Situation lieber vermeiden.

Nach etwa zehn Kilometern konnte ich nicht mehr und machte einen Abstecher zu einer Tankstelle, wo die Kassiererin nur mit Nein antwortete, vor Panguitch würde ich keine Apotheke finden. Angesichts meiner Verzweiflung, mein leichenblasses Gesicht wirkte sich sicherlich zu meinen Gunsten aus, kramte sie in ihrer Handtasche und gab mir eine Tablette, die, wie sie sagte, alle Ventile in fünf Minuten verschließen würde. Ich schluckte sie mit einer großen Cola und machte mich wieder auf den Weg, wobei ich den verhängnisvollen Countdown in meinem Kopf ablaufen ließ.

Die Kassiererin – Ella – hatte nicht gelogen. Nach zehn Kilometern ließ der schreckliche Druck in meinen Eingeweiden nach. Ein leichter Krampf quälte mich noch immer, doch das Schlimmste war ausgestanden. Trotzdem hatte ich das Gefühl, zwei Liter Flüssigkeit verloren zu haben, und leerte vorsichtig den Rest einer Wasserflasche, der sicher um die vierzig Grad warm war.

Ein Schild kündigte bei der Ausfahrt von Hatch die Kreuzung mit Route 12 an. Escalante war nur noch drei Kilometer entfernt. Ich musste mich jetzt beeilen. Ich hatte große Lust auf eine Dusche und darauf, mich unter einem Ventilator oder, besser noch, einer Klimaanlage auf ein Sofa zu hauen. Auch war es Zeit, dass Ben auf einige Fragen antwortete. Und dass er mir einen Teil meiner Last abnahm, selbst wenn ich es war, den Sam als Testamentsvollstrecker gewählt hatte.

Ihre Anwältin hatte mich in Kenntnis gesetzt. Ich befand mich auf dem Revier der West Hollywood Station, wo ein Inspektor mich informiert hatte, dass sie an einer Überdosis Drogen gestorben war, als Carmen Ramirez, die Anwältin von Miss Samantha Margaret Baldwin, darum gebeten hatte, mit mir zu sprechen. Sie wollte mir zunächst ihr Beileid aussprechen, was zur Folge hatte, mich aus dem Zustand des Nicht-wahrhaben-Wollens herauszuholen, in den ich verfallen war, nachdem ich das Krankenhaus verlassen hatte.

Als ich Sam dem Notarzt überlassen hatte, wusste ich, dass ich sie nicht wiedersehen würde. Sie hatte in der Ambulanz einen letzten spontanen Atemzug gemacht, ausgeatmet, aber nicht wieder eingeatmet. Die Nothelfer mochten sich zwar um sie bemühen, aber ich begriff, dass es vorbei war. Ich habe nicht geweint, auch nicht in dem Moment, in dem ein Arzt mir mitteilte, dass sie genau um 23 Uhr gestorben war. Dazu war ich zu angeschlagen.

Der Arzt hatte mich gefragt, wer zu benachrichtigen sei, und ich hatte geantwortet, dass es niemanden gab. Sams Großmutter war Anfang der 2000er-Jahre gestorben. Erin befand sich seit einem Autounfall im Jahr 2009 in einem vegetativen Zustand. Ben hatte mich darüber informiert. Zu der Zeit war Sam vom Radar verschwunden, und die Nachforschungen des Privatdetektivs, der beauftragt wurde, um Nachkommen von Margaret Moloney zu finden, hatten nichts gebracht.

Die Ärzte hatten mir nicht erlaubt, sie zu sehen. Unsere letzte Begegnung lag acht Jahre zurück, ich hatte seitdem nur bei seltenen Gelegenheiten am Telefon mit ihr gesprochen, und man verbot mir, meiner ältesten Freundin Lebewohl zu sagen, da ich kein Familienmitglied war. Ich war verstört auf einem Plastikstuhl in der Notaufnahme eingenickt, bis ein Polizist mich weckte und mir mitteilte, dass eine Autopsie gemacht werden sollte. Am nächsten Tag erfuhr ich, dass in der Toilettenschüssel des Hotelzimmers, das Sam bewohnt hatte, ein gebrauchtes Kondom gefunden worden war. Sie war also am Abend ihres Todes nicht allein gewesen, doch bis heute kannten die Ermittler noch immer nicht die Identität des geheimnisvollen Besuchers.

Ich schaltete den Blinker ein und bog nach rechts auf die Route 12 ab. Sams Anweisungen waren sehr klar gewesen: Als Testamentsvollstrecker sollte ich darauf achten, dass ihr Letzter Wille buchstäblich respektiert wurde, aber es handelte sich um eine Verantwortung, die wir, Ben und ich, uns teilen sollten. Ich hatte ihre Asche abgeholt, ihr Apartment ausgeräumt und mich am Steuer ihres Chevy auf den Weg gemacht, um sie nach Duncan's Creek zurückzubringen. Bis jetzt hatte ich meinen Teil des Vertrags erfüllt.

Nun war es an Ben, seinen Teil zu tun.

Gestern

Das Zwei-Zimmer-Apartment lag im dritten und letzten Stock in einem Backsteinhaus ohne Aufzug in der San Julian Street. Der kleine, unbeleuchtete Eingang führte in ein Wohnzimmer mit einer langen Fensterfront, hinter der direkt die eisernen Streben der Feuertreppe zu sehen waren. Man hörte den Regen an die Fenster schlagen und von Ferne das Brummen der Straße. Die Möblierung war spartanisch: ein Zweisitzer-Sofa mit eingedrückten Kissen, ein grüner Plastikwürfel, der als niedriger Tisch diente, in einer Ecke ein wackliger Stuhl, auf dem eine vertrocknete Pflanze stand, und ein kleines Bücherregal mit Büchern und Nippes jeglicher Art. Kein Fernseher, kein Computer. Zur Linken öffnete sich das Zimmer zu einer winzigen Küche, in der sich zwei Personen kaum aufhalten konnten, ohne sich auf die Füße zu treten. Ein einziger Wandschrank mit ausgehängter Tür ragte über die Edelstahlspüle, auf der Geschirr zum Trocknen stand. Die Arbeitsplatte war ebenso makellos wie der Boden und der Herd. Neben dem Kochfeld lag eine offene Kekspackung, außerdem in einer Ecke ein paar zusammengeschobene Krümel, die einen kleinen Haufen in Form einer Mondsichel bildeten; aber man erriet, dass derjenige, der hier wohnte, auf Ordnung und Sauberkeit achtete, ohne Hausfrau zu sein.

Das Apartment roch muffig. Nach einer schnellen Bestandsaufnahme kam Jake als Erstes in den Sinn, das Fenster zu öffnen. Der Rahmen klemmte, und er musste all seine Muskelkraft aufwenden, um ihn nach oben zu schieben. Der Mechanismus quietschte so laut, als ob er das ganze Viertel aufwecken wollte. Jake hielt die Nasenspitze ins Freie, war aber auf der Hut – wer konnte wissen, ob nicht vielleicht ein Junkie auf der Feuertreppe herumlungerte? Er war bei seiner Ankunft auf der Straße zweimal angequatscht worden: Das erste Mal drohte ein nervöser Obdachloser mit seinem Stock und beschuldigte ihn, ihm seine Decke geklaut zu haben, das zweite Mal wollte ihm ein Dealer Cannabis und eine Stirnlampe ohne Batterien verkaufen.

Jake blickte nach unten in die Dunkelheit. Die Straße schlief. Zumindest schien es ihm so. Skid Row, das »Viertel der Outlaws«, war der Hof der Wunder von Los Angeles. Finster und verrufen, galt der Stadtteil als sozialer Brennpunkt mitten in der Stadt; hier strandeten all jene, die gescheitert und aus dem Gleichgewicht geraten waren, die Marginalisierten und Zurückgewiesenen, um die die Gesellschaft sich nicht kümmern wollte. Hier vergifteten Elend und Armut die Straße, während einige Häuserblocks weiter Palmen und Strände von der warmen Sonne beschienen wurden. Das Viertel war auch am helllichten Tage gefährlich. Die Polizei tat ihr Möglichstes gegen Drogenabhängige und Zuhälter, aber die Mehrzahl waren geistig oder körperlich Behinderte, die von Alkohol oder Meth derart abhängig waren, dass sie im Fall einer Intervention noch mehr Probleme aufwarfen. Tatsächlich wurde das »Problem« Skid Row zumeist von den Behörden ignoriert.

Jake ließ den Blick über die Fassaden der schäbigen Hotels und baufälligen Wohnhäuser und auf die mit Zelten, Matratzen, Schlafsäcken und Supermarktwagen bedeckten Gehwege schweifen. Typen hingen in der Gosse rum, allein oder in Gruppen, manchmal Frauen, selten Kinder. Eine Menschenansammlung hatte sich um eine öffentliche Toilette geschart, er hörte Menschen rufen, sah, wie sich ein großer, einbeiniger, splitterfasernackter Schwarzer mit kleinen Sprüngen auf dem Gehweg fortbewegte, der Blick verstört von der Fülle von Geschäften mit bunten Jalousien, die alles und jedes anboten. Weiter entfernt lag Spielzeug für kleine Mädchen direkt an einem mit Abfall überquellenden Müllwagen. Daneben sammelte sich ein Haufen Müll vor einem Trafohäuschen – wenn es nicht vielleicht sogar eine provisorische Unterkunft war. Schatten drückten sich in den dunklen Gassen herum, unter Bushaltestellen oder ganz einfach vor den Eingängen leer stehender Lagerhallen, die man dutzendweise finden konnte, einige mit Stacheldrahtrollen gesichert. Seine Augen entdeckten eine Zeichnung auf einer Mauer, deren Botschaft die Situation des Viertels gut zusammenfasste – *Skid Row, Population: Too Many* –, bevor seine Aufmerksamkeit von lauten Stimmen, ein paar Meter davon entfernt, angezogen wurde. Wütend kämpften zwei Typen um einen Klapptisch an der Ecke der 5. Straße, nahe am Eingang einer Obdachlosenunterkunft. Surrealistisches Detail: Jemand hatte ein perfekt arrangiertes, vollständiges Menü auf einem Tablett hinterlassen. Und nicht angerührt, jedenfalls vorerst nicht.

Jake zog den Kopf wieder nach innen. Er ließ das Schiebefenster ein wenig herunter und wischte sich über die Nasenspitze, die ein paar Regentropfen abbekommen hatte.

Wie hatte Sam auf dieser Müllhalde überleben können? Der Ort hatte alles von einem Kriegsschauplatz und bot einen fruchtbaren Boden für Raubüberfälle und ansteckende Krankheiten.

Um sich zu trösten, sagte er sich, dass sie hier, in der Stadt der gefallenen Engel, vielleicht die Königin gewesen war.

Er untersuchte die dunklen Ecken des Zimmers mit den Augen. Die Anwältin hatte ihm gesagt, dass es sich um eine Übergangswohnung handelte, in der Sam etwas mehr als ein Jahr gelebt habe; sie hatte die Information von der Eigentümerin, mit der sie in Kontakt getreten war, um sie von Sams Ableben in Kenntnis zu setzen. *Ein Übergang wohin?*, fragte sich Jake. Was konnte Sam danach erwarten?

Es war still im Apartment, wie tot. Er wagte sich in das Nebenzimmer und knipste das Licht an. Es handelte sich weniger um ein Zimmer als um eine 3 x 2 Meter große Abstellkammer ohne Fenster. Der kleine, rechteckige Raum erfüllte ihn mit Traurigkeit. Ein ungemachtes Einzelbett, ein Nachttisch und ein Garderobenständer auf Rollen. An zwei Wänden waren Poster angebracht – auf einer Seite ein Porträt von Audrey Hepburn, auf der anderen eine Gebirgslandschaft. Ein Traumfänger hing über dem einzigen Kissen. Auch hier lag ein muffiger Geruch in der Luft, verstärkt durch einen Duft, den Jake nur als eine Mischung aus Eau de Toilette für Männer und kaltem Tabak deuten konnte.

Er wandte sich zur Tür. Wo sollte er anfangen?

Er entschied sich für die Küche. Die Vermieterin hatte das Apartment möbliert vermietet, und alle Möbel blieben dort, aber sie hatte die Anwältin Ramirez ausdrücklich darum gebeten, sicherzustellen, dass die Sachen der Verstorbenen so schnell wie möglich ausgeräumt werden; ohne Zweifel für einen anderen Engel, der dort wohnen sollte.

Innerhalb einer halben Stunde hatte Jake den Kühlschrank und den einzigen Schrank geleert, ein paar Lebensmittel in einen großen Sack geworfen und das Geschirr in Kartons gepackt, die er mitgebracht hatte. Sams Lebensmittelvorrat zu sehen, tat weh: Crackers, Müsliriegel, Bohnen in der Dose und Kaffee. Einen Bart-Simpson-Becher hatte er beiseitegestellt, und ein trauriges Lächeln umspielte seine Lippen, als er hinten in einer Schublade eine leere Packung Twizzlers fand, die Lakritze, die Sam am liebsten gemocht hatte.

Anschließend ging er ins Badezimmer, dessen Eingang gut versteckt war: eine Lamellentür, die hinter der Eingangstür angebracht war, fast eine Geheimtür. Die Duschkabine lag gegenüber der Toilette, und es war schwierig, eine davon zu benutzen, ohne in die andere zu treten. Oberhalb des Waschbeckens erlaubte ihm ein mit Zahnpasta befleckter Medizinschrank einen Blick auf die wenigen kosmetischen Habseligkeiten, die Sam besessen hatte:

eine Tube Feuchtigkeitscreme, Lidschatten, ein paar Lippenstifte, eine leere Shampooflasche, Gleitgel. Er fand auch einen Rasierer, eine benutzte Zahnbürste, eine Nagelschere, eine Pinzette, ein Päckchen Papiertaschentücher und Präservative. All das in einem Fach; die drei anderen waren mit Medizinfläschchen und Tabletten vollgestellt.

Oxycodon, Adderall, Dilaudid, Tramadol, Aspirin, Kodeinsirup: Es war alles da, von einfachen Dragees gegen Menstruationsbeschwerden bis zu verschreibungspflichtigen Betäubungsmitteln, einige davon in großer Menge. Er fand insbesondere ein Päckchen grüne Gelatinekapseln namens Tramazac, deren Herstellungsdatum zwei Monate zurücklag und die mit einem Gummiband zusammengehalten wurden. Er zählte zwölf von zwanzig Gelatinekaseln, es fehlte mehr als die Hälfte.

Nachdem er alle Medikamente in der Toilette hinuntergespült hatte, ging Jake in den großen Raum zurück. Mit zunehmender Dunkelheit wurde es draußen lebendiger. Ständig Motorgeräusche von Autos, Rufe von Bewohnern der Straße. Der Regen war doppelt so stark geworden; große Tropfen platschten an die Fenster. Ein Blick auf die Uhr zeigte ihm, dass es 21 Uhr 30 war. Er verspürte erste Anzeichen von Hunger, aber nichts von dem, was er in Sams Küche gefunden hatte, machte ihm Appetit. Er war nicht mal sicher, ob er überhaupt irgendwas hinunterkriegen würde.

Er stellte einen ersten vollgestopften Müllsack hinter die Eingangstür und verweilte einen Moment mitten im Raum. Zögerte, sich das Schlafzimmer vorzunehmen. Das war der intimste Ort des Apartments, das wusste er. Der Ort, an dem er möglicherweise persönliche Gegenstände finden würde, die er gar nicht sehen wollte.

Ein erstes Unbehagen stellte sich ein. Sam hatte ihm alles überlassen, aber das Geschenk war vergiftet.

Er dachte an seine Begegnung mit der Anwältin Ramirez. Als sie ihm am späten Nachmittag die Schlüssel des Apartments ausgehändigt hatte, informierte sie Jake darüber, dass der Bericht des Leichenbeschauers zu dem Ergebnis Tod nach Überdosis gekommen war. Die Identität von Sams Sexpartner sei zwar nicht bekannt, aber die Polizei halte die Todesursache nicht für verdächtig, und so sei der Leichnam der Verstorbenen ins Krematorium gebracht worden, wo er am nächsten Nachmittag eingeäschert werden sollte. Jake hatte die Absicht, die Asche abzuholen und sich gleich danach auf den Weg zu machen.

Quietschende Reifen rissen ihn aus seinen Gedanken. Besuch von der Polizei? Er war zu abgespannt, um genau nachzusehen. Kaum war er eine Stunde dort, wurde die Atmosphäre bereits brenzlig. Er musste sich beeilen. Die Idee, mitten in der Nacht zurückzufahren, kam ihm nicht verlockend vor, schon gar nicht mit den Dingen, die er noch am Hals hatte. Er war mit dem Taxi gekommen, Sams Chevy erwartete ihn in der Sicherheit des Hotelparkplatzes. Aber würde ein Taxi in diese Gegend kommen, um ihn abzuholen?

Während er diese Gedanken aus seinem Kopf verbannte, ließ er sich mit einem leeren Plastiksack und einem Karton auf dem Sofa nieder, um das Regal leer zu räumen. Die Sam, die er gekannt hatte, war nie eine große Leserin gewesen, dennoch besaß sie Dutzende Bücher. Dickens, Tolstoi, Steinbeck, Grisham, Elizabeth George, die beiden Romane, die er veröffentlicht hatte, die drei ersten Harry Potters, *Da Vinci Code, Alice im Wunderland, Das Parfum, Der Graf von Monte Cristo*, einige Comics, eine Enzyklopädie der siebten Kunst, einen Reiseführer über Mexiko, eine Biografie über Audrey Hepburn, einen Roman von Agatha Christie. Beim letzten hielt Jake inne. *Der Mord an Roger Ackroyd*, einer seiner Lieblingskrimis. Mit gerunzelten Augenbrauen strich er zärtlich über den Einband und suchte dann das Erscheinungsdatum dieses Exemplars. 1986.

Ein Bild von Sam kam ihm unversehens in den Sinn.

Er erinnerte sich an einen schönen Tag. Ein Freitagnachmittag Mitte August. Sie war bei ihm vorbeigekommen mit einer Kassette von *Ferris macht blau*, die sie in der Videothek von Escalante ausgeliehen hatte. Sie hatten sich den Film im Wohnzimmer angesehen und dabei Popcorn aus der Mikrowelle gefuttert. Ben, der sich immer noch Junior nannte, verbrachte seine Ferien bei Verwandten in Idaho. Nach dem Film waren sie nach oben ins Zimmer gegangen, um eine Partie Cluedo zu spielen, und Sam hatte sich freundschaftlich über ihn lustig gemacht, als sie *Der Mord an Roger Ackroyd* aufgeschlagen auf seinem Bett fand. Als Jake ihr eine haargenaue Zusammenfassung gegeben hatte, konnte Sam es sich nicht verkneifen, ihn als Leseratte oder mit ähnlichen Spitznamen zu hänseln und zu behaupten, dass sie lieber die Episoden von *Regina Regenbogen*, den Zeichentrickfilm, den ihre Schwester so gern hatte, in einer Endlosschleife ansehen würde, als ein Kapitel aus diesem Buch zu lesen.

Während er daran dachte, fiel ihm ein, dass er das Buch bei seinen verschiedenen Umzügen nie wieder gesehen hatte. Seit seiner Kindheit fühlte er sich auf eigentümliche Weise zu den Büchern von Agatha Christie und Roald Dahl hingezogen, und er hatte sie sein ganzes Leben lang immer mit sich genommen. Aber *Der Mord an Roger Ackroyd* war schon lange aus seinen Bücherregalen verschwunden.

Er schlug die letzte Seite des Buches auf und fand dort, wonach er gesucht hatte. Eine mit Bleistift geschriebene Signatur, analog derer in Bibliotheken: KRI CHR 14. KRI für Kriminalroman, CHR für Christie, 14 für die Nummer des Romans in der Reihe. Und darunter die Buchstaben J. D. Seine Initialen. Ein unterdrücktes Lächeln entfuhr ihm. Diese Manie, die er zwei oder drei Jahre lang gehabt hatte, seine Bücher mit einer Signatur zu versehen wie ein Bibliothekar, war ihm völlig entfallen.

Er hielt sich das Buch vor die Nase, und der Geruch von Druckerschwärze und Feuchtigkeit ließ ein ganzes Bukett von Erinnerungen in ihm hochsteigen. Sam hatte ihm sein Buch geklaut! Und sie hatte es gelesen. Vielleicht sogar mehrmals. 1990, wenn man dem Greyhound-Ticket von Cedar City nach Los Angeles vom 21. Februar glauben konnte, das aus den Seiten fiel. Jake steckte es wieder zurück und legte das Buch in den Karton. Dann, in einem plötzlichen Impuls, fügte er alle anderen hinzu. In den einundvierzig Jahren seines Lebens war es ihm noch nie gelungen, sich auch nur von einem einzigen Buch zu trennen.

Fünfzig Minuten später hatte er fertig sortiert und einen weiteren Karton und einen zweiten Müllsack gefüllt. Da er hungrig war, holte er die Tüte mit den Resten, die er eigentlich beim Weggehen einem Obdachlosen hatte geben wollen, und fischte das offene Paket Cookies heraus. Sie waren weich, halfen aber für den ersten Moment. Jake aß drei davon, bevor er ins Schlafzimmer ging.

Zuerst sah er unter das Bett und fand dort nur ein Paar schwarze Pumps und zwei oder drei Wollmäuse. Dann nahm er sich den Inhalt des Nachttisches vor. Dort, so vermutete er, würde er alltägliche Dinge entdecken, die zu untersuchen er nicht so recht Lust verspürte. Einige Zeitschriften, eine Packung Taschentücher, Batterien, einen iPod der ersten Generation, Ohrstöpsel ... nach dreißig Sekunden atmete er erleichtert auf. Das Intimste, was er gefunden hatte, war ein Tampon in seiner Verpackung.

Anschließend wandte er sich dem Schrank zu. Vorsichtig nahm er die Bügel von der Stange und legte Kleider, Blusen, Westen, Jacken und Hosen auf das Bett. Der Duft von Parfum und Wäsche, gegen den er seine Sinne vergeblich zu verschließen suchte, schlug ihm entgegen. Das war der Geruch von Sam. Der Geruch der Erwachsenen, die sie geworden war. Er fühlte, wie ihm die Tränen hochstiegen.

Als er mit der Kleidung fertig war, schaute er sich im Zimmer um. Er verharrte einen kurzen Moment auf dem Traumfänger und fragte sich, welche Albträume seiner Freundin dieser nachts eingefangen hatte; dann erblickte er zwei Plastikboxen zwischen den Füßen der leeren Garderobe. Er setzte sich aufs Bett und zog sie zu sich heran.

Die erste enthielt Unterwäsche. Jake biss sich auf die Lippen, griff hinein. Er berührte den Stoff mit spitzen Fingern, hob Strings an, Slips und BHs – aus Spitze, mit Leopardenmuster ... außer einem Paar Strümpfe und aufgerollten Strumpfhosen war nicht viel mehr darin. Er legte den Deckel wieder auf die Box und schob sie in Richtung Tür. Die Heilsarmee würde sicher einiges davon gebrauchen können.

Aus der zweiten Box blitzten mehrfarbige Fransen heraus. Er öffnete sie und zog einen Pashmina mit indianischen Motiven hervor. Darunter befand sich ein Sammelsurium von Gegenständen: Schachteln, ein Heft, ein Beutel, Fotos, eine Audiokassette, Postkarten, eine rote Haarlocke in einem Gefrierbeutel, eine alte Brieftasche, eine afrikanische Holzfigur, einige Kräutersäckchen, eine getrocknete Blüte in einem Umschlag, Schlüssel, ein rotes Bandana-Tuch ...

Jakes Augen wurden größer. Endlich.

Die Kiste mit Sams Erinnerungen.

Er spielte mit den Fingern über der Box wie auf einem unsichtbaren Klavier und fand kaum Zeit, seine widersprüchlichen Gedanken zu ordnen, als er auch schon eine Samtschachtel herausnahm. Sam hatte Modeschmuck darin aufbewahrt. Er betrachtete das Collier, das sie oft getragen haben musste, die Ohrringe, die ihr vielleicht ein Mann geschenkt hatte. Was sollte er damit machen?

Er schob die Samtschachtel wieder an ihren Platz und wandte sein Interesse einem Beutel zu, dessen Inhalt vage Erinnerungen in ihm wachrief. Er fand die weiße Korrekturflüssigkeit, mit der Sam den Vorspann des Films gestaltet hatte, den sie im Sommer 86 gedreht hatten, außerdem eine Plastikdose, die wohl zu einem Film für einen Fotoapparat gehörte, gefüllt mit Reißzwecken in allen Farben. Sam war so weit gegangen, das Radiergummi aufzuheben, das sie in der Grundschule benutzt hatte, eine kleine gelbe Kautschukkugel mit dem Bild von Pac-Man.

Jake legte den Beutel auf die Knie und ließ seinen rechten Zeigefinger gedankenverloren über den braunen Umschlag des Heftes gleiten. Die Ecke eines Briefumschlags ragte hervor. Er zog ihn heraus, hielt ihn einen Moment in der Hand und entschloss sich dann, ihn zu öffnen.

Es war eine Geburtstagskarte. Eine riesige *40!* in fuchsiafarbenen Buchstaben mit glitzernder Kontur zierte das Deckblatt. Er öffnete sie. Etwas scheppernd erklang ein Geburtstagsständchen. Jake schloss die Karte sofort wieder und wandte den Kopf zur Seite, dann zur anderen, als ob er sichergehen wollte, keinen Geist geweckt zu haben.

Er fand den Mechanismus, der die Musik in Gang setzte, und entfernte den kleinen Draht. Im Inneren war ein halbes Dutzend Wörter hingekritzelt. In Eile, so schien es, als ob die Überraschung in letzter Minute organisiert worden wäre. Ein *Ich liebe dich* einer gewissen Heidi, dicke Küsse von Jenn, ein Smiley von Don, und *Alles Gute zum Geburtstag!* in einer Reihe von Cody, Violette und Renée.

Jake lehnte sich an das Kopfteil des Bettes. Eine leichte Übelkeit hatte den Rhythmus seiner Atmung unterbrochen. Er las alle Wünsche und hielt einen Moment bei dem eines gewissen Cody inne: *Alles Gute zum Geburtstag! Wow, 40! Wir werden nicht jünger … in Erinnerung an die Vergangenheit, Cody.*

Cody.

Er legte die Karte auf die Bettdecke, bückte sich und sammelte die Fotos ein, die auf dem Boden der Schachtel lagen. Auf dem ersten sah man Sam mit ausgeblichenen Haaren und gebräunter Haut an einem Strand, der Venice Beach sein konnte. Sie hatte noch das Gesicht der Jugendlichen, das Foto musste aus den frühen 1980er-Jahren stammen. Auf dem nächsten war sie von zwei Männern umgeben; es war einige Jahre später aufgenommen, denn das Skalpell hatte bereits seine Arbeit getan. Er fand eine Aufnahme vom selben Tag und begriff, dass der Hintergrund eine Filmkulisse war. Jake sah sich die Abzüge einen nach dem anderen an und machte dabei Zeitsprünge, manchmal von zehn Jahren: Hier hob Sam einen Champagnerkelch am Neujahrstag 1998, dort war eine Badewanne voller Schaum, aus dem nur ein weißer Fuß und ihr Schopf herausragten, zu erkennen an ihrer roten Mähne. Wer hatte dieses Foto aufgenommen? Jake spürte einen Hauch von Eifersucht und stöberte weiter, fand aber nicht, wonach er suchte.

Er ließ die Fotos liegen und wandte sein Interesse einem Umschlag aus Packpapier zu, der so aussah, als ob er einen dicken Stapel Papier enthielt. Er öffnete ihn und zog drei Umschläge mit Eselsohren hervor. Sein Herz machte einen Sprung.

Die Briefe des anonymen Briefschreibers.

Oder vielmehr, einer der Briefe des Briefschreibers. Sam hatte vier davon bekommen, und Jake hatte immer gedacht, dass sie bei ihrem Aufenthalt in Kingman alle in der Zeitkapsel vergraben hätten. Aber offensichtlich hatte sie einen behalten. DIE HALLOWEEN-MÖRDER, las er mit klopfendem Herzen. Er atmete tief ein und löste die vergilbte Lasche. Der Umschlag war leer.

Jake stieß die Luft aus, die er angehalten hatte. Was hatte er eigentlich erwartet? Und warum diese plötzliche Angst? Er kannte den Inhalt jedes einzelnen dieser Briefe auswendig, hatte sie damals immer wieder unter die Lupe genommen, bis er Kopfschmerzen davon bekommen hatte. Er legte den Umschlag zur

Seite und wandte seine Aufmerksamkeit den beiden anderen Briefen zu. Sie trugen keinerlei Aufschrift und schienen deutlich jünger zu sein.

Der eine war an ihn adressiert. Mit zugeschnürter Kehle las er:

Jake,
ich hatte unrecht, das weiß ich. Ich habe dir einmal gesagt, dass du mich nicht jedes Mal retten kannst, und ich glaube, dass ich mich geirrt habe. Schwer geirrt. Wenn ich dich mir hätte helfen lassen an dem Tag, an dem ich deine Hilfe gebraucht habe, wäre heute vielleicht alles anders. Ich weiß es nicht.
Aber ich weiß, dass ich schon vor langer Zeit mit dir hätte sprechen müssen, doch mir fehlte dazu der Mut. Sei mir deshalb nicht böse. Obwohl ich Hunderte von Gelegenheiten hatte. Ich glaube, dass ich zu feige war. Oder zu ängstlich. Tut mir leid.
Lange Zeit habe ich dir vorgeworfen, dass du an jenem Abend nicht da warst, um uns vor einer Dummheit zu bewahren. Das hätte ich nicht gedurft. Es hat mich nur noch weiter von dir entfernt.
Ich wünsche mir so sehr, dass ich heute mit dir sprechen könnte. Es gibt einen Steg hier. Er ist nicht so ruhig wie unserer, aber ich stelle mir manchmal vor, wie wir am Wasser sitzen, du und ich, und ich dir die ganze Wahrheit erzähle.
Das wird ein Traum bleiben. Und da ich weiß, dass du Träume liebst, tröstet mich das ein wenig.
Du bist mein bester Freund, Spielleiter Jack. Du bist es immer gewesen.
Auf ewig
Sam

Der zweite Brief war an Ben gerichtet und schien nicht zu Ende geschrieben:

Ben,
ich kann mit dieser Last nicht länger leben. Wir hätten Jake alles sagen müssen.

Das war alles.

Jake drehte sich der Magen um. Lautlos weinte er. Er fühlte sich gekränkt. Tief verletzt. Und furchtbar verloren.

Er legte die drei kleinen Umschläge zurück in den großen und fragte sich, was sie meinte, wenn sie schrieb, dass sie ihm die ganze Wahrheit hätten sagen sollen. Er las den letzten Satz aus dem Brief an Ben noch einmal, dann legte er diese Relikte aus der Vergangenheit in die Box. Eine Silhouette bewegte sich im Halbdunkel der offenen Eingangstür hinter ihm, doch er sah sie nicht.

Gerade wollte er sich vorbeugen und nach dem Heft mit dem braunen Umschlag greifen, als ein grelles Licht auf die Wand vor ihm fiel. Ein heller Lichtkegel warf seinen Schatten auf das Gesicht von Audrey Hepburn – der Strahl einer Taschenlampe.

Plötzlich, wie aus dem Nichts, explodierte eine Stimme hinter ihm:

»Keine Bewegung!«

Die Zeit blieb für eine Tausendstelsekunde stehen. Dann drückte sich der kalte Lauf einer Waffe zwischen seine Schulterblätter. Jake erstarrte.

»Hände hinter den Kopf. Langsam!«

Es war ein Mann. Jake gehorchte und spürte dort, wo die Pistole ihn berührte, einen kalten Schauder auf der Haut.

»Ich habe nicht ...«

»Halt die Klappe!«

Die Stimme war tief und angespannt. Jake nahm darin eine Schwingung wahr, die unvermittelt in Wut umschlagen konnte. Seine Nerven waren zum Zerreißen gespannt.

»Sie ...«

»Klappe halten, habe ich gesagt!«

Er wollte aufstehen, aber das Klicken des Sicherungshebels hielt ihn zurück.

»Dreh dich um. Gesicht zu mir.«

Jake drehte sich um.

Er war auf einen Junkie gefasst gewesen, mit aufgerissenen Augen und langen, fettigen Haaren, versunken in einem zwei Nummern zu großen Achselhemd, das obszöne Tätowierungen auf dem ganzen Körper sehen ließ, aber der Mann, der ihn am Ende des Bettes in Schach hielt, war genauso sauber wie ein Bewerber um eine offene Stelle bei einem Unternehmen. Offensichtlich hatte der Typ eine ähnliche Vorstellung von ihm gehabt, denn seine Augen weiteten sich vor Überraschung.

»Wer bist du? Was zum Teufel machst du hier?«

»Ich ... ich bin gekommen, um das Apartment leer zu räumen, ich ...«

»Das Apartment leer räumen? Bist du bewaffnet?«

»Nein, ich ...«

Jake starrte in den Lauf der Pistole. Er hörte ein Klirren und sah, wie der Mann Handschellen herausholte.

»Okay, du wirst mir all das erklären auf dem ...«

Er unterbrach sich. Jake hob die Augen und fing den Blick des Mannes auf. Er war frisch rasiert und trug einen dunklen Anzug, hatte einen kantigen Kiefer und einen hervortretenden Adamsapfel. Sicher vierzig, das Haupthaar leicht schütter, einige Kilos zu viel. Er erinnerte Jake an irgendjemanden, ohne dass er darauf kam, an wen.

»Dein Name?«, wollte er wissen und kniff die Augen zusammen.

»Dickinson. Jake Dickinson.«

Der Lauf der Waffe senkte sich. Es dauerte einige Sekunden, bis der Mann antworten konnte, dann, kaum hörbar:

»Jake?«

Diese Adlernase, diese dichten Augenbrauen, das rosa Zahnfleisch, das er beim Lachen zeigte ... Jake sprach es aus:

»Cody?«

»Verdammt, das gibt's doch nicht!«

»Cody Hoffmann?«

»Persönlich.«

Jakes Herz setzte einen Schlag aus. Cody! Sein Kumpel aus der Kindheit. Der Sohn von Mutter Gerüchte-Radio. Der alte Tankwart seiner Eltern.

»Was treibst du hier?«

Cody steckte seine Waffe ins Halfter zurück. Er ging auf Jake zu und streckte die Hand aus.

»Du bist also nicht auf dem Laufenden ...«, bemerkte Jake, erhob sich und ergriff die ausgestreckte Hand.

»Auf dem Laufenden? Worüber?«

Cody runzelte die dichten Augenbrauen, und seine Miene verfinsterte sich in Erwartung dessen, was folgen würde. Diese Art von Situation war ihm offenbar vertraut, denn Jake sah seinem Gesicht an, dass er verstand.

»Es geht um Sam ...«, murmelte Cody mehrdeutig. »Es ist etwas passiert.«

Jake nickte. Seine Stimme zitterte:

»Sie ist gestorben. Vor drei Tagen.«

Cody wollte eine Hand an den Mund führen, hielt aber auf halbem Weg an.

»Wie?«

»Eine Überdosis. Ich habe sie in einem Hotelzimmer in West Hollywood gefunden.«

Ein tiefer Seufzer. Cody starrte über Jakes Schulter auf die vergilbte Wand, und sein Blick verlor sich in der Ferne.

»Das ist nicht wahr ... Sam ...«

»Sie … sie hat mich zum Testamentsvollstrecker bestimmt«, erklärte Jake mit belegter Stimme. »Das ist der Grund, warum ich hier bin.«

Cody brauchte einen Moment, um zu reagieren:

»Ich weiß nicht, was ich sagen soll, Jake, ich … Wollen wir nach nebenan gehen, kommst du mit? Ich … Es tut mir leid, wenn ich dir Angst eingejagt habe. Ich habe gedacht, du wärst ein Junkie.«

Für einige Momente legte sich die Stille des Todes auf den kleinen Raum. Dann, als der erste Schock vorbei war, löste Cody den obersten Knopf seines Hemdes und ergriff erneut das Wort:

»Ich wusste, dass es so enden würde. Früher oder später, ich wusste, dass es passieren würde.«

Während Cody sich auf Sams altem Sofa niederließ, kramte Jake verstohlen in der Proviantüte, die er neben dem Mülleimer abgestellt hatte. Er holte die beinahe leere Flasche Whisky heraus, goss einen kleinen Schluck in den Bart-Simpson-Becher und reichte ihn Cody.

»Alles okay mit dir? Hältst du durch?«

»Ich krieg's schon hin«, antwortete Jake.

Cody leerte den Becher mit einem Schluck, blickte sich im Zimmer um und ließ einen tiefen Seufzer hören.

»Es tut mir leid, Jake. Ernsthaft. Scheiße, sie war noch so jung … und ich wollte vorbeikommen, um zu sehen, ob es ihr gut geht. Ich hatte seit einer Woche nichts von ihr gehört … Sie … War sie allein, als du sie gefunden hast?«

Ein Zögern.

»Ja. Standet ihr in Kontakt?«

»Hmm. Wo, sagtest du, war das? West Hollywood, oder?«

»Alta Cienega Motel.«

»Das liegt nicht in meinem Zuständigkeitsbereich«, bedauerte Cody. »Sonst hätte ich davon gehört.«

Schweigen breitete sich aus. Jake hatte sich auf den grünen Würfel gesetzt, der als Tischchen diente.

»Also, sag mal, du bist Bulle geworden?«

»Inspector beim Los Angeles Police Department, ja. Abteilung North Hollywood.«

»Das wusste ich nicht.«

Cody, der die Augen seines Vaters und das Lächeln seiner Mutter hatte, sah ihn durchdringend an.

»Und du, wann bist du aus Duncan's Creek weggegangen?«

»93.«

»Ich 89. Ich war ein Jahr an der Uni in Cedar City, bevor ich zur Polizeischule wechselte. Seitdem haben wir uns nicht gesehen, oder? Meine Mutter hat mir erzählt, dass du eines schönen Tages fort bist und dass deine Eltern einige Monate nichts von dir gehört haben. Bist du immer noch in San Francisco?«

»Ja. Etwas mehr als zwanzig Jahre jetzt«, antwortete Jake und machte anschließend eine kurze Pause. »Ich bringe sie zurück, Cody. Ins Dorf.«

Cody seufzte abermals.

»Wann fährst du?«

»Morgen.«

»Morgen?«

»Es war ihr Letzter Wille.«

Cody nickte langsam und drehte den leeren Becher zwischen den Händen. Seine Augen waren auf Jake gerichtet, aber er sah ihn nicht an.

»Sam und ich, wir haben uns in L. A. getroffen, vor etwa zehn Jahren«, ließ er Jake nach einer kleinen Weile wissen. »Vielleicht etwas weniger ... Ich weiß nicht, es geht alles so schnell. Wir sind uns im Zentrum über den Weg gelaufen. Sie hatte sich verändert, aber ich habe sie sofort wiedererkannt. Dieselbe ungebändigte Haarmähne, die langen Beine und der breite Mund mit dem großen Gebiss.«

Ein etwas albernes Kichern entfuhr seiner Kehle. Jake gab ihm ein trübes Lächeln zurück.

»Sie sah nicht so aus, als ob es sie überrascht hätte, mich zu sehen. Genau genommen sah sie ... ein wenig sauer aus. Ich weiß nicht, warum. Wir haben uns fünf Minuten unterhalten, und ich habe ihr vorgeschlagen, was trinken zu gehen, aber sie wollte nicht. Das ist merkwürdig, sie hat auf mich wie eine Tussi gewirkt, die ... Wie soll ich sagen? Wie eine Tussi, die Angst vor ihrem eigenen Schatten hatte. Weißt du, wie diese kleine Alte im Dorf ... Miss Hodge. Erinnerst du dich? Die sich auf der Straße umdrehte, um sich zu vergewissern, dass ihr niemand folgte. Außer, dass das hier etwas anderes war. Sam machte eher den Eindruck, dass sie sich umdrehte, um zu sehen, ob ... ob es vielleicht jemanden gab, dem sie folgen konnte, verstehst du? Als ob sie jemanden suchte.«

»War das 2007?«, fragte Jake. »In dem Jahr hab ich sie gesehen. Sie hat mir von dir erzählt.«

»2006 oder 2007, ich weiß nicht genau ... vielleicht eher 2007, ja. Da hast du sie getroffen? Und hat sie dir erzählt, dass wir uns auch gesehen haben?«

»Nein, nicht wirklich, sie ...«

»Hat sie dir gesagt, dass sie gekommen ist, um mir eins aufs Maul zu hauen?«

Jake starrte ihn an. Ohne mehr preiszugeben, sah Cody auf den Bildschirm seines Smartphones und stellte es auf Vibration.

»Als ich an einem Abend aus dem Kommissariat kam, ist sie über mich hergefallen. Im wahrsten Sinne des Wortes über mich hergefallen«, erklärte er. »Frag mich nicht, wie sie mich gefunden hat, ich weiß es nicht. Aber verdammt, sie hätte mich fast ins Krankenhaus gebracht, die Teufelin! Ich habe sie überwältigt, weißt du, aber sie war völlig hysterisch. Sie hatte getrunken, aber es war nicht der Alkohol, der sie durchdrehen ließ. Sie sah wirklich so aus, als ob sie mir etwas heimzahlen wollte. Dieser Blick … wie ein Hund, dem man seinen Knochen wegnimmt. Ich erinnere mich, dass sie etwas hatte durchblicken lassen, was ich nie verstanden habe. Ich hab ihr …«

Schreie drangen durch das geöffnete Fenster. Innerhalb von einer Sekunde war Cody so wachsam wie ein lauerndes Tier, dann ließ er die Schultern sinken. Falscher Alarm.

»Verdammte Vollidioten«, schimpfte er. »Man müsste alles abbrennen in diesem Viertel …«

»Was war das?«, erkundigte sich Jake und schlürfte die letzten Tropfen Whisky vom Grund der Flasche. »Was hat sie durchblicken lassen?«

»Sie hat mich gefragt, ob ich mich bei Halloween an jenem Abend als Vogelscheuche verkleidet hatte … ihr Vater ist tot, wie du weißt. Ich hab ihr gesagt, dass nicht ich, sondern mein Bruderherz als Vogelscheuche verkleidet war, aber sie wollte davon nichts hören.«

»Das war dein Bruder?«

»Brandon, ja, der kleine. Als Sam und ich uns gesehen haben an jenem Abend, hatte meine Mutter gerade Facebook entdeckt, und sie hatte alles, was sie an alten Fotos finden konnte, auf der Seite gepostet. Da waren auch Kinderfotos von uns dabei.«

»Und Sam dachte, dass du das warst … Sie hat die Verbindung zu deiner Anwesenheit hier hergestellt und wollte dich vermöbeln«, vermutete Jake.

»Ja. Aber sie wog zu der Zeit mit nassen Klamotten ungefähr fünfzig Kilo und war einfach nicht stark genug!«

Cody lachte auf. Es war dasselbe Lachen wie in seiner Jugend, und das versetzte Jake sogleich in die Mitte der Achtzigerjahre, auf den Steg am Ufer des Duncan River.

»Ich habe ihr an jenem Abend ihr Essen bezahlt. Wir sind in einen Diner am Santa Monica Boulevard gegangen. Sie wurde langsam ruhiger, aber sie hatte immer noch dieses Glänzen in den Augen ... wie ein Feuer, das brannte, verstehst du? Danach haben wir uns ein paarmal gesehen. Sie war verstört. Ich glaube, es tat ihr gut, jemanden zum Reden zu haben, jemanden, den sie mit ihren Wurzeln verband, mit ihrem vorigen Leben. Wir haben im Laufe der Zeit nicht wenig geredet. Über alles und nichts. Dabei habe ich erfahren, dass einige Kerle sie ziemlich übel behandelt haben, aber sie wollte nicht, dass ich mich darum kümmere.«

Jake hatte das Gefühl, dass ihm ein schweres Gewicht auf den Schultern lastete.

»Was für Kerle?«

»Hat sie mir nie gesagt. Aber ... sie ging auf den Strich, Jake. Ich will nicht lange herumreden, ich will lieber ehrlich zu dir sein. Sie nannte sich Rhonda, und sie ging auf dem Hollywood Boulevard anschaffen. Ich habe es gewusst, weil sie einmal von ein paar Kollegen von der Sitte aufgegriffen wurde und mich dann rufen ließ.« Cody nahm einen Schluck Whisky. »Hast du das nicht gewusst?«

Jake deutete eine leichte Bewegung mit dem Kopf an. Kein Ja, kein Nein. Er wusste es nicht, aber er hatte es seit Langem geahnt.

»Sie war keine Nutte«, sagte Cody. »Nicht so, wie man sich das gemeinhin vorstellt. Rhonda konnte zuhören, hatte Verständnis für die Männer, die sie brauchten. Sie ließ sich was zu trinken spendieren, und sie hörte zu, wenn sie ihr von ihrem Scheißleben erzählten. Sie nahm sie unter ihre Fittiche, wenn du so willst, sie bot ihnen ein Ohr zum Zuhören oder eine Schulter zum Anlehnen. Manchmal hat sie mit ihnen geschlafen. Aber das war nicht ihre Hauptbeschäftigung. So war Rhonda. Eine Zuhörerin.«

»Du ... Hast du ...?«

»Nein. Nein! Ich habe nie ... Jedenfalls habe ich nie bezahlt, um mit ihr zu schlafen, Jake. Niemals. Wir haben einmal gevögelt. Aus Spaß. Ich bin verheiratet. Ich habe zwei Kinder. Rhonda, sie ...«

»Warum dieser Spitzname?«, unterbrach Jake ihn.

Cody schien das nicht zu stören.

»Ich habe sie das gefragt, stell dir vor. Sie hat mir gesagt, dass Sam ein Name für einen Typen ist. Und dass das nicht gut fürs Geschäft wäre ...«

Jake rutschte unruhig auf seinem Sitz hin und her. Es blieben noch genügend dunkle Flecken in dem, was er von Sam zu wissen glaubte.

Cody beugte sich vor:

»Du fährst also morgen? Ich würde dich gern begleiten, weißt du, aber ich habe einen Job und Familie. Niemand hier weiß von all dem. Ich kann nicht ...«

»Das macht nichts«, versicherte Jake. »Mach dir nichts draus.« Er lachte. »Du bist also verheiratet? Und Papa?«

»Connie und ich, wir sind seit vierzehn Jahren verheiratet. ›Cody und Connie‹.«

Er strich über seinen Ehering.

»Connie? Du hast nicht Paige Spetalnick geheiratet?«

»Ach du dickes Ei, Paige Spetalnick!«, amüsierte Cody sich. »Nein, um Gottes willen! Ich habe Connie Fraser geheiratet, und sie hat mir zwei schöne Kinder geschenkt: Gretchen, geboren 2003, und Carl, geboren 2006.«

»Glückwunsch.«

»Und ... wir lieben uns, Jake. Connie und ich. Wir lieben uns. Im Vergleich zu dem, was ich dir eben über Sam und mich erzählt habe. Das war ... Das ist ein einziges Mal passiert ...«

Sie verweilten ein paar Sekunden, ohne etwas zu sagen. Der Regen fiel unaufhörlich, ein entferntes Plätschern.

»Mit der Zeit sind wir Freunde geworden«, nahm Cody mit unstetem Blick den Faden wieder auf. »Sam und ich. Wir sind Freunde geworden. Wieder Freunde geworden, wenn du das lieber hörst. Ich weiß nicht, was uns zueinandergeführt hat, wir waren so unterschiedlich, aber mit der Zeit haben wir uns vertraut. Haben uns unsere kleinen Wehwehchen erzählt. Bulle zu sein, in dieser Stadt, weißt du ... Ich habe auf jeden Fall immer darauf geachtet, meine Probleme nicht mit nach Hause zu bringen ... Connie hat nie irgendwas davon gewusst. Ich wollte sie schützen ...« Er hielt eine Weile inne. »Verdammt, Sam ... Ich kann es immer noch nicht glauben.«

»Wusstest du, dass sie Drogen genommen hat?«

Cody rieb sich über die Augenlider und versank tief im Sofa. Seine Füße suchten reflexartig nach dem niedrigen Tisch, aber sie trafen ins Leere. Er sah Jake intensiv an, dann kramte er vom Grund seiner Innentasche ein zerknittertes Päckchen Zigaretten hervor; er musste es seit Wochen mit sich herumgeschleppt haben.

»Das, was ich zuerst gesehen habe, waren Abszesse an den Innenseiten ihrer Arme«, gab er zu. »Einstiche. Das war kein schöner Anblick. Da sie keine Krankenversicherung hatte, hab ich sie zu einem Spezialisten geschleift. Der Junge war mir etwas schuldig, und er tat mir einen Gefallen. Am Anfang tat sie so, als wär nichts, aber sie konnte es nicht leugnen, weißt du. Es gab auch Puderspuren auf ihrem Klo, zu Strohhalmen gerollte Tickets in ihrer Handtasche, merkwürdige nervöse Zuckungen. Ich bin Bulle, aber man muss kein Bulle sein, um einen Drogensüchtigen zu erkennen. Ich habe, so gut ich konnte, versucht, ihr zu helfen, aber ... es gab nicht viel, was man tun konnte. Sam konnte sich keinen Entzug leisten, und so geriet sie ins Abseits. Ich hatte einen Kredit am Hals und zwei Kinder zu ernähren. Mitten in der Subprime-Krise! Sam hatte Vorstrafen, oh, keine großen Sachen, kleine Delikte, um zu überleben, aber finde mal einen Job, wenn in großen Buchstaben ›NUTTE UND JUNKIE‹ auf deiner Stirn steht.

Sie hat sich irgendwie durchgeschlagen. Eine Zeit lang blieb sie an einem Ort, dann verschwand sie einige Wochen, hatte hier und da Freunde – wenn man das Freunde nennen will –, einige sehr intim, weißt du, und dann, einfach so, ohne Vorwarnung, als ob sie keinen Moment daran dachte, dass jemand sie vermissen könnte, verschwand sie. Ich bin ihrer Spur gefolgt, wenn ich konnte. Ich habe meine Spitzel in den Kommissariaten der Viertel, wo sie rumhing, und wenn es Neuigkeiten von ihr gab, sind sie mir zugetragen worden. Es gab immer jemanden, der mich irgendwie informierte, denn es gab immer einen Moment, in dem sich die Sache für sie zum Schlechten wendete. Ihr Macker, Marty, war ein richtiger Dreckskerl. Vor vier Jahren hat man ihn in einer kleinen Straße nicht weit von hier halb tot aufgefunden. Mit abgeschnittenen Eiern. Sam wurde befragt, aber man hatte nichts gegen sie in der Hand. Sie sagte aus, dass sie um das Jahr 2008 herum aufgehört habe, für ihn zu arbeiten. Ich habe sie nach ihrer Aussage vom Polizeikommissariat abgeholt, wir haben gegessen, ich habe ihr gegeben, was ich bei mir hatte – zehn, vielleicht fünfzehn Dollar. Sie erzählte mir, dass sie versuchte, wieder gesund zu werden. Wir hatten uns zu der Zeit seit zwei Jahren nicht gesehen, und ich fand, sie war in besserer Form als das Mal davor. Das zu sehen, hat mich gefreut. An jenem Tag hat sie mir erzählt, dass sie damit aufhören wollte, auf der Straße rumzuhängen, da sie einen alten Kumpel getroffen hat, der ihr den Kopf zurechtgerückt habe oder irgendwas in der Art. Sie wollte sich wieder in den Griff kriegen, wie sie sagte.« Cody wandte sich Jake zu. »Es war 2007, als du sie gesehen hast, oder?«

Jake bestätigte mit einem Wimpernschlag. Das Salz der Tränen in seiner Kehle hinderte ihn am Sprechen.

»Von da an hat sie wirklich versucht, wieder auf die rechte Bahn zu kommen. Jedenfalls glaube ich das. Ich hätte mich davon überzeugen müssen, verdammt. Ich hätte mich überzeugen müssen. Ich habe in meiner Karriere mit genug Drogensüchtigen zu tun gehabt, um zu wissen, dass man ihnen nicht vertrauen kann, aber ... ach, ich war blind. Sam hatte etwas Bezauberndes an sich. Sie wusste, wie man's macht, weißt du. Als sie einen Rückfall hatte, habe ich es nicht kommen sehen. Überhaupt nicht. Wir haben ihren Vierzigsten in kleiner Runde mit ein paar Kumpeln gefeiert, alles war gut. Und dann plötzlich kam nichts mehr. Acht Monate Funkstille. Ich habe es laufen lassen, aus tausenderlei schlechten Gründen ... Endlich habe ich von einem Typen der West Hollywood Station Neuigkeiten erfahren. Das war Ende 2013. Sie war in einer düsteren Bar in der Stadt mit zwei Gramm Koks festgenommen worden. Es gelang mir, sie frei zu kriegen. In dem Moment, als ich sie sah, wusste ich, dass der Abstieg in die Hölle für sie noch nicht vorbei war.«

»Hat sie dir nie erzählt, warum sie das gemacht hat?«, fragte Jake.

»Es gibt nie nur einen einzigen Grund«, seufzte Cody. »Sam hat einen ganzen Haufen Probleme mit sich rumgeschleppt. Das solltest du wissen – ohne dass ich die Vergangenheit aufwühlen will.«

Jake machte eine beschwichtigende Handbewegung, um jede Peinlichkeit zwischen ihnen wegzuwischen.

»Hat sie deiner Ansicht nach irgendetwas verborgen?«

»Wir verbergen alle irgendwas, oder?«

»Und du, Cody, was verbirgst du?«

Cody schürzte die Lippen zu einer Art Grinsen. Er streckte eine Hand über die Armlehne des Sofas und hob irgendwas mit den Fingern auf. Ein langes Haar, rot und gelockt.

»Ich glaube, ich war zu einer gewissen Zeit verliebt in sie«, gab er schließlich zu und schüttelte sein Zigarettenpäckchen, um sich eine herausziehen. »Als wir Kinder waren, will ich damit sagen. Nicht hier. Das, was vor sieben Jahren zwischen uns passiert ist, das war eine Art von ... Wahrscheinlich wollte ich den Kopf frei kriegen von all dem Mist, den ich um die Ohren hatte. Was die Frage betrifft, was sie verborgen hat, habe ich nicht die leiseste

Ahnung. Aber es gab etwas, das ist klar. Es gibt immer irgendwas.«

Jake zögerte eine Weile und gab dann plötzlich zu:

»Wir haben Briefe bekommen. Nach dem Tod ihres Vaters. Wir haben anonyme Briefe bekommen.«

Cody öffnete den Mund, brachte aber keinen Ton heraus. Es war nicht etwa so, dass es ihm an Worten mangelte, im Gegenteil, in seinem Kopf drängten sich die Fragen, aber der Polizeiinspektor, der er seit fast zwanzig Jahren war, kalkulierte bereits die Folgen, um sicherzustellen, dass er nichts übersah.

»Anonyme Briefe? Was stand drin?«

»Nichts«, log Jake. »Ziel war es, in der Scheiße zu wühlen, vermute ich.«

»Wie viele habt ihr bekommen?«

»Vier.«

»Mit der Post?«

»Zwei ja. Die letzten sind direkt in Sams Briefkasten gesteckt worden, gleich nachdem sie in das neue Haus umgezogen war.«

»Jemand aus dem Dorf?«, wagte Cody eine Vermutung. »War sie nicht ... zehn, zwölf Kilometer von Duncan's Creek entfernt, als sie in dem Wohnmobil ihrer Großmutter wohnte? Etwas weit, um dort vorbeizugehen ... Sind die beiden ersten auch dorthin geschickt worden?«

»Ja.«

»Und ihr habt mit niemandem darüber gesprochen?«

»Nein. Wir haben das für uns behalten.«

»Wusste Junio... Ben Bescheid?«

»Na klar. Zwei der Briefe waren an uns drei adressiert.«

Cody reckte sich, legte die Hände auf die Oberschenkel und stand mit einem Stöhnen auf. Nachdenklich ging er um das Sofa herum und zum Fenster. Nach einem Augenblick zündete er sich eine Zigarette an.

»Warum soll man heute darüber sprechen?«, fragte er.

»Geheimnisse, Lügen, eine Weile geht das. Und außerdem ist es inzwischen verjährt.«

»Das Problem mit den Lügen ist, dass man damit nicht mehr aufhören kann.«

Jake nickte zurückhaltend.

»Glaub mir, damit kenn ich mich aus«, betonte er und stimmte damit Cody zu.

Es hatte aufgehört zu regnen, und die Raubtiermeute wurde in ihren verdreckten Schlupfwinkeln langsam wieder munter. Jake blickte auf den gegenüberliegenden Bürgersteig hinunter und stellte sich die lange Silhouette von Sam in dieser düsteren Ecke der Stadt voller Zelte vor, die als Asyl für die Nacht dienten. Er spürte das dringende Bedürfnis, sie mit aller Kraft in die Arme zu schließen, und erkannte gleichzeitig, wie aussichtslos sein Wunsch war.

»Hattest du jemals die geringste Idee, wer das gewesen sein könnte?«, fragte Cody und stieß den Rauch aus.

»Doch«, lächelte Jake. »Es gab einen Moment, in dem wir glaubten, du seist es gewesen.«

Cody sah ihn mit düsterer Miene an. Kein Lächeln diesmal, er zog das Gesicht eines Polizisten, der gerade schlechte Nachrichten erhalten hat.

»Das war 89, ja? Das Jahr, in dem ihr die Briefe bekommen habt?«

»Ja.«

»Der Sommer, bevor ich an die Uni gegan...«

Er leckte sich mit der Zunge über die Lippen und blickte finsterer als je zuvor.

»Was? Was ist los?«

»Ich glaube, ich weiß, wer das war, Jake.«

Jake machte große Augen.

»Wie bitte?«

»Ich erinnere mich, dass ich in jenem Sommer oft zwischen dem Haus meiner Alten und der Tankstelle deiner Eltern hin- und hergefahren bin. Und ich habe jemanden gesehen ... Ich habe das damals nicht für wichtig gehalten, ich habe mir gesagt, dass das mal wieder einer von euren blöden Kinderstreichen war – versteh das nicht falsch. Aber ... ich habe gesehen, wie jemand einen Brief in Sams Briefkasten gesteckt hat.«

»Wirklich? Und wen?«

Jake hing an Codys Lippen. Er ahnte bereits, dass das Folgende ihm nicht gefallen würde.

»Der Typ, der deine anonymen Briefe geschrieben hat, Jake ... Ich glaube, das war dein alter Kumpel Junior.«

Heute

Nach Tropic wurde die Strecke unangenehmer zu fahren. Der durch Wetterumschwünge beschädigte Asphalt war in unregelmäßigen Abständen aufgebrochen, und die Reifen des Chevy holperten unsanft über die losen Betonplatten, manchmal so schlimm, dass das Autoradio Sprünge machte und Marianne Faithfull aus den Lautsprechern stotterte.

Ich fuhr langsamer, um das Panorama zu betrachten, das durch das Flirren der Hitze verzerrt wurde. Die Landschaft bestand aus Canyons und staubigen Felswänden, die Sonne brannte erbarmungslos aus einem klaren, blauen Himmel und ließ die Temperatur stark ansteigen. In der Ferne stand eine riesige Gewitterwolke in Form eines Atompilzes über den Reihen der ersten Hoodoos.

Ich hielt den Kopf aus dem geöffneten Fenster und füllte meine Lungen mit dem kräftigen Aroma von feuchtem Gestein und dem Harz der Kiefern. Der Geruch war mir vertraut. Erinnerungen an Sommer am Ufer des Flusses, Bilder von Kiefernwäldern und Erde und frisch geschnittenen Blumen, die meine Mutter zwischen die saubere Wäsche legte.

Nostalgie ist wohltuend, wenn man nicht zu ihrem Sklaven wird, und ich begrüßte sie wie den Besuch einer alten Freundin. Ich war am Ende meines Weges angelangt und erleichtert, dass ich das Album der Erinnerungen schließen konnte, auch wenn sich ein wenig Besorgnis in die Erleichterung mischte: Die Seite, die folgen würde, war noch weiß, das wusste ich. Ich fürchtete diese unerbittliche Leere, die Autoren verhöhnt, denen es an Inspiration fehlt, hoffte aber auf Ben, die Seite zu füllen.

Cody und ich hatten uns nach unserer ziemlich unerwarteten Begegnung gegen Mitternacht getrennt. Er hatte mir geholfen, die Müllsäcke in die Container und die Kleidersäcke vor die Tür eines Obdachlosenasyls in der Straße zu bringen. Dann hatte er mich zurück zu meinem Hotel begleitet. Ich weiß nicht, wie oft ich ihn gefragt habe, ob er sicher war, was er gesehen hatte, aber seine Antwort war immer ein kategorisches Ja: Ja, Ben hatte in jenem Sommer einen Brief in Sams Briefkasten gesteckt.

Bevor er mich in West Hollywood zurückließ, hatte Cody den Wunsch geäußert, einen Gegenstand zu behalten, der Sam gehörte. Ich hatte ihm angeboten, sich aus einem der beiden Kartons zu bedienen, die wir in seinen Kofferraum verfrachtet hatten. Er entschied sich für den Bart-Simpson-Becher. Dann hatte ich ihm weiterhin alles Gute gewünscht und er mir viel Glück. Er wusste, dass ich es nötig hatte. Ein Bulle spürt sowas.

Als ich Henrieville verließ, die letzte Stadt vor Escalante, klingelte mein Telefon. Ohne hinzusehen wusste ich, dass es Ben war.

»Hallo?«, antwortete ich und drehte die Musik leiser.

»Jake? Hier ist Ben. Hallo.«

»Guten Tag.«

»Alles gut? Bist du noch unterwegs?«

»Ja, ich bin auf der 12.«

»Ah, du kommst näher. Bist du bald da?«

»In einer knappen Stunde.«

»Prima. Wir warten. War die Strecke nicht zu lang?«

»Ging so.«

»Und die Stimmung? Hältst du durch?«

»War schon mal besser.«

»Ist bei mir das Gleiche. Tut mir leid, dass ich dich das alles so allein hab machen lassen.«

»So ist es eben, Ben.«

»Wir werden dich verwöhnen, einverstanden? Die Mädchen freuen sich schon riesig darauf, endlich ihren Onkel Jake kennenzulernen.«

»Einverstanden.«

Ein Atemzug, ein Seufzer.

»Und ... die Nacht in Kingman, wie ist die verlaufen?«

»Nicht so angenehm wie beim letzten Mal.«

»Ah, ja, das war was, oder? Du ... Bist du hingegangen? Zum Campingplatz, meine ich.«

»Es gibt keinen Campingplatz mehr, Ben.«

»Es gibt keinen Campingplatz mehr?«

»Er ist eingeebnet. Es ist nur Brachland übrig geblieben.«

»Ah?«

War es Erleichterung, was ich in diesem »Ah« wahrgenommen hatte? Ich biss mir auf die Lippe, um nichts weiter zu sagen.

»Das heißt, da ist nichts mehr?«, fragte Ben. »Toiletten, Picknicktische ...«

»Ist alles verschwunden.«

»Und du bist hingegangen?«

»Ja, Ben, ich bin hingegangen.«

Ich hatte in ruhigem Ton gesprochen, ohne genau zu wissen, was der Grund für meinen beginnenden Ärger war, der tief in mir rumorte.

»Hat ... hat sich was verändert?«

»Sie haben alles plattgemacht, sag ich doch. Da ist nichts mehr geblieben.«

»Ich meinte die Stadt.«

»Die Stadt ist immer noch dieselbe«, antwortete ich. »Stehen geblieben in den *Fifties*.«

»Sie haben also nichts darauf gebaut? Auf dem Campingplatz?«

»Alles Brachland. Einige Bäume sind geblieben, aber ...«

»Hast du unseren gefunden?«

»Nein, er war nicht mehr da.«

Es knisterte in der Leitung. Als Ben zu sprechen anfing, hatte seine Stimme einen leicht ängstlichen Klang:

»Und ... die Box, Jake? Die Zeitkapsel ... Glaubst du, sie war noch da?«

»Ja. Ich habe sie gefunden.«

Schweigen. Ich glaubte, Ben durch den High Definition Sound meines Smartphones schlucken zu hören.

»Nicht zu fassen! Hast du sie ausgegraben?«

»Ja.«

»War alles ... War alles da?«

»Sie war heil. Ein bisschen verrostet, aber intakt.«

»Und du hast sie geöffnet?«

»Was meinst du?«

»Das ist ja nicht zu fassen! Ich ... ich weiß nicht mal mehr genau, was wir da reingetan haben ...«

»Fotos, eine Audiokassette, Kinokarten für *Indiana Jones und der letzte Kreuzzug* ... die Briefe.«

»Die Briefe?«

»Ja. Die Briefe.«

Die Briefe, die du geschrieben hast, Ben.

Ich hätte mich dafür entscheiden können, ihn in diesem Stadium des Gesprächs mit der Wahrheit zu konfrontieren, aber ich wusste, dass ich sie nicht richtig rübergebracht hätte, zu heftig. Deshalb behielt ich sie für mich.

»Hast du sie noch mal gelesen?«

»Ich habe einen Blick darauf geworfen.«

»Verstehe.«

Nichts weiter. Kein »Ich muss dir etwas sagen«, kein »Ich war es«. Nichts.

»Und ... und die Kassette? Hast du sie angehört?«

Seine Stimme klang unsicher, fast flehend.

»Nein«, antwortete ich und hätte beinahe hinzugefügt, dass ich kurz daran gedacht hatte.

»Bist du sicher, Jake?«

»Wenn ich es dir doch sage!«

»Gut. Aber ...«

»Hör mal, Ben ...«

... was ist denn Besonderes mit dieser Kassette? Was habt ihr mir nicht gesagt? Die Worte kamen nicht über meine Lippen. Ich erinnerte mich nun an das, was wir daraufgeschrieben hatten.

»... ich muss jetzt Schluss machen, ich sehe 'ne Bullenkarre«, beendete ich das Gespräch und blickte auf die gähnend leere Straße vor mir.

»Klar, sicher! Tut mir leid, Jake. Bis gleich. Du hast doch die Adresse?«

»Ja. Wir sehen uns in einer Stunde.«

Ich unterbrach die Verbindung. Einige Sekunden lang blieb ich regungslos sitzen, als ob ich vorausahnte, dass bei der geringsten Bewegung unweigerlich eine Katastrophe eintreten würde, die nicht rückgängig zu machen war. Dann, etwas erschöpft davon, meinen Zorn im Zaum zu halten, trat ich auf die Bremse und riss das Lenkrad abrupt nach rechts. Die Räder knirschten auf dem Kies, als ich auf den Seitenstreifen fuhr. Anschließend drehte ich mich um und schnappte mir die Snoopy-Lunchbox von der Rückbank.

Ich nahm die Kassette heraus und schob sie mit zitternden Fingern ins Autoradio.

Gestern

»Nimmt es auf?«

»Weiß nicht, wo muss man draufdrücken?«

»Warte, lass mich das machen.«

»Pssst!«

»Gut, es läuft!«

»Bist du sicher?«

»Ja, es nimmt auf, alles gut.«

»Okay.«

»Gut, also: Hallo!«

»Hallo!«

»Yo!«

»Also, hm ... wer fängt an?«

»Der, der die Idee hatte.«

»Ja? Okay ... gut, hm ... hier ist Jake Dickinson direkt aus Kingman, Arizona. Heute ist der 6. August 1989, und ich bin hier mit ...«

»Ben McCombs jr. und ...«

»Sam Baldwin.«

»Also, wir sind alle drei hier, auf dem Campingplatz von Kingman ...«

»Tief im Arsch von Arizona, wo es heiß ist ...«

»Sehr, sehr heiß, und außerdem, wenn wir diese Kassette aufnehmen, dann deshalb, weil ...«

»Weil Ben uns eine bescheuerte Aufgabe gegeben hat ...«

»Haha, ich lach mich tot, Sam!«

»... weil wir Spaß daran haben, uns vorzustellen, wo wir alle in zehn Jahren sein werden ...«

»Elf willst du sagen, Jake.«
»Ja, elf … kurz, im Jahr 2000 …«
»Wenn wir dann noch leben!«
»Sam, verdammt.«
»Oh, schon gut!«
»Nein, aber mach weiter, sprich nicht von Unglück.«
»Halt die Klappe!«
»Ich liebe dich auch.«
»Also … die Idee ist, dass jeder dem Tonband seine Version der Zukunft anvertraut, seiner Zukunft, und in zehn Jahren …«
»Elf!«
»… in elf Jahren hören wir die Kassette wieder an, genau am 6. August 2000, und werden sehen, ob einer von uns richtig vorausgesehen hat und … he!«
»Und ich füge hinzu – hier spricht Sam –, dass jeder auf der Kassette ein Geheimnis preisgeben muss, wie beim Spiel *Wahrheit oder Pflicht*, das gestern in allgemeine Schummelei ausgeartet ist.«
»Das wollte ich gerade …«
»Wir haben Nein gesagt, Sam!«
»Du hast Nein gesagt, Ben. Weil du geschummelt hast. Auf die Frage ›Hast du schon mal gewichst und dabei an Winona Ryder gedacht?‹ hast du ›Nein‹, geantwortet, erinnere dich. Ich bepiss mich gleich vor Lachen.«
»Gib Jake den Rekorder, so wird man nichts verstehen!«
»Eine Minute! Es geht also um eine zusätzliche Regel, und jeder muss sich an die Spielregeln halten, sonst wird er in elf Jahren endgültig aus der Bande ausgeschlossen – natürlich nur, wenn wir noch am Leben sind. Das kann irgendwas sein, eine Sache, die einem auf dem Herzen liegt und die man sich nicht traut, jemandem zu erzählen, aber am wichtigsten ist, dass es etwas sein muss, dass die beiden anderen nicht wissen. Ich präzisiere das für dich, Ben.«

»Ist ja schon gut.«

»Ich gebe das Wort an Jake, die schönste Stimme westlich der Rocky Mountains.«

»Danke ... gut, wer will anfangen? Was ...? Wegen der vielen Meldungen der beiden anderen ist es wohl am besten, wenn ich anfange. Ich werde mich also ... in eine Ecke des Campingplatzes verziehen ... Genau, also ich gehe in Richtung der Bahngleise ... ich komme an dem Baum vorbei, in den wir gestern unsere Initialen geritzt haben ... Tut mir leid, dass es so laut ist, hier liegt überall Kies ... Hopp, da ist es, ich bin ganz allein ... niemand in der Nähe ... Also, hier spricht Jake Dickinson aus Kingman, Arizona ... aber das hab ich schon gesagt ... Gut, hm, also los ... Ich werde ... in zehn ... oh, elf Jahren, da werde ich ... Ich werde mindestens ein Buch fertig geschrieben und es jemandem zum Lesen gegeben haben ... Das wäre super! Ich will damit nicht sagen, dass ich Schriftsteller werde oder sowas, aber sicher ist, dass ich nicht mehr an der Tankstelle meiner Eltern arbeiten werde ... Jedenfalls hoffe ich das ... Ich hoffe das wirklich ... Ah, und dann würde ich gern nach Escalante ziehen ... Nicht weit vom Kino entfernt, um schnell hinzukommen ... Na gut, ich glaube, das ist alles! Ich höre auf und überlasse das Wort Ben ... Ach nein, Entschuldigung, ich habe das Geheimnis vergessen ... Das Geheimnis ... Hm ... gut, ich habe an eine Sache gedacht, aber ich weiß nicht, wie ich es sagen soll, also ... also vielleicht ... Ich ... ich glaub, ich bin in Mark-Paul Gosselaar verknallt ... Das ist alles ... Weiter und tschüs!«

(...)

»Hallo Leute, hier ist Ben McCombs. Also, in elf Jahren, da werde ich siebzehn, achtzehn, neunzehn, zwanzig, einundzwanzig, zweiundzwanzig, dreiundzwanzig, vierundzwanzig, fünfundzwanzig, sechsundzwanzig, siebenundzwanzig ... siebenundzwanzig sein, und ich werde drei Jungs haben, Ben Nummer III, Ben Nummer IV und Ben Nummer V, und ich werde Mathe-Prof an der Uni sein und eine neue Gleichung entdecken, die es ermöglicht, alles Gemüse der Welt in Kartoffeln umzuformen ... Nein, alles Quatsch, hier ist Sam. Du solltest der Nächste sein, Ben, aber du hast dich ins Klo verzogen. Also, wer hängt hier am Mikro? Meine Wenigkeit. Sicher muss man auf dem Thron verdammt scharf nachdenken, um sich vorzustellen, sein ganzes Leben lang Kartoffeln zu sortieren. ›Kurz‹, wie Jake sagen würde, ›dort seht ihr mich nicht, aber ich beobachte euch von meinem Versteck aus, und ich muss sagen, dass ihr unheimlich hübsche Bengel seid, alle beide ...‹ Nein, ich spinne! Hahaha! Manchmal bin ich so witzig, dass ich mein erster Fan sein könnte. Also los, ich mache schnell, langsam stinkt es hier nach Müll. Also ich, im Jahr 2000, wenn ich noch schöner und klüger bin als heute, werde ich meine eigene TV-Serie haben, die *Sam* heißen wird, ganz einfach *Sam*. ›*Ça m'suffit – Das genügt mir*‹, hahaha! Utah wird von der Karte gestrichen sein, und ich werde am Meer leben. Das ist kein Wunsch, das ist gewiss. Und nun zu meinem Geheimnis. Achtung, he, es ist eine echte Offenbarung, eine Sensationsmeldung! Ich habe lange gezögert, aber da ich ein braves Mädchen bin, halte ich mich an die Regel. Trommelwirbel ... pom pom pom pom pom. Ben, ich stelle mir schon deine Visage vor. Verdammt, ich kann es kaum aushalten, ich bin sicher, du wirst dich halb totlachen! Sei nicht zu sauer auf mich, du hast als Erster geschummelt. Ich habe Lust zu kacken, das ist mein Geheimnis. Jetzt zu dir!«

(...)

»Verdammt, willst du wohl laufen, du Scheißding? Das kann doch nicht wahr sein ... Ah, ich glaub, jetzt geht's. Hallo? Hier ist Ben, könnt ihr mich hören? Houston, könnt ihr mich hören? Also, zuerst ein Hinweis: Im Fall, dass jemand diese Kassette findet, der nicht Jake Dickinson ist, nicht Sam Baldwin und nicht ich, danke, dass Sie sie an Benjamin McCombs jr. – M-C-C-O-M-B-S – River Road, Duncan's Creek, Utah, schicken. Bitte denken Sie daran, die Adresse im Adressbuch zu überprüfen, denn man weiß ja nie, es kann sein, dass ich nicht mehr in derselben Straße wohne. Für den Fall der Fälle präzisiere ich, dass wir drei junge Leute im Alter von fünfzehn und sechzehn Jahren sind, zwei Typen und ein Mädchen, und dass wir uns vorstellen, was im Jahr 2000 aus uns geworden sein wird. Im Moment befinden wir uns im August 89. Es ist schön und heiß. Der Hit dieses Sommers ist *Right Here Waiting* von Richard Marx. *Wherever you go, whatever you do, I will be right here waiting for you* ... Man hört ihn überall, bis er einem zu den Ohren wieder rauskommt. Also, es gibt da eine Sache, die ich gern tun möchte, wenn ich alt bin ... oder besser erwachsen, und zwar fliegen lernen. Ja, Leute, ich weiß, ich habe davon nie gesprochen, aber Sam, ich wollte nicht, dass du mir meine Träume wegen meiner Brille kaputt machst. So in der Art ›Niemand wird in das Flugzeug eines Blinden einsteigen‹, so was eben. Aber vielleicht können wir uns später bionische Augen transplantieren lassen, wer weiß? Ja, schon klar, ich träume. Gut, wie auch immer, cool wäre es, wenn ich verheiratet wäre. Wenn ich einen Hund hätte. Den würde ich Alf nennen. Was Kinder angeht, das sieht man später! Wenn ich noch lebe, wenn du das, was ich dir zu sagen habe, gehört haben wirst, Sam ... Denn es gibt da etwas, was ich dir sagen muss, und ich sehe wirklich keine andere Möglichkeit, als das mithilfe dieser Zeitkapsel zu machen. Vielleicht wirst du in elf Jahren in der Lage sein, mir zu verzeihen. Heute, das weiß ich, könntest du es nicht. Also bitte ich dich darum, diese Kassetten nicht heute anzuhören, nicht morgen, nicht im nächsten Jahr. Wenn du vorher zurückkommst, und ich weiß, dass du dazu imstande bist, halte bitte an dich. Ich meine es ernst. Im Jahr 2000 wirst du bereit sein, es zu hören, aber nicht früher. Aber vielleicht wirst du auch im Jahr 2000 nicht dazu bereit sein. Ach, wie auch immer ... Du darfst nicht sauer auf mich sein. Wenn ich das gemacht habe, dann weil ... Weißt du was? Ich weiß noch nicht mal, warum ich es gemacht habe. Ich habe Scheiße gebaut, Leute. Große Scheiße. Aber ich werde immer euer Freund sein, okay? Was auch immer geschieht. Drei Finger einer Hand, erinnert ihr euch? Im Leben wie im Tod. Also los, ich wage es. Scheiß drauf, scheiß drauf, scheiß drauf, ich hoffe, dass ein Erdbeben diese beschissene Kapsel verschlingt, bevor man sie wiederfindet ... Man wird sehen. Ich weiß wirklich nicht, wie ich es sagen soll, aber ... die Briefe, Sam. Die anonymen Briefe, will ich sagen. Das war ich. Ich war es, der die abgeschickt hat. Das ist mein Geheimnis. Der anonyme Briefschreiber, das war ich.«

Heute

Der Tacho des Chevy stand auf hundertzehn Stundenkilometern. Wenn auf diesem Abschnitt, auf dem nur neunzig km/h erlaubt waren, ein Streifenwagen hinter einem Felsen lauerte, war ich reif für einen Besuch im Büro des Sheriffs. Trotzdem konnte ich den Fuß nicht vom Gaspedal nehmen.

Verdammt, verdammt …

Hundertfünfzehn, hundertzwanzig, hundertfünfundzwanzig. Ich fuhr immer schneller. Vor mir erstreckte sich eine lange, gerade Linie, deren einziger Horizont der Himmel bildete. Auf beiden Seiten der Straße lagen wilde Landschaften. Keiner konnte mich bremsen. Der Asphalt gehörte mir.

Verdammt, verdammt …

Ich hatte die Kassette herausgenommen. Das Radio ausgeschaltet. Die Lunchbox auf die Rückbank gelegt. Die Welt zum Teufel geschickt.

Verdammt, verdammt …

Hundertdreißig. Übelkeit stieg mir im Magen hoch. Die Wirkung von Ellas Wunderpille ließ nach. Ich stand erneut auf der Brücke eines Schiffes, das im Sturm schwankte.

»Verdammt, verdammt, VERDAMMT!«

Geheimnisse. Das war es, was wir auf dieser Kassette aufgezeichnet hatten. Verdammte Geheimnisse.

Meines war keines mehr, Sams war vollständig gelüftet, und was das von Ben betraf …

»Warum, Ben? WARUM?«

Verrückt vor Wut, schlug ich mit der Faust aufs Lenkrad. Der Chevy machte einen Satz zur Seite und wirbelte am rechten

Straßenrand Staub auf. Die Stoßdämpfer knackten. Ich nahm den Fuß vom Gas und kam wieder in die richtige Spur.

»Was hat dich bloß geritten? Scheiße!«

Ich erreichte den höchsten Punkt eines Hügels. Eine Rechtskurve, und ein weiter Blick über das Tal füllte die Windschutzscheibe wie eine Kinobreitwand. Sandsteinhügel, so weit das Auge reichte, eine Abfolge von Canyons voller Kiefern, Prärien und Felsgestein in unendlich vielen Farben. In der Mitte spulte die R 12 gemächlich ihr graues Band ab.

Der Chevy nahm beim Herunterfahren wieder Fahrt auf. Mit über hundert Sachen rauschte ich an einem Rastplatz vorbei und sah, wie Touristen hochschreckten, die das Panorama bewunderten. Sehr bald verloren sich die Serpentinen in einem Labyrinth von Felsformationen. Ich verringerte die Geschwindigkeit auf achtzig Stundenkilometer.

Eine enge Linkskurve. Dann eine weitere nach rechts, dieses Mal eine Haarnadelkurve, der ich mich in voller Geschwindigkeit näherte. Ich ging auf fünfzig runter. Der Chevy machte einen Schlenker und ich trat auf die Bremse. Vierzig, dreißig. Der Motor stotterte. Ich gab fast sofort wieder Gas. Wollte ich mich umbringen? Oder hatte ich es eilig, Ben dazu zu bringen, mit der Wahrheit rauszurücken?

Wieder eine gerade Linie, verwischt vom Licht. Ein Schild kündigte in zwanzig Kilometern Duncan's Creek an. Danach kam nur noch Wüste und Leere. Die Hitze war greifbar, trocken und drückend. Die Sonne grausam.

»Was hast du nur gemacht, Ben?«

Hundertzehn auf dem Tacho, niemand vor mir. Der Wind, der durch alle Öffnungen des Wagens eindrang, peitschte mir ins Gesicht. Links von mir zeichnete sich das Profil eines Sandmeers ab, über dem Hitzewellen flimmerten. Die R 12 führte hinunter und wand sich zwischen den Steinblöcken hindurch, die durch Dynamitsprengungen entstanden waren, bevor sie wieder zu einer geraden Linie wurde. Ich hielt die Tachonadel auf hundertvierzig.

Mir wurde wieder schlecht. Eine letzte Kurve, ein letzter Hügel inmitten der Leere, und da würde es sein, da unten, eingebettet zwischen den Bergen: das Dorf meiner Kindheit. Neunzehn Jahre lang hatte ich keinen Fuß mehr hineingesetzt. Wen würde ich wohl als Erstes wiedersehen? Wen würde ich wiedererkennen? Absurderweise überließ ich mich dem Schicksal: Wenn der Erste, den ich traf, ein Unbekannter war, würde Ben mir verkünden, dass all dies nur ein großer Witz war …

Ich fuhr in rasendem Tempo über den Escalante River. Hier explodierte die Vegetation mitten im Felsen – ein Kontrast von Grün und Rot, Komplementärfarben, die sich gegenseitig verstärkten. Die Durchfahrt wurde enger, führte an einer tiefen Schlucht vorbei, und ich fühlte mich plötzlich ganz klein. Ausgelöscht. Ohne mir dessen bewusst zu sein, fuhr ich langsamer als erlaubt.

Ein Wohnmobil, das Probleme hatte, zwang mich kurz vor dem Campingplatz von Calf Creek, auf dem ich die ersten Sommerferien ohne meine Eltern verbracht hatte, das Tempo zu drosseln. Die zerklüfteten Berge der Umgebung waren von atemberaubender Schönheit, grandios und dramatisch zugleich. Ich musste an die versteckten Wanderwege denken, die durch die Felsfaltungen führten, an die Wälder, in denen Hirsche umherstreiften, die Wasserfälle und tiefen Höhlen, die Spielplätze zu der Zeit, als ich zehn Jahre alt war.

Ich überholte das Wohnmobil und war wieder allein. Die Straße schlängelte sich, kletterte auf und ab, durchquerte Kiefern- und Birkenwälder, umging unüberwindliche Felsbrocken. Nach einigen Kilometern mit engen Abschnitten, die zwischen zwei leeren Weiten schwebten, wurde sie schwindelerregend. Spektakulär.

Plötzlich war der Höhepunkt der Reise da. Duncan's Creek. Einsam, mitten im Wald, auf sanften Hügeln, übersät mit tiefroten Scheunen, weißen Farmen und den Blechdächern von landwirtschaftlichen Gebäuden. Und in der Mitte, im Sonnenlicht glänzend, die dunkle Schlange des Flusses.

Die Faust, die meine Eingeweide umklammerte, hatte sich gelöst. Seltsam erleichtert, ließ ich den Chevy im Leerlauf den Abhang hinunterrollen. Die Einwohnerzahl auf dem Schild, das mich willkommen hieß, hatte sich seit meinem letzten Besuch nicht verändert.

Ohne es anzustreben, landete ich bei der ehemaligen Tankstelle meiner Eltern. Dort, wo früher der Break unserer Familie gestanden hatte, parkte ein dicker SUV – sicherlich der von Gordon Murray, der alles übernommen hatte. Mein Blick blieb an dem neuen Schild hängen. Einst schlicht und mit einer Schablone gemalt, versprach es nun in Leuchtbuchstaben eine breite Palette von Produkten und Dienstleistungen.

Hatte ich den Fußgänger bemerkt, der auf der rechten Straßenseite ankam, bevor er sich unter die Räder des Chevy warf? Später sagte ich mir Nein, aber ohne die Hand dafür ins Feuer legen zu können. Aber jedenfalls sah ich, als ich wieder auf die Straße fuhr, wie sich in meinem Gesichtsfeld eine Silhouette materialisierte. Kalter Schweiß brach mir aus. Ich stieß einen verblüfften Laut aus und trat voll auf die Bremse.

Die vordere Stoßstange des Chevy kam kaum einen Meter vor dem kleinen Alten zum Halten, der da mitten auf der Straße stand.

»Haben Sie sich verirrt, Mister?«

»Nein«, sagte der alte Mann und kratzte sich am Kopf.

»Aber was machen Sie denn mitten auf der Straße?«

Die vom grauen Star verschleierten fahlblauen Augen musterten mich zunächst vorsichtig. Mit einer Hand unter seinem abgemagerten Arm führte ich ihn zurück zum Straßenrand.

»Sie sollten vorsichtig sein, wenn Sie über die Straße gehen.«

»Ich habe keine Würmer mehr.«

»Wie bitte?«

»Ich habe keine Würmer mehr!«

Sein kariertes, für die Jahreszeit etwas zu dickes Hemd verströmte leichten Schweißgeruch. Hinter dem weißen Seitenstreifen ließ ich ihn los und wischte meine schweißfeuchte Hand an der Hose ab.

»Würmer? Sie wollen Würmer suchen?«

»Zum Angeln, ja.«

Von einem vertrauten Gefühl ergriffen, sah ich ihn genauer an. Sein Kopf hatte einen weißen Haarkranz, tiefe Falten durchfurchten die regelmäßigen Züge seines von kleinen Adern übersäten Gesichts. Nachdem ich mich davon überzeugt hatte, dass ihm nichts zugestoßen war, fragte ich mich, ob ich ihn kannte. Doch der alte Mann weckte keine Erinnerungen in mir.

Plötzlich erhellten sich seine Augen.

»Ah!«, rief er und griff nach meiner Hand. »Du bist zurückgekommen!«

Das Leben in den schlaffen Fingern, mit denen er mein Handgelenk umklammerte, schien recht schwach zu sein, und im Bruchteil einer Sekunde schoss mir durch den Kopf, was hätte passieren können, wenn ich auf dem Weg nach unten nicht langsamer gefahren wäre.

»Wo bist du gewesen?«

»Entschuldigen Sie, bitte, kennen wir uns?«

»Ich hab dich überall gesucht«, entgegnete er mir mit leicht vorwurfsvoller Stimme. »Komm, ich muss dir was zeigen ...«

Er zog mich in den Schatten eines Wacholderbaumes.

»Sieh mal, was ich gefunden habe!«

Der alte Mann öffnete die Hand. Auf seiner Handfläche lag ein Kieselstein von der Größe eines Kirschkerns.

»Ist er nicht wunderbar?«

»Ja, das ist ein hübscher Kieselstein ...«

»Ein Kieselstein! Ein Kieselstein? Ah, du machst wohl Witze, Dougie!«

»Dougie? Sie irren sich, ich heiße Jake.«

Der alte Mann durchbohrte mich mit seinem Blick. Er wirkte verloren, verwirrt. Im Grunde so wie ich.

»Wie, du bist nicht Dougie?«, grummelte er. »Ich werde doch noch meinen eigenen Bruder erkennen!«

»Ihren Bruder?«

»Douglas Pomeroy, mein Bruder! Er ist am 30. Juli 1924 zur Welt gekommen, in Gruver, Texas.«

Ich schreckte unwillkürlich zurück.

»Dr. Pomeroy?«

»Genau!«

»Ach so! Ich bin es, Doktor. Jake Dickinson.«

»Jake Dickinson?«

»Der Sohn von Dwight und Winnie.«

Ich lächelte ihn breit an. Meine Wette auf das Schicksal erlitt mit dieser ersten Begegnung einen großen Rückschlag, aber ich war überglücklich, diesen guten alten Doktor wiederzusehen.

»Du hast einen abgebrochenen Zahn?«, bemerkte er mit abwesender Miene und bewegte den Kiefer, als ob er sein Gebiss wieder an Ort und Stelle bringen wollte.

»Ja, ich bin in den Felsen gestürzt, als ich acht Jahre alt war, da oben in den Bergen. Sie haben mich behandelt. Erinnern Sie sich nicht mehr?« Ich glaubte, einen Schimmer in seinen Augen zu sehen, aber das war zweifellos nur ein Widerschein, denn einen Augenblick später streckte Jim Pomeroy mir die Handfläche entgegen und schielte erneut auf seinen Kieselstein.

»Er ist schön, dieser Goldklumpen, nicht wahr?«

»Das ist ein Kieselstein, Doktor.«

»Ein Kieselstein, ein Kieselstein! Ich werde doch wohl noch ein Goldnugget erkennen, wenn ich eines sehe!« Er kniff die Augen zusammen und schloss die Faust. »Ah, aber ich weiß, was du vorhast! Du willst es mir wegnehmen, nicht wahr?«

Ein Pick-up fuhr an uns vorbei und hupte kurz. Mir fiel plötzlich ein, dass ich meinen Wagen mitten auf der Straße stehen gelassen hatte, und ich machte eine entschuldigende Gebärde in Richtung des Fahrers.

»Sind Sie sicher, dass alles in Ordnung ist?«, fragte ich Dr. Pomeroy. »Soll ich Sie nach Hause bringen? Doktor?«

»Hä? Was?«

»Kommen Sie, ich bringe Sie nach Hause. Wohnen Sie immer noch gegenüber vom City Market, gleich nach der River Road?«

»Ich wohne dort seit 1953!«

Ich nahm ihn am Ellenbogen und führte ihn zum Chevy. Er wehrte sich nicht.

»Jake Dickinson, häh?«, sagte er, als ich ihm den Sicherheitsgurt anlegte. »Der Sohn von Dwight und Winnie. Ich erinnere mich an dich, mein Junge. Aber ich dachte, du bist tot ...«

Meine Hand erstarrte am Zündschlüssel. Ich senkte den Kopf und seufzte.

»Sie verwechseln mich mit Tim, Doktor, meinem Bruder.«

»Ach ja, vielleicht ... Sei nicht böse auf mich, mein Junge, manchmal spielt mein Kopf nicht mehr richtig mit.«

»Das ist ja nicht so schlimm«, sagte ich und fuhr los.

Die R 12 war völlig leer, lag still im schwindenden Licht des Spätnachmittags. Nach etwa hundert Metern sah ich rechts das ferne Glitzern des Reservoirs. Weiter oben kennzeichnete ein Haus mit weißer Verkleidung und grauem Dach den Beginn der Reservoir Road, der Straße, in der Cody Hoffmann gewohnt hatte. Im

Vorgarten stand ein Schild: ZU VERKAUFEN. Auf der anderen Seite der Straße riefen die Grabsteine des Gemeindefriedhofs eine bewegende Erinnerung in mir hervor; ich kannte viele, die dort begraben waren: Shawna und Rosy Twitchell, Lamar Jones, Alice Stevens, der Vater von Simunek … Ich richtete meine Aufmerksamkeit wieder auf die Straße, hoffte, das bekannte Gesicht eines Lebenden zu sehen, aber nichts. Da war niemand.

Langsam versank die Sonne über dem Boulder Mountain und ließ das Laub der Bäume hell aufleuchten. Die feinen weißen Haare von Jim Pomeroy wurden von der leichten Brise bewegt und wirkten wie Wogen auf seinem Kopf. Seit wir losgefahren waren, hatte er kein Wort mehr gesagt und sich darauf beschränkt, das Nugget in seiner Hand zu bewundern.

Felder folgten aufeinander, manchmal unterbrochen von Ödland. Wir kamen am Restaurant von Beth De Witte vorbei, das seinen Namen geändert hatte. Einen Augenblick später verlangsamte ich auf der Höhe der ehemaligen Jones-Ranch. Ich sah das Haupthaus, das renoviert worden war, Pferde, den Traktor und den Ford Pick-up, die neben der Scheune standen. Auch ein kleines Stadtauto.

»Das war die Ranch von meinem Freund Lamar Jones«, sagte Doktor Pomeroy und streckte einen Arm unter meiner Nase aus. »Seine arme Frau ist vor einem Jahr gestorben. Felicity, erinnerst du dich? Seitdem lebt dort Ben McCombs jr. mit seiner Familie. Ein guter Junge.«

Ich nickte und fuhr am Eingang des Grundstücks vorbei. Ben war irgendwo da, vielleicht damit beschäftigt, einen Streuwagen zu reinigen oder die Tiere zu füttern. Dann wanderten meine Gedanken zu Mister Jones, der mich in meiner Kindheit unendlich viel gelehrt hatte; die schönsten Sommer meines Lebens hatte ich auf dieser Ranch verbracht.

Wir überquerten die Lower Duncan Road, an deren Ende sich

Sams erstes Haus befand, in der Pines Road. Von da an war jedes Gebäude, jedes Feld eine Erinnerung. Der Sitz des *Register*, der Lokalzeitung. Das frühere Haus von Ralph Simunek, dem Priester des Dorfes. Die Wiese, auf der sich der aufgegebene Speicher von Vater Baldwin erhob, der 1989 zerstört worden war. Das Motel von Martha Hodge, das zum Creek Inn geworden war, und die Brücke über den Duncan River, dem Fluss meiner Kindheit.

Ich versuchte, im Glanz der Strömung unseren Steg zu erkennen, doch die Sonne blendete mich. So langsam wie möglich fahrend, spitzte ich die Ohren und lächelte über das leise Rauschen des Wassers auf den Felsen. Dann sah ich etwa fünfzig Meter flussaufwärts die Holzbrücke, die das gewundene und ruhige Flussbett überquerte. Soweit ich mich erinnerte, musste man ein Stück laufen, um dorthin zu gelangen; jetzt kam es mir so vor, als ob drei Schritte reichten. So war es auch mit der Schule, die ganz klein zu sein schien. Man konnte meinen, dass meine Erinnerungen geschrumpft waren.

Nachdem ich über die Brücke gefahren war, bemerkte ich ein modernes Haus, das früher nicht da war. Die Anzeigentafel der Gemeinde, auf die ich die Suchanzeigen geklebt hatte, um die kleine Shawna Twitchell zu finden, war verschwunden. Fast überall waren vorgefertigte Farmgebäude aus dem Boden geschossen. Und die Breaks mit den hölzernen Zierleisten waren durch glänzende schwarze Pick-ups ersetzt worden. Amüsant, sagte ich mir, als ob die Fahrzeuge im Laufe der Zeit ihre Farbe verloren hätten.

Als ich über die River Road fuhr, die Straße, in der ich aufgewachsen war, sah ich plötzlich jemanden, den ich kannte: Lizzie Hoffmann, die kleine Schwester von Cody. Aber nein, unmöglich, sie musste jetzt etwa dreißig Jahre alt sein, und dieses kleine Mädchen, das die R 12 hinaufging, war höchstens zehn. Das konnte nur ihre Tochter sein. Das Kind ging vor mir über die Straße, ohne aufzupassen, und unterhielt sich mit einer anderen, frech lächelnden Schülerin, die zweifellos auch die Tochter eines meiner früheren Klassenkameraden war. Mir schien, dass die beiden viel erwachsener aussahen als wir in ihrem Alter: hautenge Shorts, kleine Rucksäcke aus Kunstleder, Schmuck …

Ich fuhr weiter in Richtung Norden, kam am City Market vorbei, der durch eine Eisenwarenhandlung ersetzt worden war. Sein Besitzer, Lamonte DeSoto, auch ehemaliger Bürgermeister des Dorfes, war einige Jahre zuvor gestorben, schien mir. Während Jim Pomeroy sich am goldenen Glanz seines Kieselsteins ergötzte, hielt ich mit im Kies knirschenden Reifen am Straßenrand und warf einen Blick auf die zum Wald hinaufführende Straße. Ich würde nicht weit kommen.

»Was suchst du, mein Junge?«, erklang die ferne Stimme des Doktors in meinem Ohr.

»Wie bitte?«

»Wir alle suchen etwas. Was suchst du?«

Ich schaltete den Blinker ein und bog, ohne zu antworten, in den Feldweg ein, der zu seinem Haus führte. Hier hatte sich nichts verändert, selbst die Autos entsprachen dem Bild, das ich im Kopf bewahrt hatte: ein Honda Civic bei den Nachbarn auf der anderen Straßenseite – den Gibsons, wie mir schien – und ein Toyota 4x4 vor Jim Pomeroys Haus. Wir wurden von einem bellenden Hund empfangen.

»Folgen Sie mir, Doktor?«, fragte ich, als ich vor seinem Haus hielt.

»Häh?«

»Wir sind bei Ihnen zu Hause …«

Ich hatte meinen Satz noch nicht zu Ende gesprochen, als eine kleine Frau aus dem gegenüberliegenden Garten kam und mit dem Hund schimpfte.

»Suchen Sie jemanden? Hier ist niemand mehr.«

»Ich bringe Dr. Pomeroy nach Hause …«

»Dr. Pomeroy?« Die kleine Frau senkte den Kopf und sah auf den Beifahrersitz. »Oh, mein Gott, Jim! Sie sind wieder weggelaufen!«

Es handelte sich um Mrs. Gibson, die mir erklärte, dass man bei Dr. Pomeroy vor einigen Monaten Alzheimer diagnostiziert hatte und er seitdem bei Mrs. Mayfair lebte. Das Haus stehe zum Verkauf, wie ich an dem an der Veranda hängenden Schild feststellen könne, aber es habe keinen Käufer gefunden.

»Bei uns will sich niemand mehr niederlassen«, sagte sie bedauernd. »Sie finden die Mayfairs gleich am Anfang der Lower Duncan Road. Kennen Sie die Ecke?«

»Ja, ich habe sie gut gekannt.«

Fünf Minuten später hielt ich vor dem fraglichen Haus an der Abzweigung der R 12. Ich ließ Jim Pomeroy, der sich noch immer nicht von seinem Schatz losreißen konnte, aussteigen und half ihm, die Stufen hinaufzusteigen, die zu der mit Glyzinien überwucherten Veranda führten. Eine etwa sechzigjährige Frau öffnete uns die Tür. Als sie den alten Mann sah, riss sie die Augen auf.

»Oh, Jim! Wo sind Sie bloß gewesen?«

In ihrer Stimme lag Erleichterung, aber auch ein kleiner Vorwurf. Ihre Betonung erinnerte mich an jemanden, und ich musterte sie einen Moment, bevor ich sie erkannte.

»Miss Adams?«

»Mrs. Mayfair«, stellte sie richtig und starrte mich mit ihren stechend blauen Augen an. »Kenne ich Sie?«

»Ich bin Jake Dickinson, einer Ihrer …«

»Jake! Oh, was für eine Überraschung! Was machst du denn hier?«

Da ich nicht den Mut fand, ihr den Grund meines Kommens zu verraten, sagte ich ihr, dass ich meine Eltern besuchen wolle. Das schien sie nicht zu überzeugen, denn sie musterte mich mit dieser inquisitorischen Miene, die sie immer aufsetzte, wenn sie einen ihrer Schüler verdächtigte, bei einer Klassenarbeit zu schummeln.

»Du … Was ist aus dir geworden? Ich glaube du, du schreibst Bücher?«

»Ja, ich schreibe.«

Und zwar ein wenig dank ihr, aber auch dies behielt ich lieber für mich. Sie schenkte mir ein strahlendes Lächeln.

»Oh, das ist ja wunderbar! Ich bin stolz auf dich! Willst du reinkommen und mir alles erzählen? Ich hab frische Zitronenlimonade im Kühlschrank. Und Sie, Jim, bleiben Sie nicht mitten in der Sonne stehen, Sie werden noch krank. Los, kommt rein!«

»Vielen Dank, Miss Adams, aber … meine Eltern erwarten mich. Ich muss gehen. Entschuldigen Sie bitte.«

»Oh … keine Ursache.«

»Es war mir ein Vergnügen, Sie wiederzusehen.«

»Für mich auch, Jake.«

»Dr. Pomeroy«, sagte ich mit einer kleinen Verbeugung. »Miss Adams.«

Als ich mich umdrehte, um zu gehen, ließ mich die leise und feste Stimme meiner früheren Lehrerin innehalten:

»Jake?«

»Ja?«

»Du hast dich nicht verändert.«

Ich parkte unter dem Dach der Bäume etwa zehn Meter von dem Haus entfernt, in dem ich aufgewachsen war, und verfolgte mit dem Blick die Drehungen des Rasensprengers. Dieses Grün in einer so trockenen Gegend hatte nichts Natürliches. Ich erinnerte mich an die Zeit, in der das Gras immer vertrocknet war und mein Vater sich weigerte, es zu bewässern, um Geld zu sparen. Der Verkauf der Tankstelle musste ihn von vielen Geldsorgen befreit haben.

Der Name auf dem Briefkasten, den ich im Alter von sechs Jahren eigenhändig gemalt hatte, war immer noch derselbe. Die Buchstaben waren verblichen, aber es war meine Schrift. Ich erkannte den Weg, auf dem ich Radfahren gelernt hatte, und auch die Ecke im Garten, direkt hinter dem Zaun, flankiert von dekorativen Karrenrädern, wo ich manchmal Murmeln gespielt hatte. Ich sah den vertrockneten Blumenkranz unter dem Portalvorbau, den meine Mutter 1991 geflochten hatte. Der Schaukelstuhl auf der Veranda, den zu reparieren mein Vater immer versprochen hatte, war noch klappriger als zu der Zeit, in der ich zum letzten Mal darin gesessen hatte. Auf einem Stapel leerer Blumentöpfe stand mein alter Schlitten. Keine Spur von meinem Cannondale.

Mein Auge versuchte, das linke Fenster im ersten Stock zu durchdringen, das von meinem Zimmer. Ich erahnte die karierten Vorhänge, die ich jeden Abend vor dem Schlafengehen zugezogen hatte, und dahinter eine weiße Decke, an der sich vielleicht noch Stücke von dem Klebeband befanden, mit dem ich Flugzeugmodelle aufgehängt hatte. Ob die Tapeten noch dieselben waren? Hatten meine Eltern die Möbel so gelassen wie früher? Was war aus meinen Postern geworden, aus meinem Kassettenrekorder, dem Versteck hinter der Fußleiste, wo ich ein im Versandhandel erworbenes Magazin aufbewahrte, das meine Mutter hoffentlich nie gefunden hat? Ich war so überstürzt aufgebrochen, dass ich die Hälfte meiner Sachen vergessen hatte.

Meine Kehle schnürte sich zusammen.

Ich hätte gern geglaubt, dass meine Rückkehr auch ein Schritt in Richtung meiner Eltern sein würde, aber der Kokon, in den ich mich eingesponnen hatte, jener, den ich zuerst für Mister Jones, dann für Junior und schließlich für Sam geöffnet hatte, war für sie immer unzugänglich gewesen. Und solange sie lebten, würde sich daran wahrscheinlich nichts ändern. Das hat mir übrigens keinen Kummer mehr gemacht. Ich lebte mein Leben jetzt so, wie ich es wollte, und war so glücklich, wie man es sein konnte. Und dann, was hätte ich ihnen sagen sollen? Das einzige Mal, als ich versucht habe, mit ihnen zu reden, ohne allzu weit zu gehen, hatte meine Mutter kein Wort gesagt. Was meinen Vater betrifft, so verriet das, was in seinen Augen stand, mehr als tausend Worte. Sehr fromm, hatten meine Eltern sich nie bemüht, den jungen Mann, zu dem ich geworden war, zu verstehen. Ich hatte mich damit abgefunden, aber vielleicht hatte ich mich getäuscht. Ich kannte sie kaum, das musste ich eingestehen. Hätten sie mir im Laufe der Zeit vielleicht doch zugehört? Und mich so akzeptiert, wie ich war?

Schweigend beobachtete ich das Haus, so wie man angeblich vor dem Tod sein Leben vor dem inneren Auge vorbeiziehen sieht. Das Schieferdach, der geschwärzte Schornstein, die schiefen Fensterflügel im Erdgeschoss. Wieder dachte ich an den kleinen Jungen, der ich hinter diesen Mauern gewesen war, versuchte, mich zu erinnern, was ich damals von der Zukunft erwartet hatte. Mit zehn Jahren hatte ich zu schreiben begonnen – aber hatte ich auch nur einen Augenblick gedacht, dass ich Schriftsteller würde? Eines war gewiss: Seit dem Alter von fünfzehn Jahren hatte ich, unterstützt von Sam, die Idee entwickelt, dass Hierbleiben gleichbedeutend mit Scheitern wäre. Eine Zeit lang gefielen wir uns darin, das Dorf und die Hinterwäldler, die es bevölkerten, zu verunglimpfen.

Duncan's Creek erschien mir jetzt nicht mehr so abstoßend. Dennoch fühlte ich mich wie ein Eindringling, wie ein Dieb. Und das trotz eines Gefühls von Entwurzelung, das ich seit Jahren nicht mehr gehabt hatte.

Ein stechender Schmerz schoss mir durch die Lendenwirbel. Ich dehnte stöhnend meine Wirbelsäule. Zwei Tage lang war ich mit dem Sitz des Chevy verschmolzen, und die Auswirkungen seiner Stoßdämpfer in meinem Rücken begannen langsam unerträglich zu werden. Ich drehte die Seitenscheibe herunter und ließ einen Luftzug herein, darauf bedacht, außer Sicht zu bleiben. Die Luft war erfüllt vom Sirren der Insekten und von Vogelgezwitscher, der Himmel bedeckt mit niedrig fliegenden sandfarbenen Wolken, die einen Sturm ankündigten. Angesichts dieses Weltuntergangslichts lief mir ein Schauder über den Rücken.

Mein Handy vibrierte auf dem Beifahrersitz. Ich nahm es mechanisch in die Hand, fragte meine Sprachbox ab und erhielt folgende Nachricht:

»*Hallo, Jake. Hier ist Cody. Ich hab dir gesagt, dass ich dich anrufe, wenn ich was Neues über Sams Tod habe. Die Kollegen von der West Hollywood Station haben gute Arbeit geleistet, es ist ihnen gelungen, den Kerl aufzuspüren, der mit Sam an dem Abend im Motel war. Ein Typ namens Frank Adler. Ich glaub, ich hab dir von ihm erzählt, er hat sich lange Marty genannt. Er war damals Sams Macker. Ein Dealer, ein Loser. Ein Spast. Er hat bestätigt, dass er mit ihr zusammen war und dass er sie mit einem Heroinbesteck zurückgelassen hat. Der Fall ist abgeschlossen. Es war eine Überdosis. Ich … Also, ich wollte nur, dass du das weißt. Alles Gute für die Rückkehr. Lass von dir hören. Bye.*«

Ich stieß den Atem aus, den ich unwillkürlich zurückgehalten hatte. Im Augenwinkel sah ich, wie sich die Haustür öffnete. Ich versank in meinem Sitz, hielt wieder den Atem an. Etwa zwanzig Sekunden lang passierte nichts, dann schlüpfte ein mir unbekannter Hund auf die Veranda. Ein Bichon, die Lieblingsrasse meiner Mutter. Die kleine Fellkugel sauste durch den Garten, lief durchs Portal und zu dem Feldweg, der die Grundstücke trennte. Dann ging die Tür weit auf, und eine Frau trat auf die Veranda.

War das meine Mutter? Diese Frau in einem lila Trainingsanzug, mit aschfarbener Haut und silbrigem Haar, das aussah wie Silberbesteck, das lange nicht mehr geputzt worden war? Sie schien dicker geworden zu sein und auch kleiner. Eine kurze Berechnung, und ich erinnerte mich, dass sie einundsiebzig war. Sie ging den Hang hinunter, der zum Feld hinter unserem Haus führte, und folgte dem Hund. Ich konnte wieder durchatmen.

Das letzte Mal hatte ich 2013 mit ihr gesprochen, als mein Vater wegen seines Diabetes ins Krankenhaus musste. Das letzte Mal gesehen hatte ich sie im vorigen Jahrhundert. Mir wurde klar, dass ich nichts Besonderes dabei empfand, sie zu sehen, abgesehen vielleicht von einer leichten Ungeduld, doch das führte ich eher auf das unmittelbare Bevorstehen meines Wiedersehens mit Ben zurück.

Ich konnte es kaum erwarten, seine Wahrheit zu dieser Geschichte mit den anonymen Briefen zu hören.

Ich wartete ab, bis meine Mutter sich entfernt hatte, und fuhr los. Die Uhr des Chevy zeigte 17 Uhr 55 an, und wenn ich mich nicht beeilte, würde Ben anrufen und fragen, wo ich blieb. Und ich wollte kein x-tes und fruchtloses Telefongespräch mit ihm führen. Ich wollte, dass er mir direkt in die Augen sah, wenn wir darüber sprachen.

Ein letzter Blick auf mein Elternhaus, und ich machte mich wieder auf den Weg.

Heute

»Jake, da bist du ja endlich!« Veronica lächelte mich an und gab mir ein Zeichen einzutreten. Seit der Hochzeit hatte ich sie nicht mehr gesehen, und sie sah großartig aus, erinnerte ein wenig an Kristen Stewart von *Saturday Night Live*. Und sie war hochschwanger.

»Mädchen, Jake ist da!«

Ich stellte meinen Koffer ab und umarmte sie, gebogen über ihren dicken Bauch. Hinter ihr erschien ein kleines Mädchen mit Pausbacken, das eine Zeichnung in der Hand hielt.

»Sag Guten Tag, Aubrielle. Das ist Jake, Papas Freund. Sie spricht seit drei Tagen von dir«, vertraute Veronica mir an. »Ich glaube, sie hat sogar etwas für dich gezeichnet. Zieh doch nicht so ein Gesicht, meine Kleine! Wahrscheinlich hat sie gedacht, du bist ein Kind, Jake. Für sie sind alle ›Freunde‹ in ihrem Alter.«

»Guten Tag«, sagte ich und beugte mich zu der Vierjährigen hinunter, die die glänzenden braunen Augen und das dunkle Haar ihrer Mutter hatte.

Sie sah mich verstohlen an, huschte dann in den Flur und zog ihre Zeichnung hinter sich her. Veronica lachte.

»Mach dir nichts draus, sie steckt gerade in ihrer wilden Phase. Hattest du eine gute Reise?«

»Ja«, antwortete ich. »Doch gegen Ende ziemlich lang.«

»Das war bestimmt nicht leicht. Es tut mir leid, Jake. Das mit Samantha.«

Sie streichelte meine Schulter mit einer Zärtlichkeit, die ich von einer Frau, die ich als Kind gekannt und nur einmal als Erwachsene gesehen hatte, nicht erwartet hätte. Ich gab ihr zu verstehen, dass es schon irgendwie ging.

»Möchtest du vielleicht was trinken? Bei dieser Hitze! Man könnte meinen, es wäre Hochsommer …«

»Ich hätte sehr gern ein Glas kaltes Wasser …«

Veronica führte mich in die Küche. Dort hing ein Duft in der Luft, der mir das Wasser im Mund zusammenlaufen ließ.

»Jane!«, rief sie auf der Türschwelle, nachdem sie mir etwas zu trinken gegeben hatte. »Hol deinen Vater! Ben und Denton sind in der Scheune«, ließ sie mich wissen, während sie sich zu mir umdrehte. »Sie überholen den Traktor. Jane! Ah, sie hört bestimmt wieder ihre Musik … Kennst du den Weg, Jake? Du musst allein hingehen, ich darf den Herd nicht aus den Augen lassen. Die Jungs werden dir dein Zimmer zeigen. Aubrielle, komm zu Mama, Schätzchen!«

Ich verließ die Küche, diese Küche, in der ich einst berührende Szenen des Lebens zwischen den Ehegatten Jones erlebt hatte, und ging durch die Hintertür auf die Veranda. Als ich das letzte Mal dort gewesen war, hatte Waldo, der Bernhardiner der Jones, traurig unter dem Schaukelstuhl geschlummert und auf seinen Herrn gewartet, der nicht wiederkommen würde. Und Unkraut hatte den Garten überzogen. Jetzt war der Lattenboden mit Spielzeug und Kinderbüchern übersät, und im Gras unterhalb der Stufen lag zerknülltes Bonbonpapier. Das Leben war wieder zurückgekehrt.

Ich ging den kleinen Weg zu den goldenen Stoppelfeldern hinunter. Die schlichte Tatsache, einen Fuß vor den anderen zu setzen, verlangte mir plötzlich Konzentration und Anstrengung ab. Das waren die letzten Meter meines Weges – und die schwierigsten, die ich überwinden musste. Mir war undeutlich bewusst, wie mir das Blut im Schädel pochte, in die Ohren strömte und meine Lider zum Flattern brachte. Ich spürte, wie jede Faser vibrierte, die Energie jedes Atoms um mich herum. Alles in der Umgebung sprang mir ins Auge, so als ob mir plötzlich alles klarer würde. Lag das daran, dass ich an einen Ort zurückkehrte, an dem ich einst glücklich war? Eine Überempfindsamkeit aus meiner Kindheit, die all die Jahre in mir geschlummert hatte? Ich war mir sicher, dass ich mit gespitzten Ohren die Stimmen der Geister meiner Vergangenheit gehört hatte.

Vor der Schuppentür angekommen, vernahm ich das Gemurmel von diesmal ganz realen Stimmen. Ich machte mich mit einem schlichten »Hallo?« bemerkbar. Ein Kopf lugte hinter einem Traktor hervor, und ein junger Mann mit roten Wangen näherte sich, während er sich die Hände an einem ölverschmierten Lappen abwischte. Ein zu schnell in die Höhe geschossener Körper, schwerfällige und plumpe Bewegungen: Denton war das genaue Abbild von Ben im Alter von sechzehn Jahren.

»Papa!«, rief er. »Dein Freund ist da.«

Als wir uns begrüßten, kam Ben zu uns.

»Hi«, sagte er schlicht und streckte mir das Handgelenk entgegen, damit ich keine Ölflecke bekam.

Ich hatte vergessen, dass sich die Männer in dieser Welt nicht umarmten.

»Guten Tag, Ben.«

»Hattest du eine gute Fahrt?«

Ich gab ihm die gleiche Antwort wie Veronica. Ben nahm seine Brille ab, ich hätte schwören können, dieselbe wie 1990, und rückte seine verwaschene Mütze zurecht. Ich fragte mich, was sie verbergen mochte – eine Glatze, graue Haare? Das karierte Hemd, das er in seine weite Jeans gesteckt und über den Wanst gespannt hatte, betonte einen Bauch, der dem seiner Frau in nichts nachstand. Sein Blick war noch immer derselbe, und die Gesichtszüge waren glatt, seltsamerweise ohne Falten.

»Ich überhole den Traktor, zusammen mit meinem Sohn. Vor zwei Tagen haben wir die Maisernte abgeschlossen. Und wir bereiten den Boden schon für die nächste Saison vor.«

Er erklärte mir, dass er mehr als fünfzehn Hektar Land besaß und dass er jetzt neben Kartoffeln und Mais Kürbisse und Weizen anbaute. Er führte mich über sein Anwesen, zeigte mir die Bewässerungsanlagen, die für die Versorgung der Pflanzen Wasser von den Hochebenen herleiteten, zog mich dann in den alten Schuppen, in dem wir beide zwei Sommer lang Kartoffeln sortiert hatten und der zu einem Lager für seine landwirtschaftlichen Geräte und einer Garage für seinen Campingwagen umgebaut worden war.

»Diesen Sommer haben wir eine Tour durch die Nationalparks gemacht«, erläuterte Ben und setzte seine schweißgetränkte Mütze ab. »Arches, Canyonland, Capitol Reef. Wir wären fast nicht losgefahren, wegen des Babys, aber der Arzt hat gesagt, es wäre nichts zu befürchten.«

»Mädchen oder Junge?«

»Ein Mädchen. Noch eines.«

»Wann ist es so weit?«, fragte ich und beobachtete, wie mein Freund mit der Hand über seine grauen Schläfen und den leicht kahlen Schädel strich.

Er schien mir gealtert zu sein, trotz seiner glatten Babyhaut. Aber nicht nur körperlich. Es war etwas in seiner Art zu sprechen.

»Kurz vor Weihnachten. Jedenfalls nach dem, was Dr. Glover sagt.«

»Glover?«

»Lavona, die Tochter von Jessica, die mit uns auf der Farm gejobbt hat …«

»Die Kleine ist Ärztin geworden?«

»Ja. Sie hat vor vier Jahren die Praxis von Dr. Pomeroy übernommen.«

In Form einer Anekdote erzählte ich ihm von meiner Begegnung mit Jim. Aber eigentlich hatte ich nur einen Wunsch: eine kalte Dusche nehmen und mich umziehen.

»Erinnerst du dich, wie wir mit Mister Jones und Jessica einer Stute bei der Geburt geholfen haben?«, lächelte Ben einen Augenblick später.

»Natürlich!«

Er hatte gute Laune. Umso besser. Der nur mäßig begeisterte Empfang, den er mir bereitet hatte, hatte mich etwas abgekühlt.

»All die Dinge, die geflossen sind, das Wasser, die Nachgeburt, ich hatte das Gefühl, einen Alien in deinem Spiel *Der verrückte Wissenschaftler* zu sezieren …«

»Das war Sams Spiel.«

»Ach ja, natürlich. Sam.« Ben schüttelte den Kopf, und sein Gesicht verdüsterte sich so schnell, wie es sich erhellt hatte. »Weißt du, ich muss immer an sie denken. Seit vier Tagen. Ich kann immer noch nicht fassen, was passiert ist, Jake.«

Wir tauschten einen langen Blick, und ich las in seinem eine Zurückhaltung, die ich bei ihm nicht kannte. Ich wandte die Augen ab und sah schweigend auf den Campingwagen. Ahnte er, dass ich die Kassette gehört hatte? Ich war nicht bereit, jetzt über dieses Thema zu sprechen. Die Wut, die mich auf den letzten Kilometern begleitete, hatte nachgelassen und war einer Verwirrung gewichen, die einem Jetlag vergleichbar war.

»Ich weiß, Ben. Mich hat all das auch ziemlich aufgewühlt.«

Ich verlagerte mein Gewicht von einem Fuß auf den anderen, träumte von der Dusche. Ben kannte mich offenbar besser, als ich dachte, denn in der nächsten Sekunde klopfte er mir auf den Rücken und schlug mir vor, ins Bad zu gehen.

Nach dem Essen setzten Ben und ich uns mit einem Krug gut gekühlter Limonade auf die Veranda. Der Geruch der Steaks, die er gegrillt hatte, hing noch in der Luft. Ich war gut gesättigt und hatte das Gefühl, seit Tagen zum ersten Mal ein richtiges Essen bekommen zu haben. Veronica hatte Funeral Potatoes gemacht, ein traditionelles Mormonengericht, und Aubrielle hatte sich um das Dessert gekümmert, einen Obstsalat, den sie mit Janes Hilfe angerichtet hatte.

Während Denton seinem Vater ähnelte und die Kleine ihrer Mutter, kam die andere Tochter nach beiden Eltern: Sie hatte die Physiognomie und die Augen von Veronica, das Kinn und den Gesichtsausdruck von Ben. Sie sagte, sie wolle nach der High School Innenarchitektin werden. Aubrielle, die schließlich ihre Schüchternheit abgelegt und das Ende des Essens auf meinen Knien verbracht hatte, sagte mir, sie würde Tierärztin oder Friseurin werden. Was Denton betraf, so schien sein Weg vorgezeichnet zu sein: Er würde den Familienbetrieb übernehmen.

Das war eine schöne Familie, in der sich jeder die Zeit nahm, den anderen zuzuhören, aber in der es nicht wirklich Platz für Auszeiten gab. Das Haus spiegelte diesen harmonischen Zusammenhang: Bücher, Spiele, Zeitschriften, Zeichnungen und Kleidungsstücke in allen Ecken, aber seltsam geordnet. Ben hatte mir erklärt, dass Veronica, deren Schwangerschaft zu Beginn beschwerlich gewesen sei, sich seit der Rückkehr aus dem Urlaub etwas überfordert gefühlt habe und dass er wegen seiner Arbeit nicht immer die Zeit finden würde, ihr zu helfen. Das schien ihn zu bedrücken.

Nach der Dusche hatte ich mir die gerahmten Fotos an den Flurwänden angesehen. Es gab Dutzende: die McCombs im Urlaub, zu Weihnachten, in der Kirche, die Klavier spielende Jane, Veronica mit einem Neugeborenen auf dem Arm, eine Szene aus einem Osterschauspiel, in der Denton die Rolle eines Apostels spielte, ein Stich mit Christus als Erlöser, die Hochzeit natürlich, mit der Fliege, die Ben während der ganzen Zeremonie getragen hatte, die Großeltern väterlicher- und mütterlicherseits, ein kürzlich aufgenommenes, künstlich wirkendes Porträt der drei Kinder vor einem Pastellhintergrund, eine junge und schmächtige Veronica, so wie ich sie gekannt hatte, bevor ich fortging … Auch ich war da. Und Sam. Sie lächelte in die Kamera, und ihre Ringe glänzten im Blitzlicht. Ich erinnerte mich an diesen Moment. Ben hatte das Foto mit meiner Polaroid aufgenommen.

»Erinnerst du dich an unseren ersten Nationalfeiertag auf dem Steg?«, fragte ich ihn. »1986?«

Er nickte langsam. Er saß tief in der Schaukel und betrachtete das Abendlicht über seinen Feldern.

»Wir haben dieses bekloppte Spiel gespielt, *Das Rad des Schicksals.*«

»Wieso kannst du dich immer an solche Sachen erinnern?«, meinte Ben mit freudlosem Lächeln.

Ich hatte diesen Moment nie vergessen. Die Spielregeln waren einfach: Jeder musste sich drei verschiedene Zukunftsvisionen ausdenken und sie auf ein Stück Papier schreiben. Das Ziel bestand darin, sich in die Zeit in zehn Jahren zu versetzen. Jeder Spieler hatte die Wahl, sein aktuelles Leben weiterzuleben oder in der Zukunft aufzuwachen, ohne zu wissen, was sie für ihn bereithielt; je nach dem Stück Papier, das er gezogen hatte, konnte er tot sein oder leben, verliebt sein oder depressiv.

»Was hast du gezogen?«, fragte ich, obwohl ich die Antwort kannte.

»›Verheiratet, vier Kinder?‹«, riet Ben. »Irgend so was. Das war nicht weit daneben, oder? Aber ich wollte es nicht riskieren, auf die Zukunft zu setzen. Ich wollte lieber in der Gegenwart stecken bleiben, da ich fürchtete, dass Sam nur bescheuerte Zukünfte erfunden hat.« Er sah mich an. »Und du? Du hast dein Glück versucht, oder? Und was du gezogen hast, war nicht …«

»›Tot‹. Ich war tot. Verschlungen von den Mitgliedern eines Kannibalenstamms bei einer Reise in Afrika.«

»Das stimmt, jetzt fällt es mir wieder ein«, amüsierte sich Ben. »Sam, wie sie leibt und lebt! Und sie, was hatte sie gezogen?«

»Präsident der Vereinigten Staaten.«

»Ach ja, das war von mir.«

»Sie hat immer große Ambitionen gehabt«, scherzte ich.

Mein Blick verlor sich in der Ferne. Die Sonne war hinter den abgeernteten Hügelkuppeln untergegangen, und einige Sterne begannen, das tiefe Blau des Himmels zu durchdringen.

»Weißt du, dass das ›Verheiratet, vier Kinder‹ auch von mir war?«, sagte Ben nach einem Augenblick. »Ich glaube, ich hoffte insgeheim, es zu ziehen.« Er setzte das Limonadenglas an seine Lippen. »Ich bin kein großes Risiko eingegangen, das stimmt. Das habe ich nie gemacht. Aber ich führe das Leben, das ich gewollt habe. Ich bin wie die meisten Leute, ich habe kein besonderes Talent. Du, du hast das Schreiben und Sam hatte die Schauspielerei, aber ich kann weder schreiben noch malen noch die 100 Meter in fünfzehn Sekunden laufen …«

»Du warst stark in Mathe.«

»Was hat mir das schon geholfen … Aber gut, ich bedauere nichts. Ich bin zwar nie weiter als bis Wyoming gekommen, aber im Grunde ist das okay für mich. Und selbst, wenn ich nie was Außergewöhnliches gemacht habe …«

»Du hast mir das Leben gerettet. In dem angeschwollenen Gebirgsbach. Das ist nicht nichts.«

»Das stimmt«, räumte Ben ein, nachdem er kurz nachgedacht hatte. »Dank mir konnte die Welt einen genialen Autor entdecken!«

Wir sagten eine Weile nichts, ein Lächeln auf den Lippen. Das Zirpen der Grillen, das Rauschen der Felder, das gedämpfte Murmeln des Fernsehers. Das war alles, was zu hören war.

Es war Ben, der das Schweigen unterbrach:

»Weißt du, sie wird mir fehlen. Sie fehlt mir schon jetzt. All diese Jahre habe ich nicht mehr an sie gedacht … und heute ist sie nicht mehr da. Ich hätte mehr achtgeben sollen, Jake. Ich hätte mehr achtgeben sollen auf sie.«

Ohne nachzudenken, drückte ich seine auf der Lehne liegende Hand mit einer Festigkeit, die über einfaches Mitgefühl hinausging. Ben sah mich mit feuchten Augen an. Von dem Kind, das er gewesen war, blieb ihm nur noch das, was in meiner Vorstellung existierte.

»Es ist trotzdem ein Wunder, dass du nicht trinkst«, seufzte ich leise. »Ich hätte mir ganz schön einen hinter die Binde gekippt.«

Ben stand stillschweigend auf und ließ mich allein mit dem Klagen der Schaukel, deren Ketten im nach frischem Heu duftenden Wind leise quietschten. Dreißig Sekunden später kam er wieder zurück, eine Flasche achtzehn Jahre alten Buchanan's und ein Kristallglas in der Hand. Ich sah ihn erstaunt an.

»Er ist da, im Büfett. Für den Fall der Fälle«, sagte er nur.

Er schenkte mir ein. Ich musterte sein Gesicht, als ich ihm das Glas aus der Hand nahm.

»Nimmst du keinen?«

»Später. Vielleicht.« Er schien nachzudenken und sah mir dann nach einer kurzen Pause in die Augen. »Du hast mir gesagt, dass du mir erklären würdest, was passiert ist, Jake. Wie sie … wie sie gestorben ist.«

Ich erzählte ihm alles. Der Notruf mitten in der Nacht. Das Alta Cienega Motel. Sams lebloser Körper. Ihre geschlossenen Augen, ihre kalte und von Schweiß überzogene Haut. Das Gummiband an ihrem Unterarm. Die von Nadeln stammenden Narben in den Armbeugen. Ihre letzten Worte. Die Ambulanz. Die Notaufnahme. Die Polizeistation von West Hollywood. Die Anwältin Mrs. Ramirez. Der Letzte Wille. Das leere Apartment. Cody. Ich ließ kein Detail aus. Ich wollte, ich musste alles teilen. Um diese schreckliche Last nicht allein zu tragen.

Ben wollte etwas sagen, als die Fliegentür in den Angeln quietschte. Aubrielle warf sich in die Arme ihres Vaters, sie trug einen *Schneewittchen*-Pyjama.

»Sie wollte euch Gute Nacht sagen«, verkündete Veronica, eine Hand auf ihren oberen Bauch gelegt.

Ben küsste die Kleine auf die Nasenspitze.

»Schlaf gut, Liebling. Wir sehen uns in deinen Träumen.«

»Liest du mir meine Geschichte vor?«, fragte sie mit zur Seite geneigtem Kopf.

»Das macht Mama heute Abend. Papa bleibt bei Onkel Jake.«

»Kann ich auch bleiben?«

»Ttt-ttt. Es gibt auch noch morgen«, sagte Veronica und legte einen Arm um die Schultern ihrer Tochter. Sag Jake Gute Nacht.«

»Gute Nacht, Jake!«

»Gute Nacht, mein Fräulein. Träum schön.«

Mutter und Tochter gingen zur Tür und ließen den Duft von Apfelshampoo zurück.

»Kommst du nach dem Vorlesen zu uns?«, fragte Ben seine Frau.

Veronica antwortete mit dem schönsten und aufrichtigsten Lächeln, das ich seit Langem gesehen hatte.

»Ich überlasse euch euren Erinnerungen. Wie könnte ich mit all dem mithalten, was ihr zusammen erlebt habt?«

Die Tür schloss sich hinter ihr. Einige Augenblicke herrschte bedrückendes Schweigen zwischen uns. Ich spürte, dass Ben zögerte, das Gespräch dort wieder aufzunehmen, wo wir es unterbrochen hatten.

»Es ist klar, dass wir verrückte Dinge gemacht haben, nicht wahr?«, sagte er schließlich.

»Das stimmt.«

Ich hob die Augen zum Himmel. Der Halbmond hing über den Baumkronen. Da auch ich das schmerzliche Thema meiden wollte, sagte ich leise:

»Ich hab ganz vergessen, wie schön es hier ist.«

»Na ja, du hast dich nicht groß bemüht, dich zu erinnern.«

Bens Äußerung überraschte mich. Sie war ironisch genug, um mich zu treffen, und einmal mehr dachte ich mir, dass sich in ihm etwas verändert hatte.

»Du hast sicher recht. Wenn du wüsstest, wie sehr ich mich darüber ärgere, Ben. Wie ich mich über uns ärgere, uns drei. Wir haben zugelassen, dass zu viele Dinge zwischen uns stehen, und wir haben nie etwas gemacht, um das wieder in Ordnung zu bringen. Was für ein Durcheinander.«

»Ihr wart es, die fortgegangen seid«, entgegnete er abrupt.

»Und das macht uns zu den Bösen?«

Ben antwortete nicht sofort. Ich spürte, wie er peinlich berührt zögerte. Ich knabberte spontan an der Innenseite meiner Wange, wartete auf seine Antwort.

»Ich wollte mir das Leben nie kompliziert machen«, stieß er schließlich aus. »Ich habe immer das Einfache geliebt. Aber das heißt nicht, dass ich keine Probleme gehabt hätte.«

»Aber wir haben uns zu sehr auf unsere eigenen Probleme konzentriert, statt uns das klarmachen, ist es das, was du sagen willst?«, entgegnete ich.

»Ich will gar nichts sagen«, verteidigte sich Ben. »Es stimmt allerdings, dass ich zwischen Sams familiären Problemen und dir, der du nur vom Fortgehen geträumt hast, manchmal das Gefühl hatte, dass mein Leben in euren Augen ungefähr so interessant war wie der Preis von einem Kilo Schweinefleisch auf dem Weltmarkt. Im Grunde war es so, als ob ich für niemanden mehr existierte …«

In der darauffolgenden Pause glaubte ich zu hören, was mein Freund mir nicht sagte: *Ich war es, Jake. Ich habe die Briefe geschickt. Um zu existieren. Um euch zu erinnern, dass ich da war.*

»Es tut mir leid, das zu hören«, antwortete ich. »Ben, ich habe nie daran gezweifelt, dass …«

»Das ist das Problem. Du hattest nie Zweifel.«

»Was willst du damit sagen?«

Doch die eigentliche Frage, jene, die mir auf der Zunge brannte, lautete: »Was hast du getan, Ben?«

Er stand erneut auf, ging zur Küchentür und warf einen Blick ins Innere, als ob er sich vergewissern wollte, dass niemand zuhörte. Was hatte er vor? Die Ellenbogen auf die Knie gestützt, wartete ich, bis er zurückkehrte und sich in die Schaukel setzte, und stellte ohne Umschweife die Frage:

»Wolltest du uns Angst einjagen, ist es das? Um uns dazu zu bringen, uns für etwas anderes zu interessieren als nur für unser kleines egoistisches Leben?«

»Was?«

»Die Briefe, Ben.«

Ich hatte mit Überraschung, Verwirrung gerechnet, doch ich sah nur Leere in seinem Blick. Er versuchte nicht, zu leugnen. Alles, was er sagte, war:

»Du hast die Kassette gehört, oder?«

Kalter Schweiß trat auf meine Haut. Ich nickte.

»Ich habe nie den richtigen Moment gefunden, es dir zu sagen«, ließ er mich wissen.

»Es mir zu sagen? Weil Sam Bescheid wusste?«

»Geht's noch? Sie hätte mich glatt umgebracht!«

Dieser lockere Ton gefiel mir nicht. Wir schwiegen eine Weile, bis ich es nicht mehr aushielt und fragte:

»Warum, Ben?«

Doch ich wusste bereits: um zu existieren, um Aufmerksamkeit zu erregen. Ben erklärte es mir in seinen Worten. Aber er ging noch weiter:

»Sie hat sich immer geweigert, darüber zu sprechen, verstehst du? Manchmal war es so, als ob das, was an jenem Abend passiert war, nicht geschehen wäre. Du warst nicht dabei, Jake. Du hast seine Augen nicht gesehen. Du hast nicht gesehen, wie er gestorben ist. Wie das Blut aus ihm herausfloss.«

»Ich war dabei. Ich war bei euch.«

»Aber du warst nicht dabei, als … als es geschah.«

Ich starrte ihn an, schwankte zwischen Wut und Mitleid. Der Glanz der Sterne, die das immer tiefere Blau der Nacht durchdrangen, betonte die einzige Falte auf seiner Stirn. »Eine für jede Sorge«, hätte Lamar Jones gesagt, der Hüter des goldenen Wortes.

»Also musste ich damit leben. Monatelang bin ich jede Nacht – wenn ich denn überhaupt schlafen konnte – aufgewacht und habe seine toten, weit aufgerissenen Augen gesehen. Seine Augen, die mich anstarrten! Ich habe, verdammt noch mal, sogar wieder ins Bett gepisst … Als Sam beschloss, nicht mehr darüber zu reden, hatte ich … das Gefühl, dass ich ganz allein damit leben musste. Aber wie hätte ich das gekonnt? Wir drei haben immer alles geteilt, die guten und die schlechten Momente, und plötzlich sollten wir das schrecklichste Ding, das uns jemals widerfahren ist, begraben? Es schlicht und einfach vergessen? Das konnte ich nicht, Jake. Gott möge mir verzeihen, das konnte ich nicht. Das war zu schwer zu ertragen. Deshalb kam ich auf die Idee, diese Briefe zu schicken. Idiotisch, ich weiß, aber ich fand keinen anderen Weg, um uns wieder zusammenzubringen. Damit dieses Geheimnis nicht begraben wurde. Damit man sich erinnerte …«

Ich öffnete den Mund, um zu antworten, und schloss ihn wieder. Das Limonadenglas zwischen Bens kräftigen Händen wirkte so klein wie ein Eierbecher. Er hatte mir nicht alles gesagt, da war ich mir sicher.

Mit gesenkten Augen fuhr er fort:

»Weißt du, das hat mich aufgefressen. Jahrelang hat diese Sache zwischen uns gestanden wie eine unüberwindliche Mauer. Das hat uns wirklich das Leben vergiftet, und das ist zum Teil meine Schuld. Als ich vorschlug, die Briefe in Kingman zu begraben, war das eine Weise, mein Bedauern auszudrücken, verstehst du. Es lief wieder besser zwischen uns, zumindest glaubte ich das, und … ich wusste, wenn wir uns von den Briefen befreiten, würden wir nach und nach vergessen, dass wir sie bekommen hatten. Das hat geklappt, Jake! Wir sind wieder zu den drei Fingern einer Hand geworden!«

Seine Begeisterung – ob echt oder nicht – konnte mich nicht aufheitern. Eine Frage ging mir nicht aus dem Sinn: Ben behauptete, dass er Sam nie etwas gesagt hatte. Aber wenn das stimmte, wovon sprach sie dann, als sie in dem Brief, den ich bei ihr gefunden hatte, schrieb, dass sie mir nicht alles gesagt hatten?

»Du hast wieder zu schreiben angefangen«, fuhr er fort. »Sam ging es besser, sie ist sogar in das Ensemble des Autorentheaters von Escalante eingetreten. Und ich habe wieder Football gespielt. Alles kam wieder in Ordnung. Nach all dem, was wir erlebt hatten, konnten wir wieder in die Zukunft schauen. Ich wollte nicht alles vermasseln, indem ich ihr die Wahrheit sage.«

»Aber mir, mir hättest du sie sagen können, oder?«

»Ich war nicht bereit dazu. Ich hatte keinen Schimmer, wie ich darüber sprechen sollte. Daher habe ich die Gelegenheit genutzt, um auf der Kassette zu beichten. Das war feige, ich weiß. So wie ich auch wusste, dass die Gefahr bestand, Sam könnte uns hören, bevor wir die Kapsel vergraben haben. Doch in meinem Inneren habe ich mir das vielleicht sogar gewünscht. Du verstehst, die Enthüllung wäre nicht direkt von mir gekommen …«

»Aber das Ergebnis wäre das gleiche gewesen.«

»Vielleicht. Vielleicht auch nicht. Jedenfalls fühlte ich mich von einer Last befreit, als wir von dort zurückkehrten, und ich merkte, dass sie sie nicht gehört hatte. Zumindest ein wenig.«

Ein Hauch von Wut kitzelte meine Nase.

»Toll, dass du dein Gewissen erleichtern konntest. Aber wir, hast du mal an uns gedacht? Hast du dir niemals gesagt, dass diese Sache auch uns um den Schlaf gebracht haben könnte?«

»Ja, natürlich! Was glaubst du denn? Aber dann habt ihr euch abgesetzt, und nichts war mehr so wie früher …«

Empört kniff ich die Lippen zusammen, um ihm nichts von Jamie zu erzählen. Um ihm nicht die schrecklichen Folgen vor Augen zu führen, die sein Verhalten hätte haben können, wenn ich in den Bergen nicht eingegriffen hätte.

»Und dann seid ihr fortgegangen«, seufzte Ben. »Wir haben uns aus den Augen verloren. Die Zeit ist vergangen, und …«

»Und du konntest wieder dein kleines, bequemes Leben führen.«

»Ich verbiete dir, so zu sprechen! Ihr seid abgehauen, verdammt noch mal! Alle beide! Und ihr habt mich damit alleingelassen …«

»Allein? Allein?«, erwiderte ich und versuchte vergeblich, die Wut in meiner Stimme zu zügeln. »Weißt du überhaupt, was es heißt, allein zu sein?«

Ich stand ungestüm auf. Ben legte eine Hand auf den Kopf. Ein Klirren von Geschirr im Haus ließ ihn die Stimme senken:

»Zwanzig Jahre, Jake! Wir haben zwanzig Jahre verloren …«

Ich musste mich stark zurückhalten, um nicht zu explodieren. Wozu sollte es gut sein, ihm zu sagen, dass Sam in all diesen Jahren nach dem anonymen Briefschreiber gesucht hatte?

»Sie sind nicht für alle verloren gegangen«, bemerkte ich.

»Das ist fies«, knurrte Ben mit zusammengebissenen Zähnen.

»Weißt du was, Ben? Fick dich! Du bist mein Freund, aber fick dich!«

Die laute Stimme ließ ihn zusammenschrecken. Mit hängendem Kopf ließ er sich gegen die Holzlehne der Schaukel fallen, die mit einem Knacken nach hinten schwang.

»Ben? Ist alles in Ordnung?«

Wir blickten beide gleichzeitig in dieselbe Richtung. Veronica sah uns besorgt von der Türschwelle aus an und stützte ihren dicken Bauch an der Fliegentür ab.

»Alles gut, Liebling. Mach dir keine Sorgen.«

Ein paar Sekunden lang sah sie uns fragend an, bevor sie wieder in die Küche ging. Ich richtete die Aufmerksamkeit auf Ben und bemerkte, dass er Tränen in den Augen hatte.

Trotzdem hielten mich Zweifel und Wut weiter im Griff.

»Hast du mir sonst nichts zu sagen, Ben? Bist du sicher?«

»Ganz sicher.«

Ich drehte mich zu den Feldern um, die Hände auf das Geländer der Veranda gestützt. Als mein Atem sich beruhigt hatte, öffnete ich den Mund, um zu sprechen, vielleicht, um mich zu entschuldigen, aber Ben ließ mir nicht die Zeit dazu; er war aufgestanden und hatte einen Arm um meine Schultern gelegt.

Über uns funkelte die Dunkelheit vor lauter Sternen. Wir begannen zu weinen und konnten nicht aufhören. Erst still, dann immer stärker. Füllten die Stille mit Kummer. Füllten die Leere von Sams Abwesenheit.

Um ein Uhr morgens schlief Ben immer noch nicht.

Er hörte Veronicas ruhigen Atem und suchte Schlaf. Erschöpft, aber überdreht, wühlte er immer wieder in der Vergangenheit. Das Leben war schrecklich, grausam. Die Kindheit zog sich in die Länge, sodass man sie für ewig hielt, und plötzlich war sie zu Ende, und die Zeit zerrann einem zwischen den Fingern.

Und, mein Gott, es endete immer auf die gleiche Weise …

Er steckte das Gesicht ins Kissen, als ob er seine Gedanken ersticken wollte. Er hatte begriffen, dass er nicht wieder einschlafen würde. Da ihn nichts mehr festhielt, setzte er sich auf die Bettkante. Er hatte noch immer den Salzgeschmack der Tränen im Hals.

Veronica streichelte seinen Rücken und murmelte unverständliche Worte. Er fragte sich, ob sie sein Herz in seinem Brustkorb schlagen hörte. Er zitterte. Seit dem Ende des Abends hatte er das Gefühl, in einen bodenlosen Brunnen zu stürzen.

Mit der Wasserflasche in der Hand dachte er an Jake, der im Nebenzimmer schlief. Er hatte ihn angelogen und war nicht sehr stolz darauf. Die Schuld zerrte an seinen Nerven. Schmerzhaft, greifbar. Er öffnete die Flasche und setzte sie an den Mund. Hielt inne.

Ein scharlachroter Blitz war in seinem Schädel explodiert. Überall Blut. Auf seinen Fäusten, unter seinen Füßen, in seinem Mund. Das Salz der Tränen war dem metallischen Geschmack des Mordes gewichen.

Du wirst jetzt auf mich hören, und du wirst genau das tun, was ich dir sage …

Er schüttelte den Kopf. Die Hand seiner Frau war nur noch ein Abdruck auf seiner Haut, warm und immateriell. Er war auf dem Boden des Brunnens aufgeschlagen. Und er hatte sich die Zähne eingeschlagen.

Mit angehaltenem Atem, hin- und hergerissen zwischen der Feigheit, nichts gesagt zu haben, und der Scham, sich als Opfer ausgegeben zu haben, biss Ben sich in die Faust, um nicht zu heulen.

Gestern

»Zwei ...« Auf dem Gipfel des Entsetzens hört Ben sich mit einer Stimme sprechen, die er nicht kennt:

»Mister Baldwin ... beruhigen Sie sich ...«

»Halt die Schnauze!«

Sam ist fast auf der Höhe der Tür angekommen und hinterlässt rote Abdrücke auf dem Holzboden im Flur, in die ihr Vater unbewusst seine Schritte setzt.

»Dr...«

»Ich schwöre dir, wenn du noch einen Schritt machst ...«

Sie hat nicht die Zeit, ihren Satz zu Ende zu sprechen; er kommt und schnappt ihren Arm.

»Drei!«

»Tu ihr nicht weh!«, schreit Erin und will vorlaufen, aber Ben hält sie zurück. »Hör auf, Papa! Hör auf!«

Phil Baldwin zeigt sein schönstes verführerisches Lächeln. Ein verrücktes Lächeln à la Nicholson.

»Ich werde ihr nicht wehtun. Ich werde ihr die Fresse polieren.«

Er knallt seine älteste Tochter gegen die Wand. Ben hört, wie hinter ihm ein schwerer Gegenstand auf den Boden fällt.

»Du dumme Gans, ich hab dir gesagt, du sollst keine Spielchen mit mir spielen. Hab ich dir das gesagt? Oder?«

Seine riesige Hand umklammert Sams Kehle. Er verpasst ihr eine schallende Ohrfeige.

»Hör auf!«, schreit Erin. »Hör auf!«

Ben sieht, wie Sams Augen hervortreten; sie sind auf ihre kleine Schwester gerichtet. Er möchte die Kleine wegschicken, kann sich aber nicht rühren.

»Du darfst dich nicht beschweren, wenn du deine große Klappe zwei oder drei Tage mal nicht aufreißen kannst …«

Sams Blick blitzt kurz auf in ihrer Maske aus Blut. In der nächsten Sekunde verpasst ihr Vater ihr noch eine. Dieses Mal mit der Faust.

»HÖR AUF!«

Ben spürt, wie Erin sich von ihm löst. Das genügt, damit er wieder zu sich kommt. Er packt sie am Handgelenk, damit sie ihm nicht vollends entwischt, zieht sie ohne nachzudenken zum Eingang, öffnet die Haustür und stößt sie hastig hinaus.

»Lauf zu Lizzie, Erin! Schnell!«

Er schlägt die Tür zu, hört nicht auf ihre Proteste. Wie betäubt lehnt er sich mit dem Rücken an die Tür, um sie geschlossen zu halten. Hinter ihm sind mehrere Schläge zu hören. Schreie. Nach einigen Augenblicken gibt Erin schließlich auf.

»Du wirst schon sehen, was du davon hast, du kleine Schlampe! Du wirst schon sehen!«

Am anderen Ende des Flurs wehrt sich Sam immer noch gegen ihren Vater. Ihr Gesicht ist voller Blut, und sie drückt sich an die Wand hinter ihr wie ein verängstigter Vogel.

Ben spürt, wie Furcht in ihm aufsteigt. Und Wut.

Er macht einen unsicheren Schritt nach vorn, bleibt stehen. Die Drohung, die er ausstoßen wollte, erstirbt auf seinen Lippen. Sein Blick ist auf Phil Baldwins Baseballschläger gefallen, der von den Kleiderhaken aus Hirschhufen, die an der Wand befestigt sind, heruntergerutscht ist.

Ein Adrenalinschub erschüttert ihn.

Er zögert keine Sekunde. Er hebt den Schläger auf und stürzt vorwärts.

»LASSEN SIE SIE LOS!«

Er packt den Schläger mit beiden Händen und schwingt ihn über dem Kopf von Sams Vater. Wenn er nicht blind vor Angst gewesen wäre, würde er sicherlich auf der Stelle erstarren, als er sieht, wie der sich in voller Größe zu ihm umdreht.

Aber Ben hat keine Zeit nachzudenken.

Er schlägt zu. Einmal, zweimal.

Der Würgegriff an Sams Kehle löst sich. Baldwin will den Mund zu einem Schrei öffnen, aber sein Kiefer ist bereits ausgerenkt. Ben sieht, dass sein Stirnbein explodiert wie eine zu reife Frucht, wie das linke Auge aus seiner Höhle tritt. Ein abgebrochener Zahn fliegt aus seinem Mund, in einem Blutschwall, der auf seine Bens Brillengläser spritzt.

Der riesige Körper taumelt zurück. Vater Baldwin starrt Ben ein letztes Mal schockiert an. Dann kracht er mit seinem ganzen Gewicht zu Boden. Sein Sturz hinterlässt eine rote Spur auf der beigefarbenen Flurtapete.

Zitternd steht Ben da, das Blut tropft von der Spitze des Baseballschlägers. Das hohle Geräusch einer geknackten Nussschale, das der Schädel machte, als der Schlag ihn traf, dröhnt ihm noch im Kopf. Die Vibration des Aufpralls auf Fleisch und Knochen pocht in seinen Unterarmen.

Der Schläger fällt ihm aus den Händen.

»Kl … Ar-lch!«

Ben hat keine Zeit aufzuatmen, als Baldwin sich schon auf ihn stürzt. Die Bewegung ist so schnell, dass er sie nicht kommen sieht. Der Schlag trifft ihn mitten ins Gesicht. Sein künstlicher Schädel mit dem Haarbüschel fliegt durch die Luft, einer seiner Schneidezähne reißt die Innenseite seiner Oberlippe auf. Er schwankt, blind von dem Hieb.

Einen Augenblick bleibt Sam vor Verblüffung wie erstarrt. Dann reagiert sie instinktiv. Sie beugt sich hinunter und greift nach dem Schläger, dessen Ende in der glänzenden Lache liegt, die sich auf dem Boden ausbreitet. Ihr mit Beerenmus und Blut beflecktes Kleid macht ein schreckliches schmatzendes Geräusch, als sie sich wieder aufrichtet. Sie sagt nichts, nimmt sich nicht einmal die Zeit, ihrem Vater ein letztes Mal in die Augen zu sehen. Sie kennt ihn zu gut. Ihr Blick ist voller Hass. Hass pur.

Der Schlag geht los. Ansatzlos.

Dieses Mal spritzt kein Blut. Sam hat in ihren Gedanken so oft gesehen, wie sie ihm den Schädel einschlägt, dass sie vom Ergebnis fast enttäuscht ist. Ihr Vater zuckt mit den Armen, vielleicht, um sich am Leben festzuklammern. Dann bricht er mit einem dumpfen Geräusch zusammen. Haucht sein Leben aus.

Der Schläger gleitet aus Sams Fingern und knallt zu Boden.

Klappe. Schluss und aus.

Sie dreht sich zu Ben um. Er steht mitten im Flur, mit Blut vermischter Sabber rinnt von seinem Kinn. Das Logo des Superman-T-Shirts verschwindet unter bräunlichem Magma. Sein blutleeres Gesicht ist völlig ausdruckslos.

Die Luft weicht Sam so schlagartig aus der Lunge, als ob sie einen Fußtritt in die Rippen bekommen hätte:

»Es ist vorbei.«

Sie hat wie in Zeitlupe gesprochen, ihr Mund sieht genauso aus wie nach einer Spritze beim Zahnarzt. Ihre Kehle brennt, sie spürt einen stechenden Schmerz im rechten Wangenknochen. Aber sie ist am Leben.

Am Leben.

Sie legt ihre blutige Hand auf Bens Schulter.

»Es ist vorbei, Ben.«

Eine große Leere überflutet sie plötzlich. Sie hat sie nicht kommen sehen. Sie blickt zu Boden. Sie hat immer gedacht, dass sie sich über dieses Schauspiel freuen würde, doch der Anblick des leblosen Körpers ihres Vaters berührt sie nicht und lässt sie völlig kalt.

»Ben?«

Sie schnipst mit den Fingern unter der Nase ihres Freundes,

schüttelt ihn sanft, doch der verharrt niedergeschlagen in seinem Schweigen. Unter Schock.

»Sag was, verdammt noch mal! Ben!«

Kurz danach bricht der Jugendliche zusammen. Da Sam keine andere Lösung sieht, beugt sie sich hinunter und schlägt ihm auf die Wangen. Mit den Augen voller Tränen flüstert sie:

»Du musst mir jetzt zuhören, und du wirst genau das tun, was ich dir sage …«

Danach

Es war kalt an jenem Morgen, an dem wir Sam Adieu sagten. Der Himmel klar, der Wind beißend wie mitten im Winter. Das Gebirge war in rosa Sonnenlicht getaucht, aber die Ufer des Flusses lagen im Schatten. Friedlich und grün strömte der Duncan in seinem Bett dahin.

Ein Windstoß ließ die Äste über uns beben. Tote Blätter wirbelten zwischen unseren Füßen, und die Wasseroberfläche kräuselte sich für einige Augenblicke. Dann legte sich der Wind, und das Land wurde wieder still.

Obwohl ich mich bemühte, meinen Herzschlag im Zaum zu halten, war ich sicher, dass man von der Straße hören konnte, wie er in meinem Brustkorb hämmerte. Ich schluckte den Kloß im Hals hinunter, um zu sprechen, entschied mich aber anders. Ich hatte das Gefühl, dass ich in dem Moment, in dem ich den Mund öffnete, einen heftigen Schluchzer ausstoßen würde.

Schließlich war es Ben, der das Wort ergriff:

»Wenn du die Wahl hättest, würdest du dein Leben nach deinem Tod noch einmal leben?«

Die Frage traf mich unvorbereitet. Ich ließ den Film meines Lebens schnell an mir vorüberziehen, schlechte wie gute Zeiten, und eine Welle der Melancholie überschwemmte mich. Es hatte Gutes gegeben, viel Gutes alles in allem. Ich beschloss, meine Antwort für mich zu behalten.

Wir schwiegen einen Moment, bevor wir auf den Steg gingen. Kinder hatten ihre Namen in die Holzbalken geritzt, unter die Worte »Beste Freunde fürs Leben.« Ein Lächeln umspielte meine Lippen.

Mit zitternder Hand nahm ich die stählerne Urne aus meiner Umhängetasche. Sie war eiskalt. Wir hielten einen Moment inne, damit wir Sam noch ein wenig bei uns haben konnten.

Dann legte Ben seine Hände auf meine.

»Der Herr ist mein Hirte, ich brauche sonst nichts;
er führet mich sicher durch Dunkel und Licht.
Er leitet die Seele zu Wassern, die still,
erlöst mich Verirrten, wie heilig er's will,
erlöst mich Verirrten, wie heilig er's will.«

Ich musste lachen.

»Was ist?«, fragte Ben.

»Nichts.«

Erneut entfuhr mir ein Glucksen.

»Was ist?«

Meine Augen trafen seine. Tränen standen darin.

»Weißt du, was sie gesagt hätte, wenn sie dich gehört hätte?«

»Nein.«

»›Lass uns bloß mit deinem Gott in Ruhe!‹«

Ben traute sich nicht zu lächeln, aber als ich das Leuchten sah, das kurz seinen Blick erhellte, wurde mir warm ums Herz.

Ich nahm den Deckel der Urne ab und steckte ihn in die Tasche.

»Ich höre sie lachen. Du nicht?«, fragte Ben nach einigen Sekunden.

Ich nickte. Wir ergriffen die Urne mit vier Händen und hielten sie, ohne uns abzusprechen, über den Fluss.

Sams Stimme klang leicht spöttisch in meinen Ohren:

»Und versuche, richtig zu treffen, mein dicker Boulard!«, sagte ich laut.

»Ja. Dickinson, und du, sei ein einziges Mal kein Weichei.«

Wir drehten die Urne um. Die Asche rieselte heraus wie Samen einer Pusteblume und ließ sich von den Wirbeln auf der Wasseroberfläche schaukeln.

»Amen.«

Wir lachten, wir lachten.

Und nichts weiter.

Der Fluss lag wieder grün und ruhig.

Wir blieben noch einen Moment und sahen ihn an, ohne etwas zu sagen. Dann kletterten wir das Ufer hinauf.

Danksagungen

Dank an Laure, Simon, David und Nathalie. Vier Wahrnehmungen, vier Blicke ... wie aus Adleraugen. Eure Hilfe und Unterstützung waren unschätzbar.

Danke an meine Familie, danke, dass ihr da seid. Chloé, etwas von deiner Strahlkraft steckt in diesen gequälten Jugendlichen. Théo, das Nächste ist für dich.

An Juliette, die drei Jahre nach *Seuls les Vautours* ihre Spuren hinterlassen hat. Ich glaube, dass die »Finsternis« sich für immer verzogen hat.

Danke an die Leser, die Blogger, die Buchhändler und Bibliothekare für ihre Ermutigungen, ihre Neugier, ihr Vertrauen und ihre großartige Begeisterung. Die Art und Weise, in der Sie *Seuls les Vautours* aufgenommen haben, hat meine Vorstellungen weit übertroffen. Ihre Energie trägt mich noch immer, selbst in Momenten des Zweifels.

Schließlich danke ich meinen Figuren, dass sie jenseits der Worte lebendig geworden sind. Lust wird aus Mangel geboren, und der hat diese Wiederbegegnungen motiviert. Ich habe jede Figur zum Ende ihres Weges geführt, doch das Abenteuer geht weiter … bald, woanders.

Bewegung und Gefühl

Ein Nachwort von Thekla Dannenberg

Franzosen sagt man gern nach, dass sie sich in großer Rivalität zu Amerikanern sehen: Die Französische Revolution steht dann gegen die amerikanische Unabhängigkeitserklärung, die Exception culturelle gegen die Kulturindustrie, der Kommissar im Staatsdienst gegen den Privatdetektiv, der Rohmilchkäse gegen Junkfood. Ein bisschen stimmt das natürlich, aber auch das Gegenteil ist richtig: Niemand kann die amerikanische Kultur so verehren wie die Franzosen. Niemand bewunderte Hollywood so wie die Nouvelle Vague, niemand in Europa verehrt den amerikanischen Hardcore-Autor James Ellroy so unerschütterlich wie die Wirtschaftsprofessorin Dominique Manotti. Auch Nicolas Zeimets Roman *Rückkehr nach Duncan's Creek* ist ein Werk der Verehrung, eine Hommage an die amerikanische Literatur, das Kino und die Landschaft. Wie ein Soundtrack zieht sich Musik durch die Geschichte, der Pop der achtziger Jahre, der Rock der Neunziger. Immer wieder erweist Zeimet literarischen Vorbildern seine Reverenz, John Irving oder Jack Kerouac. Vorangestellt ist dem Roman ein Zitat der amerikanischen Schriftstellerin Joyce Carol Oates, das sich leitmotivisch durch die Geschichte zieht: »Ich weiß, wenn du dich nicht um deine Vergangenheit kümmerst, kümmert sie sich eines Tages um dich.«

Das schönste Zitat entstammt jedoch dem Gedicht »Der unbegangene Weg« des amerikanischen Dichters Robert Frost von 1916. Darin gelangt ein Mann im Wald an eine Weggabelung und muss sich entscheiden, welche Richtung er einschlagen will. Er nimmt den Weg durch das weiche und saftige Moos,und bedauert sofort, dass er den anderen nie kennengelernt haben wird. Am Ende schließt das Gedicht mit der berühmten Zeile, die der Entscheidung im Nachhinein Sinn verleiht: »Zwei Wege boten sich mir dar, / Ich nahm den Weg, der weniger begangen war, / und das veränderte mein Leben.«

In Nicolas Zeimets melancholischem Noir *Rückkehr nach Duncan's Creek* nimmt ein Mann den Weg zurück, dorthin, wo sich alles entschieden hat, in den Ort seiner Kindheit und seiner Jugend. Alles in diesem Roman ist Bewegung und Gefühl, in sich steigernder Intensität. Es ist eine Bewegung durch Raum und Zeit, von Kalifornien zurück nach Utah, vom Heute ins Gestern, durch das gelebte Leben unaufhaltsam zurück in die Jugend, zu Freundschaft, Geheimnis und Tod. In Duncan's Creek spielte auch schon Zeimets Roman *Seuls les vautours*, man muss es sich ähnlich wie David Lynchs Twin Peaks als einen Ort vorstellen, der bei aller Gewalt und Hässlichkeit, die in ihm steckt und die er hervorbringt, nichts von seinem Sehnsuchtscharakter verliert. Die Teufelsschlucht ist ein beliebter Ort.

Es ist die Geschichte des Ich-Erzählers Jake Dickinson, der in San Francisco sein Glück als Schriftsteller versucht. Sein erster Roman war ein großer Erfolg, aber natürlich nicht der zweite: »Zu viele Längen, zu philosophisch, zu wenig Rhythmus«, beschied ihm der Verleger. Jake verdient sein Geld daher in einer Buchhandlung, bis ihn eines Tages ein Anruf ereilt, der ihn aus seinem Leben reißt. Sam Baldwin, seine alte Freundin aus Jugendzeiten, meldet sich: »Ich brauche dich. Kannst du kommen?« Jake mietet sich ein Auto und macht sich auf ins *Alta Cinega Motel* in West Hollywood, wo ihn Sam nur noch um eines bitten kann: »Bring mich nach Hause.«

Mit wenigen Strichen und durchaus viel Gefühl für Rhythmus, wie man sagen muss, gestaltet Zeimet Jakes Reise zurück nach

Duncan's Creek, über die legendäre Interstate 15, zurück an den Ausgangspunkt ihrer beiden Leben. Man weiß sofort, wo man ist: Zur Musik von Rufus Wainwright, R.E.M. und Marianne Faithfull führt die Fahrt quer durch den amerikanischen Westen, von Kalifornien über Arizona und Nevada nach Utah, durch eine ikonografisch gewordene Landschaft: die Mojave-Wüste, das Hidden Valley, der Hoover-Damm, Las Vegas, in Kingman kreuzt die Route 66. Die Landschaft zieht an einem vorbei wie in einem Roadmovie. Trockene Hitze bläst einem ins Gesicht.

Dazwischen schaltet Zeimet die Kapitel, in denen er die Geschichte der jugendlichen Freundschaft von Jake und Sam und Ben, dem dritten im Bunde, erzählt. Eine klassische Konstellation. Kapitelweise wechseln sich das Heute und das Gestern ab, das gelebte Leben des Ich-Erzählers und die großen Erwartungen dreier junger Menschen.

Die Zeit rinnt langsam dahin, 4. Juli, Halloween und Thanksgiving sind die großen Ereignisse einer amerikanischen Jugend in den 1980er-Jahren. Im Radio laufen Boy George, UB40 und Roxette, aber immerhin auch Prince und die Pointer Sisters. Im Kino läuft Horror: *Nightmare on Elm Street*, *Der Exorzist* und *Carrie* beherrschen die Fantasien der Jugendlichen. Dennoch evoziert Zeimet diese Zeit nicht in ihren Pathologien, sondern wie auf Samt gebettet. Auch in diesen Achtzigern hatte die Jugend ihren Zauber.

Sam ist das charismatische Kraftzentrum dieser Freundschaft, voller Energie, faszinierend, aber auch furchterregend, aufbrausend, manipulativ, hart gegen sich und gegen andere. Man weiß nie, woran man bei ihr ist. Der scheue, sensible Jake ist ihr treu ergeben, aber um Vernunft bemüht, Ben bis über beide Ohren in sie verliebt. Allein schon sie anzusehen tut gut, aber auch weh. Was einen als junger Mensch verletzt, ahnt Jake, sind nicht unbedingt die Schläge selbst, sondern die Tatsache, dass man sie nicht einzustecken versteht. Sam ist die Tochter eines gewalttätigen Mannes, aufgewachsen ohne Zuneigung und ohne Liebe, nur der kleinen Schwester verbunden. »Ich werde ihr nicht wehtun« tönt der brutale Vater, »ich werde ihr nur die Fresse polieren.« Phil Baldwin ist ein Monster von einem Vater. Er säuft, verprügelt seine Tochter, missbraucht sie. »Warum tust du das, Papa?« »Weil ich dich lieb habe.«

Jake wusste von Anfang an um die Dunkelheit, die in diesem Mädchen herrscht: »Ich hatte immer den Tod in Sam gespürt. Drogen, Sucht, Alkohol, Selbstmord, Mord.« Sam selbst fragt sich, wie das Glück im Leben verteilt wird. Bekommt jeder den gleichen Anteil? Oder sind die Karten von vornherein verdammt ungerecht verteilt? »Es war das Leitmotiv unserer Kindheit: gemeinsame Momente, voller Hoffnungen und Zauber. Und auf einmal stürzt alles zusammen. Drama, Horror, Düsternis.«

Der Schrecken kulminiert am Halloween-Abend des Jahres 1988. Doch es ist nicht aufregender Grusel, der über Sam, Jake und Ben hereinbricht, nicht Süßes oder Saures, Trick or Treat, Farce ou Friandises. Es ist eine furchtbare Realität, die diese Jugendlichen heimsucht und in die Kürbisse, Prinzessin-Lea-Kostüme und Freddy Kruegers Handschuh auf einmal wie Kinderspielzeug hineinragen: grotesk, deplatziert, lächerlich. Sie sind zu jung, um mit dem Furchtbaren fertigzuwerden, zu jung, um sich selbst zu helfen, zu jung, um es unbeschadet zu überstehen.

Der Horror bei Zeimet hat nichts Übernatürliches. Es ist außergewöhnlicher, aber ganz realer Schrecken, der in die Welt dieser drei Jugendlichen hineinbricht. Wie in den Romanen von Stephen King liegt hier das Entsetzliche nicht allein in dem, was der Horrorclown anrichtet, sondern in dem was er uns selbst tun lässt. Wozu er uns treibt. Was wir uns selbst antun. Im guten Horror manifestieren sich kollektive Ängste, aber auch die Furcht vor uns selbst.

Der 1977 geborene Zeimet gehört erklärtermaßen zu den Verehrern von Stephen King, der so geschickt die Elemente verschiedener Genres miteinander verschneiden kann, der das Wirkliche und das Unwirkliche so kunstvoll übereinanderlegt. Der Meister des amerikanischen Horrors hat nicht nur Zeimets Schreiben geprägt, sondern auch sein Bild von der amerikanischen Realität: »Ich halte ihn heute noch für den Schriftsteller mit dem schärfsten Blick auf die Vereinigten Staaten«, sagt Zeimet. Und natürlich kann man auch handwerklich viel von King lernen. Sein Buch *Das Leben und das Schreiben* ersetzt einen ganzen Creative-Writing-Kurs. King trichtert einem darin nicht nur ein, wie viel Disziplin und Arbeit an sich selbst das Schreiben erfordert, wie viel Talent und wie viel Praxis, sondern auch, wie es effektvoll und stilsicher geht: Seine Ratschläge sind goldene Regeln geworden: »Kill your darlings!«, mahnt King immer wieder. Schreib unprätenziös. Vermeide Verzierungen: »Der Weg zur Hölle ist mit Adverbien gepflastert.« Hübsch ist auch sein Vergleich von Adjektiven mit Löwenzahn: Einzeln ganz hübsch, aber wenn man ihn nicht sofort ausrupft, hat man ein paar Tage später die Wiese voll und erkennt in ihm das Unkraut.

Zeimet, Autor und Übersetzer zugleich, beherrscht die Regeln des guten Stils aus dem Effeff. Er hat gerade Roger Scrutons *Fools, Frauds and Firebrands* ins Französische übersetzt, die große Streitschrift des britischen Konservativen gegen die moderne Linke. Zeimet schreibt in einer ebenso fließenden Prosa. Er ist durch und durch Ästhet: An einer Stelle lässt er Jake bekennen: »Nostalgie ist wohltuend, wenn man nicht zu ihrem Sklaven wird, und ich begrüße sie wie den Besuch einer alten Freundin.« Zeimet versteht es, Stimmungen und Landschaften auszumalen, ohne die Bewegung ins Stoppen geraten zu lassen.

Für *Rückkehr nach Duncan's Creek* wurde Zeimet 2018 mit dem Prix Dora Suarez ausgezeichnet, sozusagen der Ritterschlag von den

Freunden des französischen Noir. Der Preis aus Lyon ist nach Derek Raymonds berüchtigtem Roman *Ich war Dora Suarez* benannt, einem Meilenstein der allerschwärzesten Literatur. Raymonds Finsternis liegt Zeimet völlig fern, aber wie Dora Suarez muss im Grunde auch Sam Baldwin sterben, weil sie »schön, arm und krank und auf unsere Barmherzigkeit angewiesen war, und wir keine zeigten«, wie es bei Raymond heißt. Aber mehr noch als dieses Motiv gibt die unaufhaltsame Dynamik Zeimets Roman die Noirness: Unbarmherzig wie in der klassischen Tragödie läuft alle Bewegung auf den Tod zu. Sam Baldwin hatte keine Wahl. Von Anfang an war klar, dass sie in Skid Row enden würde, Endstation all derer, die das Leben aus der Bahn geworfen hat. Sie konnte sich nicht einmal aussuchen, welchen Weg dorthin sie nehmen sollte. Sie hatte nicht die Spur einer Chance.